Peter Conradi

Der Todesengel von Rostow

Ins Deutsche übertragen
von Ralph Tegtmeier

TRUE CRIME
Der wahre Kriminalfall

BASTEI LÜBBE

BASTEI-LÜBBE-TASCHENBUCH
Band 13 456

Erste Auflage:
Mai 1993

Deutsche Lizenzausgabe 1993
Bastei-Verlag Gustav H. Lübbe
GmbH & Co., Bergisch Gladbach
Originaltitel: The Red Ripper
Lektorat: Dr. Edgar Bracht
Das Titelfoto zeigt Andrej Romanowitsch Tschikatilo
Titelfoto: Associated Press GmbH,
Frankfurt
Umschlaggestaltung:
Quadro Grafik, Bensberg
Satz: KCS GmbH,
Buchholz/Hamburg
Druck und Verarbeitung:
Brodard & Taupin, La Flèche,
Frankreich
Printed in France

ISBN 3-404-13456-7

Der Preis dieses Bandes
versteht sich einschließlich der
gesetzlichen Mehrwertsteuer.

Für Roberta

Danksagung

In Rußland kann einem die bloße Tatsache, daß man Ausländer ist, die Arbeit als Journalist sehr erschweren, aber manchmal öffnen sich dadurch auch alle Türen. Bei meinen Recherchen zu diesem Buch war letzteres der Fall.

Die Miliz und die Ermittlungsbeamten der Staatsanwaltschaft verblüfften mich immer wieder mit ihrer Bereitwilligkeit, offen über die Rolle zu sprechen, die sie in diesem Fall gespielt hatten. Tschikatilos frühere Kollegen und Nachbarn empfingen mich mit überraschender Warmherzigkeit, als ich wie aus heiterem Himmel nach der langen Fahrt durch das ländliche Rußland bei ihnen auftauchte.

Mein besonderer Dank gilt Amurchan Jandijew, Andrej Tkatschenko, Wladimir Kazakow, Jewgenij Bakin, Michail Fetisow, Viktor Burakow, Alexander Buchanowskij wie auch zahllosen anderen Menschen in Rostow und Moskau. Besondere Erwähnung verdienen Peter Sobiecki und Ljudmila Winikowa für ihre unerschütterliche Hingabe – und mein Agent Andrew Nurnberg für das Essen in einem Moskauer Hotel, bei dem das ganze Projekt aus der Taufe gehoben wurde.

Vor allem aber möchte ich meiner Frau Roberta danken, und zwar nicht nur für die wertvolle Kritik am Manuskript, sondern auch für ihre ausdauernde und geduldige Unterstützung. Sie hat mir – wie immer – in den schwierigsten Zeiten zur Seite gestanden.

KAPITEL EINS

Hinter dem zersprungenen Glas der Uhr in der Busstation standen die Zeiger auf zwanzig Uhr, doch draußen war es immer noch warm, eben ein typischer Sommerabend im Süden Rußlands. Inspektor Alexander Sanasowskij schaute für einen Augenblick umher: grimmig dreinblickende Arbeiter kehrten eiligen Schritts nach Beendigung ihrer Schicht heim, während junge Paare einige Augenblicke verweilten und Landstreicher, mit Wodkaflaschen ausgerüstet, ein Lager für die Nacht suchten. Er hatte den ganzen Tag Dienst gehabt, und allein die Masse der Menschen trübte seinen Blick. Der Kalender an der Wand zeigte den 13. September 1984 an.

Es war die Art, wie der Mann sich bewegte, die Sanasowskij zuerst aufgefallen war. Verstohlen und doch nervös, ein Jäger, der seine Beute anpirschte. Inspektor Alexander Sanasowskij von der Miliz in Rostow am Don beschattete diesen Jäger seit mehreren Stunden.

Zwei Wochen zuvor hatte Sanasowskij ihn das erste Mal auf der anderen Seite der Bahnhofshalle gesehen: Ein großgewachsener, kräftiger Mann mit einer dicken Brille und gut geschnittenem Anzug. Er war Ende Vierzig oder vielleicht Anfang Fünfzig und trug eine bauchige Aktentasche in der Hand.

Dort in der Halle hatte er auch versucht, Frauen anzusprechen. Und mit welcher Ausdauer. Sanasowskij hatte nie zuvor etwas Vergleichbares gesehen. In der einen Stunde, in der er ihn beobachtete, mußte der Mann ein Dutzend oder mehr Frauen angesprochen haben; hier ein paar Worte oder da ein Lächeln, und fast im gleichen Augenblick befand er sich schon auf dem Weg zur nächsten. Nach einer Stunde hatte er sich nach draußen begeben, um das Spiel an der Bushaltestelle fortzusetzen. Das war der Moment, in dem Sanasowskij ihn angesprochen und aufgefordert hatte, ihn zu einer routinemäßigen Ausweiskontrolle in den kleinen, mit einem einzigen Mann besetzten Milizposten der Busstation zu begleiten. Er konnte sich noch an den Namen erinnern: ›Tschikatilo, Andrej Romanowitsch‹. Ein merkwürdiger Name, vielleicht ukrainisch. Aber mit Sicherheit wäre es kein Iwanow und auch kein Jakowlew gewesen. Seinem Paß zufolge war er verheiratet, hatte zwei Kinder und war als Leiter der Versorgung in einem der größten Betriebe der Stadt beschäftigt. Außerdem besaß er einen Abschluß der Philologischen Fakultät der städtischen Universität. Für Sanasowskij bestand kein Grund, ihn festzuhalten. Aber das hielt ihn nicht davon ab, weiter nachzufragen, was er vorhätte.

»Ich habe auf den Zug nach Hause gewartet und mich gelangweilt«, antwortete der Mann. »Ich wollte mich mit jemandem unterhalten. Und überhaupt mag ich junge Menschen. Früher war ich einmal Lehrer. Ich interessiere mich für sie: wo sie leben, was sie tun, welchen Hobbys sie nachgehen.« Eines der Mädchen, das von Tschikatilo in ein Gespräch verwickelt worden war, bestätigte seine Geschichte. »Er hat mich danach gefragt, wo ich studiere und wohin ich unterwegs sei«, erklärte sie dem Inspektor gegenüber.

Und jetzt war dort wieder dieser Mann und verhielt sich genauso wie vor zwei Wochen.

In normalen Zeiten hätte Sanasowskij wahrscheinlich nur gedacht, daß hier ein Mann mittleren Alters darauf aus war, seine Frau zu betrügen. Mehr Gedanken hätte er nicht daran verschwendet. Aber der Sommer 1984 war in Rostow keine gewöhnliche Zeit. Irgendwo dort draußen lief ein Massenmörder frei herum. Die Stadt war voller Gerüchte und Angst. Auf jedem einzelnen lastete der Druck, den Mörder zu finden, bevor er wieder zuschlug.

Je mehr Sanasowskij den Mann beobachtete, desto verdächtiger erschien ihm dieser. »Diesmal werden wir ihn nicht entwischen lassen«, flüsterte er seinem jungen Kollegen zu, der mit ihm auf Beobachterposten stand.

Mittlerweile waren mehr als zwei Jahre vergangen, seit man die erste Leiche gefunden hatte: Ein Mädchen namens Ljuba Birjuk, dreizehn Jahre alt, ein hübsches Kind aus einer freundlichen Familie. Sie war die Nichte eines Offiziers aus der hiesigen Kriminalermittlungsabteilung. Das war fast so, als ob man ein Mitglied der eigenen Familie verloren hätte. Ihre Überreste hatten auf einem Waldweg nahe der Straße nach Donskoj, einem kleinen Dorf etwa fünfunddreißig Kilometer nördlich von Rostow, gelegen.

Ein Mordfall war an sich nichts Außergewöhnliches. Die Region von Rostow wies seit jeher eine der höchsten Verbrechensraten der Kriminalstatistik des Landes auf. Das war auf die geographische Lage zurückzuführen. Als eine Art Grenzstadt zog Rostow alle möglichen Leute an, ob sie nun gute oder schlechte Absichten hegten. Jedes Jahr wurden in dieser Region im Durchschnitt mindestens dreihundert Menschen umgebracht, also fast täglich eine Person. Aber bei der kleinen Birjuk lag der Fall anders, denn sie war ein Kind. Und dann fielen natürlich auch die Verletzungen von mehr als dreißig tiefen Messerstichen und die Spuren fürchterlicher Schläge um den Augenbereich herum auf. Der Milizbeamte, der zum Tatort gerufen worden war, erklärte, er habe niemals zuvor etwas ähnlich Furchtbares gesehen.

Seit jenem Tag war die Mordserie nicht mehr abgerissen, aber bei der Suche nach dem Täter war man offensichtlich keinen Schritt weitergekommen. Sicherlich gab es viele Theorien, doch die Beweislage blieb dürftig. Zwei Wochen hatte es die Miliz gekostet, Birjuks Leiche aufzuspüren, aber die Spur war mittlerweile kalt. Hier im Süden zersetzte sich ein Leichnam in der Hitze, die leicht Temperaturen von fünfunddreißig Grad und mehr erreichen konnte, äußerst rasch. Andere Opfer hatten monatelang dagelegen und waren beinahe vollständig skelettiert worden. Oftmals bemerkte niemand das Verschwinden der Opfer, und kein Mensch machte sich die Mühe, es der Miliz zu melden. Viele der Toten galten als gescheiterte Existenzen, waren Säufer, Prostituierte oder von zu Hause ausgerissene Kinder. Schon die bloße Ermittlung ihrer Identität war eine alptraumhafte Erfahrung. Einige Überreste mußte man zu Spezialinstituten nach Moskau senden, wo Experten sich bemühten, die Gesichter zu rekonstruieren.

Der Mörder war nur ein einziges Mal wirklich gesehen worden. Im März desselben Jahres wurde ein anderes Kind, Dima

Ptaschnikow, in unmittelbarer Nähe der nahegelegenen Stadt Schachty ermordet, und eine Frau behauptete, beobachtet zu haben, daß der Junge mit einem fremden Mann davongegangen sei. Aber wenn diese Aussage überhaupt etwas bewirkte, so trug sie nur zur weiteren Verwirrung bei. Die Miliz hatte bereits eine Reihe Verdächtiger für die ersten Mordfälle hinter Gitter gebracht. Zwei junge Männer aus der örtlichen Anstalt für geistig Behinderte waren verhaftet worden und hatten ein Geständnis abgelegt. Wie sollte man also den letzten Mordfall einschätzen? War er Teil dieser Mordserie, und wenn ja, was war dann mit den Männern, die sich in Haft befanden? Von welcher Seite man die Angelegenheit auch betrachtete, das Ganze stellte eine einzige Katastrophe dar. Und das Schlimmste daran war, daß auch die hohen Tiere in Moskau allmählich anfingen, von dem Schlamassel Notiz zu nehmen.

Man ging davon aus, daß so etwas eigentlich in der Sowjetunion gar nicht geschehen konnte. Offiziell hieß es, die Verbrechensrate sei rückläufig. Doch es fiel schwer, dieser Auffassung Glauben zu schenken, wenn man die Runde durchs Revier machte, besonders in Rostow. Sprach man den einfachen Milizbeamten auf der Straße an, so wußte dieser zu berichten, daß die Menschen zunehmend betrügerischer wurden – und gewalttätiger. Aber trotz alledem waren Massenmörder doch etwas anderes. Sie stellten ein amerikanisches Phänomen dar, genau wie Arbeitslosigkeit, Obdachlosigkeit und Korruption – Zustände, die in den Fernsehnachrichten gezeigt wurden oder über die man im Auslandsteil der Prawda lesen konnte. Solche Kreaturen schlichen einfach nicht durch die Straßen von Rostow. Dennoch mußte es sich um einen Massenmörder handeln, der ihren Landstrich unsicher machte, und Sanasowskij hielt sich für den richtigen Mann, um ihn zur Strecke zu bringen. Die Sonne ging unter. Es würde wieder eine lange Nacht werden. Das ahnte er bereits.

Nachdem Tschikatilo versucht hatte, in der Busstation mit einigen Frauen ins Gespräch zu kommen, ging er nach draußen und bestieg einen der wackligen rot-weißen Oberleitungsbusse, die aus der Stadt hinaus zum Flughafen fuhren. Der Bus war gut besetzt, aber nicht überfüllt, und man konnte zwischen den hin und her schaukelnden Fahrgästen hindurchgehen, die sich an den abgegriffenen herabbaumelnden Halteriemen festhielten. Tschikatilo verschwendete keine Zeit. Sanasowskij beobachtete ihn mit einer gewissen Faszination vom hinteren Ende des Busses aus, wie er umherging und dabei versuchte, die Aufmerksamkeit der weiblichen Fahrgäste auf sich zu lenken.

Zwei Haltestellen weiter stieg Tschikatilo aus, überquerte die Straße und nahm einen Bus, der wieder zurück in die Stadt fuhr. Die beiden Milizionäre folgten ihm. Auch diesen Bus verließ er, um einen anderen zu besteigen. Und so ging es weiter. Die ganze Zeit über versuchte er, Frauen anzusprechen, doch keineswegs auf aggressive Weise. Man konnte wirklich nicht behaupten, daß er ihnen zu nahe trat. Ein lächelnder, stattlicher Mann mittleren Alters, der trotz der Sommerhitze einen dunklen Anzug mit Krawatte trug.

»In mir verstärkte sich immer mehr das Gefühl, daß dies unser Mann war«, berichtete Sanasowskij später. Er hatte dieses Gefühl bereits zwei Wochen zuvor gehabt, als er ihn das erste Mal verhörte. Jetzt war es sogar noch ausgeprägter, doch für den entscheidenden Zugriff war es noch zu früh. Er würde ihm noch ein paar Stunden auf der Fährte bleiben. Sanasowskij trat in den Schatten zurück und besann sich all der Fähigkeiten, die er während der zwei Jahre erworben hatte, in denen er Taschendiebe verfolgt hatte.

In der Woroschilowskij-Straße verließ der Mann den Bus und ging die Bolschaja-Sadowaja-Straße, die Hauptverkehrsader der Stadt, zum Hotel Zentral hinunter, einem seltsam anmutenden Gebäude mit Säulen im neostalinistischen Stil, in dessen Erdgeschoß sich das Restaurant gleichen Namens befand. In Inneren spielte eine Combo live bis zur Erschöpfung Beatles-Stücke. Tanzpaare wirbelten über das Parkett. Auf den Tischen türmten sich kaltes Fleisch und Kaviar zwischen den obligatorischen Wodkaflaschen und dem süßen Sekt. Der Mann machte keine Anstalten hineinzugehen. Er zeigte keinerlei Interesse an Getränken oder Speisen, geschweige denn am Tanz.

Einige Frauen standen draußen in der Nähe des Eingangs; die übliche Sorte, die dort jede Nacht herumhing: leichtes Übergewicht, wasserstoffblond und schon um acht Uhr betrunken. Der Mann näherte sich ihnen, zog sich dann wieder zurück und versuchte es ein weiteres Mal. Sanasowskij konnte erkennen, daß ihn irgend etwas abhielt, wahrscheinlich die Gruppe von Männern, die ebenfalls dort herumstand.

Tschikatilo verhielt sich sehr vorsichtig. Offensichtlich wollte er weder Ärger provozieren noch auffallen. Das war wohl nicht sein Stil. Schließlich gab er auf und ging in Richtung eines nahegelegenen Cafés. Es war ein deprimierender Ort, auch hier gab es überall Betrunkene. Nicht gerade die Lokalität, wo man einen normalen Mann mittleren Alters des Abends anzutreffen erwartete. Schon nach wenigen Minuten kam er wieder heraus und machte sich erneut auf den Weg.

Mittlerweile war es 22 Uhr, und der Mann lenkte seine Schritte zum Gorkij-Park. Dieser schmale Streifen Gras mit der üblichen Handvoll Denkmäler kommunistischer Helden war kaum mit seinem sehr viel größeren und in allem prachtvolleren Namensvetter in Moskau zu vergleichen. An sonnigen Sommertagen konnte es durchaus ein angenehmer Ort sein, um sich zu setzen und das Getriebe der Stadt zu beobachten. Nachts jedoch verwandelte sich der Park in eines der kriminellsten Gebiete der Stadt. Die Hauptwege waren noch einigermaßen sicher begehbar, insbesondere dann, wenn das Kino nebenan schloß und sich ein Strom von Menschen auf dem Heimweg durch den Park bewegte. Aber man mußte schon verrückt sein, wollte man auf einem der Seitenwege spazierengehen.

Der Mann saß über eine Stunde lang auf einer Bank und beobachtete die Frauen, die vorübergingen – wenn man das, was er tat, überhaupt als beobachten bezeichnen konnte: Er war kein Mann, der müßig hübsche Mädchen bewunderte. Er wirkte aufgewühlt und schien sich unbehaglich zu fühlen, sein Kopf wandte sich mal in diese, mal in jene Richtung, als ob er die ganze Zeit versuchte, seine Chancen abzuwägen. Vielleicht spürte der Mann trotz aller Kunstfertigkeit, mit der Sanasowskij versuchte, unentdeckt zu bleiben, daß er beobachtet wurde. Oder war die ganze Geschichte lediglich eine Schau, ein Spiel, um ihn an der Nase herumzuführen?

Ein paar Minuten später befanden sie sich wieder auf dem Weg zurück zum Vorplatz des Hauptbahnhofs. Von dort gingen sie zu dem kleineren Teil des Bahnhofs, in dem die Vorortbahn endete, anschließend in den angrenzenden größeren Teil, in dem die Fernzüge einliefen.

Der Schmutz und der Gestank betäubten Sanasowskijs Sinne, als er dem Mann in die Halle folgte. Wenn Rostow die Grenze bildete, an der Europa auf Asien traf, dann verlief die Trennungslinie direkt durch den Bahnhof: man nannte ihn das ›Tor zum Kaukasus‹. Alle Züge, die in Richtung Norden in die großen Ebenen Rußlands fuhren, mußten hier durchkommen, ebenso wie jene, die in südlicher Richtung zur Türkei rollten. Alle paar Minuten lief ein anderer Zug ein. Obwohl es bereits spät war, befanden sich überall noch Leute: Männer in karierten Hemden und engen Anzügen saßen schnarchend auf den Bänken; dick eingehüllte kaukasische Frauen mit Kopftüchern achteten mit einem Auge auf ihre Kinder und mit dem anderen auf ihre gebündelten Habseligkeiten. Und dann waren da noch die Obdachlosen, die ›Bomsch‹, wie die Russen sie nannten, die gestrandeten Existenzen und die billigen Prostituierten, die jeden begleiteten, um an einen Happen Essen oder ein paar Schlucke Wodka zu kommen, oder einfach, um den Bahnhof mit den zerbröckelnden Treppen und den urinbeschmutzten Gängen einmal hinter sich zu lassen.

Der Mann ging nach oben, ließ sich neben einem Mädchen auf einer Bank nieder und begann ein Gespräch. Dort saßen sie ungefähr eine Stunde lang, bevor das Mädchen unvermittelt aufstand und wegging. Sanasowskij eilte hinter ihr her. Was der Mann gewollt habe, fragte er. Nicht viel, antwortete sie und ging weiter. Inzwischen war der Mann aufgestanden, zu der gegenüberliegenden Bank geschlendert und hatte sich neben einem anderen Mädchen niedergelassen, das bereits dort saß. Sie mußte ihn scharf angefahren haben, weil er sofort wieder aufstand und sich entfernte.

Es war bereits drei Uhr morgens, und Sanasowskij war erschöpft. Tschikatilo jedoch ließ keinerlei Anzeichen von

Müdigkeit erkennen. Wie er so suchend durch das Gebäude streifte, erweckte er den Eindruck, als werde er von irgend etwas getrieben. Es fiel ihm zunehmend schwerer, Menschen zu finden, die er ansprechen konnte. Die meisten von ihnen waren bereits eingeschlafen, also zog er wieder weiter, diesmal zur Busstation.

Der Mann hatte nicht das geringste Verbrechen begangen, doch für Sanasowskij gab es keinen Zweifel, daß er sich auf der Suche nach Frauen befand. Die Jagd hatte bereits mehr als neun Stunden gedauert, und sie war erfolglos geblieben. Aber mit der Geduld und Ausdauer eines wahren Jägers hatte er noch nicht aufgegeben.

Zum Schluß schien es, als würde seine Ausdauer belohnt werden. Ein Mädchen, vielleicht achtzehn oder neunzehn Jahre alt und in einen braunen Trainingsanzug gekleidet, kam herein, ließ sich auf einer Bank nieder und streckte sich darauf aus. Sie sah so jung aus, daß sie die Tochter des Mannes hätte sein können, aber das schreckte ihn nicht ab. Er ging hinüber und setzte sich direkt neben ihren Kopf auf die Bank. Als würde die Szene aus einem Detektivfilm stammen, nahmen die beiden Milizbeamten einige Bänke weiter Platz und täuschten vor, einzuschlafen. Dieses merkwürdigste aller merkwürdigen Paare begann ein Gespräch. Das Mädchen lag auf der Bank. Der Mann saß aufrecht, und während er sprach, blieb seine Aufmerksamkeit immer auf die Geschehnisse in der Halle um ihn herum gerichtet. So vergingen zwanzig Minuten oder mehr, ohne daß sich etwas Besonderes tat. Durch seine halb geschlossenen Augenlider konnte Sanasowskij die Gesten des Mannes beobachten; zweifellos flirtete er mit dem Mädchen und machte ihr Komplimente.

Dann erhob sie sich, sagte etwas zu ihm und legte sich wieder nieder. Er zog seine Jacke aus, bedeckte ihren Kopf damit und rückte enger an sie heran. Ihr Gesicht war verborgen, doch seines war zu sehen. Aus seinem Gesichtsausdruck konnte man schließen, was unter der Jacke geschah.

Kurz nach fünf stand das Mädchen auf und ging hinaus. Der

Mann folgte ihr. Sie ging zur Damen-, er zur Herrentoilette. Die beiden Detektive lauerten zehn Minuten draußen vor den Türen. Dann kam der Mann heraus und ging eiligen Schritts zum Ausgang, der auf den Bahnhofsvorplatz hinausführte. Er wandte sich zur nahegelegenen Straßenbahnhaltestelle und nahm die Nummer fünf. Es war die erste Straßenbahn des Tages, und es saßen nur wenige Fahrgäste darin – unausgeschlafene Arbeiter mit Rändern unter den Augen auf dem Weg zur Frühschicht. Am Zentralmarkt sprang der Mann heraus. Er schien sich noch immer auf der Suche zu befinden.

Sanasowskij hatte genug gesehen. Das Verhalten des Mannes war mehr als bloß verdächtig. Und das, was er mit dem Mädchen auf der Bank im Busbahnhof veranstaltet hatte, reichte bei weitem aus, ihn zu verhaften und unter Anklage zu stellen.

Er eilte hinter ihm her und legte ihm die Hand auf die Schulter. Als der Mann sich umdrehte, trat ihm der Schweiß auf die Stirn. Obwohl Sanasowskij jetzt andere Kleidung trug, erkannte Tschikatilo ihn sofort als den Milizbeamten, der vor zwei Wochen seine Ausweispapiere kontrolliert hatte.

»Ich habe in meiner Dienstzeit schon viele Leute festgenommen, aber so etwas ist mir noch nie vor Augen gekommen«, berichtete der Detektiv später. Um den Vorschriften Genüge zu tun, zeigte er dem Mann seinen Dienstausweis und führte ihn dann zum kleinen Milizposten auf dem Markt.

Mittlerweile hatte sich der Mann von seinem Schock erholt und machte seiner Wut Luft. Er protestierte, als sie zusammen durch die Menge der Markthändler schritten, die damit beschäftigt waren, im feuchten Dunst der frühmorgendlichen Sonne ihre Stände aufzubauen. Warum war er festgenommen worden? Aus welchem Grund? Was hatten sie mit ihm vor? Doch Sanasowskij gab keine Antwort. Nach allem, was er in der letzten Nacht beobachtet hatte, gab es für ihn nicht die geringsten Zweifel. Er bat den diensthabenden Offizier, ihm die Vollmacht für eine Leibesvisitation auszustellen.

Das Jackett des Mannes enthielt einige persönliche Dokumente, Papiere, die mit der letzten Geschäftsreise für seinen Betrieb zu tun hatten, und einige Quittungen. Also keine konkreten Hinweise. Dann ließen sie ihn seine Aktentasche öffnen.

Sanasowskij traute seinen Augen nicht. Im Inneren befand sich ein Küchenmesser mit einem Plastikgriff und einer zwanzig Zentimeter langen Klinge, einige Meter Seil und ein Gefäß mit Vaseline. Als er die Spitze des Messers untersuchte, bemerkte er, daß sie verbogen war, als ob man das Messer dazu benutzt hätte, um etwas Hartes durchzuhacken – vielleicht so etwas wie einen Knochen.

Sanasowskij fühlte sich bestätigt. Zuerst das auffällige Verhalten, dann die Aktentasche – alles fügte sich zu einem Bild zusammen. Hinzu kam die Tatsache, daß der Mann in der Stadt Schachty gemeldet war, dem Schauplatz mehrerer Morde. Der Inspektor konnte kaum die Aufregung in seiner Stimme verbergen, als er den diensthabenden Offizier in seiner Dienststelle im Perwomajskij-Bezirk von Rostow anrief.

»Ich glaube, ich habe den Mann gefunden, nach dem wir suchen«, gab er durch. Ein paar Minuten später traf ein Streifenwagen der Miliz ein und nahm sie beide mit zum Revier. Es war mittlerweile sieben Uhr morgens, und Sanasowskij hatte die ganze Nacht über Dienst getan. Er wurde angewiesen, nach Hause zu gehen und sich auszuschlafen.

Nach über dreißig Morden von unvergleichlicher Grausamkeit war nun einer der ausdauernsten und ungewöhnlichsten Massenmörder der Welt endlich gefangengenommen worden. Bis zu seiner Ergreifung waren mehr als sechs Jahre vergangen, in denen er kreuz und quer durch den Süden Rußlands gezogen war und eine Spur des Todes hinter sich zurückgelassen hatte. Jetzt war alles vorbei. Andrej Tschikatilo, ein sanftmütiger Großvater im Alter von achtundvierzig Jahren und ehemaliger Lehrer für Literatur, war hinter Schloß und Riegel. Und damit, so schien es, war die Sache erledigt.

KAPITEL ZWEI

Das Dorf Jablonjewka war eine Siedlung wie zehntausend andere, die über das riesige Gebiet der früheren Sowjetunion verstreut lagen: eine kleine Ansammlung von Holzhäusern, die sich inmitten wogender Felder um einen Dorfbrunnen drängten. Dieser Teil der Ukraine war immer eine wohlhabende Region gewesen. Seit der Zar das Gebiet Ende des siebzehnten Jahrhunderts seinem Reich einverleibt hatte, hatte es als Kornkammer Rußlands gegolten; die schwarze, fruchtbare Erde und das gemäßigte Klima waren der Traum eines jeden Bauern. Zur Erntezeit ratterte Waggonladung um Waggonladung voller Getreide nordwärts, um Moskau, St. Petersburg und die anderen großen Städte Zentralrußlands zu versorgen. Die Kleinbauern von Jablonjewka, dessen Name wörtlich ›Ort, wo Äpfel wachsen‹ bedeutet, schickten ebenfalls einen guten Teil ihres Getreides zusammen mit Früchten aus ihren Obstgärten auf diesen Weg.

Aber etwa Mitte der dreißiger Jahre war dieser natürliche Reichtum längst dem Elend gewichen. Die ländliche Region befand sich in einem Chaos, die Getreidespeicher waren leer, und die Schweine und Rinder hatte man geschlachtet. Überall herrschte das Regime der Soldaten und der verhaßten Geheimagenten der NKWD – die den harmlosen Namen Narodnyj Kommissariat Wnutrenich Del (Volkskommissariat für innere Angelegenheiten) trug. Und schlimmer als alles andere war die Hungersnot, eine schreckliche Hungersnot, wie sie die Menschen niemals zuvor erlebt hatten. Mitten in diesem Elend kam im Jahr 1936 ein kleiner Junge zur Welt: Andrej Romanowitsch Tschikatilo.

Die Ursache des Leids war einfach zu benennen: Josef Stalin und sein Hals über Kopf vorangetriebener Versuch, den Kommunismus auf dem Land zu verbreiten. Die beiden Revolutionen von 1917 hatten den Zaren hinweggefegt und Lenin und die Schar seiner Revolutionäre an die Macht gebracht. Aber das waren doch im wesentlichen Revolutionen der Städte gewesen, die weite Gebiete des alten russischen Zarenreichs unberührt gelassen hatten. Selbst die anschließenden Jahre des Bürgerkriegs hatten wenig Veränderungen auf dem Land mit sich gebracht. Rot- und Weißrussen kamen und gingen. Aber in den zwanziger Jahren verlief das dörfliche Leben, weitab von der Hauptstadt, auf die altvertraute Weise weiter. Für die meisten Landbewohner blieb das kühne Versprechen der Bolschewiken von einer umfassenden Elektrifizierung ein Traum. Wahrscheinlich wußten viele nicht einmal, daß Nikolaus II. und die Familie des Zaren vom Thron vertrieben und ermordet worden waren. Erst gegen Ende der zwanziger Jahre sollten auch die Bauern von den Veränderungen getroffen werden.

Einer der Auslöser dafür war die sich verschlechternde Lage in den Metropolen, die sich mit dem städtischen Proletariat füllten, in dessem stolzen Namen die Revolution einst angetreten war. Zwar hatte in den folgenden Jahren das private Wirtschaften unter Lenins sogenannter Neuer Ökonomischer Politik viel dazu beigetragen, den Schaden wieder zu beheben, der durch die Umwälzungen des Bürgerkriegs angerichtet worden war, doch das reichte bei weitem nicht aus. Obschon die Ernten gut ausfielen, übergaben die sogenannten Mittelbauern und ihre reicheren Vettern, die Kulaken, sehr viel weniger Getreide an den Staat, als benötigt wurde. Es war klar, daß die noch junge und unerfahrene Sowjetunion auf eine ernsthafte Versorgungskrise zusteuerte.

Stalin, der eine Position absoluter Kontrolle anstrebte, war aufgebracht. Es war nicht nur der Mangel an Nahrung, der ihn verärgerte, sondern auch die Einstellung der Landbevölkerung. Für ihn, der es gewohnt war, alles in Schwarz und Weiß einzuteilen, galten die Bauern und insbesondere die Kulaken, die Großbauern, als Symbol all dessen, was er haßte: sie waren reich, traditionsbewußt und, was das Schlimmste von allem war, unabhängig. Sie schenkten den großen Veränderungen im Land keinerlei Beachtung und setzten ihr Leben in gewohnter Manier fort.

Der erste Schlag erfolgte am 27. Dezember 1929, kaum eine Woche, nachdem die Sowjetunion Stalins fünfzigsten Geburtstag mit jenem großen Pomp gefeiert hatte, der in der Folge zu einem typischen Merkmal des Personenkults werden sollte, den er um sich herum errichtete. In einer Rede vor einer Versammlung der Gruppe ›Marxistischer Studenten für die Agrarfrage‹ hob der Sowjetführer eine zweite Revolution aus der Taufe, die in jeder Hinsicht genauso dramatisch verlaufen sollte wie die Oktoberrevolution zwölf Jahre zuvor. »Entweder kehren wir zum Kapitalismus zurück, oder wir schreiten voran zum Sozialismus«, verkündete er. Und das, so erklärte er seinen Zuhörern, würde Kollektivierung bedeuten: das Hinwegfegen der Masse des jahrhundertealten, bäuerlichen Individualbesitzes und die Zusammenfassung der früheren Eigner zu kollektiven oder staatlichen Landwirtschaftsbetrieben. Stalin fing mit dieser Veränderung buchstäblich zwei Fliegen mit einer Klappe. Zuerst würde die Menge an Nahrungsmitteln, die man in den ländlichen Gebieten einfuhr und die zur Versorgung der militärisch-industriellen Maschinerie benötigt wurde, in erheblichem Ausmaß gesteigert werden. Und, was von gleicher Wichtigkeit war, die Kollektivierung bot ihm einen Vorwand, die Revolution auf dem Land voranzutreiben. Auf die Frage nach dem Elend, das damit einhergehen würde, antwortete der Diktator mit einem typisch derben russischen Sprichwort: »Wenn der Kopf ab ist, warum dann um ein paar Haare weinen?«

Unvermeidlich traf es die Kulaken selbst am schlimmsten. Stalin hatte geschworen, ›die Großbauern als Klasse zu liquidieren‹. Faktisch wurden sie als Individuen ausgelöscht. Und der Angriff richtete sich nicht nur gegen die Reichen. In Wirklichkeit genügte häufig der Besitz auch nur einer einzigen Kuh oder eines Pferds, um einen armen Bauern zu einem sogenannten Klassenfeind abzustempeln. Hunderttausende von ihnen, darunter Kinder und alte Menschen, wurden in ungeheizten Güterwaggons durch die unendlichen Weiten der Ukraine und Rußlands in entlegene Gebiete des Urals, Sibirien und Kasachstans verfrachtet. Viele von ihnen starben unterwegs, und noch mehr, nachdem sie an ihren Bestimmungsorten angekommen waren, bei denen es sich häufig um unbewohnbare Berge und

Steppe handelte. Andere jedoch blieben zurück und kämpften. Insbesondere in der Ukraine und im nördlichen Kaukasus war der Widerstand stark, und zwar so stark, daß Stalin nur die Möglichkeit blieb, reguläre Truppen der Roten Armee zu entsenden, die auch noch aus der Luft unterstützt wurden.

Die Folgen waren verheerend. Sogar die Bauern, die nicht kämpften, verfolgten eine Politik des passiven Widerstands und töteten zum Zeichen des Protests gegen das Regime ihre Kühe, Schweine und Schafe. Nicht weniger als hundertfünfzig Millionen Stück Vieh wurden in der Zeit von 1929 bis 1934 vernichtet, was der Nahrungsmittelversorgung des Landes einen schweren Schlag versetzte. Als Stalin 1930 versuchte, die Geschwindigkeit der Kollektivierung ein wenig zu drosseln, war es bereits zu spät. In den Jahren 1921 und 1922 war das Land bereits von einer ›natürlichen‹ Hungersnot heimgesucht worden. Die ›von menschlicher Hand geschaffene‹ Hungersnot des Jahres 1932 war sehr viel schlimmer, und ausgerechnet der Süden Rußlands und die Ukraine – einst die reichsten Gebiete des Landes – wurden am schwersten getroffen.

Von dieser Not wollte Stalin nichts wissen. Seine Regierung unternahm nichts, um den Hunger zu beenden. Statt dessen setzte sie die Hungersnot im Bürgerkrieg als Waffe gegen die Bauern ein. 1932 beschwerte sich R. Terechow, einer der Führer der Ukrainischen Kommunistischen Partei, auf einer Parteiversammlung über die schrecklichen Verhältnisse, die sich in den Dörfern seiner Republik entwickelten. Ein zorniger Stalin reagierte mit einer scharfen Erwiderung, indem er ihn bezichtigte, ›Märchen zu erzählen‹, und ihm empfahl, seine Stellung in der Partei aufzugeben, um Romanschreiber zu werden.

Auf eine perverse Art und Weise hatte der Diktator Erfolg mit seiner grausamen Politik. Die Struktur der traditionellen bäuerlichen Gesellschaft war zerstört worden. Man hatte die störrischen, unabhängigen Bauern des zaristischen Rußlands durch eine neue Spezies ersetzt, den kollektivistischen Landarbeiter: faul, desinteressiert und in zunehmendem Maße seiner Scholle entfremdet, aber gleichzeitig abhängig vom neuen Regime und seinen örtlichen Repräsentanten. Doch zu welchem Preis war das geschehen? Terechows Bericht war alles andere als ein Märchen: Als die Hungersnot ihren Höhepunkt erreichte, starben Millionen von Menschen, viele von ihnen buchstäblich auf den Feldern oder den Dorfstraßen – Opfer von Stalins Krieg gegen das eigene Volk. In ihrer Not überschritten viele Bauern auch die Grenze, die den Menschen vom Tier trennt. Berichte über Kannibalismus häuften sich in ungeahntem Ausmaß.

Keine Familie konnte sich dem Schrecken, ob natürlichen oder menschlichen Ursprungs, entziehen. Das traf auch auf Familien wie die von Tschikatilo zu, die aus ärmlichen Verhältnissen stammten. Sein Vater Roman war kein Kulake. Als einfacher Landarbeiter ohne Grundbesitz, der über eine rasche Auffassungsgabe und einen gewitzten Verstand verfügte, paßte er sich schnell an die neuen Verhältnisse an und fand eine Stellung als Arbeiter in einer landwirtschaftlichen Kolchose. Nach der Geburt ihres zweiten Kindes, Tatjana, beteiligte sich auch seine Frau wieder an der Feldarbeit. Die Familie gelangte zwar nicht in den Genuß dessen, was ein jeder Mensch außerhalb der Sowjetunion als normales Leben bezeichnet hätte, doch sie mußten damals auch keinen Hunger leiden. Und vor dem Hintergrund der Greuel der dreißiger Jahre stellte das allein schon etwas Besonderes dar.

Im weiteren Verlauf dieses Jahrzehnts besserte sich die Lage ein wenig. Jahr um Jahr steigerten sich die Ernteerträge, und die Produktionsrate nahm wieder zu. Dennoch lag der Lebensstandard erheblich unterhalb von dem, den sie in jenen Zeiten genossen hatten, die man nun als die schlechten Jahre unter dem Zaren bezeichnete. Aber selbst diese geringe Verbesserung hatte keinen Bestand. Hitlers Armeen schoben sich ostwärts und zogen eine Blutspur der Zerstörung hinter sich her. 1939 war Stalin bei dem Versuch, Zeit zu gewinnen, ein Bündnis mit Nazideutschland eingegangen, den sogenannten Molotow-Ribbentrop-Pakt, mit dem sich die zwei Diktatoren die unglücklichen Länder, die eingekesselt zwischen ihren Staaten lagen, als Einflußbereich aufteilten.

Doch es lag nicht in Hitlers Absicht, sein Versprechen zu halten; zwei Jahre später, in den frühen Morgenstunden des 22. Juni 1941, drangen seine Panzer in die Sowjetunion ein und beendeten so die kurzlebige Allianz zwischen Faschismus und Kommunismus. Wie Millionen anderer Männer seiner Generation wurde Roman Tschikatilo zur Roten Armee eingezogen und an die Front geschickt.

Bei der Untersuchung jener ersten Jahre der Jugend Tschikatilos haben die Psychiater nach irgendeinem besonderen Vorfall oder einem Ereignis gesucht, das für den schrecklichen Verlauf, den sein Leben genommen hat, verantwortlich sein könnte. Dieses Schreckenserlebnis konnte nicht die Kollektivierung oder der Krieg gewesen sein, denn sie wurden von der ganzen Generation ertragen. Die Beziehung zu seiner Mutter, einer tiefreligiösen Frau, schien ebenfalls gewöhnlich verlaufen zu sein, soweit sich das so viele Jahre später noch feststellen ließ. Das galt auch für das Verhältnis zu seinem Vater Roman Tschikatilo, bis dieser in den Krieg geschickt wurde. Aber da war ein Ereignis, es lag fünfzig Jahre zurück, das sich in Andrej Romanowitsch Tschikatilos Verstand festgesetzt hatte und an welches er sich in Gegenwart eines Psychiaters namens Alexander Buchanowskij erinnerte, der nach seiner Verhaftung mit ihm arbeitete.

Im Jahre 1934, etwa zwei Jahre vor Tschikatilos Geburt, verschwand sein Cousin aus dem Dorf. Er war offensichtlich entführt worden, dennoch gab es keine Lösegeldforderung. Der Hunger war damals so groß, daß Gerüchte kursierten, der Junge wäre einfach getötet und aufgefressen worden. Die Familie jedenfalls glaubte es. Zumindest schilderte es einige Jahre später Tschikatilos Mutter ihrem fünfjährigen Sohn so. Wie sie darauf kam, ihrem eigenen Kind eine derart furchtbare Geschichte zu erzählen, war nicht bekannt. Möglicherweise geschah es einfach nur, um ihn davon abzuhalten, zu weit entfernt vom Haus der Familie umherzustreifen. Was auch immer der Grund gewesen sein mag, es hinterließ einen tiefen und furchtbaren Eindruck bei dem Jungen, er war geradezu gebannt davon. War das der Beginn einer Besessenheit von Tod und Kannibalismus, die in den geheimsten Winkeln von Tschikatilos Bewußtsein im Laufe seines weiteren Lebens heranwachsen sollte? Buchanowskij glaubte, daß dies tatsächlich der Auslöser gewesen sein könnte. »Was Tschikatilo in seiner Kindheit durchlebt hat, war entsetzlich«, sagte er. »Als er anfing, mir von seinem Leben zu berichten, war das zugleich die Geschichte seiner Krankheit.«

Eine Übertreibung? So eine Geschichte mußte eine Wirkung auf jedes Kind ausüben, wie normal es auch war. Und Tschikatilo konnte nicht als gänzlich normal gelten. (Obwohl aus jener Zeit nichts bekannt war, fand man nun, Jahrzehnte später, bei einer Untersuchung Spuren von Hirnverletzungen. Für sich genommen hätten sie keinerlei Bedeutung gehabt, aber in Verbindung mit den anderen Erfahrungen, die er als Jugendlicher machte, reichten die Verletzungen möglicherweise aus, den Grundstein für den Schrecken zu legen, den er später verbreitet hat.)

Tatsächlich zeigten sich von dem Tag an, an dem Tschikatilo die Grundschule besuchte, die ersten Anzeichen psychologischer Probleme und Komplexe, die im weiteren Verlauf seines Lebens an Einfluß gewannen. Seine früheren Klassenkameraden von der kleinen Schule der nahegelegenen Stadt Sumy erinnerten sich an einen schüchternen, introvertierten und vor allem geheimnistuerischen kleinen Jungen, der sich niemals richtig einordnen wollte. Vom allerersten Tag an hatte er Probleme, Freunde zu finden. Aus der Sicht seiner Schulkameraden schien er immer nur zu träumen. Tschikatilo wiederum empfand die Mitschüler als unfreundlich und wähnte sich ständig von ihnen gehänselt. Vor allem aber befürchtete er, daß sie seine Geheimnisse entdecken könnten: so zum Beispiel, daß er noch im Alter von zwölf Jahren nachts ins Bett machte, und, was für ihn das Schlimmste überhaupt war, seine ausgeprägte Kurzsichtigkeit.

Letztere entwickelte sich zu einer Art Trauma. Als er noch nicht zur Schule ging, konnte er das Ausmaß seines Sehfehlers gar nicht richtig ermessen, doch jetzt merkte er, daß er kaum die Schrift auf der Tafel entziffern konnte. Aber er brachte es nicht über sich, seinen Lehrern davon zu erzählen. Seiner Ansicht nach war es sein eigener Fehler, und so saß er einfach da und litt in aller Stille, immer voller Angst, aufgerufen zu werden. Ebensowenig wollte er davon in seiner Familie erzählen, da er befürchtete, von den anderen Kindern als ›Otschkarik‹ – als ›Brillenschlange‹ – bespottet zu werden. Und was hätte es schon bewirkt? Woher sollte seine Mutter mitten im Zweiten Weltkrieg in der ländlichen Ukraine eine Brille beschaffen? Erstaunlicherweise bekam er seine erste Brille erst mit dreißig. »In der Schule war ich zur Zielscheibe des Gespötts geworden und konnte mich nicht wehren«, schrieb er später. »Wenn ich keine Schreibfeder oder keine Tinte mehr hatte, saß ich nur noch da und habe geweint.«

Es sollte noch schlimmer kommen. Für die Kinder seiner Generation war der Krieg keine weit entfernte und abstrakte Angelegenheit. Er wurde buchstäblich vor ihren Haustüren ausgetragen. Da ein Großteil der Ukraine von den Nazis besetzt war, wurde überall geschossen und getötet. Jahre später noch erinnerte sich Tschikatilo daran, Leichen, Blut und sogar einzelne menschliche Körperteile gesehen zu haben. Er erinnerte sich auch an den jähen Gefühlsumsturz, den er dabei durchlebte. Aber für einen kleinen, heranwachsenden Jungen hatte der Krieg auch eine andere, attraktivere Seite: das Heldentum. Die heldenhaften jungen sowjetischen Partisanen, die den Nazidivisionen aus ihren Verstecken in den Wäldern empfindliche Schläge zufügten, wurden von den Kindern in ihren Spielen nachgeahmt. Die Grausamkeiten, die die Partisanen begingen, standen denen der Besatzungssoldaten häufig in nichts nach. Aber das Recht befand sich auf ihrer Seite, und schließlich wurden die Deutschen davongejagt.

Die Geschichten über diese Partisanen wurden von den patriotischen Journalisten und Schriftstellern jener Tage pflichtschuldig aufgezeichnet, und Tschikatilo begann sie förmlich zu verschlingen, als er älter wurde. Im wahrsten Sinne des Wortes stürzte er sich auf jedes Buch, das er in die Finger bekam. Doch sein Lieblingsbuch war mit Abstand das gefeierte ›Molodaja Gwardija‹ – wörtlich übersetzt ›Die junge Garde‹ –, ein unmittelbar nach dem Krieg veröffentlichtes Werk, das den Stalin-Preis gewann und das zur Pflichtlektüre wurde. An der blutigen Geschichte von einer Gruppe junger kommunistischer Partisanen, die im Kampf gegen die Nazis schließlich ihr Leben opferten, entzündete sich Tschikatilos Phantasie. In seinen Tagträumen begann er, sich selbst in der heldenhaften Rolle einer der Partisanen zu sehen, die durch die Wälder streiften. Wenn sein Anführer dazu den Befehl gab, wollte er einen versprengten deutschen Späher in eine Falle locken, ihn an einen Baum fesseln und solange unbarmherzig prügeln, bis er seine Geheimnisse preisgab.

Die Wirklichkeit der Nachkriegszeit riß ihn aus seinen Träumen, und das nicht nur wegen der Hungersnot, die 1946/47 beinahe ebensoviel Elend über die Ukraine brachte wie in den frühen dreißiger Jahren. Der Vater trat wieder in seine Welt. Roman Tschikatilo war kein Held gewesen, der sein Leben selbstlos bis zum Tod verteidigt hatte. Er war unmittelbar nach Kriegsausbruch von den Nazis gefangengenommen und geradewegs in ein Konzentrationslager verschickt worden, aus dem er 1945 von den amerikanischen G.I.s. befreit wurde. Als er heimkehrte, brachte auch er so manche Kriegsgeschichte mit, die er reichlich blutrünstig zum Besten gab. Aber das machte ihn nicht zum Helden. In den Augen seines kleinen Sohnes hatte seine Gefangennahme Schande über die Familie gebracht.

Auf eine merkwürdige Weise schien sich auch der Staat diesem Urteil anzuschließen. In den letzten dunklen Tagen vor Stalins Tod 1953 geriet jeder in Verdacht, der Kontakt mit der Außenwelt gehabt hatte, selbst wenn er nur in Kriegsgefangenschaft gewesen war. Wäre sein Vater im Krieg gefallen, wäre Tschikatilo der Sohn eines Helden gewesen. So aber war er im Grunde der Sohn eines ›Volksfeindes‹. Im Gegensatz zu vielen anderen gelang es Roman, der Verhaftung wegen seines ›Verbrechens‹ zu entgehen. Als Arbeiter in einem abgelegenen Dorf befand er sich weit entfernt vom Zentrum der Aufmerksamkeit der verhaßten Agenten der NKWD, die sich anschickten, die letzte Säuberungswelle über jene zu bringen, die Stalin als seine Feinde betrachtet hatte. Sie hatten sich um wichtigere Verräter zu kümmern. Aber die Stellung Roman Tschikatilos im Dorf wurde zunehmend prekärer, was ein weiterer Grund für den heranwachsenden Andrej Romanowitsch war, sich von seinen Klassenkameraden fernzuhalten, die sich ihrerseits von ihm distanzierten. Und all das widerfuhr ihm auch noch in einem ohnehin schon schwierigen Alter.

Mit Einsetzen der Pubertät und den ersten Kontakten zum anderen Geschlecht legte sich eine weitere Schicht auf Tschikatilos Komplexe. Seine Klassenkameraden zogen ihn nun nicht nur wegen seiner Kurzsichtigkeit auf, sondern hatten neue Vorwände, ihn zu verletzen; einer behauptete, daß Tschikatilos Brüste zu groß seien, und fing an, ihn ›Baba‹ zu rufen – ein verächtliches russisches Wort für Frau –, ein Schmähruf, der bald von den anderen aufgegriffen wurde. Ein Junge, der neben ihm am Urinal stand, hatte den Eindruck, daß seine Vorhaut merkwürdig geformt sei. Auch das wurde bald in der ganzen Schule breitgetreten. Die meisten anderen Jungen hätten all das mit einem Lachen abgetan. Nicht jedoch Tschikatilo.

Tschikatilo war nicht häßlich, und er wuchs zu einem großen, gutgebauten Jugendlichen heran. Sein Spitzname lautete jetzt ›Andrej Sila‹ – Andreas der Starke. Wenn es zu Kämpfen auf dem Schulhof oder zu anderen Kraftvergleichen kam, ging er daraus ohne Mühe als Sieger hervor. Als er älter wurde, trug er stolz den Ruf des stärksten Schülers. Seine Kurzsichtigkeit kompensierte er durch den einfachen Ausweg, daß er sich einen Platz in der ersten Reihe der Klasse ergatterte. Die Lehrer erinnerten sich an ihn als guten Schüler und scharfsinnigen Leser der Meisterwerke eines Tschechow, Dostojewskij und anderer russischen Klassiker. Mitschüler bewunderten sein unglaubliches Gedächtnis. Er vermochte sich an weit zurückliegende Ereignisse zu erinnern und konnte sich sogar lange Reihen zusammenhangloser Zahlen merken, deren Vortrag ihm ein seltsames Vergnügen bereitete.

Ebenso bestimmend für Tschikatilos Leben war, daß er allem Anschein nach genau der Typ des Modellbürgers war, von dem Stalin erhoffte, mit ihm seine schöne neue kommunistische Welt bevölkern zu können. Die Propaganda-Tiraden, die in die Menschen hineingepumpt wurden, verschlang Tschikatilo mit einem Appetit, der sogar seine Lehrer verblüffte. Wenn sie den Kindern von dem bevorstehenden Sieg der Weltrevolution erzählten, so glaubte er von ganzem Herzen daran; voller Eifer las er Marx, Engels und Lenin. Er prägte sich sogar die Namen der Führer der Kommunistischen Partei eines jeden Landes ein, wie unbedeutend sie auch sein mochten, und bestand darauf, sie in die Karten einzutragen, die sie in der Geographiestunde zeichnen mußten.

Dieser ideologische Eifer trug allmählich erste Früchte: Im Alter von sechzehn Jahren wurde Tschikatilo Herausgeber der ›Wandzeitung‹ der Schule – das Äquivalent einer Schülerzeitung –, und außerdem Mitglied des Schulkomitees. Auch der wichtige und verantwortliche Posten eines Agitators für politische Informationen wurde ihm zugesprochen. Dabei erklärte und interpretierte er seinen Mitschülern die Nachrichten der kommunistisch dominierten Presse. Als Stalin 1953 starb, fiel Tschikatilo die Aufgabe zu, ihnen aus den langen und blumig ausgeschmückten offiziellen Huldigungen vorzulesen, die in der *Prawda* veröffentlicht wurden.

All diese Aktivitäten waren nur der Versuch Tschikatilos, seine chronischen Minderwertigkeitskomplexe zu überwinden, die bei seinen ersten zögerlichen Kontakten mit Mädchen an neuer Kraft gewinnen sollten. Die Mädchen versetzten ihn buchstäblich in Schrecken. Im Alter von fünfzehn und sechzehn, als andere Jungen ihre ersten, vorsichtig tastenden Beziehungen mit dem schönen Geschlecht eingingen, stieg dem ängstlichen Tschikatilo bereits die Schamröte ins Gesicht, wenn er sich im Klassenzimmer neben ein weibliches Wesen setzen mußte. Er stand lieber auf und suchte sich einen anderen Platz. Die Ungezwungenheit, mit der die anderen Jungs ihre Arme um die Mädchen legten, stimmte ihn eifersüchtig, brachte ihn aber auch gegen seine Geschlechtsgenossen auf. Er fand ihre plumpe und bereitwillige Vertraulichkeit beschämend.

Isoliert und verspottet, verlor er sich immer mehr und mehr in der Phantasiewelt seiner Bücher, und dort fand er eine Art romantischer Liebe, die ihn aus der elenden Realität des ländlichen Lebens in der Sowjetunion der Nachkriegszeit entführte. Es war ein erstes Anzeichen eines Rückzugs aus der Wirklichkeit, ein harmloser Anfang, doch potentiell gefährlich. Als sich mit den Jahren seine Frustration über die sexuellen Beziehungen des realen Lebens anstaute, veränderte sich auch der Charakter der Phantasien dramatisch.

Es war nicht so, daß er sich nicht darum bemühte oder daß ihm entging, was er vermißte. Im Frühjahr des Jahres 1954 befand sich Tschikatilo, der in ein paar Monaten achtzehn werden sollte, allein zu Hause, als er draußen im Hof Schritte hörte. Er öffnete die Tür und ging hinaus. Dort stand Tanja Bala, eine Freundin seiner jüngeren Schwester.

»Tatjana ist nicht hier«, sagte er, als er zu ihr hinüberging. »Sie wird bald zurück sein.«

»Das ist aber schade«, erwiderte das Mädchen, machte jedoch keine Anstalten, wieder zu gehen.

Tschikatilo schaute sie an, ihren kurzen Rock und die paar Zentimeter entblößter Schenkel, die über ihren Strümpfen zu sehen waren. Sie war erst dreizehn Jahre alt, aber als sie seinen Blick so unverhohlen erwiderte, machte sie einen sehr viel älteren Eindruck.

Plötzlich war er ganz aufgeregt und trat auf sie zu. Sie blieb tapfer stehen und wich nicht einmal zurück, als er sie an den Armen packte und ins Gras warf. Sie zogen beide nicht die Kleider aus und haben sicherlich nicht versucht, geschlechtlich miteinander zu verkehren. Statt dessen lagen sie einfach einige Minuten zusammen auf dem Boden und drückten sich eng aneinander. Selbst danach schämte er sich noch. Anstatt an seiner ersten sexuellen Erfahrung Geschmack zu finden, fühlte er sich von ihr abgestoßen. Er schwor, bis zu seiner Heirat ›rein‹ zu bleiben und sich in der Zwischenzeit der Wissenschaft und der Vervollkommnung seiner Bildung zu widmen.

Mit zunehmendem Alter entwickelte sich auch Tschikatilos Ehrgeiz. Er war ein intelligenter Teenager und träumte davon, an der hochangesehenen Staatsuniversität Moskau Jura zu studieren. Er schien gute Chancen zu haben: die Entscheidung, sich ganz seinen Studien zu widmen, zahlte sich offensichtlich aus. Seine Schulzeugnisse waren voller Vieren und Fünfen – die bestmöglichen Noten –, während ihn die ausgiebigen Aktivitäten außerhalb des normalen Unterrichts in den Schulen und bei der Komsomol, dem Kommunistischen Jugendverband, aus der Menge der Jungen hervorhob. Bei allen ihren sonstigen Fehlern bot die sowjetische Gesellschaft immer noch gewaltige Aufstiegschancen, und selbst ein armer Junge vom Lande konnte sich seinen Weg zur Universität bahnen, wenn er es nur klug genug anstellte. Als die Zeit für die Aufnahmeprüfung gekommen war, bestieg er einen Zug und reiste nach Norden.

Bis dahin hatte Andrej Moskau nur auf Bildern gesehen, und die Wirklichkeit dieser Stadt hinterließ einen tiefen Eindruck bei ihm, auch wenn seine Eltern ihm nur so wenig Geld mitgeben konnten, daß er auf einem der Bahnhöfe der Stadt übernachten mußte. Zwischen den verschiedenen Prüfungen wanderte er durch die breiten Straßen, bestaunte voller Ehrfurcht die riesigen, neugotischen Häuserblocks, die überall aus dem Boden hervorschossen, und träumte von seiner Zukunft als Student. Vielleicht hätte ihm ein Erfolg schließlich geholfen, das Gefühl der Zurückweisung und der Wertlosigkeit abzuschütteln, doch dazu bekam er keine Gelegenheit. Schon bald nach seiner Rückkehr in sein Dorf erhielt er die Mitteilung, daß er nicht angenommen worden war.

Tschikatilo war erschüttert. Er hegte die Überzeugung, daß man ihn nur wegen der Kriegsvergangenheit seines Vaters abgewiesen hatte. Für ihn lag es auf der Hand, daß es auf der Universität für den Sohn eines potentiellen ›Volksfeindes‹ keinen Platz geben konnte, und er begann, seinen Vater dafür zu hassen. Die Wahrheit sah anders aus. Ein Studienplatz an der Juristischen Fakultät, die zu der damaligen Zeit von einem weiteren jungen Mann aus dem Süden Rußlands, Michail Gorbatschow, besucht wurde, war einer der begehrtesten und am schwierigsten zu erlangenden des ganzen Landes. Die Konkurrenz war hart, und andere hatten die Aufnahmeprüfung einfach mit besserem Ergebnis absolviert. Er hatte den unbequemen Nächten, die er auf den harten Bänken des Bahnhofs verbracht hatte, eindeutig Tribut gezollt.

Nach diesem Rückschlag kam es zu einer der ungewöhnlichsten Wendungen, die Tschikatilo für einen großen Teil seines bevorstehenden Arbeitslebens prägen sollten. Anstatt sich nun bei einer kleineren Universität zu bewerben, schlug er eine völlig andere Richtung ein, entschied sich für eine einfache technische Ausbildung. Der Teenager, der von einer strahlenden Karriere als Moskauer Anwalt geträumt hatte, schrieb sich statt dessen bei der örtlichen Technikerschule für die Ausbildung als Fernmeldetechniker ein. Während jener Zeit hatte er auch seine erste wirkliche Liebesaffäre, und wieder war es eine Freundin seiner Schwester.

Tatjana Narischna fand Gefallen an ihm, und die Romanze erblühte. Sie war siebzehn, er neunzehn, und beide waren begierig darauf, Erfahrungen mit ihrer Sexualität zu machen. Sie versuchten es zweimal, aber beide Anläufe endeten mit einem Fehlschlag. Irgendwie hielt sich Tschikatilo zurück. Obwohl er sie attraktiv fand, wurde er stets äußerst verlegen, wenn sie allein waren. Sie versuchten es nicht noch einmal. Ihr Verhältnis dauerte etwas weniger als zwei Monate, dann trennten sich ihre Wege. Einige Monate später, im Jahre 1955, beendete er die zweijährige Ausbildung und wurde vom Kommunistischen Jungendverband als sogenannter ›junger Spezialist‹ zu seinem ersten Arbeitsplatz an den Telefonleitungen in die karge Industriestadt Nischni-Tagil, etwa 1300 Kilometer östlich von Moskau, geschickt.

Für einen Jungen aus dem Süden war das eine bittere Erfahrung. Der erste Winter mit Temperaturen, die weit unter den Nullpunkt fielen, traf ihn vollkommen unvorbereitet. Er war nicht mit der nötigen Kleidung ausgestattet und trug häufig beinahe Frostbeulen davon. Der erste Eindruck, den er auf seine Arbeitskollegen und Vorgesetzten machte, war gut. Sie alle erinnerten sich an ihn als scharfsinnigen und bestimmt auftretenden jungen Mann, der entschlossen war, sich zu bewähren.

Gleichzeitig versuchte Tschikatilo, mit seinem Sexualtrieb zurechtzukommen. Nachdem er sein jugendliches Zölibatsgelübde aufgegeben hatte, versuchte er mehrere Male, mit Mädchen aus Nischni-Tagil zu schlafen. Aber stets lief es verkehrt: Nie bekam er im richtigen Augenblick eine Erektion. Die Reaktionen der Mädchen halfen ihm auch nicht gerade weiter. Häufig verspotteten sie ihn, während er sich wegen seiner Unfähigkeit schämte, und machten es dadurch noch schlimmer. Er entwickelte die fixe Idee, daß sie jedermann erzählten, er wäre impotent. Er war wie besessen von dem Problem und gelangte zu der Überzeugung, daß er unter einem körperlichen Fehler litt und sich von den anderen Jungen unterschied.

Die Begeisterung, die seine Arbeitskollegen anfangs bei ihm festgestellt hatten, begann zu schwinden. An ihre Stelle traten immer tiefere Phasen der Depression, in denen er manchmal sogar an Selbstmord dachte. Derartige Stimmungen sollten Tschikatilo sein ganzes Leben hindurch begleiten und im Verlauf der Jahre immer häufiger werden – oft schien ihm der einzige Ausweg in der Arbeit zu liegen. Im Zuge seiner geradezu besessenen Suche nach Vervollkommnung begann er, abends an einem Fernkursus des Instituts für Elektrotechnik in Moskau teilzunehmen.

Doch es herrschte nicht nur Traurigkeit. 1957 empfing Moskau zu einem riesigen internationalen Jugendfest, und Tschikatilo gelang es, von seinen Vorgesetzten die Erlaubnis zum Besuch der Veranstaltung zu bekommen. Es wurde eine typische Zurschaustellung kommunistischen Pomps. Der neue Führer der Sowjetunion, Nikita Chruschtschow, war entschlossen, das Ansehen seines Landes zu verbessern. Für die jungen Teilnehmer, insbesondere aus den Provinzen, war es eine aufregende Erfahrung, nicht zuletzt wegen der vielen Ausländer, die in die Stadt strömten. Tschikatilo erinnerte sich später an diese Tage als die glücklichsten seines Lebens, auch wenn er wiederum aufgrund seiner Armut auf einer Bank in einer Bahnstation schlafen mußte. Das machte ihm nichts aus. Er schloß sogar mit einem österreichischen Jungen gleichen Alters Freundschaft, was später zu einem Briefwechsel führte. Als er nach Nischni-Tagil zurückkehrte und seinen Bekannten davon berichtete, schwelgte Andrej buchstäblich in ihrem Neid. Aber das war auch schon alles. Noch im selben Jahr wurde Tschikatilo zum Militärdienst einberufen und zu einer Fernmeldeeinheit abkommandiert, wo er seine technischen Qualifikationen zum Einsatz bringen konnte.

Die drei Jahre, die er in der Armee diente, waren hart, wenn sie sich auch nicht so sehr von den Tagen in Nischni-Tagil unterschieden. Sein Verhältnis zu den anderen Rekruten war nicht gut. Obwohl sie alle nahezu ununterbrochen Tag und Nacht zusammenlebten, hielt er sich abseits von den anderen und fand es schwierig, Freunde zu gewinnen. Das lag zu einem gewissen Teil auch daran, daß er immer den Eindruck hatte, die Kameraden würden sich hinter seinem Rücken über ihn lustig machen. Auch seine Versuche, bei den Mädchen anzukommen, führten nicht zum Erfolg. In seinem Umfeld gab es viele Mädchen, und es wäre leicht gewesen, sie kennenzulernen, wenn er mit den anderen Soldaten ausgegangen wäre. Aber er fühlte sich in seiner Uniform genausowenig als Mann wie ohne. Wenn das Ende des Abends nahte und die Paare sich langsam zusammenfanden, machte sich in Tschikatilo Panik breit. Er war überzeugt, sexuell nicht bestehen zu können, und je mehr er daran glaubte, desto mehr traf es zu. Am Schluß gab er die Ausflüge vollständig auf und blieb lieber in der Kaserne, wo er Radio hörte und seine geliebte politische Literatur las. Gerüchte über seine ›Impotenz‹ machten allmählich die Runde. Zu seinem Entsetzen behaupteten einige Soldaten, daß er schwul sei.

In jener Zeit geschah etwas, das einen tiefen Eindruck bei ihm hinterließ. Während er bei einem Rendezvous mit einem Mädchen zusammensaß und mit ihr schmuste, machte sie ihm plötzlich klar, daß sie genug hätte, und sie versuchte, sich aus seinen Armen zu befreien. Doch er wollte sie nicht loslassen. Einen Augenblick lang genoß er das Gefühl der Spannung, während sie gegen ihn ankämpfte und dabei vergeblich versuchte, seine muskulösen Arme zu öffnen. Nach kurzer Zeit gab er auf und ließ sie los, aber mitten im Kampf hatte Tschikatilo gespürt, wie er in seine Hose ejakulierte. Es war nur ein einzelnes, unbedeutendes Ereignis, doch es reichte aus. In seinem Unterbewußtsein war die erste gefährliche Verbindung zwischen sexuellem Genuß und körperlicher Gewalt geknüpft.

KAPITEL DREI

Das Land, in das Tschikatilo Anfang der sechziger Jahre zurückkehrte, befand sich gerade in einem Prozeß rascher Veränderungen. Stalin war schon seit einiger Zeit tot, und das von seinem Nachfolger Nikita Chruschtschow ausgelöste sogenannte Tauwetter war angebrochen. In der geschlossenen Sitzung des Zwanzigsten Parteikongresses, im Februar 1956, hielt der neue Führer seine legendäre ›Geheimrede‹ über den Machtmißbrauch und die Verbrechen jenes Mannes, dem er einst so treu gedient hatte. Auch verurteilte er den ›Personenkult‹, der um Stalin aufgebaut worden war. Als die Rede erst in der Sowjetunion und dann für den Rest der Welt freigegeben wurde, schlug sie wie eine Bombe ein. Es lag nicht in Chruschtschows Absicht, das kommunistische System abzuschaffen, sondern lediglich die unumschränkte Macht, auf die auch er dank dieses Systems zurückgreifen konnte. Auf jeden Fall war er entschlossen, dem ungezügelten Terror ein Ende zu setzen, der die Stalin-Ära charakterisiert hatte. So ließ er viele der Opfer rehabilitieren, auch wenn sie bereits gestorben waren.

Aber die Russen konnten auch auf einige Erfolge stolz sein. Am 18. April des gleichen Jahres wurde Juri Gagarin zum ersten bemannten Flug in den Weltraum geschossen. In seiner Heimat war er ein Held, in den Vereinigten Staaten löste er die Befürchtung aus, daß man im Kalten Krieg die Stärke des Feindes ernstlich unterschätzt hatte. Zudem stieg der Lebensstandard, auch wenn er noch ein gutes Stück niedriger als im übrigen Europa lag. Chruschtschows Prahlerei, den Westen zu überholen und zu ›beerdigen‹, erwies sich als leere Phrase. Immerhin gehörten Hungersnöte wie in den dreißiger Jahren endgültig der Vergangenheit an.

Zuerst kehrte Tschikatilo zu seiner Familie nach Jablonjewka zurück. Aber dort gab es wenig für ihn zu tun. Schließlich hatte er mittlerweile das fünfundzwanzigste Lebensjahr erreicht, konnte gute Qualifikationen vorweisen und war sogar ein wenig im Land herumgekommen. Es war nun an der Zeit, beruflich voranzukommen, und rasch begriff er, daß das kleine ukrainische Dorf nicht der richtige Ort dafür sein konnte. Deshalb entschloß er sich, über die Ostgrenze nach Rußland zu ziehen. Auch wenn es sich dabei nominell um eine andere Republik handelte, unterschieden sich beide kaum voneinander. Die inneren Grenzen zwischen den fünfzehn sogenannten ›Autonomen Republiken‹, aus denen sich die Sowjetunion zusammensetzte, besaßen damals kaum eine Bedeutung. Wie die Ukraine, war der Bezirk Rostow vorwiegend eine Agrarregion, die in den dreißiger Jahren schwer gelitten hatte und während des Kriegs verwüstet worden war. Auch sie begann allmählich etwas von ihrem früheren Wohlstand zurückzugewinnen. Die Landschaft mit ihren weiten offenen Ebenen, auf denen Getreide angebaut wurde, erinnerte Tschikatilo an seine Heimat, ebenso wie der auffällige Akzent, mit dem die Einwohner Russisch sprachen. Tschikatilo fand eine Anstellung als Fernmeldetechniker in einer kleinen Stadt namens Rodionowo-Neswetajewskoje, ungefähr vierzig Kilometer nördlich der Stadt Rostow. Obwohl er nur ein einfaches Zimmer bewohnte, ging es ihm gut. In jenen Jahren massenhafter Landflucht gefiel ihm, wie Millionen anderer Russen, das Stadtleben hundertmal besser als das Leben auf dem Land, allein schon wegen des unerhörten Luxus' über Toiletten im Haus, Elektrizität und fließendes Wasser zu verfügen. Nachdem er dort ein Jahr lang allein gelebt hatte, überredete er seine Mutter, seinen Vater und seine Schwester, zu ihm zu ziehen. Zuerst wohnten sie alle zusammen, eingeengt in seinem kleinen Zimmer. Bald besserte sich ihre Situation. Nachdem seine Eltern genug Geld gespart hatten, um sich ein kleines Häuschen zu kaufen, zogen sie 1962 um. Währenddessen hatte sich seine Schwester Tatjana in einen jungen Mann aus der Gegend verliebt und ihn geheiratet.

Doch die Jahre heilten Tschikatilo nicht von seiner Schüchternheit, und allmählich begannen sich Episoden unerwiderter Liebe aneinanderzureihen. Er begegnete oft, entweder auf seiner Arbeit oder während seiner Freizeit, attraktiven Mädchen, doch meistens traute er sich nicht, sie anzusprechen, geschweige denn, sie um eine Verabredung zu bitten. So fand er zum Beispiel nie den Mut, ein Mädchen anzusprechen, das in der Stadtbibliothek arbeitete und an dem er Gefallen gefunden hatte, obwohl er beinahe täglich unter dem Vorwand dorthin ging, sich Bücher ausleihen zu wollen. Natürlich bemerkte sie ihn und wartete darauf, daß er den ersten Schritt tat – doch da er nichts weiter unternahm, entwickelte sich nie etwas zwischen ihnen. Bei einer anderen Gelegenheit empfand er eine solch starke Scheu vor einem Mädchen an seiner Arbeitsstelle, daß es ihm, anstatt sie direkt anzusprechen, einfacher erschien, einen Artikel im Lokalblatt zu schreiben, in dem er ein Loblied auf sie als vorbildliche Arbeiterin sang.

Doch sein Sexualtrieb war allgegenwärtig. Um ihn zu befriedigen, verbrachte er mehr und mehr Zeit damit, zu masturbieren. Meistens geschah das heimlich in seinem Zimmer, und zwar immer dann, wenn seine Eltern nicht zu Hause waren. Hinterher schämte er sich und schenkte den Ammenmärchen Glauben, daß es seiner Gesundheit schaden würde. Doch das konnte ihn nicht davon abhalten, es immer wieder zu tun. Wenn er den Drang dazu verspürte, glaubte er, ihm augenblicklich nachgeben zu müssen – selbst wenn er sich an seinem Arbeitsplatz befand, was unvermeidlich zu peinlichen Situationen führte.

Einer der schlimmsten Zwischenfälle ereignete sich kurz nachdem er seine neue Arbeitsstelle angetreten hatte. Zusammen mit einer Gruppe von Fernmeldetechnikern reparierte er gerade dort die Leitungen, wo sie durch den Wald beim Dorf Chotunok verliefen. Wie gewöhnlich lagerten sie auf einer Lichtung, um ihre Essenspakete im Freien zu verzehren. Während sich die anderen ausruhten, verschwand Andrej im Wald, scheinbar um zu urinieren. Nachdem er sich ein paar Schritte entfernt hatte, begann er jedoch zu onanieren. Das war ein schwerwiegender Fehler. Denn als er ein paar Minuten später zurückkehrte, stellte er fest, daß seine Kurzsichtigkeit ihm einen bösen Streich gespielt hatte. Auch wenn er selbst seine Arbeitskollegen nicht gesehen hatte, so machten sie ihm schnell klar, daß sie ihn ausgezeichnet hatten beobachten können. Der

Kolonnenführer, ein Mann namens Wasilij, befand sich unter ihnen. »Andrej war im Wald, um zu wichsen«, rief er zur Belustigung der anderen. Nicht zum ersten Mal in seinem Leben starb Tschikatilo fast vor Scham. Er war sich nicht sicher, was schlimmer war: das Masturbieren oder die Tatsache, daß er von seinen Kollegen verspottet wurde. Auf jeden Fall verstärkten Vorfälle dieser Art sein Gefühl der Isolation. »Ich habe immer darüber nachgedacht und darunter gelitten, weil ich begriff, daß ich anders war als die anderen«, erklärte er Jahrzehnte später den Ermittlungsbeamten.

Auch seine Schwester Tatjana begann sich Sorgen um ihn zu machen. In Rußland heiratete man üblicherweise recht früh, und viele hatten bereits im Alter von achtzehn oder neunzehn Jahren ihr erstes Kind. Ihr Bruder jedoch war bereits siebenundzwanzig und machte trotz ihrer gutgemeinten Verkuppelungsversuche keine Anstalten, die richtige Frau zu finden und eine Familie zu gründen. Sie begriff, daß sie ihre Bemühungen verstärken mußte. Und 1963 lernte sie zufällig ein Mädchen kennen, das für ihn wie geschaffen zu sein schien. Damals war sie gerade in die nahegelegene Stadt Nowoschachtinsk gefahren, wo sie sich in einem kleinen Friseursalon, in dem ihre Freundin Galina arbeitete, die Haare schneiden ließ.

Faina – die Fenja gerufen wurde – war drei Jahre jünger als Tschikatilo, hatte nur einen einfachen Schulabschluß und suchte eine Arbeitsstelle. Ihr Vater war von Beruf Bergarbeiter und ihre Mutter Hausfrau. Mit all dem Kochen, Einkaufen, Wäschewaschen und Kinderhüten war das eine Vollzeitbeschäftigung. Faina, die Zweitälteste von sechs Kindern, war keine ausgesprochene Schönheit. Sie war groß, von angenehmem Äußeren und erweckte einen tüchtigen wie auch zuverlässigen Eindruck, zwei Eigenschaften, an denen es Tschikatilo offenkundig mangelte. Während Tatjana sich mit ihr unterhielt, fand sie heraus, daß Faina alleinstehend war und nach einem Freund oder sogar nach einem Ehemann Ausschau hielt. Rasch entwickelte Tatjana einen Plan.

Als Tschikatilo bald darauf einen freien Tag hatte, lud ihn seine Schwester ein, mit ihr nach Nowoschachtinsk zu fahren, um ihre Freundin, die Friseuse, zu besuchen. Aber ohne sein

Wissen hatte sie bereits Faina eingeladen. Die Begrüßung verlief nicht besonders erfolgversprechend. Obwohl ihm das Aussehen des Mädchens durchaus gefiel, besiegte ihn auch diesmal seine gewohnte Schüchternheit, und es gelang ihm noch nicht einmal, ihr in die Augen zu sehen. Stotternd brachte er kaum seinen eigenen Namen über die Lippen. Als Tatjana und ihre Freundin später für kurze Zeit verschwanden, um die beiden allein zu lassen, nahm seine Verlegenheit noch weiter zu. In seinem Kopf tobte der Gedanke daran, Faina zu umarmen und zu küssen, doch dazu konnte er sich nicht durchringen.

Als seine Schwester zurückkehrte, bemerkte sie die Erleichterung auf seinem Gesicht. Aber sie ließ nicht locker. Auf dem Heimweg fragte sie ihn, ob ihm Faina gefallen habe, worauf er nicht antwortete, sondern verlegen zur Seite schaute. Aus seinem Benehmen schloß Tatjana, daß das Mädchen ihn beeindruckt hatte, aber daß er zu schüchtern war, um darüber zu sprechen. Als sie vorschlug, in Zukunft öfter nach Nowoschachtinsk zu fahren, lehnte er dies immerhin nicht ab.

Wie Tatjana gehofft hatte, begann sich zwischen den beiden allmählich etwas zu entwickeln. Anfangs fühlte sich Faina von Tschikatilos unglaublicher Schüchternheit abgestoßen, doch als das Eis zwischen den beiden zu schmelzen begann, fand sie ihn ganz nett. Er war groß, kräftig gebaut, wohlerzogen und hob sich vom Durchschnitt der hiesigen jungen Männer ab. Anders als seine Altersgenossen fand er keinen besonderen Gefallen am Alkohol, diesem traditionellen Fluch, unter dem die russischen Ehefrauen zu leiden hatten. Er trank höchstens mal ein oder zwei Gläschen, und das auch nur, wenn es etwas zu feiern gab.

Wahrscheinlich gefiel ihr an ihm seine Haltung gegenüber Frauen, seine sanfte Art, die aus seiner Schüchternheit und seinem Gefühl der Unsicherheit entstand. Natürlich sprach aus ihrer Sicht nichts dagegen, wenn er sie geküßt hätte. Im Gegenteil, sie begann sich bereits zu fragen, warum er es nicht tat. Doch auf der anderen Seite war es eine angenehme Abwechslung, daß er nicht vom Sex besessen zu sein schien. Während die andern jungen Männer ständig versuchten, sie ins Bett zu bekommen, gab sich Tschikatilo damit zufrieden, bis nach ihrer Heirat zu warten. Das war ungewöhnlich, aber dennoch nicht unwillkommen – zumal in einem Land, in dem der Mangel an Verhütungsmitteln zur Folge hatte, daß viele Sexualkontakte unter Jugendlichen letztlich zu einer Abtreibung führten. Später, im Jahre 1963, heirateten die beiden in einer schlichten Zeremonie auf dem örtlichen Standesamt.

Der Segen verwandelte sich aber bald in einen Fluch. Als das Paar in der Hochzeitsnacht zum ersten Mal beieinander lag, erkannte Faina, daß seine Verlegenheit dauerhafter Natur war. Er erwies sich sogar als unfähig, überhaupt eine Erektion zu bekommen. Faina benötigte eine Woche, bis sie ihn überreden konnte, es noch einmal zu versuchen, und es bedurfte all ihrer Freundlichkeit und Geduld, bis es ihnen schließlich gelang, miteinander Geschlechtsverkehr zu haben. Zuerst hatte sie sein Verhalten als Schüchternheit oder Zurückhaltung ausgelegt, doch es war mehr als Lampenfieber. Nach außen hin erschienen sie auch weiterhin als ein normales, glückliches Paar, dem das ganze Leben offen stand. Sie waren zwar nicht reich, aber auch nicht arm; eben ein ganz normales junges Paar wie Millionen andere in der Sowjetunion, die sich mit einem dürftigen staatlichen Einkommen durchs Leben schlugen und ihre Hoffnungen auf eine bessere Zukunft richteten. Und es sah so aus, als ob sie sich jene auch verdient hätten. Andrej – intelligent und ehrgeizig – war entschlossen, sein Versagen dadurch zu kompensieren, daß er an der Moskauer Universität aufgenommen wurde. Sein neuestes Vorhaben war sogar noch ehrgeiziger: Er wollte mit Hilfe eines Fernkurses einen akademischen Grad an der Rostower Fakultät für Russische Sprach- und Literaturwissenschaften erwerben. Darüber hinaus träumte er von einer politischen Karriere. Nachdem er schon während seiner Militärzeit der Kommunistischen Partei beigetreten war, wurde er jetzt zu einem eifrigen und engagierten Parteimitglied. Auch wenn er zu Hause nicht viel mit Faina über seine Gesinnung sprach, blieb er ein überzeugter Kommunist, der aufrichtig an die offizielle Parteilinie und damit an die Überlegenheit des sozialistischen Systems und an die Unvermeidlichkeit der Weltrevolution glaubte.

Ihre Freunde ahnten nichts von der Barriere, die im Schlafzimmer zwischen ihnen stand. Was Tschikatilo auch anstellte, er fand kein Vergnügen am Sex mit seiner Frau. Allerdings schliefen sie auch weiterhin miteinander, was die Geburt ihrer Tochter Ljudmila 1965 und, vier Jahre später, die ihre Sohnes Juri bewiesen. Schon bald war es für Tschikatilo kaum mehr als eine eheliche Pflicht, die zu nichts anderem diente, als Nachwuchs zu bekommen. Denn er liebte seine Kinder und meinte, daß zwei nicht genug wären. Nach all den Anstrengungen reagierte er verständlicherweise äußerst wütend, als er herausfand, daß seine Frau einmal abgetrieben hatte. »Wie konntest du zulassen, daß ein Arzt mein Kind tötet?« hatte er sie im nachhinein gefragt.

Und dann gab es da noch jene Sexualphantasien, die er zunehmend entwickelte. Es hatte unschuldig begonnen. Er stellte sich vor, fast so allmächtig wie Superman zu sein, der gegen das Böse ankämpfte. Aber nach und nach begann er die Macht um ihrer selbst willen anzubeten. Sein Verlangen, sexuell zu dominieren, wuchs immer mächtiger an, und er lebte in dem Zwiespalt, ob er dagegen ankämpfen oder sich ihm einfach hingeben sollte. Häufig erinnerte er sich an die Erregung, die er bei dem Vorfall während seines Armeedienstes verspürt hatte, als das Mädchen versuchte, sich aus seinem Griff zu befreien.

Hätte er einer anderen, liberalen Generation in einem anderen Land angehört, so hätte Tschikatilo diese sadistische Neigung vielleicht mit seiner Frau besprechen können, wenn nicht sogar mit einem Psychiater. Mit fremder Hilfe wäre er möglicherweise in der Lage gewesen, seine Neigung in ein normales Sexualleben zu integrieren oder irgendwie zu neutralisieren. Tschikatilo jedoch lebte in Südrußland und nicht in Südkalifornien, und er konnte sich nicht vorstellen, wie er mit seiner prüden Frau eine derart heikle Angelegenheit besprechen sollte. In gewissem Sinne war sie es, die ihn dominierte, ob nun im Bett oder außerhalb, und er wagte nicht, sich mit ihr darüber auszusprechen.

Und so ging ihr Leben weiter, und beide litten sie stumm vor sich hin. Faina fühlte sich mehr und mehr vernachlässigt, während Tschikatilo immer tiefer in seiner Phantasiewelt versank. Manchmal, in den Abgründen seiner Depression, fand er sich vor die Frage gestellt, ob er jemals zu einem normalen Sexualleben fähig sein könnte. Die unvermeidliche Antwort darauf war nein. Doch in diesem Stadium konnten sich möglicherweise weder er noch seine Frau vorstellen, wie weit er sich von der Norm fortentwickeln würde – und wie zerstörerisch die Folgen für jene Menschen sein sollten, die seinen Weg kreuzten.

KAPITEL VIER

All die langen Abende, die Tschikatilo über den Büchern gebrütet hatte, zahlten sich schließlich aus, als er 1971 an der Rostower Universität mit einem akademischen Grad in Russischer Sprach- und Literaturwissenschaft ausgezeichnet wurde. Für ihn war das mehr als nur ein Stück Papier, zumal es ein Mittel gewesen war, sich zu prüfen. Faina, die aus den einfachen Verhältnissen der Arbeiterklasse stammte, war dementsprechend stolz, daß sie nun mit einem Mann von höherer Bildung verheiratet war. Zum ersten Mal in seinem Leben schien er die Prüfung bestanden zu haben, der er sich selbst unterworfen hatte. Allem Anschein nach ging es nun aufwärts.

Bereits im Jahr davor hatte er das Fernmeldeamt verlassen und eine neue Beschäftigung als Leiter des örtlichen Sportzentrums gefunden. Mit seiner großen athletischen Gestalt fand er natürlich Gefallen am Sport, und außerdem mochte er den Kontakt zu jungen Leuten. Es gehörte zu seiner Aufgabe, daß er einen Großteil seiner Zeit mit Jugendlichen verbrachte und regelmäßig mit ihnen zu sportlichen Wettkämpfen reiste. Auch kamen Faina und er nun besser miteinander aus. Inzwischen war es ihm gelungen, eine Wohnung zu bekommen – keine geringe Leistung in einem Land, in dem an allem ständig Mangel herrschte – und sich außerdem auch ein eigenes Motorrad anzuschaffen. Aber noch immer schien er sich nicht einzufügen. Die Leute, die ihn aus jener Zeit kannten, erinnerten sich seiner als verschlossen und introvertiert. Keiner seiner Nachbarn oder Arbeitskollegen stand ihm nahe. Soweit sie aussagen konnten, verbrachte er die meiste Zeit mit Lesen. Und falls er gefragt wurde, so behauptete Tschikatilo stets, daß er sich bemühte, seinen Doktorgrad und nicht nur eine normale Graduierung zu erlangen.

Mit dem neuen Abschluß in der Tasche glaubte Tschikatilo,

daß ihm nun bessere Möglichkeiten offen stünden. Tatsächlich fand er auch nach einigem Suchen in der Stadt Nowoschachtinsk eine Stelle als Russischlehrer. Es war ein wenig ansprechender Ort im Herzen des Rostower Kohlenreviers mit rund zweihunderttausend Einwohnern. Sowohl Nowoschachtinsk als auch ihre größere Nachbarstadt Schachty (der Name bedeutet eigentlich ›Schacht‹) waren streng funktional ausgerichtete Orte. Beide Städte waren in erster Linie wegen der Kohle aus dem Boden gestampft worden, und Kohle blieb auch im folgenden ihr einziger Daseinszweck. Zusammen mit anderen Gruben jenseits der Grenze im ukrainischen Teil des Donez-Beckens gehörten sie zu den ältesten und damit zu den härtesten Zechen: Die Arbeitsbedingungen unter Tage waren mit die gefährlichsten auf der ganzen Welt. Obwohl die Bergmänner zu den besser bezahlten Arbeitern gehörten, lebten nur wenige lange genug, um jemals ihre Alterspension in Anspruch nehmen zu können. Die erschreckend hohe Unfallrate bedeutete genaugenommen, daß für jede Million Tonnen Kohle ein Bergmann sein Leben lassen mußte.

Aber auch das Leben über Tage sah nicht viel besser aus. Die Straßen waren kurvenreich, voller Schlaglöcher und in schlechtem Zustand. Die Behausungen waren eine Mischung aus schlampig hochgezogenen, sechsstöckigen Wohnblocks der fünfziger und sechziger Jahre und noch ältere Baracken mit Außentoiletten, die im strengen Winter einfroren und im heißen Sommer widerwärtig stanken – für ein junges Paar wahrlich kein attraktiver Ort, um sich niederzulassen. Verglichen mit dem zwei Zugstunden entfernten Rostow im Süden war es hier sehr eintönig und bedrückend. Aber es hätte sie noch weit schlimmer treffen können, und so beklagten die beiden sich nicht.

Tschikatilo stürzte sich mit Begeisterung auf sein neues Tätigkeitsfeld und verbrachte jeden Abend Stunden damit, seinen Unterricht zu planen und vorzubereiten. Es war leicht zu verstehen, warum es ihm hier gefiel. Obwohl das Gehalt eines Schullehrers nicht hoch war, genoß er doch ein gewisses Ansehen in der Gemeinde, da er über einen Universtitätsabschluß verfügte. Zudem hatte das Gefühl, über eine Schulklasse voller Kinder gebieten zu können, für ihn einen besonderen Reiz.

Zu allem Unglück stellte sich jedoch heraus, daß er ein hoffnungslos unfähiger Lehrer war. Bei all seiner Intelligenz machte ihn sein schüchterner, introvertierter Charakter doch völlig ungeeignet, sich im Klassenzimmer durchzusetzen. Vielleicht hätte ein besseres System der Lehrerausbildung ihn in den Stand gesetzt, mit mehr Geschick zu unterrichten, möglicherweise hätte er sich auch davon überzeugen lassen, die Vorstellung von einer Lehrerlaufbahn völlig fallenzulassen. Doch weder das eine noch das andere traf zu. Schon am ersten Tag wurde er von seinen Schülern gnadenlos verspottet, und so ging es auch in Zukunft weiter – ganz gleich, wie sehr er sich bemühte, es gelang ihm nicht, die Disziplin in der Klasse aufrechtzuerhalten. Während er hilflos vor den Kindern stand, brüllten und rannten sie herum oder rauchten ganz unverblümt vor seinen Augen. Für ihn schien es, als ob vom Jüngsten bis zum Ältesten alle an einer geheimen Verschwörung beteiligt waren, um ihm das Leben zur Hölle zu machen. Manchmal fühlte er sich nach einem Unterrichtsvormittag so zerschlagen, daß er beinahe zusammenbrach, wenn er ins Lehrerzimmer zurückkehrte. Und in den Nächten lag er für gewöhnlich wach und grübelte darüber nach, was er ändern könnte. Faina war ihm kaum eine Hilfe, denn sie war fast völlig von ihrem dahinschwindenden Sexualleben in Anspruch genommen.

Jahre später benutzten all seine früheren Schüler die gleichen Ausdrücke, um ihren ungeliebten Lehrer zu charakterisieren: introvertiert, uninteressiert und unangenehm. Die einzigen, die ein paar gute Worte für ihn fanden, waren jene, die keinerlei Interesse am Lernen zeigten, denn er scheute die Mühe, seine Schüler zu ermahnen oder sie überhaupt in irgendeiner Weise zu belästigen. Statt dessen kapselte er sich ab, reduzierte sämtliche Kontakte auf ein absolutes Minimum und zog sich immer weiter in sich selbst zurück.

Auch seine Kollegen empfanden Tschikatilo als verdrossen und mürrisch. Zweifellos war er kein Mensch, mit dem man sich nach der Arbeit auf ein Glas Tee oder etwas Stärkeres zusammensetzte. Im Gegenteil, Wodka rührte er überhaupt nicht an, was ihn in den Augen seiner Kollegen noch merkwürdiger erscheinen ließ. Sie gaben nicht viel auf seine ständigen

Beschwerden, denn er versuchte fortwährend, die anderen irgendwelcher Verfehlungen zu beschuldigen. Ebensowenig mochten sie an ihm, daß er sie andauernd hinter ihrem Rücken beim Direktor anschwärzte.

Zwar besaß jede Schule ihren Anteil an schlechten Lehrern, doch noch schwerwiegender als Tschikatilos Unfähigkeit zu unterrichten waren die ersten Anzeichen, daß sein unglückliches Sexualleben und seine abwegigen Phantasien sehr bald auf sein Verhältnis zu Kindern abfärbten. Besonders die kleinen Mädchen zogen ihn wie ein Magnet an.

Die ersten Anzeichen waren noch recht unscheinbar. Wenn die Schüler im Klassenzimmer mit einer Schreibarbeit beschäftigt waren, suchte Tschikatilo oft nach Gelegenheiten, sich dicht neben sie zu setzen und auf eine bestimmte Stelle im Buch zu zeigen oder einen Fehler zu korrigieren. Die Schüler merkten durchaus, daß er sich etwas zu sehr annäherte und die Grenze überschritt, die ihre Intimsphäre schützte. Und immer häufiger machten sich seine Hände selbständig. Doch das war nur die Spitze des Eisbergs. Einige der Schülerinnen wohnten in der Schule, und das bot ihm die Gelegenheit, auf die er schon immer gewartet hatte. Zum Schrecken der Mädchen gewöhnte er sich bald daran, ohne anzuklopfen in ihrem Schlafsaal aufzutauchen, wenn sie sich gerade fürs Zubettgehen fertigmachten. Ihr Anblick in Unterwäsche und Nachthemd machte ihn schier wahnsinnig. Die Mädchen sagten später aus, daß sie deutlich sahen, wie er durch eine Tasche in seiner Hose vor ihnen masturbierte.

Schon bald darauf begannen die Dinge zu eskalieren. Auf einer Schulwanderung im Mai 1973 ging Tschikatilo mit seinen Schülern in einem Fluß schwimmen. Plötzlich schwamm er hinüber zu Ljuba Terentajewa, einer attraktiven Fünfzehnjährigen, umfaßte sie an den Hüften und streichelte ihre Brüste und Genitalien. Das sei kein Versuch gewesen, sie zu vergewaltigen, erklärte er später, er sei vielmehr durch ein Gefühl der Neugier dazu getrieben worden. Doch rasch war etwas ganz anderes daraus geworden: Als er das Mädchen berührte, begann sie zu schreien. Dabei entdeckte er, daß ihre Schreie ihm merkwürdigerweise sexuelles Vergnügen bereiteten. Daher berührte er sie immer wieder, damit sie noch mehr schrie. Erst als eine Gruppe Schüler vorbeischwamm, um zu sehen, was vor sich ging, ließ er von ihr ab.

Tschikatilo wurde wegen dieses Vorfalls nicht disziplinarisch belangt, genausowenig wie für einen viel krasseren Fall von Kindesmißhandlung, der im selben Monat, diesmal im Klassenzimmer, stattfand. Eines Nachmittags wies er die vierzehnjährige Anja Nikolajewa an, nach der Schule noch für eine Nachhilfestunde zu bleiben. Sie war eine schlechte Schülerin – faul und nicht sehr aufgeweckt –, und er verspürte das starke Verlangen, sie zu bestrafen. Sobald sie im Klassenzimmer allein waren, begann er sie mit einem Lineal ins Kreuz zu schlagen und erregte sich dabei sexuell immer stärker.

»Was tun Sie da?« schrie sie. »Bitte hören Sie auf, Sie tun mir weh!«

Aber er ignorierte ihr Flehen und packte sie so, daß sie sich nicht aus seinem Griff befreien konnte. Inzwischen geriet er mehr und mehr in Aufruhr, und je stärker das Mädchen versuchte, ihm zu entkommen, desto größer wurde seine Erregung, bis er schließlich in seine Hose ejakulierte. Dann sprang er plötzlich auf und stürmte aus dem Klassenzimmer, wobei er die Tür hinter sich abschloß. Da sie sich im Erdgeschoß befand, sprang Anja einfach aus dem Fenster und rannte nach Hause zu ihren Eltern. Jahre später sagte sie vor Gericht aus, daß sie damals ihren Eltern erzählt habe, was vorgefallen war, aber entgegen ihren Erwartungen sei nichts gegen Tschikatilo unternommen worden.

Dergleichen geschah freilich nicht nur in der Schule. Auch wenn er mit dem Bus oder der Straßenbahn fuhr, mischte er sich immer in das größte Gedränge und versuchte, sich an weiblichen Fahrgästen zu reiben, besonders an Jugendlichen und kleinen Mädchen.

Während das Eheleben mit Faina immer katastrophaler wurde, nahm Tschikatilos Suche nach anderen Formen sexueller Befriedigung auch Einfluß auf sein Leben zu Hause.

Die beiden Mädchen, die in der Schule von ihm belästigt

worden waren, hatten die Pubertät schon hinter sich gehabt. Doch auch bei jüngeren geriet er in Erregung. So wurde Marina, die damals sechsjährige Nichte seiner Frau, 1973 im Spätsommer zum Ziel seiner Aufmerksamkeit. Als sie im Garten hinter dem Haus spielte, näherte er sich ihr und schob die Hand unter ihre Unterwäsche. Gut fünf Jahre später, als Marina in Tschikatilos Wohnung schlief, nachdem sie mit ihrer Cousine gespielt hatte, kam er mitten in der Nacht völlig nackt in ihr Schlafzimmer und begann vor ihr zu masturbieren.

Faina schien von dem sonderbaren Verhalten ihres Mannes gewußt zu haben. Es wäre auch schwierig gewesen, nichts davon zu bemerken. Aber offensichtlich hatte sie es vorgezogen, sein Verhalten zu ignorieren. Als sie von den Gerüchten über seine Aktivitäten in der Schule hörte, lachte sie scheinbar verständnisvoll: »Was heißt das schon? Er wollte es wohl mit einer Jüngeren probieren.«

Die maßgeblichen Kollegen dachten anders darüber. Nachdem sie jahrelang nichts gegen die Belästigung der Kinder in ihrer Mitte unternommen hatten, begannen sie nun endlich zu handeln. Im Januar 1974 wurde der junge Lehrer zum Direktor zitiert, und ihm wurde geraten, daß er den Dienst quittieren solle – andernfalls müsse man ihn von der Schule verweisen. Tschikatilo kündigte. Doch durch Entlassung ließ sich das eigentliche Problem kaum lösen, damit wurde es nur verlagert. In seiner Akte wurde nichts von seinen Aktivitäten erwähnt, denn offiziell hatte er ja aus freien Stücken gekündigt. Schlimmer noch, man tat auch nichts, um zu verhindern, daß er eine Stellung an einer anderen Schule bekam und dort genau das gleiche wie vorher unternahm.

Möglicherweise wollte der Direktor Tschikatilo eine weitere Chance geben, bevor er seine ganze Karriere, die ja gerade erst begonnen hatte, zerstörte. Vielleicht war es ihm auch gleichgültig. Was immer der Grund sein mochte, es war jedenfalls die Folge einer gefährlichen Schwäche, die charakteristisch für die gesamte Sowjetgesellschaft war, nämlich die Angst vor Autorität und der Wunsch nach einem ruhigen Leben um jeden Preis. Wenn man die absehbaren Konsequenzen bedachte, so war leicht zu verstehen, warum der Direktor so gehandelt hatte.

Denn hätte er Tschikatilo bei der Miliz gemeldet, wäre eine Untersuchung eingeleitet worden, die nicht nur Tschikatilo, sondern zweifelsohne auch die gesamte übrige Lehrerschaft in Mitleidenschaft gezogen hätte. Wie in einem Produktionsbetrieb oder in einem Büro stellte eine Schule ein Kollektiv mit eigenen Gruppenzielen und gemeinsamen Bewertungen der Gruppe als Ganzes dar. Wenn ein Mitglied etwas besonders gut machte, profitierte das ganze Kollektiv davon. Ließ sich hingegen einer etwas zu Schulden kommen, dann mußten auch alle anderen darunter leiden, einschließlich des Direktors selbst. Wäre zum Beispiel herausgekommen, wie lange sich Tschikatilo schon daneben benahm, wäre auch der Direktor in die Schußlinie geraten, weil er sich so lange nicht darum gekümmert hatte.

Im nachhinein war leicht zu verstehen, warum auch die Eltern der Kinder keine Beschwerden vorbrachten. Schon allein die Tatsache, daß die Nikolajewa sofort ihren Eltern von dem dramatischen Sprung aus dem Klassenzimmerfenster berichtet hatte, war für sich genommen bemerkenswert. In der puritanischen Sowjetgesellschaft der siebziger Jahre, in der man alles Sexuelle genauso entschieden unter den Teppich kehrte wie im viktorianischen England, genierten sich die meisten Jugendlichen viel zu sehr, oder es war ihnen zu peinlich, um über derartige Vorfälle zu sprechen. Für die Eltern wäre es gleichermaßen unangenehm gewesen, Einsatz zu zeigen und in dieser Angelegenheit in der Schule oder bei der Miliz vorstellig zu werden. Kinder, die in solche Fälle verwickelt waren, wurden routinemäßig einer ganzen Batterie von Befragungen und medizinischen Untersuchungen ausgesetzt. Bei den Kindern wurde auf diese Weise oft der Eindruck erweckt, daß sie und nicht der Täter die eigentlichen Schuldigen seien. Und dann hätte es auch noch die üblen Nachreden seitens der anderen Eltern gegeben. Sie würden fragen, warum sich Tschikatilo ausgerechnet ihre Tochter ausgesucht hatte, um sie zu belästigen. Was mochte sie wohl getan haben, um ihn dazu zu ermutigen?

Bei allem Verständnis für ein solches Verhalten änderte sich doch nichts an seinen verheerenden Folgen. Hätte man Tschikatilo damals bestraft, so wäre er damit vielleicht auf seinem Weg aufgehalten worden. Immerhin hätte man über ihn eine Akte wegen Belästigung Minderjähriger angelegt. Wäre es dann später einmal zu einem ähnlichen Verbrechen gekommen, so hätte er sofort zu den Hauptverdächtigen gehört. Wie sich jedoch herausstellte, wurde der Miliz kein Wort über seine Aktivitäten zugetragen. Indem die Verantwortlichen Tschikatilo lediglich darum ersuchten, von sich aus zu kündigen, gaben sie ihm ein gefährliches Signal: Er konnte mit seinen perversen Aktivitäten fortfahren, ohne dafür belangt zu werden.

Tschikatilo fand leicht eine andere Stelle, ganz in der Nähe, im Polytechnikum Nummer 39 von Nowoschachtinsk. Der Schreck, entdeckt worden zu sein – wenn auch, ohne dafür offiziell bestraft zu werden –, schien ihm soviel Angst eingejagt zu haben, daß er sich in der Folge besser beherrschte. Auch boten sich jetzt nicht mehr so zahlreiche Gelegenheiten: Die jüngsten Schüler waren fünfzehn, und er war noch viel zu eingeschüchtert, um mit denen etwas zu versuchen. Er zog jüngere Kinder vor.

Auf jeden Fall war er im Polytechnikum 39 bei Schülern und Lehrern ebenso unbeliebt wie er es auf der anderen Schule gewesen war. Als man im September 1978 gezwungen war, die Belegschaft zu verkleinern, gehörte Tschikatilo aus naheliegenden Gründen zu jenen, die entlassen wurden.

Er fand rasch eine neue Anstellung als ›Wospitatel‹ – eine Art Aufseher – im Polytechnikum Nummer 33; diesmal in der nahegelegenen Stadt Schachty. Faina gelang es, ein Arrangement zu treffen, das es ihr ermöglichte, ihren Ehemann im Auge zu behalten, indem sie dort eine Stelle als Hausmutter annahm. Die beiden erhielten eine Wohnung in der Schule.

Schachty lag nur eine halbe Stunde mit dem Zug entfernt und war ein wenig größer und älter als Nowoschachtinsk. Doch sonst gab es kaum Unterschiede zwischen den beiden Städten: dieselben öden Straßen und dieselben Silhouetten aus Fördertürmen, jeder davon geschmückt mit einem roten Stern zu Ehren der sowjetischen Arbeiterschaft. Die Aufgabe der Schule bestand darin, junge Menschen im Alter zwischen fünfzehn und sechzehn Jahren zu fähigen Arbeitern, Technikern und anderen Spezialisten der Bergbauindustrie auszubilden. Es war ein eigenartiger Ort, an den es Tschikatilo da verschlagen hatte. Er besaß zwar einen Abschluß in Philologie, aber keinerlei Erfahrung im Bergbau. Doch der Direktor schien ihn aus irgendeinem Grund zu mögen. Obwohl die einzelnen Ressortleiter ihm eher skeptisch gegenüberstanden, wurde Tschikatilo in die Belegschaft aufgenommen.

An der neuen Schule unterrichtete Tschikatilo noch ein wenig, doch hauptsächlich trug er die Verantwortung für das Wohnheim, in dem die Jungen lebten. Dort hielten sie sich nachmittags nach dem Unterricht auf. Tschikatilo überwachte die Hausaufgaben und kümmerte sich um die Freizeitgestaltung und den Sport. Außerdem leitete er die unvermeidlichen politischen Diskussionen. Ihm war ebenfalls die Aufgabe zugefallen, die Eltern zum Gespräch zu laden, wenn ihre Söhne besonders schlechte Noten erzielten. Manchmal arbeitete er mit Kollegen zusammen, doch normalerweise befand er sich mit den Jungen allein im Wohnheim, in dem er alle drei Tage eine Vierundzwanzigstunden-Schicht ableistete. Seine Verantwortung lag weniger in der schulischen Ausbildung als vielmehr in der Erziehung: Es war seine Aufgabe, über ihre moralische und charakterliche Entwicklung zu wachen. Angesichts seiner zunehmend abartigen sexuellen Vorlieben hätte man kaum eine unglücklichere Wahl treffen können.

Genauso wie an seinen vorangegangenen Arbeitsplätzen hinterließ Tschikatilo auch in Schachty einen sonderbaren Eindruck. Obwohl er bereits mehr als sieben Jahre Berufserfahrung besaß, gelang es ihm nicht, sich den Respekt der Schüler zu verschaffen, selbst dann nicht, wenn er ihnen mit Schlägen drohte, was er oft genug tat. Daher war es nicht erstaunlich, daß einige der schlimmsten Raufereien im Wohnheim an jenen Abenden stattfanden, an denen er Dienst hatte. Und was die anderen Lehrer betraf, so zogen sie Faina vor, die sich viel offener und umgänglicher gab. Schon bald belegten sie Tschikatilo mit einem Spitznamen: ›die Gans‹ – wegen seines großen, dünnen, auffällig geformten und hervorspringenden Adamsapfels. Er gesellte sich niemals zu ihnen, wenn sie sich auf ein Bier nach der Arbeit zusammenfanden. Ein anderer Lehrer, Iwan Gujak, der in der Lehrerunterkunft direkt über Tschikatilo wohnte, erinnerte sich seiner als einen besonders unangenehmen Menschen, der sich kaum um ihn als Nachbarn gekümmert hatte.

Als Tschikatilos Sohn Juri heranwuchs, hatte der Vater bei seiner Erziehung offensichtlich ebensogroße Probleme wie mit seinen Schülern. Bereits damals, im Alter von neun Jahren, begann der Junge aufzubegehren. Er gab seinem Vater Widerworte, wenn der mit ihm schimpfte, und tat nicht, was er ihm auftrug, zumal Tschikatilo inzwischen immer weniger Zeit mit ihm und Ljudmila verbrachte.

Trotz allem besaß Tschikatilo den Ruf, höflich, wohlerzogen, kultiviert und auch belesen zu sein; ein Mann, den man niemals fluchen hörte, besonders dann nicht, wenn sich Frauen in der Nähe aufhielten. Und dann war da noch seine Leidenschaft für die Politik. Dafür interessierte er sich wirklich, und er sprach gern über sie. Hatte er erst einmal mit dem Thema begonnen, war es schwierig, ihn wieder zu stoppen. Millionen Menschen traten der Kommunistischen Partei lediglich bei, um ihrer Karriere zu nützen, nicht jedoch Tschikatilo. Er war geradezu ein Fanatiker. Seine frühere Aufgabe als Schüler, die Parteizeitungen für seine Klassenkameraden zu lesen und zu interpretieren, war ihm zur lieben Gewohnheit geworden. Er schien nichts anderes in seiner Freizeit zu tun, als Zeitung zu lesen – und er glaubte alles, was darin stand. Ohne jeden Vorbehalt akzeptierte er die darin vertretene Aufteilung der Welt in böse Kapitalisten und gute Kommunisten. Er träumte auch von einer eigenen politischen Karriere. Doch es war nur ein Traum, und er unternahm nichts zu seiner Realisierung.

Trotz seiner Absonderlichkeit vermittelte er den Eindruck eines Mannes, der im herrschenden System zurechtkam, auch wenn eigentlich niemand genau sagen konnte, wie ihm das gelang. Dafür gab es im Russischen ein treffendes, unübersetzbares Wort: ›Blat‹, eine Kombination aus Einfluß und Beziehungen. Entweder man besaß es, oder man besaß es nicht – und Tschikatilo besaß es irgendwie. Andere Lehrer an der Schule warteten seit Jahren darauf, daß die örtliche Verwaltung ihnen Wohnraum zuwies. Doch schon kurz nachdem Tschikatilo in Schachty angekommen war, erhielten er und seine Frau eine den anderen Kollegen geradezu palastartig erscheinende Wohnung mit vier Zimmern in der Schule. Es erregte auch einigen Neid unter seinen Kollegen, daß er die Erlaubnis erhielt, auf dem Schulgelände eine Garage zu errichten.

Schließlich war da noch die Geschichte mit seinem Auto, einem soliden Moskowitsch, einem ›Luxuswagen‹, den zu fahren nur wenige Sowjetbürger reich genug waren. Offenbar erwarb er ihn mit dem Geld, das er durch den Verkauf der Wohnung in Nowoschachtinsk erhalten hatte. Ungefähr nach einem Jahr stieß er den Moskowitsch plötzlich ab. Er verkaufte ihn an einen Milizionär – zumindest war das die Version, die er jedem erzählte, der danach fragte. Allerdings kursierte ein Gerücht, daß er das Auto weggegeben hatte, um sich das Schweigen wegen seiner Vergehen gegenüber Kindern zu erkaufen. Einer der Lehrer versuchte bei Faina, die wahre Geschichte herauszubekommen, doch sie verriet ebensowenig wie ihr Ehemann.

Man kann sich leicht vorstellen, welche Möglichkeiten sich für Tschikatilo durch seine Arbeit im Wohnheim ergaben und in welch erschreckender Weise er davon Gebrauch machte. Wiederum scheinen viele seiner Aktivitäten unbemerkt geblieben zu sein. Eine jedoch fiel aus dem Rahmen. Die Schüler, die im Herbst 1978 die Schule besuchten, konnten sich an einen besonderen Zwischenfall erinnern. Eines Nachts kam Tschikatilo in den Schlafsaal der Jungen und näherte sich dem Bett eines Fünfzehnjährigen, der Scherbakow hieß. Der Lehrer lehnte sich über das Bett, zog die Decke zurück und nahm das Geschlechtsteil des Jungen in den Mund, um Fellatio auszuüben. Als Scherbakow erwachte, floh Tschikatilo.

Doch damit war die Geschichte noch nicht vorüber, denn ein paar Tage später kehrte Tschikatilo zurück, um dasselbe abermals zu versuchen. Diesmal jedoch hatten die Schüler Tschikatilo bereits erwartet und verjagten ihn aus dem Schlafsaal. Dieser Vorfall wurde schnell zum Gesprächsthema unter Schülern und Lehrern, wodurch die Spekulationen genährt wurden, Tschikatilo sei homosexuell, was wiederum seine Isolation verschärfte.

Auch diesmal schien der Direktor nichts von dem Zwischenfall erfahren zu haben, oder er zog es vor, nicht darauf zu reagieren, wie bereits sein Vorgänger in Nowoschachtinsk. Da für ihn keine Gefahr bestand, von der Schule verjagt zu werden, konnte Tschikatilo nach außen weiterhin die Fassade des aufrechten Kommunisten und wertvollen Mitglieds der Gesellschaft wahren. Eine der großen Ironien seines Lebens lag darin, daß er anfing, für das Lokalblatt Snamja Schachtyora – ›Das Banner des Minenarbeiters‹ – eine Kolumne zu schreiben. Diese Artikel boten vermutlich einen kaum verdaulichen Lesestoff, eine Art Amateurjournalismus, wie man ihn so nur in den Lokalblättern kommunistischer Staaten findet: eine Mischung aus hochgestochener Amtssprache und anmaßender Belehrung. Tschikatilo schrieb über die großartigen Errungenschaften der ortsansässigen Industrie: Der Fünfjahresplan wurde erfüllt und neuerdings sogar noch hochgesteckte Ziele anvisiert... Besonders als Lehrer fiel ihm die Aufgabe zu, junge Menschen zu guten und moralisch einwandfreien Sowjetbürgern zu erziehen. Leider ist keiner seiner Artikel erhalten geblieben. Ihr Inhalt hätte wohl im krassen Gegensatz zu seinen Aktivitäten gestanden.

Tschikatilos unbefriedigtes Sexualleben überschattete alles andere. Faina brachte es in Zusammenhang mit seinem merkwürdigen Verhalten in der Schule und fragte sich verzweifelt, was für eine Art Mann sie geheiratet hatte und was sie nur mit ihm tun sollte. Und so versuchte sie ihn zu überreden, er solle einen Psychiater oder einen der neuen Sexualtherapeuten aufsuchen, die sich im Rußland der siebziger Jahre allmählich etablierten. Tschikatilo war in seiner Eitelkeit tief verletzt und weigerte sich entschieden. Die UdSSR war damals eine typische Macho-Gesellschaft, in der die Männer eine sehr klare Vorstellung von ihren Rollen hatten. Obgleich Tschikatilo sich selbst eingestand, nicht ganz normal zu sein, widerstrebte es ihm, das in die Welt hinauszuposaunen. Außerdem fing er mittlerweile an, seine Begierden und Phantasien auf andere Art und Weise zu befriedigen.

KAPITEL FÜNF

Kurz nachdem sie nach Schachty umgezogen waren, kaufte Tschikatilo ein kleines Haus in der Meschewoj-Gasse, einer kleinen, engen Straße am Rande der Stadt. Es kostete ihn nur einige hundert Rubel, und er erzählte Faina und den Kindern nichts davon. Nicht, daß der Begriff ›Haus‹ die treffende Bezeichnung für die baufällige Unterkunft bei Nummer 26 gewesen wäre. Es war kaum mehr als eine Hütte mit einem einzigen Zimmer, das nur ein Bett und äußerst bescheidenes Mobiliar enthielt. Aus Not bewohnten Tschikatilos Nachbarn ihre Hütten das ganze Jahr über – ärmliche Buden ohne fließend Wasser, die im Winter kalt und im Sommer heiß waren. Aber Tschikatilo hatte das Haus auch nicht gekauft, um darin zu wohnen.

Es genügte ihm nicht mehr, einfach nur zu träumen. Dafür war er bereits zu weit gegangen; er mußte seinen Trieb, andere zu beherrschen, in die Tat umsetzen. Er überzeugte sich davon, daß das die einzige Möglichkeit war, das quälende Gefühl der Impotenz zu überwinden. Also begann er sich eine Alternative zu schaffen: Während er immer noch mit Faina zusammenlebte und die Fassade einer normalen Ehe aufrechterhielt, führte er in dem kleinen Haus am Rande der Stadt ein geheimes Leben. Es war nicht nur angenehmer, einen Platz für sich allein zu haben, es war auch bedeutend sicherer. Die Geschwindigkeit, mit der sich die Berichte über den Vorfall mit Scherbakow an der Schule herumgesprochen hatten, überzeugten ihn von der Notwendigkeit, Vorsicht walten zu lassen. Seine Reputation hatte bereits genug Schaden genommen, und außerdem war er sich darüber im klaren, daß seine Laufbahn als Lehrer kaum eine weitere derartige Episode überstehen würde. Wenn er seine seltsamen Bedürfnisse befriedigen wollte, hatte das fernab vom Rest der Welt zu geschehen. Er mußte seine beiden Leben voneinander getrennt halten.

Und so fing es an. Tschikatilo nutzte den Vorzug der reichlichen Freizeit, die ihm das Schichtsystem bot. Auf der Suche nach Leuten, die ihn begleiten würden, durchstreifte er die Stadt. Manchmal waren es erwachsene Frauen. Immer tiefer tauchte er ein in die Welt der Heruntergekommenen und Ausgestoßenen, der Prostituierten und Trinker, die auf den Bahnhöfen und in den Parks im Freien schliefen. Verzweifelt auf der Suche nach einer Befriedigung, die seine Frau ihm nicht länger verschaffen konnte, lockte er sie mit der Aussicht auf Essen und Trinken in das kleine Haus. Häufig versagte er beim Sex mit ihnen genauso wie bei seiner Frau. Aber sie waren bereit, Dinge für ihn zu tun, um die er seine Frau nicht einmal im Traum gefragt hätte.

Das größte Vergnügen jedoch bereiteten ihm kleine Mädchen. Er verspürte das überwältigende Bedürfnis, sie zu beherrschen; am meisten aber erregte ihn die Gegenwehr und der schlußendliche Sieg. In gewisser Weise war es mit Frauen zu einfach. Sie würden alles tun und ihm gleichzeitig doch niemals wirklich das Gefühl geben, Gewalt über sie zu haben. Mit kleinen Kindern jedoch war das anders – aber auch gefährlicher. Wenn er sich in die Toilette einer der städtischen Mädchenschulen wagen sollte, wäre er schon so gut wie verhaftet. Auch war es wesentlich schwieriger, sie mitzunehmen. Bei einer Gelegenheit hatte er zwei sechs Jahre alte Mädchen zu sich in die Hütte gelockt und war über sie hergefallen. Aber das kam selten vor. Die meisten Kinder, die er auf der Straße ansprach, schlugen seine Angebote aus und eilten nach Hause zu ihren Müttern. Als er in der Sowjetskaja-Straße, jener Hauptstraße, die nur ein paar Schritte von der Meschewoj-Gasse entfernt lag, auf die neun Jahre alte Lena Sakotnowa stieß, erkannte er sofort, daß dies eine Gelegenheit war, die er nicht vorüberziehen lassen würde.

An diesem Abend, dem 22. Dezember 1978, hatte Tschikatilo die Arbeit an der Schule gegen siebzehn Uhr beendet und war zum örtlichen ›Gastronom‹ gegangen, dem russischen Äquivalent eines Supermarkts, um Lebensmittel einzukaufen, sich aber gleichzeitig auch nach Menschen umzuschauen. Auf dem Heimweg traf er sie. Sie sah aus, als sei sie gerade einem Märchen entsprungen: ein schönes kleines Mädchen in einem roten Mantel mit schwarzem Pelzkragen, einer Kaninchenfellmütze und Filzstiefeln. Für ein Kind ihres Alters war es zu spät, um jetzt erst aus der Schule zu kommen, und als er sich ihr genähert hatte, fragte er, wo sie gewesen sei.

»Ich habe eine Freundin besucht«, antwortete das Mädchen. Sie war direkt nach der Schule zu ihr gegangen, hatte aber über dem Spielen die Zeit vergessen. Nun eilte sie nach Hause und hatte Angst, daß ihre Mutter sie ausschimpfen würde. Tschikatilo paßte seinen Schritt dem ihren an, und so gingen sie nebeneinander her und unterhielten sich über ihr Leben, ihre Familie, ihre Freunde und ihre Hobbys. Sie mochte den Mann, denn er war freundlich und lächelte viel. Ein wenig erinnerte er sie an ihren Großvater. Aber sie hatte auch ein Problem: Sie mußte dringend auf die Toilette. Sie erzählte es ihm, denn es war Dezember und kalt, und sie hatte keine große Lust, es im Freien zu machen.

»Sei nicht albern, natürlich kannst du es nicht hier draußen machen«, sagte der Mann. »Ich wohne direkt um die Ecke. Es ist nur ein paar Minuten von hier entfernt. Dort kannst du auf die Toilette gehen.«

Und so folgte sie ihm. Es verstrichen nur wenige Minuten, bis die beiden die Hauptstraße verlassen hatten und in die Meschewoj-Gasse einbogen. Es war bereits dunkel, als sie die enge Straße hinuntergingen; die Erwartung dessen, was nun kommen mußte, ließ Tschikatilo erzittern. So war es immer, wenn er diese Gasse entlangging. Das Haus war primitiv, schäbig und heruntergekommen und gewiß der letzte Platz auf Erden, wo er wohnen wollte; aber das hatte er auch nie vorgehabt. Er hatte es nur für einen Zweck gekauft: Sex. Das war der Ort, wo er sich vor seiner dominierenden Frau zurückziehen und seine Phantasien ausleben konnte. Und die kleine Lena sollte ihre Rolle in einer dieser Phantasien spielen. Er verspürte den Drang, ihren so kleinen und perfekten Körper zu streicheln, vielleicht sogar Verkehr mit ihr zu haben. Er spürte, wie seine Erregung in ihm anwuchs, als sie sich dem Haus näherten.

Die beiden traten durch das Gartentor und schritten den kleinen Weg zur Haustür hinauf. Niemand befand sich in ihrer

Nähe. Tschikatilo wußte das, da er sich sorgfältig umgesehen hatte, um ganz sicherzugehen. Auch konnte keiner der Nachbarn sie sehen. Die Häuser lagen nur auf einer Seite der Gasse, und Nummer 26 war vor den anderen durch Bäume und Büsche geschützt. Tschikatilo tastete am Schloß herum, öffnete die Tür und griff hinein, um das Licht einzuschalten. Das Mädchen war erleichtert. Sie waren viel länger gegangen als erwartet, und sie wollte endlich auf die Toilette. Doch so weit sollte sie nicht kommen.

Als die Tür hinter ihnen ins Schloß fiel, verwandelte sich der freundliche Großvater in ein Tier. Er knipste das Licht aus, stürzte sich auf das kleine Mädchen und drückte sie gleich neben dem Tisch auf den Boden des engen Wohnzimmers. Er war groß und kräftig; gut und gerne dreimal so schwer und sicherlich dreißigmal so stark wie sie. Als er sie mit seinem ganzen Gewicht niederdrückte, konnte das kleine Mädchen nichts anderes tun als schreien. Aber nicht lange. Aus Furcht vor den Nachbarn verschloß er ihren Mund mit den Händen und fing an, ihr die Kleider herunterzureißen. Obwohl sie alles tat, um sich zu wehren, riß er ihr schließlich die Unterwäsche vom Leib und begann, sich an ihr zu reiben.

Aber irgend etwas stimmte immer noch nicht. Vielleicht war es der Schrecken vor dem, was er gerade tat, vielleicht war es aber auch nur rein körperlich. Er wollte sie vergewaltigen, aber nicht zum ersten Mal verweigerte sich ihm sein Körper. Die verhängnisvolle Kombination aus Verlangen und der Unfähigkeit, es zu befriedigen, machte ihn wild. Frustration stieg in ihm auf. Dann geschah es. Bei dem Versuch, seinen immer noch schlaffen Penis mit dem Finger in sie einzuführen, zerriß er ihr Jungfernhäutchen, und einige Tropfen Blut quollen heraus. Er hatte sich immer für empfindlich gehalten und war gewöhnlich schon beim Anblick seines eigenen Blutes fast ohnmächtig geworden. Aber ihr Blut zu sehen, war etwas anderes. Doch es brachte ihn nicht aus der Fassung, sondern bereitete ihm sogar großes Vergnügen, und sofort erlebte er den besten, belebendsten und stärksten Orgasmus, den er jemals gehabt hatte.

Das war der einschneidenste Augenblick in seinem Leben. Bis dahin hatte er nur das Bedürfnis gespürt, zu herrschen und zu verletzen. Aber das war nur eine Sache von Stoßen, Quetschen und Schlagen gewesen. Jetzt war ihm klar, daß er viel mehr brauchte: Blut. Nachdem er diese Entdeckung gemacht hatte, beließ er es nicht dabei. Er wollte einen zweiten Orgasmus, der so gut wie der erste wäre, und er erkannte, daß er dafür mehr Leid und mehr Blut brauchte.

Instinktiv griff er in seine Tasche und fühlte das kleine Klappmesser darin. Seit einigen Wochen trug er es mit sich herum, seit jenem Abend, da ein paar seiner Schüler ihn in einer dunklen Ecke umringt und zusammenzuschlagen versucht hatten. Er war überzeugt, daß sie es wieder versuchen würden. In seinen Alpträumen fürchtete er, daß sie ihn sogar töten wollten. Nun sollte sein Messer einem anderen Zweck als dem der Selbstverteidigung dienen. Nur ein kleiner Schnitt, dachte er, als er es aus der Tasche zog. Gerade groß genug, um noch ein paar Tropfen Blut fließen zu lassen.

Also stieß er dem Mädchen, das schreiend und strampelnd am Boden lag, das Messer in den Bauch. Der Gedanke, sich zurückzuhalten, war schnell vergessen. Denn es war nicht das Blut allein, das ihn erregte, sondern auch das Stechen und der Schmerz, den er ihr zufügte. Der letzte Rest von Kontrolle, über den er vielleicht noch verfügt haben mochte, war verflogen. Und das galt auch für die Frustration und die Impotenz. Er berichtete später, daß er gespürt habe, wie die Ketten, die ihn gefesselt hielten, von ihm abfielen.

Als er die Klinge wieder und wieder in sie hineinstieß, verlor er sich in der Lust, ihren Körper mit seinen Händen zu erforschen. Er hatte das schreckliche Verlangen, alles zu berühren, auch wenn das bedeuten sollte, sie auseinanderzureißen. Dann schloß er seine Hände um ihre dünne Kehle und fing an, sie zusammenzudrücken.

Kurze Zeit später kehrte er mit einem Schock in die Wirklichkeit zurück. Nachdem die Ekstase abgeklungen war, wurde er sich plötzlich des ganzen Grauens seiner Tat bewußt. Der nackte Körper des Mädchens war nach dieser Orgie von Stichen kaum noch wiederzuerkennen. Alles war voller Blut. Und jetzt war sie tot. Es erfüllte ihn mit Entsetzen und Reue. Außerdem überfiel ihn eine panische Angst. Zum ersten Mal in seinem Leben hatte er getötet. Was sollte er tun? Es könnte jemand hereinkommen und ihn hier vorfinden. Er konnte nicht einmal weglaufen. Das tote Mädchen lag auf dem Fußboden seines Hauses und würde dort bleiben, so weit er auch rennen mochte.

Allmählich gewann er seine Fassung wieder. Er mußte den Leichnam fortschaffen, und zwar schnell. In seinem Kopf nahm ein Plan Gestalt an. Er sammelte die Kleider zusammen und hatte Mühe, sie der blutüberströmten Leiche wieder überzuziehen. Mit dem Mädchen unter dem Arm streckte er seinen Kopf aus der Tür, um zu sehen, ob ihn jemand beobachtete. Die Luft war rein. So verließ er das Haus und überquerte die Straße zum dahinter gelegenen Brachland. Innerhalb weniger Minuten erreichte er den Fluß, die Gruschewka. Es war dunkel und niemand in der Nähe. Er holte mit den Armen aus und warf den toten Körper des kleinen Mädchens in den Fluß, ihre Tasche hinterher. In der Dunkelheit hatte er die Breite des kleinen Flusses überschätzt: Unbemerkt landete die Tasche auf dem gegenüberliegenden Ufer. Der Leichnam aber stürzte ins Wasser und wurde mit der Strömung davongetragen.

Dann verschwand Tschikatilo schnell. Er wurde von dem überwältigenden Verlangen beherrscht, sich so schnell wie möglich von diesem Ort zu entfernen, um in seine Wohnung in der Schule zurückzukehren und alles zu vergessen. Er hatte Glück. Seine Frau war noch nicht nach Hause gekommen, so daß ihm die Zeit blieb, sich zu reinigen. Als sie heimkehrte, sah es aus, als hätte er die ganze Zeit dort verbracht. Doch in seiner Eile hatte er zwei schwerwiegende Fehler begangen: Er vergaß nicht nur, das Licht in seinem kleinen Haus auszuschalten, sondern er übersah auch einen kleinen Blutstropfen des Mädchens, der in den Schnee auf der gegenüberliegenden Straßenseite gefallen war, als er sie weggetragen hatte.

Lena Sakotnowas Leiche wurde erst zwei Tage später, am 24. Dezember 1978, von der Miliz an einer Stelle der Gruschewka gefunden, wo der Fluß die Innenstadt von Schachty durchquert. Sie war in einen Sack gesteckt worden. Ihre Schultasche fand man am Ufer. Der Fluß war schmal, strömte jedoch mit hoher Geschwindigkeit. Der Mörder des Mädchens hatte offensichtlich gehofft, daß die Strömung die Leiche weit aus der Stadt hinaustragen würde. Aber diese Hoffnung hatte sich nicht erfüllt.

In jenen Tagen war Kindesmord noch eine Seltenheit, und sofort wurde eine spezielle Untersuchungskommission gebildet. Für die Miliz gab es kaum Anhaltspunkte. Von ihrem Lehrer wurde die Sakotnowa als hilfsbereites Kind von überdurchschnittlicher Intelligenz beschrieben. Wie sich später herausstellte, war sie zum letzten Mal am Nachmittag ihres Todes beim Verlassen der Schule gesehen worden. Das war auch schon alles. Als sie einige Stunden später immer noch nicht heimgekehrt war, hatten ihre Eltern Alarm geschlagen, und die Suche wurde aufgenommen.

Milizbeamte gingen von Tür zu Tür und konzentrierten ihre Nachforschungen auf die Meschewoj-Gasse, jene Straße, die dem Ort am nächsten lag, wo ihr Körper gefunden worden war. Sie interessierten sich besonders für die Nummer 26 und ihren Eigentümer. Eine Nachbarin hatte die Aufmerksamkeit der Miliz auf ihn gelenkt. Auf die Frage, ob ihr an diesem Abend irgend etwas Ungewöhnliches aufgefallen sei, hatte die Nachbarin ausgesagt, daß in seinem Haus die ganze Nacht über das Licht gebrannt habe. Wie die meisten anderen in diesem Teil der Straße hatte auch sie sich schon lange gefragt, was Tschikatilo dort trieb: All diese Frauen und Mädchen, die in den letzten Monaten ein- und ausgegangen waren, ließen keinen Zweifel daran, daß ihm die Hütte als schmutziges Liebesnest diente. Wie es sich auch verhalten mochte, jedenfalls hatte er noch nie die Nacht dort verbracht. Abends lag die Hütte für gewöhnlich im Dunkeln, vermutlich war er dann zu seiner Frau nach Hause gegangen. Das war jedoch in der fraglichen Nacht anders gewesen.

Als die Miliz mit Tschikatilo sprach, schloß sie sich schon bald der Meinung der Frau an. Auf jeden Fall hatte dieser Mann irgend etwas Seltsames an sich. Die Tatsache, daß man in der Vergangenheit junge Mädchen dabei beobachtet hatte, wie sie mit ihm in das Haus gingen, erhärteten ihren Verdacht. Hinzu kam die Geschichte von seinen Aktivitäten am Arbeitsplatz.

Erkundigungen bei seinen früheren Schulen in Nowoschachtinsk enthüllten die Umstände, die zu seiner Kündigung geführt hatten. Zudem bekam die Miliz einige interessante Einzelheiten von seinen neuen Kollegen in Schachty zu hören. Insgesamt mußten sie ihn acht oder neunmal verhört haben, doch er schien ein Alibi zu besitzen. Seine Frau sagte aus, daß er an diesem Abend zu Hause gewesen sei.

Wie auch immer, die Miliz kam nie dazu, seine Geschichte sorgfältig zu überprüfen. Unerklärlicherweise richtete sie ihre Aufmerksamkeit plötzlich auf den fünfundzwanzigjährigen Alexander Krawtschenko, der einige Häuser weiter in derselben Gasse wohnte. Er war bereits einige Jahre zuvor auf der Krim wegen eines ähnlichen Mords verurteilt worden. Damals hatte ihn nur die Tatsache vor den Kugeln des Exekutionskommandos gerettet, daß noch einige Monate bis zu seinem achtzehnten Geburtstag fehlten. Er hatte eine zehnjährige Gefängnisstrafe erhalten und war nach sechs Jahren aus der Haft entlassen worden. Diesmal stand ihm das Glück nicht mehr zur Seite. Die Miliz besaß keinen unmittelbaren Beweis, um ihn mit dem Mord in Verbindung zu bringen; außerdem fehlte ihr ein Zeuge. Aber seine Vergangenheit machte ihn verdächtig, und unter dem Druck ihrer Vorgesetzten, den Fall aufzuklären, kamen die Milizbeamten zu dem Schluß, daß er der Mörder sein müsse.

Trotzdem entschied man sich, einstweilen zu warten, um zu sehen, ob er ein weiteres Verbrechen beging. Es ließ nicht lange auf sich warten. Kurze Zeit später versuchte Krawtschenko, in ein Haus nahe dem seinen einzubrechen und wurde dabei praktisch auf frischer Tat ertappt. Er wurde festgenommen und nicht nur wegen Einbruchs, sondern auch wegen Mordes angeklagt. Nach einigen scharfen Verhören gestand der Mann, und der Name Tschikatilo wurde stillschweigend von der Untersuchungsliste gestrichen.

Die Miliz war davon überzeugt, den richtigen Mann festgenommen zu haben. Einige Milizionäre glauben es heute noch. Um ihre Überzeugung zu bekräftigen, entwickelten sie sogar die Theorie, Krawtschenko haben den Einbruch absichtlich verpfuscht, um sich festnehmen zu lassen und so aus der Schußlinie der Morduntersuchung zu kommen. Wenn das stimmen sollte, dann hatte er sich damit allerdings gehörig verkalkuliert.

Der Fall war kompliziert. Als er vor dem Gericht in Rostow verhandelt wurde, bestritt Krawtschenko schlichtweg, das Mädchen umgebracht zu haben. Er erklärte, daß die Miliz das Geständnis aus ihm herausgeprügelt habe. Daß er nun andere Töne anschlug, kam jedoch zu spät. Die Beweisführung war, gelinde gesagt, äußerst dürftig. Die Anklage konnte nicht mehr vorweisen als Spuren einer Grasart, die sowohl an der Kleidung von Krawtschenko wie auch an der Sakotnowas nachgewiesen wurden. Neben diesem fragwürdigen Beweisstück und seinem – mittlerweile widerrufenen – Geständnis hatte sie nur noch die Aussage seiner Frau in der Hand. Sie sagte aus, ihr Mann hätte zugegeben, das Mädchen getötet zu haben. Doch auch ihre Angaben waren zweifelhaft. Seinerzeit war sie wegen der Beteiligung an Krawtschenkos Hauseinbrüchen mitangeklagt.

Das Gericht befand Krawtschenko für schuldig. Doch der Richter verhängte nicht – vielleicht ein Zeichen seiner Zweifel – die allgemein erwartete Todesstrafe. Krawtschenko wurde statt dessen zu fünfzehn Jahren Arbeitslager verurteilt, der zweithöchsten möglichen Strafe. In einem Land, wo die Menschen noch immer regelmäßig für geringfügige Bestechungen und Schwarzmarkthandel erschossen wurden, löste das milde Strafmaß einen Aufschrei der Empörung aus. Nach sowjetischem Recht ist die Möglichkeit, Berufung einzulegen, nicht auf den Angeklagten beschränkt, auch die Anklage kann eine andere, härtere Strafe fordern. Und so wurde nach mehreren Jahren des Gerangels zwischen dem Gericht in Rostow und dem obersten Gericht in Moskau die Todesstrafe, die die Öffentlichkeit so lauthals forderte, schließlich doch verhängt. Krawtschenko, der nach wie vor seine Unschuld beteuerte, wurde vor ein Exekutionskommando gestellt – doch das geschah erst 1984, vier Jahre später.

Der Fall war ein typisches Produkt seiner Zeit und des Rechtssystems der Sowjetunion. Man konnte auch nichts anderes von der Justiz in einem Land erwarten, wo über die Jahre hinweg Millionen Menschen für das Vergehen, nicht mit dem System übereinzustimmen, ins Gefängnis geworfen oder zum Tode verurteilt worden waren – mitunter auch nur, um die Zahlen irgendeiner bürokratischen Statistik zu schönen. In den späten siebziger Jahren gehörten die blutigen Säuberungen der Stalinära zwar der fernen Vergangenheit an. Doch die Grundprinzipien des Rechtssystems blieben unverändert bestehen. Wenn auch Dissidenten, Angehörige von Glaubensgemeinschaften und Homosexuelle nicht mehr hingerichtet wurden, so steckte man sie doch immer noch ins Gefängnis.

Die Rechtsordnung war – wie alles andere, von der Ökonomie bis zur Kultur – den Politikern und dem Willen der herrschenden Kommunistischen Partei unterstellt. Und das beschränkte sich nicht nur auf Angelegenheiten von hohem Staatsinteresse, es konnte ebensogut etwas so Unbedeutendes wie den Mord an einem kleinen Mädchen in einer Provinzstadt betreffen. Genau wie die Minen und Fabriken mußte auch das Rechtssystem seinen Plan erfüllen. Die Miliz hatte den Auftrag, Verbrecher zu ergreifen, und waren diese festgenommen, mußte der Richter sie verurteilen. Schon der bloße Umstand, daß jemand zunächst einmal inhaftiert worden war, genügte als ausreichender Beweis für seine Schuld. Die Rechte der Beschuldigten wogen wenig. Ein Freispruch hingegen galt in diesen Tagen als ein Akt der Unordnung, der unweigerlich damit endete, mehr Menschen zu verärgern, als sie zufriedenzustellen. Im vorliegenden Fall stellte sich zudem die Frage nach der öffentlichen Meinung. Nachdem man die Bevölkerung zunächst glauben gemacht hatte, das Verbrechen sei aufgeklärt und der Mörder festgenommen, wäre es für jeden Richter eine äußerst unpopuläre Maßnahme gewesen, ihn wieder auf freien Fuß zu setzen.

Nachdem Tschikatilo diesen Mord Jahre später als seine eigene Tat gestanden hatte, wurden die mit der Untersuchung befaßten Ermittlungsbeamten der Staatsanwaltschaft, die den Fall des unglücklichen Krawtschenko noch einmal durchgingen, stutzig, denn selbst nach den Maßgaben der sowjetischen Justiz war die Beweislage mehr als dürftig gewesen. Am rätselhaftesten blieb, warum die Miliz damals einer Frau namens Burenkowa nicht mehr Gehör geschenkt hatte. Sie war vorstellig geworden und hatte der Miliz berichtet, daß sie zur Tatzeit einen bebrillten Mann mittleren Alters dabei beobachten konnte, wie er sich an einer Straßenbahnhaltestelle in der Nähe der Meschewoj-Gasse mit einem kleinen Mädchen unterhielt, das wie die Sakotnowa aussah. Sie hatte ungefähr fünf Meter entfernt von ihnen gestanden, zu weit, um zu verstehen, was gesprochen wurde. Doch blieb ihr der Vorfall im Gedächtnis, weil sie den Eindruck gewann, daß die beiden nicht miteinander bekannt waren. Der Mann, so sagte die Burenkowa, schien das Mädchen zu irgend etwas überreden zu wollen. Bereits nach wenigen Minuten waren die beiden zusammen die Gasse hinuntergegangen.

Unerklärlicherweise wurde die Burenkowa in Krawtschenkos Prozeß nicht als Zeugin geladen. Wäre das geschehen, dann hätte sie zweifellos bestritten, daß der junge Mann auf der Anklagebank derselbe gewesen war, den sie vor der Busstation mit der Sakotnowa gesehen hatte. Statt dessen hätte sie einen Mann beschrieben, der mehr als zehn Jahre älter und von der Erscheinung her einem anderen Verdächtigen ähnelte, den die Miliz erst festgenommen und dann wieder freigelassen hatte. Doch dazu kam es nicht.

»Jahrelang habe ich Angst gehabt, daß dieser Mann kommt und mich tötet«, bekannte sie Jahre später, nachdem Tschikatilo schließlich verhaftet worden war.

Auch hatte die Miliz dem Blutfleck im Schnee gegenüber seinem Haus keine große Aufmerksamkeit geschenkt. Ein Milizbeamter, der ihn einem Vorgesetzten gegenüber erwähnte, wurde belehrt, daß das Blut von einem Tier stammen müsse.

Tschikatilo lebte ebenfalls in Angst. Die wiederholten Verhöre durch die Miliz waren für ihn eine Zeit höchster Beunruhigung, denn er war sich bewußt, daß ihm eine Verhaftung drohte. Mit Krawtschenkos Anklage und dem daraufhin schwindenden Interesse der Miliz an seiner Person fiel eine riesige Last von seiner Seele. Doch er konnte nicht so tun, als sei nichts geschehen. Noch Wochen später wurde er von der lebhaften Erinnerung der Ereignisse jenes Abends in dem kleinen Haus heimgesucht.

In der ersten Zeit wagte er nicht, das Haus oder einen anderen einsamen Ort aufzusuchen. Trotz des Gefühlsumschwungs nach der Tat blieb doch die Erinnerung an die intensive Befriedigung, die durch den Schmerz und das Leiden und – vor allem – durch das Blut des Mädchens ausgelöst wurde. Und zu seinem Entsetzen wußte er, daß er wieder töten würde, sollte er sich jemals in der gleichen Situation wiederfinden.

Obwohl Tschikatilo von jeder Verwicklung in den Mordfall entlastet wurde, hatten seine Verhöre durch die Miliz an der Schule weitere Bestürzung hervorgerufen. Außerdem hatte man dort Schwierigkeiten zu rechtfertigen, warum man wegen des Übergriffs Tschikatilos auf Scherbakow nichts unternommen hatte. Wieder einmal siegte das Streben nach einem ruhigen Leben und die Vermeidung aller unangenehmen Situationen über die Verpflichtung, das Richtige zu tun. Die Verhältnisse im Land unterschieden sich Ende der siebziger Jahre nur wenig von denen zu Anfang des Jahrzehnts. Das Motto lautete immer noch, den Kopf in den Sand zu stecken. Erst im Jahre 1981, als Tschikatilo bereits fast drei Jahre in Schachty unterrichtet hatte, faßte der Schuldirektor den Entschluß, mit ihm einen Handel abzuschließen. Er hatte den von oben angeordneten Befehl im Rücken, die Belegschaft zu reduzieren, als er Tschikatilo eines Tages in sein Büro zitierte und ihm nahelegte, freiwillig zu kündigen. Was er ihm anzubieten hatte, lief auf eine ehrenhafte Entlassung hinaus: Wenn Tschikatilo ohne großes Aufsehen ginge, sollte dafür in seinen Akten kein Vermerk über sein unsittliches Verhalten erscheinen. Wieder einmal versagte das Schulsystem, als es vor Tschikatilos Vergehen die Augen verschloß. Man kann dem Direktor nicht den Vorwurf machen, daß er die Wahrheit über den Mord an der Sakotnowa nicht kannte. Diese Schuld lag einzig und allein bei der Miliz. Aber der Direktor wußte von Tschikatilos früheren Tätlichkeiten gegenüber Kindern, und deshalb war es unentschuldbar, daß er nichts unternommen hatte. Es wäre wünschenswert, davon ausgehen zu können, daß man über die ersten Anzeichen eines derart abnormen Verhaltens in einer der offeneren Gesellschaften des Westens nicht hinweggegangen wäre. Früher oder später wäre Tschikatilo gezwungen gewesen, professionelle psychiatrische Hilfe in Anspruch zu nehmen und das Unterrichten aufzugeben; vielleicht wäre er sogar unter Anklage gestellt worden. Doch in der Sowjetunion konnte das nicht geschehen. Im Rückblick sieht es so aus, als wäre so gut wie nichts unternommen worden, den seltsam veranlagten jungen Mann daran zu hindern, auf die schiefe Bahn zu geraten; letztlich mußte das in einer Katastrophe enden.

Wären seine früheren Erfahrungen etwas Vorübergehendes gewesen, hätte Tschikatilo einfach kündigen und eine andere Anstellung als Lehrer bekommen können. Er tat es nicht. Vielleicht langweilte ihn die Schule inzwischen. Der Spott seiner Schüler oder die mißbilligenden Blicke seiner Kollegen hatten ihn davon überzeugt, daß er zum Lehrer nicht taugte – und nie taugen würde. Also entschied er in einer seiner bizarren Kehrtwendungen, die so charakteristisch für sein Leben waren, den Beruf einmal mehr vollständig zu wechseln. Und so begann der ehemalige Lehrer mit Universitätsausbildung im März 1981 eine Arbeit als einfacher Mitarbeiter der Versorgungsabteilung in der Verwaltung des Schwerindustrie-Kombinats Rostownerud in Schachty. Der Familie wurde nur wenige Straßen entfernt eine staatliche Wohnung zugewiesen.

Die Tätigkeit in der Versorgung stellte ein Charakteristikum der alten kommunistischen zentralen Planwirtschaft dar. Das von Stalin begonnene und von seinen Nachfolgern ausgebaute System wurde von der Regierung in Moskau vollständig kontrolliert und gesteuert. Es gab keine Großhändler oder Märkte der Art, wie man sie im Westen kannte. Der Plan regierte alles. Die zuständigen Ministerien wiesen die Fabriken an, was sie zu produzieren hatten, und teilten die notwendigen Materialien für die Produktion bis hin zum kleinsten speziellen Kugellager zu. Das war zumindest die Theorie. In der Praxis sah es ganz anders aus: Fabriken erfüllten nie ihren Plan oder horteten ihre Produkte und verursachten damit einen permanenten Mangel. Bei unzureichender Belieferung mit Ersatzteilen konnte eine unerwartete Panne, wie klein auch immer, eine ganze Fabrik lahmlegen.

Hier trat die Versorgungsabteilung in Aktion. Der Mitarbeiter – seltener die Mitarbeiterin – hatte die Aufgabe, im Land herumzureisen und Fabrikdirektoren davon zu überzeugen, den am dringendsten benötigten Nachschub freizugeben. Manchmal ging es nur um das bloße Unterzeichnen von Papieren, manchmal fuhr man auch mit einem Kipplaster und einem Fahrer los und brachte Tonnen von Metall, Maschinenteilen oder Baumaterialien zurück. Es war eine Arbeit, die einen bestimmten Menschentyp erforderte, vor allem einen mit starker Überzeugungskraft, der gut mit anderen Menschen umgehen konnte und in der Lage war, Vertrauen zu gewinnen – alles Eigenschaften, die Tschikatilo fehlten.

Für jemanden mit einem höheren Ausbildungsstand kam das einem Abstieg gleich, und offenbar war sich Tschikatilo dessen auch bewußt. Bezeichnenderweise erzählte er den Menschen, denen er begegnete, auch noch nach seiner Einstellung bei Rostownerud, er sei Lehrer. Das war teilweise ein Schutz für seine Aktivitäten, doch spiegelte es auch seine Überzeugung wider, daß die gegenwärtige Arbeit unter seinem Niveau lag. Um seine intellektuelle Selbstachtung aufrechtzuhalten, besuchte er Abendkurse in Marxismus-Leninismus, offensichtlich hatte er den Traum von einer politischen Karriere nicht aufgegeben. In seinem Arbeitszimmer in Schachty, im zweiten Stock in der Straße-des-Sieges-der-Revolution 130 B hingen später Kalender mit halbnackten Frauen und Gebirgslandschaften an den Wänden. In den drei Jahren, die Tschikatilo dort verbrachte, hängte er Porträts von Mitgliedern des Politbüros der herrschenden Kommunistischen Partei auf.

In gewisser Weise entsprach diese Arbeit viel mehr seinem Wesen. Vor großen Gruppen Kindern hatte er sich als völliger Versager erwiesen; sie tanzten ihm einfach auf der Nase herum. Als Mitarbeiter der Versorgung war er die meiste Zeit auf sich selbst gestellt. Das brachte außerdem einen weiteren wichtigen Vorteil mit sich: Bewegungsfreiheit. Da die Fabrik abhängig vom Nachschub aus dem Gebiet der gesamten früheren Sowjetunion war, befand sich Tschikatilo ständig auf Dienstreisen. Bei einigen handelte es sich um nicht mehr als Tagesreisen, während andere, die zu entfernteren Orten führten, eine Woche oder zehn Tage beanspruchten. Das verschaffte ihm eine enorme Flexibilität bei der Einteilung seiner Zeit. Meistens wußte niemand genau, wo er sich aufhielt, und, was noch wichtiger war, was er tat. So gesehen hatte er eine ideale Anstellung gefunden.

KAPITEL SECHS

Mit mehr als einer Million Einwohner war Rostow die mit Abstand größte Stadt Südrußlands. Vom rechten Ufer des Don aus erstreckte sie sich als Hauptverwaltungs- und Industriezentrum weit ins Land. Hier lag eine der bedeutendsten und dichtbevölkertsten Regionen der Republik – ein Gebiet, das, bezogen auf Größe und Einwohnerzahl, mit einem kleinen europäischen Land wie der Schweiz oder Dänemark vergleichbar war. Das Stadtbild war langweilig und einfallslos; die Straßen verliefen fast alle schnurgerade und kreuzten sich rechtwinklig. Von oben hätte man den Eindruck gewinnen können, daß sie alle in die Hauptverkehrsader mündeten, einer langen, baumgesäumten Straße, die von einem Ende der Stadt zum anderen verlief und in sowjetischer Zeit Engels-Straße hieß. Inzwischen hat sie ihren vorrevolutionären Namen Ulitza Bolschaja Sadowaja – Große Gartenstraße – zurückerhalten. Zur Rechten und zur Linken lagen die wichtigsten Gebäude der Stadt: der Hauptbahnhof, die Busbahnhöfe, das Milizhauptquartier, die Staatsanwaltschaft und die KGB-Zentrale – die wieder in Sicherheitsministerium umbenannt wurde. Zwischen den offiziellen Bauten standen auch die Hotels und Restaurants und erstreckten sich die Parkanlagen der Stadt. Nur ein paar Schritte von der Ulitza Bolschaja Sadojawa entfernt befand sich der Gerichtssaal, in dem Tschikatilo zehn Jahre später der Prozeß gemacht werden sollte.

Die Architektur der benachbarten Gebäude war eintönig: eine Mischung verfallender Häuser aus der Zeit vor der Revolution, deren bessere Tage längst verstrichen waren, und den Monstrositäten moderner Sowjetarchitektur – darunter eine riesige, neue Theaterschule, an der schon solange gebaut wurde, wie man sich in der Stadt zurückerinnern konnte, und die immer noch nicht fertiggestellt war. Der einzige Anblick, der einen mit der Stadt versöhnte, war eine Kirche, die nach dem Vorbild der herrlichen Erlöserkathedrale in Moskau errichtet worden war, welche Stalin in den dreißiger Jahren auf dem Höhepunkt der antireligiösen Kampagne hatte abreißen lassen. Doch leider versteckte sie sich irgendwo hinter dem Markt der Stadt.

Aber solch eine trockene Beschreibung wurde der Stadt Rostow kaum gerecht. Selbstverständlich hatte sie, wie das übrige Rußland auch, bessere Zeiten erlebt. Dank ihrer verkehrstechnischen günstigen Lage an den Ufern des Don herrschte hier jahrhundertelang reger Handel, der die Stadt reich und wohlhabend machte. Wenn man einmal von dem Schmutz absah, der heute die meisten Gebäude im Stadtkern überzog, so konnte man die herrlichen Bürgerhäuser wiederentdecken, in denen einst die Kaufleute, Händler und Bankiers gelebt hatten und ihren Geschäften nachgegangen waren. Die meisten Häuser waren gegen Ende des letzten Jahrhunderts errichtet worden, als der Handel in höchster Blüte stand und die legendären Kuptzy – die Kaufleute – sich selbst und dem Zarenreich zu großem Reichtum verhalfen.

Ein Hauch davon war in Rostow noch zu spüren – wenn auch nur wegen seiner Lage als zentraler Knotenpunkt zwischen den weiten Ebenen des mächtigen Rußland und den gebirgigen Kaukasusrepubliken, zwischen Europa und Asien oder zwischen Christentum und Islam. Die Grenze verlief auf der Brücke über den Don am Rande der Stadt. Wenn man sich in den Straßen von Rostow die verschiedenen Gesichter betrachtete, konnte man rasch erkennen, daß man sich hier in einem Schmelztiegel der Völker befand. Obwohl vornehmlich russischer Herkunft, hatte sich das Blut der Bewohner über die Jahrhunderte hinweg durch die Einwanderung alter Stämme, die in den Bergen des Kaukasus und den weiter südlich gelegenen Gebieten umherzogen, vermischt. Zuerst ließen sich hier die Armenier nieder, die vor den Türken nach Norden geflohen waren. Schließlich war ihre Zahl so stark angewachsen, daß ein Stadtteil in Erinnerung an die Region des heutigen Aserbaidschan, aus der sie geflohen waren, sogar den Namen Nachitschewan erhielt. Mit Aserbaidschanern, Georgiern, Tschetschenen, Dagistaniern und den anderen halbautonomen Völkern des nördlichen Kaukasus bildeten sie ein buntes Völkergemisch, das zwar in sich wegen territorialer und religiöser Differenzen zerstritten war, durch das heißblütige Temperament und die Liebe zu Handel und Geschäft jedoch wieder vereint wurde. Für sie alle war Rostow schon immer der naheliegende Anziehungspunkt gewesen, eine Großstadt, die heute für Kaufleute wie für Menschen, die sich auf der Suche nach einem Studienplatz oder nach Arbeit in der Großindustrie befanden, ein Mekka darstellte – und das galt erst recht für die Vergnügungssüchtigen, die auf Abenteuer aus waren, wie sie eben nur eine Metropole bieten konnte.

Nicht nur die Leute aus dem Süden hegten eine Vorliebe für Rostow. Mit ihrem milden Klima hatte die Stadt auch früher schon Menschen aus den kontinentalen Weiten des nördlich gelegenen Rußland angezogen. Wegen seiner guten Ackerböden war ganz Südrußland von jeher wohlhabender als die um Moskau gelegenen Gebiete Zentralrußlands gewesen. Gemessen an den verrußten Industriestädten, die man aus der sibirischen Taiga gestampft hatte, kam man sich hier wie im Paradies vor. Der erste Schnee fiel selten vor Neujahr und war im März oder April bereits wieder geschmolzen. Obwohl es im Sommer heiß war, wurde man nicht durch Schwärme von Insekten belästigt. Und was in einem Land, in dem Lebensmittel lange Zeit knapp gewesen waren, noch größere Bedeutung hatte, das waren die in den Basaren und auf den Märkten der Stadt reichlich vorhandenen und relativ billigen Früchte und Gemüsesorten.

Vielleicht war die große Anziehungskraft, die Rostow auf seine Umgebung ausübte, der Grund dafür, daß die Stadt von Anbeginn ihres Bestehens ein derartig hohes Maß an Kriminalität hervorgebracht hatte. Dadurch war sie zur alten Rivalin der nahegelegenen ukrainischen Hafenstadt Odessa geworden. In einer paradoxen Mischung aus Stolz und Mißbilligung zitierten Einheimische vor Fremden gern die alte russische Redensart: »Wenn Odessa die Mutter des Verbrechens ist, dann ist Rostow der Vater.« In der Sowjetunion gingen die Grenzen zwischen Geschäft und Kriminalität schon immer fließend ineinander über, und das hat sich auch im unabhängigen Rußland fortgesetzt. Während viele Menschen nach Rostow zogen, um ehrlichen Handel zu treiben, kamen die anderen, um Schwarzmarktgeschäften nachzugehen oder sich organisierten Banden anzuschließen. Die zentrale Lage der Stadt und der Zustrom von Menschen förderten diese Entwicklung und machten es der Miliz äußerst schwer, mit dem Verbrechen Schritt zu halten.

Zusammen mit den Kriminellen kam eine Gruppe, die selbst in einer vermeintlich klassenlosen Gesellschaft als Unterschicht bezeichnet werden konnte – das Lumpenproletariat Marx' und Engels'. Diese Menschen waren oft ohne Bleibe und Familie und wurden durch das Klima und das relativ billige Leben in dieser Region angelockt. Im Sommer fanden sie leicht Aushilfsarbeiten beim Einbringen der Getreide- oder Kartoffelernte auf den Feldern der riesigen Landwirtschaftskollektive. Im Winter waren die Zeiten härter. Der wirtschaftliche Umbruch, den das Land Ende der achtziger Jahre durchmachte, ließ die Zahl der Obdachlosen dramatisch ansteigen. Und selbst Anfang dieses Jahrzehnts war der Anblick von Menschen, die in Bahnhöfen oder in Parks unter freiem Himmel übernachteten, keine Seltenheit. Viele waren jung, oft noch Teenager, und stammten häufig aus zerrütteten Familienverhältnissen, wo sie solange zwischen Mutter, Vater und Großmutter hin- und hergeschoben worden waren, bis sie von zu Hause ausrissen. Häufig brachten sie eine freizügige und lockere Moral mit sich, was für viele Frauen an Prostitution grenzte. Armut, Verzweiflung und das Gefühl, nichts mehr zu verlieren zu haben, machte sie zu einer leichten Beute für Jäger aller Art.

Die Schattenseiten urbanen Lebens wurden von den Behörden totgeschwiegen, und damit auch das wahre Ausmaß der wuchernden Kriminalität. Die kommunistisch kontrollierten Medien richteten ihre Aufmerksamkeit lieber auf die in Industrie und Landwirtschaft hart arbeitenden Werktätigen. Das sowjetische Fernsehen suggerierte, daß es Mord und Vergewaltigung nur im kapitalistischen Westen gebe.

Tschikatilo entdeckte bald, wie er die sorglose und geradezu leichtsinnige Einstellung der Öffentlichkeit in seinem Sinne nutzen konnte. Am 3. September 1981 traf er Larisa Tkatschenko in der Innenstadt von Rostow vor der öffentlichen Bibliothek, dort, wo sich die Bolschaja-Sadowaja-Straße und der Woroschilowskij-Prospekt, eine weitere Hauptverkehrsader, kreuzten. Tschikatilo, ein eifriger Leser, hatte wie gewöhnlich dort gestanden, um die Zeitungen durchzugehen. Er hielt sich regelmäßig hier auf, um nicht nur die lokalen Blätter wie Molot (›Hammer‹) und Wetschernij Rostow (›Rostower Abend‹), sondern auch anspruchsvollere Moskauer Journale wie die Literaturna ja Gazeta (›Literarische Gazette‹) und das täglich erscheinende Regierungsorgan Iswestija zu lesen.

Im größten Teil Rußlands ging der Sommer früh zu Ende. Aber hier unten in Rostow war das Wetter immer noch schön. Es war einer jener milden und warmen, aber nicht stickigen Herbstabende, die typisch für den Süden waren – einer jener schönen Abende, an denen selbst das endlose Warten auf den Bus erträglicher schien als sonst. Um seine Wohnung in Schachty zu erreichen, mußte Tschikatilo über zwei Stunden mit dem Vorortzug fahren. Aber er hatte es nicht eilig, zu seiner Frau und den Kindern zurückzukehren. Er wollte Gesellschaft; ihm war danach, eine Frau, oder besser noch, ein junges Mädchen abzuschleppen.

Larisa Tkatschenko war eine ungewöhnliche Begleiterin. Mit siebzehn war sie fast dreißig Jahre jünger als Tschikatilo. Andererseits hatte sie schon immer eine wilde und unberechenbare Ader gehabt. Vielleicht lag es an der Trennung von ihren Eltern. Obwohl sie eine einigermaßen normale Kindheit in der Republik Moldawien an der Grenze zu Rumänien verbracht hatte, wurde sie 1976 bei ihrer Großmutter zurückgelassen, als Vater und Mutter sich aufmachten, auf einem Staatsgut im Bezirk Tschelinskij in der Umgebung Rostows Arbeit zu suchen. Sie war eine lebhafte Zwölfjährige gewesen und hatte ihre Eltern zunächst vermißt. Als sie jedoch älter wurde, fand sie Gefallen an der Unabhängigkeit, über die ihre Klassenkameraden nicht verfügten und die sie ihrer gutmütigen und nicht sonderlich strengen Großmutter zu verdanken hatte. Mit fünfzehn zog sie zwar wieder zu ihren Eltern, hatte aber bereits den Geschmack der Freiheit gekostet und war deshalb froh, als diese den Entschluß faßten, sie auf ein Internat zu schicken. Dort interessierten sie die Schulaufgaben wenig. Ihre Klassenkameradinnen beschrieben sie als schlechte Schülerin, die häufig den Unterricht schwänzte und ihm auch dann, wenn sie einmal anwesend war, wenig Aufmerksamkeit schenkte. Aber sie war gesellig und bei den anderen Mädchen beliebt – und erst recht bei den Jungen. Sie mißachtete das strenge, nächtliche Ausgehverbot, kletterte häufig aus dem Fenster des Schlafsaals und traf sich mit jungen Wehrpflichtigen aus der nahegelegenen Kaserne.

Aber in den letzten Wochen war sie nicht mehr mit den Soldaten ausgegangen, denn es war Erntezeit und man hatte sie, einem in der Sowjetunion üblichen Brauch folgend; zusammen mit ihren Klassenkameradinnen auf die Sowchose des Bezirks geschickt, um den Landarbeitern beim Einbringen der Ernte zu helfen. Es hatte sich aber überraschend abgekühlt, und so hatte man ihnen nach einigen Wochen Arbeit erlaubt, für ein paar Tage nach Hause zu fahren, um sich auszuruhen und mit warmer Kleidung zu versorgen. Von dem Staatsgut, dem Larisa zugeteilt worden war, war es eine lange und umständliche Busfahrt zurück zu ihren Eltern gewesen. Jetzt, fünf Tage später, befand sie sich wieder in Rostow auf dem Weg zur Schule, wo ein Bus darauf wartete, sie und die anderen Mädchen zur Arbeit zurückzubringen.

Warum sie Tschikatilos Einladung zu einem Spaziergang annahm, als sie ihn an der Bushaltestelle traf, wurde nie ganz geklärt. Vielleicht hatte sie sich gelangweilt und wollte bloß die Zeit totschlagen. Vielleicht war sie auch neugierig auf die Erfahrung gewesen, sich mit einem älteren Mann einzulassen. Auf jeden Fall sagte sie zu, war aber nicht so naiv zu glauben, daß er sie nur eingeladen hatte, um gemeinsam mit ihr den Sonnenuntergang zu bewundern. Nein, sie erwartete wohl etwas zu essen, sicherlich etwas zu trinken – und möglicherweise auch mehr. Und so zogen sie zusammen los, auf dem Fußgängerweg über die große Brücke, die über den Don führte, und hinunter zu der Straße, die auf der anderen Seite parallel zum einsamen Ufer verlief.

Inzwischen waren zwei Jahre vergangen, seit Tschikatilo Lena Sakotnowa umgebracht hatte, und das Ereignis war zu einer schwachen Erinnerung an die schreckliche Tat verblaßt. Tschikatilo hatte Larisa Tkatschenko versprochen, daß sie zu einem Basa Otdycha – einem Erholungszentrum – gehen würden, einem Betonkomplex aus Restaurants, Cafés und Erholungseinrichtungen, was der für die Sowjetbürger typischen Vorstellung von Tourismus entsprach. Dort, so erzählte er ihr, würden sie ein ruhiges, verschwiegenes Plätzchen aufsuchen, wo sie sich entspannen und – was nicht eigens ausgesprochen werden mußte – Sex machen konnten.

Und allem Anschein nach glaubte Tschikatilo selbst daran. Doch es sollte nie dazu kommen. Als sie die Hauptstraße verließen und auf einen Sandweg abbogen, der durch den Wald führte, hakte plötzlich etwas in Tschikatilos Kopf aus.

Für die meisten Männer mittleren Alters wäre die Vorstellung einer unvermuteten Liebschaft mit einem attraktiven Mädchen, so jung, daß es die eigene Tochter hätte sein können, schon aufregend genug gewesen – und zu diesem Zeitpunkt bestand kein Zweifel mehr darüber, daß sie sich mit ihm sexuell einlassen würde –, aber Tschikatilo wußte nur zu gut, daß er durch normalen Geschlechtsverkehr keine Befriedigung mehr erlangen konnte. Er brauchte etwas, was darüber hinausging. Als er sie abseits des Weges zu Boden warf, erhaschte sie einen Ausdruck in seinen Augen, der sie erschreckte. Sie fragte sich, worauf sie sich eingelassen hatte. Natürlich, sie hatte damit gerechnet, daß ihre Begegnung auf Sex hinauslief, aber einen solch leidenschaftlichen Ausbruch hatte sie von so einem Mann nicht erwartet. Es lief alles viel schneller ab, als sie es sich vorgestellt hatte. Wo blieb das Essen, das er ihr versprochen hatte, und wo die Getränke? Als er ihr die Hose heruntergezogen hatte und seine Hände auf ihren Slip legte, protestierte sie.

Tschikatilo konnte sie schon nicht mehr hören. Zwei Jahre lang hatte er mit sich selbst gekämpft und sich Vorwürfe über das gemacht, was er getan hatte. Jetzt überwältigten ihn seine Phantasien und versetzten ihn in Raserei. Dies hatte nichts mit jenem sterilen und unbefriedigenden Sex zu tun, den er einst mit seiner Frau in der Sicherheit ihres heimischen Schlafzimmers erlebt hatte. Das Mädchen, das unter ihm auf den Boden gepreßt lag, war in seinen Augen kein menschliches Wesen mehr, mit eigenen Rechten und Gefühlen. Jetzt war sie nur noch Objekt für ihn. Er war das wilde Tier und sie seine Beute. Jetzt gehörte sie nur noch ihm. Er hatte Macht über sie. Er konnte sie benutzen und mißbrauchen, wie es ihm gefiel. Ihre zunehmende Panik schreckte ihn nicht, sie weckte vielmehr die Erinnerung an die Furcht, die er in dem Körper der kleinen Lena Sakotnowa gespürt hatte, und das erregte ihn um so mehr.

Larisa fing an, Gegenwehr zu leisten, das Entsetzen trieb sie zu einem letzten Aufbäumen. Es war hoffnungslos. Im Vergleich zu ihr war Tschikatilo ein Riese, größer, schwerer und stärker. Um ihre Schreie zu ersticken, stopfte er ihr Erde in den Mund. Dann schlug er zu, betäubte sie für kurze Zeit durch die Schläge auf den Kopf und legte die schweren, kraftvollen Hände um ihren Hals. Jetzt verlor sie langsam die Besinnung, und ihr Leben erstickte unter seinem Griff. Aber mit jedem Schlag geriet er in größere Raserei, jeder gequälte Schrei erregte ihn noch mehr. Jetzt wollte er nicht mehr aufhören, er konnte es nicht mehr. Und so trieb er diese Orgie der Gewalt zu einem furchtbaren und unvermeidlichen Ende, indem er über ihr ejakulierte, während sie sterbend unter ihm lag. Als er eine Brustwarze von ihrem leblosen Körper abbiß, ergriff die Bestie in Tschikatilo vollständig von ihm Besitz.

Aber diesmal spürte er keine Panik, kein Entsetzen, kein überwältigendes Verlangen wegzulaufen. Trotz der Gefahr, gestellt zu werden, kam es ihm nicht in den Sinn, vom Ort des Verbrechens zu fliehen. Die Gewalt hatte ihn in eine sexuelle Ekstase versetzt, welche ihn tief in die Traumwelt entführte, die viele Jahre zurück in seiner Jugend wurzelte. Von der eigenen Grausamkeit und dem Frieden und der Stille des Waldes angeregt, begann er sich vorzustellen, wie er in die Haut eines der Partisanenhelden aus Molodaja Gwardija und den anderen Büchern schlüpfte, die seiner Jugend Farbe verliehen hatten. Er ergriff die Kleider des toten Mädchens und fing an, schneller und schneller um die Leiche herumzuspringen, wobei er in jubelndes Triumphgeheul ausbrach. Er fühlte sich trunken, überwältigt von dem Gefühl, alle Fehler und Ungerechtigkeiten, die er in seinem Leben erlitten hatte, zu rächen. Ihm war, als würde er hoch über dem Boden schweben. Die Kleidungsstücke wirbelten aus seinen Händen, einige in die Bäume, die anderen auf den Boden. Irgendwann sank er, vielleicht nur für einen Augenblick, vor dem Körper auf die Knie, als bitte er um Vergebung. Dann stand er auf und rannte wie besessen im Kreis. Wäre jemand unvermutet in diese Szene hineingestolpert, hätte er entweder glauben müssen, in eine Art Voodoo-Ritual geraten zu sein oder einen Verrückten vor sich zu haben.

Doch wenn es sich um Wahnsinn handelte, so war er nur von kurzer Dauer. Vielleicht zwanzig oder dreißig Minuten später hatte sich Tschikatilos Gemütslage gewandelt. Die Erregung war abgeklungen, und er kehrte in die wirkliche Welt zurück. Seine rationale Seite gewann wieder die Vorherrschaft, und er begann, das Geschehene zu überdenken. Niemand würde jemals sagen können, ob er damals Reue empfand, als er auf die nackte Leiche am Boden herabblickte. Doch selbst wenn es so war, dachte er nicht daran, sich zu stellen und seine Tat zu gestehen. Die Flut seiner Gefühle wurde von dem bloßen Selbsterhaltungstrieb zurückgehalten. Er mußte unbedingt sicherstellen, daß keine Indizien zurückblieben. Schnell lief er auf der Lichtung umher, sammelte Blätter und Zweige und bedeckte damit die Leiche. Dann nahm er die Kleidungsstücke auf, knüllte sie zu einem Bündel zusammen und verbarg sie im dichten Unterholz. Nachdem er sich noch einmal vergewissert hatte, daß während des Kampfs nichts aus seinen Taschen herausgefallen war, verließ er den Ort fast ebenso ruhig, wie er gekommen war. Larisa Tkatschenkos Leiche wurde am nächsten Tag gefunden.

Als Tschikatilo aufbrach, wußte er, daß er nie mehr derselbe sein würde. Der Schock nach der Ermordung der kleinen Lena Sakotnowa war furchtbar gewesen. Aber dieses Mal empfand er fast gar nichts. Er hatte von vornherein gewußt, was ihm Befriedigung verschaffen würde, hatte danach gesucht und es gefunden. Mit einer bizarren Logik versuchte er nun, sein Verhalten vor sich selbst zu rechtfertigen. Er meinte, daß die Tkatschenko sich selbst in diese Lage gebracht hätte. Sie war verdorben. Wäre es anders gewesen, warum hatte sie dann eingewilligt, mit einem Fremden loszuziehen, um im Wald Sex mit ihm zu haben?

Ihm war auch klar, daß es nicht bei zwei Morden bleiben würde. Deutlich spürte er, daß hier alle Fäden seines Lebens zusammenliefen. Schon an seinem ersten Schultag hatte er auf dem Schulhof bemerkt, daß er sich von den anderen Kindern unterschied. Er war ein Außenseiter gewesen, und das hatte sich nie geändert: angefangen bei dem Schmerz, der aus seinen verunglückten Jugendlieben entstanden war, bis zu der Frustration, die er im Eheleben mit seiner Frau erlebte, und dem wachsenden Verlangen nach seinen eigenen Schülern. Jetzt, im Alter von fünfundvierzig Jahren, erkannte er die Bedeutung all dessen.

Er war wie ein Drogenabhängiger, der mit Haschisch begonnen hatte und bei Heroin landete. Zuerst hatte es ihm genügt, nur zu beobachten und zu berühren. Aber im Laufe der Zeit hatte sich das Verlangen, Schmerzen zu bereiten und zu zerstören, immer mehr gesteigert. Manche Sexualverbrecher hegen eine Vorliebe für bestimmte Kleidungsstücke oder eine spezielle Haarfarbe. Tschikatilos Bedürfnisse waren überhaupt nicht differenziert. Er brauchte nur das Leiden. Er wollte die Qual seiner Opfer mitansehen und sie in ihrem Todeskampf schreien hören. Diese Augenblicke verschafften ihm Gefühle höchster Befriedigung. Er war kein Vergewaltiger im herkömmlichen Sinn des Wortes. Da er wußte, daß sein Scheitern so gut wie voraussagbar war, machte er häufig nicht einmal den Versuch, mit seinen Opfern Geschlechtsverkehr auszuüben, sondern masturbierte einfach über ihnen. Als ob er verzweifelt versuchte, sich selbst von seiner Männlichkeit zu überzeugen, schob er dann sein Sperma mit der Hand in sie hinein. Die eigentliche Befriedigung verschaffte er sich durch die Stiche mit seinem Messer und die Hiebe seiner Fäuste. Es war auch kein Zufall, daß er es vorzog, im Wald zu morden. Vor allen anderen Orten fühlte er sich hier geborgen und zu Hause. Er kam sich wie einer der Partisanen seiner Kindheit vor.

Es kann kein Zweifel daran bestehen, daß er seine Greueltaten jeweils vorher geplant hatte. Während seines Verfahrens behauptete Tschikatilo, daß er nicht losgezogen sei, um zu töten. Er sagte aus, daß es lediglich seine Absicht gewesen sei, Geschlechtsverkehr zu haben – bei den Erwachsenen meist mit deren Einverständnis und im Falle der Kinder durch Vergewaltigung. Wenn er mit Larisa Tkatschenko aufgehört hätte zu morden, dann wäre diese Theorie vielleicht haltbar gewesen. Der Überfall mußte nicht vorsätzlich erfolgt sein. Als die beiden sich von der Bushaltestelle aus auf den Weg machten, hatte er möglicherweise nichts anderes im Sinn gehabt als Sex. Aber jeder weitere Mord, den er im Anschluß daran begangen hat, widerlegt die Glaubwürdigkeit seiner Behauptung. Obwohl er es abstritt, muß man davon ausgehen, daß er einige seiner Morde manchmal Stunden oder sogar Tage im voraus sorgfältig geplant hatte.

Der erste Mord stellte für ihn sicherlich einen gewaltigen Schritt dar, aber der zweite Mord mußte ihm schon leichter gefallen sein. Und so stieg er Stufe für Stufe in die Verderbtheit ab, bis das Töten für ihn so natürlich und routiniert verlief wie für einen anderen Mann der Geschlechtsverkehr.

Den Unterlagen der Miliz zufolge gelang es Tschikatilo in den neun Monaten darauf, sein Verlangen im Zaum zu halten. Dann, am 12. Juni 1982, wurde die dreizehnjährige Ljuba Birjuk sein nächstes Opfer. Sie war jung, intelligent und gut erzogen, sozusagen eine Kontrastfigur zu Larisa Tkatschenko. Doch das rettete sie nicht.

Bevor Ljubas Mutter an diesem Morgen das Haus in der kleinen Siedlung Saplawskaja verließ, um zur Arbeit zu fahren, bat sie ihre Tochter, in das nahegelegene Dorf Donskoj Posjolok zu gehen, um dort ein paar Lebensmittel einzukaufen. Ljuba freute sich auf den kleinen Ausflug. Die Sonne schien, und es war warm draußen. Das Mädchen trug lediglich ein dünnes, blau-weiß geblümtes Kleid und leichte Sandalen.

Als man später das wenige, das man über Ljubas letzte Stunden in Erfahrung bringen konnte, rekonstruierte, fand man heraus, daß sie wie vorgesehen bei dem ›Wodschod‹-Lebensmittelgeschäft angekommen war und ihre Einkäufe erledigt hatte; ein Junge berichtete später, daß er sie auf dem Hinweg im Bus gesehen hätte. Nachdem sie das Geschäft verlassen hatte, entschied sie sich offenbar, nicht mit dem Bus zurückzufahren, sondern zu Fuß zu gehen. Etwa gegen Mittag muß sie Tschikatilo begegnet sein.

Auch er hatte ursprünglich den Bus nehmen wollen. Doch als der Bus ausblieb, machte er sich zu Fuß auf den Weg. Das Mädchen hatte etwas an sich, das sofort seine Aufmerksamkeit erregte, als er sie erblickte. Er paßte sich ihrem Schritt an, und sie begannen eine Unterhaltung. Er fragte sie einfache, alltägliche Dinge, wollte ihren Namen wissen, was sie so tat und wohin sie ging. Er fühlte sich so sehr zu ihr hingezogen, daß er immer wieder an sich halten mußte, um nicht sofort über sie herzufallen. Aber es befanden sich zu viele Leute auf der Straße. Die Unterhaltung mag mühsam gewesen sein, weil er damit zu tun hatte, sich zu zügeln. Aber sie diente einem Zweck: in der Nähe des Mädchens zu bleiben, bis der richtige Zeitpunkt gekommen war.

Einige Minuten später war es soweit. Nachdem sie die Straße überquert hatten, bogen sie in einen Weg ein, der versteckt hinter Büschen lag. Dort war es sehr viel ruhiger. Niemand befand sich vor ihnen. Ohne das Gespräch zu unterbrechen, schaute Tschikatilo zurück, um sich zu vergewissern, daß auch hinter ihnen niemand kam: Kein Mensch war zu sehen. Dennoch wartete er noch einige Augenblicke, um ganz sicher zu gehen. Dann nutzte er die Gelegenheit. Das Tier in ihm übernahm die Kontrolle; er sprang das entsetzte Mädchen an und zwang sie zu Boden. Er riß ihr die Kleider vom Leib und versuchte, in sie einzudringen. Aber er versagte auch bei ihr. Wieder einmal ließ ihn sein Körper im Stich. Dieses Mal hatte er sich vorbereitet. Er zog ein Messer aus der Tasche und brachte dem Mädchen an verschiedenen Stellen Stich- und Schnittwunden bei. Die Kombination aus strömendem Blut und erstickten Todesschreien verschaffte ihm die Befriedigung, nach der er sich so furchtbar sehnte. Dem kleinen Mädchen kostete es das Leben. Allerdings blieb Tschikatilo keine Zeit für das Ritual, das er bei Larisa Tkatschenko vollzogen hatte. Dafür verlief die Dorfstraße zu dicht am Tatort. In dem Bewußtsein, jeden Augenblick ertappt werden zu können, verbarg er den Leichnam, nahm Ljubas Kleider und die Einkaufstasche mit sich und warf sie in den nächsten Wald. Als man ihre Leiche etwa zwei Wochen später fand, war von ihrem Körper kaum mehr als das Skelett übrig. Die wenigen gerichtsmedizinischen Untersuchungen, die anschließend vorgenommen wurden, ergaben keine Hinweise.

Nach dem Mord an Ljuba Birjuk war der Damm – unheilvollerweise! – gebrochen. Noch im selben Jahr, 1982, brachte Tschikatilo sechs weitere Personen um. Als nächstes mußte die vierzehnjährige Ljuba Wolobujewa sterben, die von Tschikatilo am 25. Juli grausam umgebracht wurde. Er hatte sich auf einer Geschäftsreise in das Landwirtschaftsgebiet Krasnodar südlich von Rostow befunden. Auf einer weiteren Dienstreise, diesmal in den nahegelegenen Bezirk Adygej, tötete Tschikatilo am 13. August den neunjährigen Oleg Poschidajew. Nach seiner Rückkehr in die Region Rostow ermordete er drei Tage später die sechzehn Jahre alte Olga Kuprina. Im September folgten innerhalb eines Zeitraums von nur neun Tagen zwei weitere Opfer: Ira Karabelnikowa und Sergej Kusmin. Ihre Leichen lagen weniger als zwei Kilometer voneinander entfernt am Stadtrand von Schachty. Im Dezember 1982 brachte der Ex-Lehrer die zehnjährige Olja Stalmatschenok um.

Mit dieser Mordserie nahm auch eine Operation der Miliz ihren Anfang, die später als *Lesopolosa* – ›Operation Waldstreifen‹ – bekannt und nach der Stelle benannt wurde, wo anfangs fast alle Leichen gefunden wurden. Ungeachtet der hohen Mordrate Rostows war von vornherein klar, daß es sich hierbei nicht um gewöhnliche Morde handelte. Die Miliz bildete eine Sonderkommission, die die Untersuchung aufnahm. Das bedeutete jedoch nicht, daß die gesamte Öffentlichkeit erfuhr, was vor sich ging. In den letzten Monaten unter Leonid Breschnew standen die Medien immer noch unter strenger Kontrolle, und es wurden nur wenige oder überhaupt keine Informationen über die Verbrechen veröffentlicht. In jenen Tagen bestimmte das Regime je nach Opportunität, welche Nachrichten zur Publikation zugelassen wurden und welche nicht. Wenn überhaupt etwas darüber bekannt wurde, dann nur, nachdem der Verbrecher gefaßt worden war. Bis dahin wollte man keine unnötige Panik verbreiten. Doch das änderte nichts daran, daß der Mörder – oder die Mörder – unbedingt gefaßt werden mußten.

Die außerordentliche Grausamkeit der Morde verlieh der Fahndung zusätzliche Dringlichkeit. Das Grausame lag nicht nur in der Anzahl der Messerwunden, obwohl es in einigen Fällen bis zu dreißig waren, sondern auch in der Art und Weise, wie sie den Opfern zugefügt worden waren. Man erkannte schnell, daß es sich hier nicht um einen Mörder handelte, der seine Opfer einfach nur töten wollte; dafür hätten ein paar gezielte Stiche ausgereicht. Nein, er zögerte den Tod offenbar absichtlich hinaus, weil es ihm Vergnügen bereitete. Außerdem waren viele Leichen entsetzlich verstümmelt: aufgerissene Mägen, herausgeschnittene Geschlechtsorgane. In einigen Fällen ließen die gerichtsmedizinischen Untersuchungen darauf schließen, daß diese furchtbare Chirurgie vorgenommen wurde, während das Opfer noch lebte und möglicherweise sogar bei Bewußtsein war.

Die Morde wiesen eine weitere Eigenart auf, die man fast als die Handschrift des Mörders bezeichnen konnte. Buchstäblich jede Leiche, die man fand, wies Stichwunden im Bereich der Augen auf, ein äußerst seltenes Phänomen. Als später Hunderte Kilometer von Rostow entfernt weitere Leichen gefunden wurden, waren es diese außergewöhnlichen Augenwunden, die der Miliz dabei halfen, das Opfer als ›eines der ihren‹ zu identifizieren. Es gab keine eindeutigen Erklärungen für diese Wunden. Einer Theorie zufolge sollte der Mörder glauben, daß sich auf der Retina eines toten Menschen irgendwie das letzte Bild einbrannte, das er vor seinem Tod wahrgenommen hatte – also das Gesicht seines Mörders. Ein anderes und wahrscheinlicheres Erklärungsmodell besagte, daß der Mörder sich seiner Taten schämte und nicht bereit war, sich mit ihnen konfrontieren zu lassen, so daß er versuchte, den Blicken der Opfer auszuweichen. Das konnte er nur, indem er sie blendete oder ihnen die Augen verband.

Wenn die Mordopfer im Tode auch alle gleich waren, so hatten sie sich doch im Leben erheblich voneinander unterschieden. Nach Alter, sozialem Hintergrund und Geschlecht stellten sie eine ungewöhnliche Kombination dar. Genau wie zuvor

Ljuba Birjuk war Oleg Poschidajew ein unschuldiges Kind gewesen, dem nur das Unglück widerfahren war, Tschikatilos Weg zu kreuzen. Aber die Mehrheit der Opfer entsprach dem Schlage der Tkatschenko: Sie kamen aus zerrütteten Familienverhältnissen, waren aus der Gesellschaft gleichsam herausgefallen und in eine extreme Promiskuität oder schließlich in die Prostitution getrieben worden.

Das traf mit Sicherheit auf Ira Karabelnikowa zu, eine Achtzehnjährige, die ermordet wurde, nachdem sie Tschikatilo freiwillig begleitet hatte, um mit ihm zu schlafen. Nach einer gescheiterten Ehe hatte sie zunächst mit ihrem Vater, einem Bergmann, zusammengewohnt. Nachdem sie sich mit ihm überworfen hatte, war sie zu ihrer Mutter gezogen. Auch mit ihr bekam sie Streit und wechselte deshalb in ein Wohnheim über. Eine Affäre mit einem Soldaten schien zunächst einen Ausweg zu bieten, doch ihre Heiratspläne zerschlugen sich, und so hatte sie sich zwischen alle Stühle gesetzt und besaß außer ihrer Großmutter niemanden mehr, dem sie sich anvertrauen konnte. Aufgrund ihrer wechselnden Aufenthaltsorte dauerte es mehrere Tage, bis ihr Verschwinden überhaupt bemerkt wurde. Ihr Leichnam selbst wurde sogar erst zwei Wochen nach der Tat entdeckt.

Und genau das war das eigentliche Problem, vor dem die Miliz sich bei der schwierigen Aufgabe, die Mordfälle aufzuklären, häufig gestellt sah. Normalerweise begann die Aufklärung eines Tötungsdelikts mit der Identifizierung des Opfers. Jedenfalls war es für die Miliz ohne die Namen der Opfer sehr schwierig, zu ermitteln, wo sie gewohnt hatten, wo ihr Arbeitsplatz gewesen war, wo sie ihre Freizeit verbracht hatten und wer ihre Freunde gewesen waren – kurz gesagt, all jene Informationen zu sammeln, die man zur Rekonstruktion der letzten Stunden und Tage ihres Lebens benötigte.

Bei den ersten Opfern Tschikatilos erwies sich gerade das Problem der Identifizierung als außerordentlich schwierig. Um viele der Frauen, die er in den ersten Jahren umgebracht hatte, hatte sich niemand gekümmert. Bei einigen handelte es sich um minderjährige Mädchen, die in zerrütteten Familienverhältnissen lebten, hin und her gerissen zwischen Mutter und Vater.

Wiederum andere waren psychisch gestörte Frauen aus Heimen oder Landstreicherinnen, Alkoholikerinnen oder Prostituierte, die sich tagsüber auf den Straßen aufhielten und die Nächte in den Bahnhöfen verbrachten. Verglichen mit den großen Metropolen des Westens wie London oder New York traten solche Menschen in Rostow zwar seltener auf, doch wie sehr sich die sowjetischen Machthaber auch bemühten, die Existenz von Randständigen zu vertuschen, bildeten diese gleichwohl eine nicht zu übersehende soziale Gruppe, und das nicht nur in Rostow, sondern in jeder anderen größeren russischen Stadt.

Ungeachtet der rituellen Beschwörung von Gleichheit und Brüderlichkeit wurde für die Menschen auf der untersten Stufe der Gesellschaft im kommunistischen Staat sehr wenig getan. Soziale Dienstleistungen wurden kaum angeboten, und es gab praktisch keine Sozialarbeiter, wie man sie im Westen kannte. Da es Arbeitslosigkeit offiziell gar nicht gab, behandelte man Arbeitslose wie Schmarotzer und drohte ihnen Gefängnisstrafen an, anstatt ihnen zu helfen und Unterstützung zu gewähren. Alkoholismus und Obdachlosigkeit wurden seit jeher allein als Problem der öffentlichen Ordnung und nicht als soziales Elend betrachtet. Jeden Abend tauchte die Miliz am Bahnhof auf, trieb die Obdachlosen zusammen und steckte sie über Nacht in Ausnüchterungszellen oder sperrte sie irgendwo anders ein. Die Reihen der gesellschaftlichen Außenseiter wurden zusätzlich durch ehemalige Gefängnisinsassen verstärkt, die häufig ohne Wohnung, Arbeit oder irgendeine Form der Beratung und Vorbereitung auf ein neues Leben in den Alltag zurückkehrten. Für ehemalige Bürger Moskaus, St. Petersburgs und anderer Städte mit strengen Zuzugsbeschränkungen standen die Dinge besonders schlecht. Sie waren oftmals zu einem ausweglosen Nomadenleben gezwungen, da die Behörden ihnen ihr hochgepriesenes Recht entzogen hatten, sich wieder in ihrer Heimatstadt eine Wohnung zu nehmen.

Es war kein Zufall, daß Tschikatilo sich seine Opfer aus dieser Gruppe von Menschen heraussuchte. Es lag an den besonderen Verhältnissen der Region Rostow, daß hier immer noch eine unverhältnismäßig große Anzahl von unangemeldeten Personen lebte, selbst in der relativ stabilen Zeit Anfang der achtziger Jahre. Ohne ein ›Prospiska‹ – das offizielle Einwohnermeldeformular -- war eine Person ein bloßer Name, nicht einmal ein Individuum, geschweige denn ein Mensch mit Rechten, sondern jemand, für den das System keinen Platz vorsah. Mit solchen Leuten sprang man nicht viel besser um als mit streunenden Hunden. Die Beamten der Miliz waren nicht die einzigen, denen die Problematik bekannt war, die Spur solcher Menschen aufzunehmen. Auch für einen kaltblütigen und berechnenden Mörder wie Tschikatilo müssen die offensichtlichen Vorteile, jemanden umzubringen, dessen Verschwinden über Wochen, Monate oder sogar Jahre unbemerkt bleiben konnte, auf der Hand gelegen haben.

Aber es spannte sich auch ein starkes Band zwischen Mörder und Opfer, eine Mischung aus Faszination und Haß. Auch wenn es auf den ersten Blick nicht so aussah, hatten sie doch vieles gemeinsam. Sicherlich besaß Tschikatilo einiges, worüber die Opfer nicht verfügten, zum Beispiel ein Zuhause, eine gute Arbeit und etwas Geld. Trotz seiner immer schrecklicheren Verbrechen war Tschikatilo noch ein Mitglied der Gesellschaft, während sie die Ausgestoßenen waren. Doch genau wie diese Menschen fühlte er sich abgelehnt, hielt sich für einen Ausgestoßenen, den man ewig mißverstand und der von seinen Mitmenschen nicht angemessen gewürdigt wurde. Zwischen Tschikatilo und seinen Opfern bestand eine sehr starke Affinität.

Er ekelte sich vor jener Welt und fühlte sich von ihr abgestoßen, eine Welt, in der alles erlaubt war und in der sämtliche Barrieren von Anstand und Moral gefallen waren. Je länger er sich in den Bahnhöfen herumtrieb, desto mehr erschreckte ihn diese Seite der Menschheit, der er dort begegnete. Für die Trunkenheit der Frauen und die Art und Weise, wie sie sich für ein Glas Wodka oder ein paar Krümel Eßbares jedem Mann an den Hals warfen, empfand er nur Verachtung. Und er haßte die Frauen noch mehr für die Bereitwilligkeit, mit der sie ihm folgten. Auf jeden Fall bestand kein Anlaß zur Vermutung, daß auch nur eine der Obdachlosen oder Prostituierten, die sich von Tschikatilo auflesen ließen, unfreiwillig mit ihm gegangen waren.

»Sie folgten mir wie Hunde«, erzählte er später seinen

Häschern. Die Wahl der Worte drückte die Tiefe seiner Verachtung über die Leichtfertigkeit aus, mit der sie sich seinem Willen überantwortet hatten. Was Tschikatilo eigentlich mit seiner Metaphorik meinte, liegt auf der Hand: Wenn sie sich nur den höheren moralischen Werten gemäß verhalten hätten, würden sie noch leben. Aber sie waren mit ihm gekommen und hatten damit bewiesen, daß sie keinen Anspruch auf Leben besaßen. Wahrscheinlich stellt dieses verquere Argumentationsmuster nur den hilflosen Versuch dar, die eigenen Untaten nachträglich zu rechtfertigen. Gleichzeitig legt es den Verdacht nahe, daß Tschikatilos Motive nicht ausschließlich sexueller Natur waren. Er sah sich selbst in der Rolle des Vernichters derjenigen, die in seinen Augen nicht mehr wert waren als Ungeziefer. Auf seine perverse Art sah er sich selbst nicht mehr als Mörder, sondern als Menschen, der die Gesellschaft von Unrat befreite.

Aber es wäre schwierig, seine Argumentation auf den Fall Olja Stalmatschenok anzuwenden, die am 11. Dezember 1982 aus Nowoschachtinsk verschwand. Sie war ein wohlerzogenes Kind aus einer fürsorglichen Familie und fuhr an jenem Nachmittag, wie an jedem anderen Tag auch, mit dem Bus von ihrer Musikschule nach Hause. Es sollte sich als grausame Wendung des Schicksals erweisen, daß der Bus eine Panne hatte. Alle Fahrgäste mußten am Bahnhof aussteigen und auf einen Ersatzbus warten. In diesem Augenblick, ungefähr um fünf Uhr nachmittags, traf Tschikatilo ein und sprach Olja an.

Wie sich Jahre später herausstellen sollte, hatte es mehrere Augenzeugen gegeben, die das kleine Mädchen bei dieser schicksalhaften letzten Busfahrt aussteigen sahen. Eine Frau beobachtete sogar, wie Olja mit dem Mörder fortging; sie hätte ihn sogar identifizieren können – wenn sich nur jemand die Mühe gemacht hätte, sie danach zu fragen. Maria Sobiwtschak sah die beiden vorübergehen, als sie an jenem Nachmittag auf die Straße trat, um ihr eigenes Kind abzuholen. Der Mann hielt das Mädchen so fest bei der Hand, als ob er ihr Vater oder Großvater gewesen wäre und sie gerade aus irgendeinem Grund ausgeschimpft hätte.

»Warum ist er so streng mit ihr?« fragte sich die Sobiwtschak damals. Der Vorgang als solcher kam ihr in keiner Weise verdächtig vor. Auch später erfuhr sie nicht, daß ein Verbrechen begangen worden war.

Dennoch prägte sich diese Szene in ihr Gedächtnis ein, da Maria Sobiwtschak das Gefühl hatte, das Gesicht des Mannes von irgendwoher zu kennen. Erst Jahre später, als die Miliz mit einem Foto von Tschikatilo in der Nachbarschaft umherging, zählte sie zwei und zwei zusammen. Es handelte sich nicht nur um den gesuchten Mann, sondern sie erinnerte sich auch daran, wo sie ihm vorher schon einmal begegnet war: Tschikatilo hatte ihren Sohn an der Schule in Nowoschachtinsk unterrichtet. Sie war ihm sogar einmal persönlich begegnet, als sie zu einem Elternabend gegangen war. Es stellte sich heraus, daß auch die Busschaffnerin das Mädchen bemerkt hatte. Sie erinnerte sich daran, wie das Mädchen ausstieg, nachdem der Bus an der Haltestelle liegengeblieben war, dann aber, während der wenigen Minuten bis zum Eintreffen des Ersatzfahrzeugs, verschwand. In der Nähe hatte ein rotes Auto geparkt, und sie hatte angenommen, daß Olja Stalmatschenok mit ihm davongefahren war. Aber sie war sich dessen nicht sicher und begriff erst später, daß sie zu den letzten Personen gehörte, die das kleine Mädchen lebend gesehen hatten.

Jedenfalls hatte die Miliz bis dahin niemals Verbindung zu einer der beiden Frauen aufgenommen. Ihre Ermittlungen gingen in eine andere, eigentümliche Richtung. Zu dieser Zeit traf auf dem Hauptpostamt der Stadt ein Briefumschlag ein. Bereits am selben Nachmittag lag er auf einem Schreibtisch im Milizhauptquartier. Die Postkarte darin war einfach an die ›Eltern des vermißten Kindes‹ adressiert. Der Text lautete kurz und brutal: »Grüßt Euch, Eltern. Macht euch keine Sorgen. Sie ist nicht die erste und auch nicht die letzte. Vor Neujahr brauchen wir weitere zehn. Wenn ihr das Mädchen finden wollt, dann sucht unter dem Laub im Wdarowskije Posadki.« Unterzeichnet war der Text mit ›Sadist – Schwarze Katze‹.

Da die Miliz bei der Aufklärung der Mordfälle bisher keinen Erfolg verzeichnen konnte, setzte sie jetzt alle ihr zur Verfügung stehenden Mittel ein, den Verfasser der Karte zu identifizieren. Viktor Burakow, der Leiter der Abteilung für schwere Sexualverbrechen bei der Rostower CID, war davon überzeugt, daß jemand die Karte verfaßt hatte, der die Gegend gut kannte. Er wies darauf hin, daß der Begriff Wdarowskije damals nur von Ortsansässigen verwendet wurde. Als die Ermittlungen forciert wurden, schwärmten Dutzende von Milizbeamten zu den Bezirkspostämtern aus. Die Schalterbeamten wurden befragt, ob ihnen jemand aufgefallen wäre, der die Karte aufgegeben oder vielleicht sogar um einen Stift gebeten hätte, um sie zu beschriften.

Aber das war nur ein Teil der eingeleiteten Maßnahmen. Es wurden neue Wege beschritten, indem Spezialisten der örtlichen KGB-Unterabteilung zur Analyse der Handschrift herangezogen wurden, um Anhaltspunkte für die Identität des Verfassers zu gewinnen. Aus den einzelnen Buchstaben des Textes erstellten sie einen Schlüssel, mit dem Tausend anderer Schreiben und Dokumente verglichen wurden, die von Beschäftigten in Fabriken, Büros und anderen Einrichtungen der Region stammten. Das Schriftstück wurde außerdem sorgfältig mit anderen anonymen Schreiben verglichen, die früher bei der Miliz gemeldet worden waren. Aber für viele Beamte, die an der Fahndung teilnahmen, sah es aus, als würden sie nach der berühmten Nadel im Heuhaufen suchen. Doch das war nur der Vorgeschmack auf eine gewaltige Ermittlungsarbeit, die ohne eine bestimmte Theorie oder ein Beweisstück für die nächsten Jahre in Gang gesetzt wurde.

Die Vorgesetzten waren der Ansicht, daß es den Aufwand wert war, da die gleiche Vorgehensweise in der Vergangenheit zur erfolgreichen Ergreifung eines anderen Mörders geführt hatte, dem in der Stadt Witebsk die Morde an sechsunddreißig Frauen nachgewiesen werden konnten. Doch dieses Mal erwies es sich als Fehlschlag. Die Durchsuchung des dichten Unterholzes von Wdarowskije Posadki brachte die Leiche der Olja Stalmatschenok nicht zutage – aus dem einfachen Grund, weil sie nicht da war. Der Mörder hatte sie in einem entfernt gelegenen Waldstück umgebracht, und ihre Überreste lagen ungefähr vier Monate dort, bevor sie schließlich doch noch durch Zufall gefunden wurden.

Dennoch gab die Miliz den Verdacht eines Zusammenhangs zwischen Mord und Postkarte nie ganz auf. Die Theorie wurde etwa vier Jahre später sogar noch einmal für kurze Zeit aufgegriffen, führte aber wiederum zu keinem Ergebnis. Und als man Tschikatilo schließlich verhaftete, leugnete er jedes Wissen um das Schreiben. Die Milizbeamten hatten bereits genug damit zu tun, den Mörder zu jagen. Es schien, als hätten sie sich jetzt auch noch mit einem Schwindler auseinanderzusetzen. Die Schwarze Katze hatte sich als Blindgänger herausgestellt.

KAPITEL SIEBEN

Im Sommer 1983 erfuhr die Sowjetunion eine kleinere Umwälzung. Das war zwar noch nichts im Vergleich zu der Unruhe, die am Ende dieses Jahrzehnts um sich greifen sollte, aber dennoch dramatisch genug. Nach über achtzehn Jahren an der Macht war schließlich das alternde Staatsoberhaupt, Leonid Breschnew, gestorben und durch Juri Andropow, dem früheren Leiter des KGB, ersetzt worden. Der Nachfolger war kaum jünger und sicherlich nicht in besserer gesundheitlicher Verfassung, aber entschlossen, der todkranken sowjetischen Wirtschaft neues Leben einzuflößen. Und das wollte er über eine Verbesserung der Disziplin erreichen.

Gegen Ende der Breschnew-Ära ließ sich die allgemeine Einstellung zur Arbeit in dem alten Sprichwort zusammenfassen: ›Wir tun so, als ob wir arbeiten, und sie tun so, als ob sie uns bezahlen.‹ Aber mehr auch nicht. Während sich die Bezahlung in keiner Weise änderte, hatte Andropow sich vorgenommen, bei der Arbeit einen Wandel herbeizuführen. Um sein Ziel zu erreichen, scheute er nicht davor zurück, mit dem eisernen Besen zu kehren, also auf Methoden zurückzugreifen, die ihm schon in seiner früheren Tätigkeit gute Dienste geleistet hatten. Die Werktätigen, seit langem daran gewöhnt, während ihrer Arbeitszeit zum Einkaufen, zum Friseur oder ins nahegelegene Café zu verschwinden, wurden ohne weitere Umstände vor ihre Vorgesetzten zitiert. Die Strafen für diese sogenannten Vergehen gegen die ›Arbeitsdiziplin‹ reichten von der Kürzung der Löhne und Prämien bis zur Versetzung ans Ende der Warteliste im staatlichen Wohnungsprogramm. Dieser Versuch, das ganze Land in einen gigantischen ›Gulag‹ zu verwandeln, konnte die sowjetische Wirtschaft jedoch kaum retten. Denn sie befand sich bereits unumkehrbar in einem tiefen und langfristigen Verfall, den kein Flickwerk mehr verbergen konnte. Bestenfalls hätte man den endgültigen Abstieg immerhin verlangsamen können, wenn die Kampagne nur ein wenig länger fortgesetzt worden wäre.

Laut Aussagen aus seiner Umgebung überstand Tschikatilo das neue strenge Regime einigermaßen unbeschadet. Ein ums andere Mal stellte sich heraus, daß der größte Vorteil seiner Arbeit für die Versorgungsabteilung in seiner Unabhängigkeit bestand. Andropow hin oder her, Tschikatilo blieb sein eigener Herr. Seine Arbeitszeit war flexibel, und so konnte er häufig das Büro in Schachty verlassen. Wenn ihm danach war, stundenlang am Bahnhof herumzustreifen oder einfach nur spazierenzugehen, stand dem nichts im Weg – denn es erfuhr ja niemand davon.

Aber das war auch schon fast das einzige, was er zustandebrachte. Er erkannte schnell, daß er als Angestellter der Versorgungsabteilung beinahe ebenso unfähig war wie früher als Lehrer. Die Kollegen erlebten ihn als kalt und unfreundlich und fragten sich, warum er sich die ganze Zeit so seltsam benahm. Seine Vorgesetzten hielten ihn für inkompetent, verschwendeten aber keine Zeit damit, ihn deswegen zu tadeln.

»Als Mensch stimmte etwas nicht mit ihm. Ich kann nicht sagen, daß ihn irgend jemand gemocht hat«, erinnerte sich die Frau, die mit ihm als Leiterin des Lagers zusammenarbeitete, das er zu beliefern hatte. Auch andere beobachteten mit Befremden, wie er des öfteren an seinem Schreibtisch saß und etwas in ein kleines Heft schrieb. Er war so darin vertieft, daß er manchmal nicht einmal hörte, wenn ihn jemand ansprach. Darüber hinaus hielt er Abstand von den anderen Männern und schloß sich ihnen nie an, wenn sie nach der Arbeit etwas trinken gingen. Statt dessen schritt er rasch an ihnen vorbei, wenn sie im Flur standen, sich unterhielten und rauchten.

Zu diesem Zeitpunkt begann sich seine Besessenheit auch auf seine Arbeit auszuwirken. Ohnehin wurde Tschikatilo bei den sogenannten Planjorki, den Tageseinsatzbesprechungen, die täglich am frühen Morgen stattfanden, geradezu zwangsläufig immer wieder von seinen Vorgesetzten heftig zurechtgewiesen. War doch die Tätigkeit der Versorgungsabteilung naturgemäß eine undankbare Aufgabe, zumal Engpässe und Produktionsstopps in der alten Planwirtschaft an der Tagesordnung waren: Entweder waren die Produkte gerade ausgegangen, oder sie waren von schlechter Qualität. Und jedesmal mußte die arme Versorgungsabteilung dafür geradestehen. Das gehörte zu seinen Berufsrisiken.

Dennoch wurde Tschikatilo offenbar häufiger getadelt als die anderen. Pjotr Jewgraf, der stellvertretende Betriebsleiter, der die Sitzungen führte, empfand eine solche Abneigung gegen seinen Untergebenen, daß er ihn tatsächlich mitten in der Besprechung des Raums verwies, wie ein Lehrer, der einen ungezogenen Schüler hinausschickte. Zwar akzeptierte der einstige Lehrer das unterwürfig, ohne in irgendeiner Form dagegen zu protestieren, aber die gleichgültige Haltung, die er kultivierte, war nur Fassade. In Wirklichkeit litt er darunter. Aller Kritik zum Trotz war er davon überzeugt, daß er seine Arbeit ordentlich machte. Jewgraf und die anderen mochten ihn einfach nicht, so wie seine Vorgesetzten in der Schule etwas gegen ihn gehabt hatten. Und deswegen hackten sie immer wieder auf ihm herum und taten das auch noch vornehmlich in Gegenwart möglichst vieler Leute.

»Mein Gott, es wäre besser, wenn ich wieder eine Fahrt unternehmen könnte«, erzählte er Nina Dowgan, einer kecken Blondine, die die Buchhaltung der Materialverwaltung führte. »Wenn ich unterwegs bin, nörgelt wenigstens nicht dauernd jemand an mir herum.« Sie war praktisch die einzige an seiner Arbeitsstelle, die nicht ausschließlich Schlechtes über ihn zu berichten wußte. Jedesmal, wenn er von einer Dienstreise zurückkam, war es ihre Aufgabe, das Material zu verbuchen, das er mitgebracht hatte.

Trotz aller Geschichten, daß Tschikatilo ein unfähiger Arbeiter sei, war die Dowgan sehr von seinem unglaublichen Gedächtnis beeindruckt. Wenn sie irgend etwas nicht finden konnte, das er geliefert haben mußte, konnte er sofort sagen, wo er es im Lager abgelegt hatte – bis hinunter zum letzten Regal oder Schrank. Sie war auch einer der wenigen Menschen, die jemals mit ihm zusammengesessen und etwas getrunken hatten. Manchmal flirtete er ein wenig mit ihr oder einigen anderen Sekretärinnen und lud sie sogar im Sommer zu einem

Picknick ein, um ihren Geburtstag oder andere besondere Anlässe zu feiern. Er konnte auch sehr lustig ein und liebte Scherze. Das war aber auch schon alles. Er machte ihr gegenüber nie einen Annäherungsversuch.

Auch den anderen Leuten fiel Tschikatilos zunehmend merkwürdiges Verhalten auf, das wiederum eine Folge seines zweiten, geheimen Lebens war. So gehörte es beispielsweise zu seiner Tätigkeit, häufig in Begleitung eines Fahrers mit dem Lastwagen nach Rostow oder in andere nahegelegene Städte zu fahren, um Nachschub zu besorgen. Sobald der Auftrag erledigt war, blieb er zurück und schickte den Fahrer allein nach Schachty. »Ich muß noch etwas erledigen«, pflegte er zu sagen. »Ich komme später zurück.« Doch auch wenn der Fahrer anbot, auf ihn zu warten, lehnte Tschikatilo ab. Das war merkwürdig, besonders weil man gut zwei Stunden benötigte, um mit dem Zug zurückzufahren. Zudem verkehrten die Züge ab dem frühen Abend nur in größeren Abständen.

Dann war da noch die Geschichte mit der Tasche, die er ständig bei sich führte. Die Frauen im Büro wollten unbedingt wissen, was darin sein mochte, und konnten ihre Neugierde eines Tages nicht länger zügeln. Als er einmal das Zimmer für einige Minuten verlassen hatte, öffnete eine der Frauen schnell die Tasche. Nach all dem Gerede darum erwies sich der Inhalt dann doch als recht enttäuschend. Sie fanden nichts Aufregenderes als eine Garnitur Wäsche zum Wechseln: eine weiße Unterhose und ein T-Shirt. Das hielt sie allerdings nicht davon ab, ihm einen Streich zu spielen. Bevor sie die Tasche wieder schlossen, legten sie einen Ziegelstein hinein, um ihn zu ärgern. Trotz des zusätzlichen Gewichts verlor er aber kein einziges Wort darüber, als er zum Feierabend die Tasche nahm und einfach verschwand. Er wollte sie vermutlich nicht in Gegenwart seiner Kollegen öffnen. Als er aber am nächsten Morgen zur Arbeit kam, beschimpfte er seine Kollegen, ob sie nicht zu alt für solche Scherze seien.

Tschikatilos häufige Abwesenheit von zu Hause begann nun auch sein Familienleben zu beeinträchtigen. Faina sah ihren Mann immer seltener, und das gerade zu einer Zeit, in der ihre Kinder eine schwierige Phase durchliefen. Früher hatte ihr

Gatte oft stundenlang mit Ljudmila und Juri gespielt, jetzt war er kaum noch daheim. Besonders bei seinem Sohn zeigte das bald Folgen. Im Alter von dreizehn, vierzehn Jahren wurde Juri zunehmend aggressiv und schwierig im Umgang. Seinem Vater gegenüber verhielt er sich verächtlich und pflegte ihn auch in seiner Gegenwart mit dem Spitznamen Kosjol – ›Ziegenbock‹ – zu bezeichnen, im Russischen eine schwere Beleidigung. Nach Aussagen einzelner Augenzeugen soll er seinen Vater sogar einige Male geschlagen haben, doch Tschikatilo unternahm nichts, um ihn wieder in den Griff zu bekommen.

Wie seltsam Tschikatilos Verhalten auch gewesen sein mochte, so hätte doch niemand in seiner Umgebung, ob zu Hause oder an seiner Arbeitsstelle, ihn eines Mordes für fähig gehalten. Nach seiner Verhaftung beharrten mehrere Personen nach wie vor darauf, daß es sich um einen Irrtum handeln müsse. Eine Frau erinnerte sich allerdings daran, ihm eines Tages über die Schulter gesehen zu haben, als er wie üblich etwas in sein Heft schrieb. Auf den leeren Seiten sah sie Zeile für Zeile kleine Kreuze. Viele Jahre später verstand sie nun plötzlich deren Bedeutung.

Die Miliz machte keine Fortschritte bei der Ermittlung der Mordtaten in und um Rostow herum. Im Verlauf des Jahres 1982 hatte Tschikatilo etwa sieben Morde begangen, die Miliz jedoch war einer Verhaftung immer noch nicht näher gekommen als im Jahr zuvor. Nach ihrer Einschätzung ließ es sich nicht mit Sicherheit feststellen, ob es sich wirklich um einen Massenmörder handelte, denn Beweise waren praktisch nicht vorhanden. Trotz der Ähnlichkeit der bizarren Augenverletzungen lenkte der unterschiedliche Charakter und soziale Hintergrund der Opfer die Beamten von der Spur ab. Noch größere Schwierigkeiten bereitete der Miliz die lange Zeitspanne, bis die Überreste einiger der ersten Opfer aufgefunden wurden. Es dauerte vier Monate, bis sie die Leiche der Stalmatschenok fanden – und das war noch nicht einmal die längste Zeitspanne. Die Leiche von Sergej Kusmin, der drei Monate vor ihr getötet worden war, wurde erst nach einem halben Jahr entdeckt. Die des neunjährigen Oleg Poschidajew, der im August 1982 umkam, wurde nie gefunden.

Dadurch komplizierte sich die Angelegenheit zwangsläufig. Und wann immer Kinder verschwanden, stellte sich für die Milizbeamten die zusätzliche Frage, ob sie es tatsächlich mit einem Mörder zu tun hatten oder einfach nur mit einem Jungen oder Mädchen, das von zu Hause weggelaufen war. Hundertprozentig sicher konnten sie ihrer Sache immer erst sein, nachdem sie die Leiche gefunden hatten. In vielen Fällen fand man sie, jedoch unbekleidet, was die Identifizierung zusätzlich erschwerte. Wenn die Kleider gefunden wurden, dann oftmals in einiger Entfernung vom Tatort und zu einem späteren Zeitpunkt.

Die Bevölkerung von Rostow wurde über die Vorfälle weiterhin im dunkeln gelassen. Zu den zahlreichen Veränderungen, die Andropow anstrebte, zählte ›Glasnost‹ jedenfalls nicht. Die Medien wurden so streng kontrolliert wie schon immer in der Vergangenheit. Infolgedessen wurde in der Lokalpresse nicht einmal die bloße Tatsache der Morde erwähnt, geschweige denn das volle Ausmaß ihres Schreckens dargestellt.

Aber es ließ sich nicht verhindern, daß die Führung in Moskau von der Entwicklung erfuhr, und dort war man bestürzt über die Tragweite des Problems und die augenscheinliche Unfähigkeit der örtlichen Stellen, den Mörder zu fassen. Daher wurde im Sommer 1983 eine Kommission aus Vertretern der Miliz und der Staatsanwaltschaft gebildet, die nach Rostow ausgesandt wurde, um vor Ort herauszufinden, was dort vor sich ging. Eines der führenden Mitglieder der Staatsanwaltschaft war ein fähiger, intelligenter Mann namens Wladimir Kazakow. Er konnte auf umfangreiche Erfahrungen in der Bekämpfung von Kapitalverbrechen zurückblicken und stellte daher eine große Bereicherung für die Kommission dar.

Kazakow hielt sich einen Monat vor Ort auf und fand Gelegenheit, den Verlauf der Ermittlungen zu studieren, die ihn überhaupt nicht zufriedenstellten. Angesichts der hohen Mordrate in dieser Region konnte er zwar die für die örtliche Miliz sehr schwierige Frage nachvollziehen, welche Morde im Zusammenhang miteinander standen und welche nicht; nachdem er sich aber einige Tage lang im Büro der Rostower Staatsanwaltschaft durch Berge von Akten gekämpft hatte, kam er zu dem

Schluß, daß wenigstens sechs der Morde im Zusammenhang gesehen und demselben Mörder zugeschrieben werden mußten. Zum einen, weil es sich bei ihnen um Kinder handelte, und zum anderen wegen des Fundorts der Leichen. Noch bezeichnender aber waren die Augenverletzungen.

Sollte das zutreffen, mußten die weiteren Ermittlungen sofort in neue Bahnen gelenkt werden. Bislang war jeder Mordfall von der Miliz des jeweiligen Bezirks bearbeitet worden, in dem der Mord begangen wurde, und es gab keine Mutmaßungen, daß die Taten von ein und demselben Mann verübt worden waren. Zu diesem Zeitpunkt dachte noch niemand ernsthaft an einen Massenmörder – an diese Vorstellung mochte sich niemand gewöhnen. Wenn man die Mordfälle aber miteinander in Zusammenhang brachte, wurden sie automatisch an die nächsthöhere Dienstebene weitergeleitet; das war die regionale Staatsanwaltschaft in Rostow. Für sich genommen wäre das schon ein Fortschritt gewesen. Soweit Kazakow den Berichten entnehmen konnte, zeichneten sich die meisten Bezirksbehörden durch eine beklagenswert geringe Kompetenz im Umgang mit derartigen Verbrechen aus. Wenn man die Ermittlung auf der nächsthöheren Ebene durchführte, konnte man die Sache professionelleren Ermittlungsbeamten in die Hand geben. Es galt, keine Zeit mehr zu verschwenden. Dort draußen lief ein Ungeheuer frei herum, und die Miliz kam zu keinem Ergebnis.

Als Kazakow nach Moskau zurückgekehrt war, schrieb er einen Bericht an seinen Vorgesetzten Boris Namestnikow, den stellvertretenden Oberstaatsanwalt der Republik Rußland. Darin führte er seine Kritik an den bisherigen Ermittlungen aus und vertrat die Ansicht, überzeugendes Beweismaterial deute darauf hin, daß sechs der Morde von ein und demselben Täter aus sexuellen Motiven begangen worden waren. Seinen Empfehlungen wurde schnell entsprochen.

Am 6. September 1983 unterzeichnete Namestnikow einen formalen Beschluß, der die sechs Fälle Kazakows zusammenfaßte. Darunter fand sich Birjuk ebenso wie Stalmatschenok, weiterhin die beiden Herumtreiberinnen Karabelnikowa und Kuprina, obwohl deren Identität ein Jahr nach ihrem Tod immer noch nachgewiesen werden mußte. Bei Nummer fünf und sechs handelte es sich um zwei neue Morde, die erst im letzten Sommer verübt worden waren, beide im sogenannten Park des Fliegers, einem großen einsamen Waldstück am Rande Rostows in der Nähe des Flughafens: Ira Dunenkowa, ein dreizehnjähriges Mädchen, dessen Ermordung im Juli Tschikatilo später gestand, und der siebenjährige Igor Gudkow, der einen Monat später abgeschlachtet worden war.

Die junge Dunenkowa war nicht sein erstes Mordopfer im Jahre 1983. Keinen Monat zuvor hatte er ein fünfzehnjähriges armenisches Mädchen namens Laura Sarkisjan getötet. Ihre Leiche wurde jedoch nie gefunden. Die Miliz erfuhr erst von dem Fall, als Tschikatilo ihn Jahre später gestand. Dennoch war die Ermordung der Dunekowa im Rückblick auffällig. In fast allen Fällen waren Tschikatilos Opfer Fremde gewesen, die er auf Bahnhöfen oder auf der Straße getroffen hatte. Die kleine Ira dagegen kannte ihren Mörder. Ihre ältere Schwester Tatjana war eines der Mädchen gewesen, die Tschikatilo mehrere Male in die Meschewoj-Gasse mitgenommen hatte. Auch Ira war manchmal dort gewesen.

Die beiden Mädchen waren ein unglückseliges Geschwisterpaar. Nach dem Tod ihrer Eltern wenige Jahre zuvor, war Tatjana alt genug gewesen, allein leben zu können, während das für Ira nicht zutraf. Wegen ihrer leichten geistigen Behinderung hatte man sie in einem Kinderheim untergebracht. Tschikatilos Affäre mit Tatjana war kurz und nicht sehr angenehm gewesen. Wie bei seinen anderen Geliebten hatte er befürchtet, seine Frau könnte das Verhältnis entdecken, und er hatte darauf bestanden, daß sie nie zusammen gesehen wurden. Wenn Tatjana zu ihm kam, dann nur allein. Trafen sie sich zufällig in der Stadt, dann sollte sie sich so verhalten, als würden sie einander nicht kennen.

Doch Tatjana schrieb alle Vorsicht in den Wind, als sie einmal beschloß, ihre Schwester mitzubringen. Zu ihrer Überraschung machte Tschikatilo keine Einwände. Er schien im Gegenteil sogar recht erfreut darüber zu sein. Das kleine Mädchen war hübsch und nett gekleidet, und obwohl er sie nicht belästigte, erkannte ihre ältere Schwester, daß er von ihr fasziniert war. Daß Ira ihn schon kennengelernt hatte, machte er sich zunutze, als er sie eines Nachmittags im Juli zufällig wiedertraf.

Ihre erste Begegnung lag mittlerweile über ein Jahr zurück. Aber aufgrund seines ausgeprägten Personengedächtnisses erkannte er das kleine Mädchen sofort, als er sie am Bahnhof herumlaufen sah, obwohl sie jetzt schäbig gekleidet war, die Haare nicht gekämmt hatte und so aussah, als habe sie sich mehrere Tage nicht gewaschen. In ihrer schmutzigen Hand hielt sie einige Münzen, um an einem Stand eine Pastete zu kaufen. Er wußte aus früheren Gesprächen mit ihr, daß sie eine leichte Beute sein würde. Er brauchte sie nur aufzufordern, ihn zu begleiten, und sie würde sofort gehorchen. Und es stellte sich heraus, daß er recht gehabt hatte. Nachdem er sie an eine abgeschiedene Stelle im Park des Fliegers geführt hatte, wollte er Geschlechtsverkehr mit ihr haben. Als ihm das nicht gelang, zog er sein furchtbares Messer und tötete auch sie. Die verstümmelte Leiche der Ira Dunenkowa wurde einen Monat später im Park gefunden.

Kurz darauf folgten weitere Morde. Die Opfer waren entweder Prostituierte oder andere Mädchen, die Tschikatilo in der Erwartung gefolgt waren, daß ihr Treffen wohl mit Sex enden würde – nicht aber mit dem Tod. Ljuda Kutsjuba, eine vierundzwanzigjährige Landstreicherin, wurde noch im Juli in der Nähe eines kleinen Eisenbahnhaltepunkts gleich außerhalb von Schachty getötet, wenngleich es mehr als neun Monate dauerte, bis man ihre Leiche entdeckte. Zwei weitere Opfer, Walja Tschutschulina, zweiundzwanzig, und eine andere Frau wurden im Spätsommer getötet. In den Akten der Ermittlungsbehörde wird sie mit ›N‹ für ›Njeiswestnaja‹, dem russischen Wort für ›unbekannt‹, geführt. Es konnte nur festgestellt werden, daß sie vermutlich zwischen achtzehn und fünfundzwanzig Jahre alt war und Blutgruppe B hatte.

Inzwischen war die Miliz nicht untätig gewesen. Aber der Weg, den sie einschlug, sollte sich später als der falsche herausstellen. Die Grausamkeit, mit der die Morde ausgeführt worden waren, hatte die Ermittler zu der Annahme verleitet, sie seien das Werk eines Geistesgestörten gewesen. Aufgrund dieser Überlegung wurden die ersten Verdächtigen festgenommen:

zwei junge Männer namens Kalenik und Schaburow. Sie waren Insassen einer Sondereinrichtung für Behinderte und wurden angeblich verhaftet, weil sie versuchten, ein Auto zu stehlen. Was nun folgte, war nicht nur äußerst fragwürdig, sondern bildete auch den Ausgangspunkt für offizielle Schritte, in deren Verlauf die Miliz der ›Rechtsverletzung‹ bei der Bearbeitung des Falls angeklagt wurde.

Nachdem die beiden festgenommen worden waren, glaubten die Beamten, die den Fall bearbeiteten, sie hätten Grund zu der Annahme, daß die Verhafteten nicht nur wegen des Diebstahls unter Anklage gestellt werden müßten, und während des Verhörs bekamen die Ermittler, was sie sich erhofft hatten: Neben dem Autodiebstahl gestanden die beiden auch die Vergewaltigung und Ermordung mehrerer Frauen und Kinder. Kaleniks Geständnis wurde auf den 10. September datiert, Schaburows folgte kurze Zeit später. Trotz Kazakows Theorie von einem einzigen Mörder hatte die Miliz keinen Zweifel an der Stichhaltigkeit der Geständnisse. Obwohl die beiden Männer geistig nicht gesund waren, identifizierten sie offenbar mit großer Genauigkeit die Orte, an denen die Leichen gefunden worden waren, und beschrieben überzeugend, auf welche Weise sie ihre Opfer getötet hätten. Tatsächlich hielten manche den Umstand, daß sie geistig nicht normal waren, für eine weitere Bestätigung der Schuld. Wie es ein Milizbeamter formulierte, wären sie einfach nicht intelligent genug gewesen, eine Geschichte zu erfinden, die sich so lückenlos mit den Fakten deckte.

Die Sache hatte jedoch einen Haken: das Morden ging weiter. Noch während Kalenik und Schaburow verhört wurden, bekam es die Miliz mit zwei weiteren Leichen zu tun: Vera Schewkun, eine neunzehnjährige Prostituierte, die am 27. Oktober am Stadtrand von Schachty getötet worden war, und der vierzehnjährige Schüler Sergej Markow, der genau zwei Monate später auf einem Stück Ödland ungefähr zwei Kilometer nördlich der nahegelegenen Stadt Nowotscherkassk umgebracht wurde. Aber das lag niemandem schwer im Magen. Rasch fand die Miliz Verdachtsmomente für einen Zusammenhang der neuen Verbrechen: Zwei weitere junge Männer namens Tjapkin und Ponomarow, beide aus derselben Einrichtung wie Kalenik und Schaburow, wurden festgenommen und legten nach kurzer Zeit ebenfalls ein Geständnis ab. Obwohl die Miliz behauptete, die Geständnisse auf völlig korrekte Weise erhalten zu haben, wurden erneut Zweifel daran laut.

Und so ging es weiter. Im nächsten Jahr folgten die nächsten Morde – und die Verhaftung eines weiteren Tatverdächtigen. Am 10. Januar fanden Arbeiter im Park des Fliegers die Leiche eines siebzehnjährigen Mädchens namens Natalja Schalapinina. Sie befand sich in einem schrecklichen Zustand – von Einstichen übersät. Zu ihrem Entsetzen sahen die Arbeiter, daß Nase und Oberlippe abgeschnitten worden waren, seltsamerweise auch ein Finger der linken Hand.

Nach Kenntnis der Miliz war die Schalapinina eine Herumtreiberin und Alkoholikerin gewesen, die weder arbeitete noch zur Schule ging. Wie viele der früheren Opfer war sie die unglückliche Hinterlassenschaft einer zerbrochenen Ehe. Ihr Vater hatte ihre Mutter verlassen, als Natalja noch zur Schule ging, und danach wieder geheiratet. Sie wurde zwischen den beiden regelrecht hin und her verschoben, mal lebte sie bei ihrem Vater, mal bei ihrer Mutter. Oft lebte sie bei keinem der beiden, sondern wohnte bei dem einen oder anderen ihrer zahlreichen Gelegenheitsbekanntschaften. Außerdem konnte festgestellt werden, daß sie an einer Reihe von Krankheiten litt, die beim Geschlechtsverkehr übertragen wurden.

Für Tschikatilo lief es schlecht. Alle seine Kollegen ignorierten ihn, während die Vorgesetzten seine Fehler bei der Arbeit kritisierten. Das kam nicht überraschend. Obwohl er selbst der Überzeugung war, seine Arbeit nach wie vor ordentlich zu erledigen, ist es doch schwer vorstellbar, wie er dazu imstande gewesen sein sollte. In den drei Jahren, seit er in dem Betrieb war, hatte er sich immer tiefer in sein geheimes Leben zurückgezogen. Was als ein einziger Mord begonnen hatte, wurde sehr schnell zu einer Besessenheit und geradezu zu seiner *Raison d'etre*.

Sein Leben teilte sich in jener Zeit in drei Bereiche auf, die er auseinanderzuhalten versuchte: sein Zuhause, die Arbeit und die Jagd auf Opfer. Bis zu diesem Zeitpunkt war es ihm gelungen, seine Besessenheit vor der Miliz, vor seiner Frau und vor jedem anderen geheimzuhalten; aber sie war wie ein Krebsgeschwür, das die ersten beiden Aspekte seines Lebens vernichtete, indem es seine Karriere ruinierte und die Beziehung zu seiner Frau und seinen Kindern zerstörte. Obwohl er immer noch versuchte, für Außenstehende den Schein eines glücklich verheirateten Manns aufrechtzuerhalten, gestaltete sich das zunehmend schwieriger. Schon allein wegen der Zeit, die er auf der Straße umherstreifte, war er kaum noch zu Hause. Unter dem Vorwand, er sei auf Geschäftsreise – was in einigen Fällen stimmte, in anderen erfunden war –, verbrachte er immer häufiger Abende und Nächte auf der Suche nach Beute, kundschaftete die Orte aus, wo sich die Obdachlosen aufhielten, und versuchte, in die Welt seiner Opfer einzudringen. Aus demselben Grund erschien er auch nur noch selten auf der Arbeit.

Dennoch gelang es ihm irgendwie, sich selbst einzureden, daß seine Vorgesetzten unrecht hatten und ihn ungerecht behandelten. Aber was sollte er tun? Er fand nie den Mut, ihnen seine Meinung ins Gesicht zu sagen. Statt dessen kehrte er in sein Büro zurück und schrieb heimlich Beschwerdebriefe an deren Vorgesetzte und die örtliche Parteizentrale. Allerdings stärkten diese Briefe seine Position keineswegs. Wenn sie überhaupt Wirkung zeigten, dann verschlimmerten sie nur seine Lage und festigten seinen Ruf als Mitarbeiter, der sich häufig beschwerte und seltsame Geschichten erfand. Für ihn aber war das ein Weg, seine Wut abzubauen: so wie Holzhacken oder eine andere schwere, körperliche Arbeit. Seltsamerweise hatte das Ausleben der Emotionen vorübergehend einen beruhigenden Einfluß auf sein sexuelles Unbefriedigtsein, von dem sein Leben bestimmt war. Während er seinem Ärger auf dem Papier Luft machte, gelang es ihm, seine Besessenheit von seiner Sexualität und seine Minderwertigkeitsgefühle zu verdrängen. Das Empfinden von Erleichterung klang aber rasch wieder ab, und bald war er wieder auf der Straße, auf der Suche nach Opfern.

Als die Arbeit im Werk nach den Neujahrsfeiertagen wieder aufgenommen wurde, machte sich Tschikatilo in Begleitung eines Fahrers aus dem Betrieb in Schachty mit dem Lastwagen auf den Weg nach Moskau. Es war eine Routinefahrt. Da

Rostownerud Nachschub aus einigen Betrieben der Hauptstadt brauchte, fuhren die beiden die rund elfhundert Kilometer nach Norden, um ihn zu beschaffen. Das Ganze sollte voraussichtlich einige Tage dauern.

Der Fahrer hatte sich überhaupt nicht auf die Fahrt gefreut. Es war schon schlimm genug, nach Moskau fahren zu müssen, aber zusammen mit Tschikatilo war es schier unerträglich. Er mochte den Mann nicht, und der Gedanke, auf dem Hin- und Rückweg stundenlang mit ihm in dem Führerhaus eingeschlossen zu sein, wirkte geradezu niederschmetternd auf ihn. Doch nichts, was er auf der Arbeit über Tschikatilo gehört hatte, hatte ihn auf das vorbereiten können, was er in Moskau erleben sollte. Nachdem sie am ersten Tag ihre Arbeit beendet hatten, schickte ihn Tschikatilo zurück zur Betriebsunterkunft, in der sie vorübergehend wohnten, und teilte ihm mit, daß er später nachkäme. Der Fahrer sah ihn erst am nächsten Morgen wieder. Er hatte keine Ahnung, wo Tschikatilo geblieben war, und nahm an, daß er irgendwo eine Frau gefunden haben mußte. Auch am nächsten Abend verhielt sich Tschikatilo so, ebenso am dritten Tag.

Doch es war nicht Tschikatilos sonderbares Nachtleben, das ihn schließlich in Schwierigkeiten brachte. Als sie wieder in Schachty eintrafen, luden sie die Linoleumrollen und das andere Material, das sie in Moskau abgeholt hatten, im Lager ab und gingen nach Hause. Erst als die Buchhalterin später den Eingang überprüfte, stellte sie anhand der Frachtpapiere fest, daß ungefähr siebzig Meter fehlten.

Der Umstand, daß etwas fehlte, war für sich genommen nichts Ungewöhnliches. Etwas mitgehen zu lassen galt beinahe schon als ein integraler Bestandteil des alten kommunistischen Systems, in dem theoretisch alles allen gehörte und somit ja praktisch niemandem. Trotz der harten Strafen, bis zur Todesstrafe für den Diebstahl von Staatseigentum, war diese Praxis kaum zu unterbinden. Selbst im nachkommunistischen Rußland setzt sie sich in erschreckendem Ausmaß fort. Gar nicht so unglaubwürdig sind beispielsweise Geschichten von Arbeitern in der Kraftfahrzeugindustrie, die Tag für Tag so viele Einzelteile stehlen, daß sie davon am Ende ihr eigenes Auto zusammenbauen können. Aber wie man es auch drehte, die beiden Rollen Linoleum fehlten und mußten gemeldet werden.

Da die Buchhalterin nicht selbst zur Verantwortung gezogen werden wollte, rief sie ihren Vorgesetzten in der Zentrale an, wo Tschikatilo arbeitete, und erklärte das Problem mit der Lieferung. Dieser ließ Tschikatilo auf der Stelle zu sich rufen und wies ihn an, das fehlende Linoleum ausfindig zu machen und umgehend ins Lager zu schaffen.

»In Ordnung, ich hole es«, antwortete Tschikatilo, tat es aber nicht, da er davon überzeugt war, die richtige Menge geliefert zu haben. Er konnte sich nicht vorstellen, was geschehen war. Da er nicht wußte, was er tun sollte, blieb er einfach einige Wochen der Arbeit fern.

Bei jedem anderen Angestellten hätte man es vielleicht dabei belassen. Doch bei Tschikatilo lagen die Verhältnisse etwas anders. Jewgraf war nicht der einzige unter seinen Vorgesetzten, der ihn nicht leiden konnte. Tatsächlich hatte die Werksleitung schon lange versucht, Tschikatilo auf die eine oder andere Weise loszuwerden. Es hatte kurz zuvor bereits einen Anlaß gegeben, als man ihn verdächtigte, eine Autobatterie gestohlen zu haben. Aber es hatte an Beweisen gefehlt, und schließlich fand sich jemand, der angab, Tschikatilo habe die Batterie tatsächlich bezahlt. Diesmal aber schien man einen hieb- und stichfesten Beweis in den Händen zu haben.

Die Angelegenheit hatte eine dramatische Auswirkung für Tschikatilo. Wut und Frustration wuchsen an; da er nun nach einem neuen Arbeitsplatz Ausschau hielt, hatte er jetzt viel Zeit zur Verfügung. Er ging oft auf Bahnhöfe oder in Parkanlagen, wo er erfahrungsgemäß Obdachlose und andere heruntergekommene Menschen fand, die reif für seine Ernte waren, wobei er es vorzog, bei ihnen auf den Bänken zu schlafen, obgleich sein Anzug sich deutlich von ihren schäbigen Kleidern abhob. Anfangs stießen ihn die stinkenden Gänge und schmutzigen Bänke ab, aber der Instinkt, zu jagen und zu töten, half ihm, seinen Widerwillen zu überwinden. Doch das waren längst nicht die einzigen Opfer, hinter denen er her war. Zu diesem Zeitpunkt hielt er, wohin er auch ging, wachsam Ausschau nach jedem, den er mitnehmen konnte.

Zur Überraschung der Kollegen Tschikatilos tauchte Faina im Betrieb auf, nachdem sich die Aufregung gelegt hatte, um bei seinen Vorgesetzten Einspruch zu erheben. Trotz aller Probleme, die sie zu Hause im Bett miteinander hatten, liebte sie ihren Mann nach wie vor und verteidigte ihn mit Entschiedenheit. Außerdem entsetzte sie die Vorstellung, es könnte zu einer Anklageerhebung kommen. Als Faina den Betriebsleiter traf, beharrte sie darauf, daß Tschikatilo unschuldig und nur zu schüchtern sei, um für sich selbst zu sprechen, und bat ihn, die Sache fallenzulassen. Doch man schenkte ihrer Bitte kein Gehör. Der Fall wurde der örtlichen Miliz übergeben, und am 22. Februar 1984 folgte im Leninskij-Bezirk der Stadt Schachty die offizielle Anklageerhebung wegen Diebstahls von Staatseigentum. Obwohl man Tschikatilo vor der Gerichtsverhandlung nicht offiziell entlassen konnte, legte man ihm doch in unzweideutiger Weise nahe, sich einen neuen Arbeitsplatz zu suchen.

Noch in der folgenden Nacht fand man die Leiche einer vierundvierzigjährigen Frau, später als Marta Rjabjenko identifiziert, im Rostower Park des Fliegers an nahezu derselben Stelle, an der Natalja Schalapinina einen Monat zuvor abgeschlachtet worden war. Früher einmal glücklich verheiratet, hatte Rjabjenko mit ihrem Mann gebrochen und angefangen, auf der Straße zu leben. Wie die achtzehnjährige Schalapinina war auch sie obdachlos und suchte Vergessen in Sex und Alkohol. Wodka, Hunger, Geschlechtskrankheiten und niemand, dem sie vertrauen konnte, ließen sie verzweifelt und viel älter aussehen, als sie tatsächlich war.

Am 27. Februar, fünf Tage nach der Ermordung der Rjabjenko, verhaftete die Miliz nicht weit vom Tatort entfernt einen Mann namens Beskorzy. Er war etwas älter als die anderen Tatverdächtigen, die man in den Monaten zuvor verhaftet hatte, aber auch er war geistig etwas zurückgeblieben. Man hatte ihn in Haft genommen, nachdem er angeblich eine Obdachlose im nahegelegenen Gehölz vergewaltigt hatte. Es fehlte an überzeugenden Beweisen für seine Schuld. Aber für die Miliz war das Zusammentreffen der Ereignisse zu augenfällig. Der arme Beskorzy wurde wegen Mordes in zwei Fällen angeklagt, und auch er legte ein Geständnis ab. Wie die anderen widerrief er es später und gab an, man habe ihn zu dem Geständnis gezwungen. Aber es war zu spät, denn er befand sich bereits im Gefängnis.

Etwa einen Monat später wurde ein weiterer Mord verübt, dessen Umstände für die Miliz ein erster Hinweis hätten sein können, um Tschikatilo auf die Spur zu kommen. Am 27. März wurde in einer Wohnsiedlung am Rande von Nowoschachtinsk, bekannt unter den Initialen ATX, die Leiche eines zehnjährigen Jungen namens Dima Ptaschnikow gefunden. Er war ein begabtes Kind gewesen, das Briefmarken sammelte und eine Vorliebe für Archäologie und Poesie gehabt hatte; kurzum, ein krasser Kontrast zu Schalapinina und Rjabjenko. Die Leiche wies jedoch die nur allzu bekannten schrecklichen Stichwunden auf – insgesamt vierunfünfzig –, was eigentlich sofort dazu hätte führen müssen, daß die Tat der Mordserie zugerechnet wurde. In der Nähe der Leiche fand man auf lehmigem Boden einen Fußabdruck. Miliz und Mordkommission waren davon überzeugt, daß er vom Mörder stammte. Der Abdruck war unvollständig, und es ließ sich nicht allzuviel damit anfangen. Man konnte nur daraus schließen, daß der Mörder große Füße, vielleicht Schuhgröße dreiundvierzig oder vierundvierzig hatte. Aber in Anbetracht der Tatsache, daß gerichtlich verwertbare Hinweise ansonsten fehlten, wurde das seinerzeit als größerer Durchbruch angesehen.

Darüber hinaus gab es einen weiteren wichtigen Hinweis: Kurz nachdem Ptaschnikows Leiche gefunden wurde, sagte eine Nachbarin aus, daß sie den Jungen unmittelbar vor der vermuteten Tatzeit in Begleitung eines unbekannten Mannes gesehen habe. Obwohl sie den Mann nur von hinten gesehen hatte, beschrieb sie ihn im Alter zwischen fünfzig und fünfundfünfzig Jahren und zwischen 1,78 und 1,82 Meter groß. Er habe eine Brille getragen und eine Tasche bei sich gehabt. Als letztes Detail, das ihr aufgefallen war, nannte sie seinen seltsamen Gang. Er habe leicht gehinkt und ein Bein nachgezogen.

Rückblickend besteht kaum ein Zweifel daran, daß der Mann, den sie gesehen hatte, Tschikatilo war. Es wurde später nachgewiesen, daß er zu jener Zeit Probleme mit den Blutgefäßen in einem Bein gehabt hatte und daß sein Gang aus diesem

Grunde schleppend war. Doch selbst wenn die Frau seinen Namen gekannt hätte, hätte man ihn nur mit Mühe aufgespürt. Auch nach dem Fall Ptaschnikow, seinem zwanzigsten Opfer, war Tschikatilo für die Miliz nach wie vor ein völlig unbeschriebenes Blatt.

KAPITEL ACHT

Der Bahnhof der Stadt Schachty war ein schwer zu beschreibendes, eingeschossiges grünes Gebäude, das am Ende der Juri-Gagarin-Straße stand. Außerhalb des Stadtzentrums gelegen, wirkte der Ort verschlafen: vier Bahnsteige, einige Holzbänke und ein Buffet mit grauer Salami und traurig aussehenden, hartgekochten Eiern. Die Ruhe wurde nur durch das Dröhnen der Schnellzüge gestört, die den Bahnhof auf dem Weg von Moskau hinunter nach Rostow und weiter in den Süden passierten. Dort traf Tschikatilo im Mai 1984 Tanja Petrosjan, als er bei seiner Arbeitssuche eine Pause einlegte.

Tatsächlich knüpften die beiden an eine alte Beziehung an. Sie hatten sich das erste Mal 1978 kennengelernt. Damals wie heute war es am Bahnhof gewesen. Tanja, eine unscheinbare junge Frau mit kurzem, glattem schwarzem Haar hatte hinter dem Bahnhofsbuffet gearbeitet, wo sie Pasteten verkaufte. Eines Tages kehrte Tschikatilo dort ein, um eine Kleinigkeit zu essen; so kamen sie ins Gespräch. Die damals sechsundzwanzigjährige Frau war von diesem sanft sprechenden Mann angetan, der immerhin fast zwanzig Jahre älter war als sie. Man konnte ihn sicherlich nicht als eindrucksvoll bezeichnen, aber er war gepflegt gekleidet und besaß angenehme Manieren. Die anderen Männer, die hereinkamen, waren dagegen so ungehobelt. Sie brüllten ihre Bestellungen, sagten weder bitte noch danke und behandelten Tanja, als wäre sie Luft. Er hingegen hatte gutes Benehmen und war höflich – sogar charmant. Die beiden kamen sich bald näher. Er bat sie, mit ihm auszugehen, und sie willigte ein, obwohl sie verheiratet war.

Nach dem ersten zufälligen Treffen am Buffet wurden sie ein Liebespaar, sofern man dieses Wort überhaupt darauf anwenden konnte. Tschikatilo nahm sie immer zu dem Haus in der Meschewoj Pereulok mit. Tanja war nicht besonders aufgeweckt, vielleicht sogar ein bißchen einfältig. Die Miliz würde sie später als geistig etwas zurückgeblieben einstufen. Tschikatilo mochte Frauen dieser Art. Das machte es ihm leichter, sie zu manipulieren. Immer wenn Tanjas Ehemann fort war, traf sie ihn dort und ließ ihre kleine Tochter Sweta in der Obhut der Großmutter des Mädchens zurück.

Dennoch hielt das Verhältnis nicht lange an. Tschikatilos Sexualkraft hatte bereits so stark nachgelassen, daß er unfähig war, den vollen Geschlechtsverkehr auszuüben. Deswegen verlor sie schon bald das Interesse an ihm; und nach einigen heimlichen Treffen sahen sie einander nicht wieder. Nie hatten ihre jeweiligen Ehepartner etwas davon bemerkt.

Aber inzwischen befand sich Tanja in einer gänzlich anderen Lage, als sie sich beide zufällig an diesem sonnigen Frühlingsnachmittag in Schachty wieder begegneten. Tschikatilo war nicht der einzige Liebhaber Tanjas gewesen, und ihr Ehemann hatte es irgendwann herausgefunden. Nach einem heftigen Streit war er aus dem Haus gegangen und hatte sie mit Tochter und Mutter sitzenlassen. Nun, nach all den Jahren, stand sie wieder am Bahnhof. Gerade hatte sie mit der kleinen Sweta ihren Ex-Ehemann besucht, um die Alimente abzuholen, und befand sich auf dem Heimweg.

Sie erkannten sich sofort wieder. Sechs Jahre waren inzwischen vergangen, aber beide hatten sich nicht sehr verändert. Die Petrosjan erinnerte sich gern an die Vergangenheit. Obwohl Tschikatilo ein hoffnungsloser Fall im Bett gewesen war, hatte er sie doch immer nett behandelt. Jetzt, da sie wieder einsam und allein war, wäre sie glücklich gewesen, dort anknüpfen zu können, wo sie aufgehört hatten. Auch Tschikatilo war sehr daran interessiert, die Beziehung wieder aufzunehmen. Es war mehr als einen Monat her, seit er Dima Ptaschnikow getötet hatte, und er begann schon wieder dieses schreckliche Verlangen zu verspüren.

Als sie plaudernd am Bahnhof standen, überdachte er die Situation. Nach allem, was er von seiner alten Freundin wußte, sollte es nicht schwerfallen, sie zu einem seiner bevorzugten Plätze im Wald zu locken. Er brauchte sie nur zu einem kleinen Picknick, vorzugsweise mit Alkohol, einzuladen, und sie würde folgen. Hinzu kam noch der günstige Umstand ihrer Tochter: Er kannte Sweta nur als kleines Kind; nun aber war sie elf Jahre alt und könnte vielleicht für ihn interessant werden.

Doch gab es ein Problem: Tanja war nicht bereit, jetzt schon mit ihm zu gehen. Wenn er sie haben wollte, mußte er ein weiteres Treffen arrangieren, und das konnte gefährlich werden, Tschikatilo wußte, wie intensiv die Miliz nach dem Mörder fahndete. Und er wußte auch, daß ihn nur die Sorgfalt bei der Auswahl seiner Opfer bisher davor bewahrt hatte, gefaßt zu werden. Niemand wußte, wer er war, wenn er die Frauen und Kinder auf den Bahnhöfen oder in den Zügen ansprach; und niemand merkte, daß er sie in den Wald führte, um sie umzubringen. Die einzige Ausnahme blieb die kleine Ira Dunenkowa, aber die war noch ein Kind gewesen.

Die Petrosjan dagegen kannte ihn. Wenn sie also erst später zusammen ausgingen, bestand die Gefahr, daß sie vorher einem ihrer Freunde oder ihrer Mutter von ihm erzählte. Wenn sie dann nicht zurückkäme, konnte es sehr gefährlich für ihn werden. Jedenfalls beschloß er, sich die Entscheidung offenzuhalten. Er ließ sich ihre neue Adresse geben und versprach, sie in den nächsten Tagen zu besuchen. Aber er bestand darauf, daß sie keiner Seele etwas von ihm erzählen sollte – und dafür hatte er auch eine gute Begründung. Schließlich war er immer noch verheiratet, und Schachty war nur ein kleines Städtchen. Er wolle nicht, daß die Neuigkeit von ihrer kleinen Liaison bis zu seiner Frau vordrang.

Trotz seiner Befürchtungen konnte Tschikatilo nicht lange der Versuchung widerstehen. Der Gedanke an eine neue Eroberung wurde übermächtig, er brauchte sie ja schließlich nicht zu töten. Deswegen saß er ein paar Tage später wieder im Zug und fuhr in Richtung Donskoj, wo die Petrosjan inzwischen wohnte. Das Dorf war voller Erinnerungen für ihn. Nachdem er die Station verlassen hatte, ging er nur wenige Meter an dem Waldstück vorbei, wo er vor beinahe zwei Jahren Ljuba Birjuk ermordet hatte. Seitdem hatte er die grausige Zahl von weiteren siebzehn Menschen auf dem Gewissen. Dennoch erinnerte er sich an diesen einen Mord, als wäre es erst gestern gewesen: an die Art, wie er das blau und weiß geblümte Kleid des kleinen

Mädchens aufschlitzte, und an die Qual auf ihrem Gesicht, als er auf sie einstach. Erst jetzt, Jahre später, erkannte er, welches Risiko er bei diesem Mord eingegangen war. Er hatte die Tat am hellichten Tag und viel zu nah an der Straße begangen. Aus seiner Sicht war es eine jener Chancen gewesen, die einem das Leben bot, und er hatte sie ergriffen. Diesmal aber wollte er anders vorgehen. Bei der Petrosjan konnte er den Treffpunkt bestimmen, und sie würde ihm dorthin folgen – allein der Gedanke daran erregte ihn.

Als er das Haus betrat, war er bestürzt, die Mutter der Petrosjan vorzufinden. Die Dame war allerdings schon sehr betagt und wirkte wie ihre Tochter etwas abwesend. Er grüßte sie, ohne sich vorzustellen, und ging sofort mit Tanja in ein anderes Zimmer, um mir ihr zu sprechen. Tschikatilo blieb nicht lange. Er war kein Freund nutzloser Konversation; selbst wenn er es gewesen wäre, hätte er sicherlich nicht die Petrosjan als Gesprächspartnerin gewählt. Mit ihr hatte er anderes vor. Sie verabredeten, sich einige Tage später wieder auf dem Bahnhof in Schachty zu treffen. Als er die kleine Sweta beim Spielen sah, schlug er der Petrosjan vor, auch ihre Tochter mitzubringen; er versprach sogar, ihr eine Puppe zu schenken.

Eine leise Stimme in seinem Hinterkopf ermahnte ihn, vorsichtig zu sein. Abermals nahm er der Petrosjan das Versprechen ab, weder ihrer Mutter noch irgend jemandem sonst etwas zu erzählen. Doch selbst wenn sie es getan hätte, hätte sie nur wenig verraten können. Denn obwohl sie sich 1978 des öfteren getroffen hatten, war sie nie auf den Gedanken gekommen, ihn nach seinem Nachnamen zu fragen. Sie wußte nur, daß er verheiratet und Lehrer war; daher mußte sie annehmen, daß er immer noch unterrichtete. Nachdem Tschikatilo ihre Zusage erhalten hatte, schlüpfte er leise aus der Wohnung und fuhr mit dem Zug zurück nach Hause zu seiner Frau.

Das Treffen war in ein paar Tagen vereinbart worden; alles lief wie am Schnürchen. Tschikatilo hatte bereits den Waldstreifen ausgewählt, zu dem er die Petrosjan führen wollte. Er mußte sie nur noch dorthin locken und gleichzeitig aufpassen, daß sie unterwegs von möglichst wenig Leuten gesehen wurden. Wie vereinbart trafen sie sich in Schachty. Die Petrosjan saß schon im Zug, und er fand schnell ihr Abteil. Sie fuhren nur zehn Minuten bis zu einer kleinen Station, die den Namen Sadyj trug – was wörtlich übersetzt ›Gärten‹ bedeutete. Das war kaum ein treffender Name, denn dort war der Wald, durch den die Bahnlinie hindurchführte, sehr dicht und unwegsam.

Die Petrosjan ahnte nichts Böses, als sie ausstiegen, denn das war ein ideal abgelegener Platz für ein romantisches Picknick an diesem sonnigen Frühlingstag. Sie hätte wohl größere Vorsicht gezeigt, wenn sie allein mit einem völlig Fremden dorthin gegangen wäre. Aber sie hatte Tschikatilo schon vor Jahren kennengelernt, und außerdem war ihre Tochter dabei. Sweta war bei solchen romantischen Ausflügen häufiger mitgekommen, so daß sie sich inzwischen daran gewöhnt hatte. Sie wußte, wann es an der Zeit war, sich rar zu machen und wegzugehen, um mit ihrer Puppe zu spielen.

Man hätte es niemandem verübeln können, wenn er angesichts dieses Dreiergespannes in Erstaunen verfallen wäre, das da im Zug zusammensaß. Welche Beziehung bestand zwischen dem Mann und der Frau? War er ihr Ehemann, oder war er ihr Vater? Jedenfalls hätte jeder bemerkt, daß die Frau betrunken war und sich kaum noch auf den Beinen halten konnte. Der Mann hingegen wirkte ruhig und nüchtern. Aber anscheinend hatte niemand etwas bemerkt. Falls überhaupt jemand gesehen hatte, wie sie an dieser kleinen Station auf dem Land ausstiegen, dann hatten sie jedenfalls keinen bleibenden Eindruck hinterlassen.

Sie wanderten nur ungefähr zehn Minuten. Tschikatilo wußte, daß sie nicht weiter gehen mußten. Die Station wurde nicht beaufsichtigt. Wie die meisten anderen kleinen Haltestellen auf der Strecke war sie kaum mehr als ein erhöhter Betonbahnsteig, der nur kurz zum Leben erwachte, wenn ein Zug hielt, und sich dann schnell wieder leerte. Er wußte, daß der nächste Zug erst in über einer Stunde vorbeikam.

Außerdem konnte er nicht länger warten. Als die Petrosjan betrunken kicherte, überredete er sie, sich hinzulegen. Sweta hatte die Botschaft verstanden und war schon weitergeschlendert. Es machte ihr nichts aus. Der neue Freund ihrer Mutter war nett zu ihr, und das beste von allem: Er hatte tatsächlich die versprochene Puppe mitgebracht. Sweta drückte sie fest an sich und ging einige hundert Meter in den Wald hinein. Obwohl sie nun außer Sichtweite der Mutter war, konnte sie dennoch ihr Lachen hören, als sie zu spielen begann.

Die Petrosjan zog ihre Unterwäsche aus, und Tschikatilo legte sich an ihre Seite. Er hatte oralen Sex mit ihr und versuchte dann, den Geschlechtsverkehr zu vollziehen. Doch da beging die Frau ihren verhängnisvollen Fehler. Sie hatte über Tschikatilos frühere Sexualprobleme nachgedacht, als sie zusammen im Zug fuhren, und sich gefragt, ob die Zeit ihn davon geheilt haben mochte. Doch als sie nun sah, daß alles beim alten war, gewann ihre Trunkenheit die Oberhand. Wie manch andere Frau, die ihm zuvor zum Opfer gefallen war, begann sie, über seine Impotenz zu spotten.

»Und du willst ein richtiger Mann sein?« höhnte sie.

Das war nun wirklich mehr, als Tschikatilo verkraften konnte. Das Gefühl der Zurückweisung und Minderwertigkeit kochte in ihm, als diese bedauernswerte, betrunkene Frau ihren Spott über ihn ergoß. Er mußte sie zum Schweigen bringen. Aber mehr noch mußte er ihr beweisen, daß sie im Irrtum war. Er mußte ihr zeigen, daß er ein Mann in jeder Bedeutung des Wortes war. Und er wußte genau wie. Er griff in seine Tasche, zog ein langes, scharfes Küchenmesser hervor und stieß es ihr, noch bevor sie wußte, was geschah, seitlich in den Kopf. Der ganze Wald hallte von ihrem Schrei wider. Aber Tschikatilo hatte noch nicht genug. Als das Blut und ihr Todeskampf ihm schließlich die ersehnte sexuelle Befriedigung verschafft hatten, erschlug er sie mit einem Hammer. Tanja Petrosjan starb fast augenblicklich. Verglichen mit vielen der anderen Morde, ging alles sehr schnell vorüber. Aber da war noch das Problem mit Sweta.

Der erste markerschütternde Schrei ihrer Mutter ließ sie im Spiel erstarren. Das Mädchen ließ die Puppe fallen und rannte geradewegs zurück zu der Stelle, wo sie die beiden verlassen hatte, unfähig, sich vorzustellen, was geschehen sein könnte. Ihr blieb wenig Zeit, es herauszufinden. Da war nichts mehr von dem freundlichen Onkel, mit dem sie im Zug gesessen hatte. Statt dessen traf sie auf ein wildes Tier. Wie in einer

Szene aus einem Horrorfilm rannte Tschikatilo splitternackt und mit einem Messer in der Hand durch den Wald auf sie zu. Sie drehte sich um und lief um ihr Leben. Aber vergebens. Er war schneller und stärker, und bevor sie mehr als ein paar Schritte getan hatte, war er schon über ihr und streckte sie mit dem blutbefleckten Messer nieder, wie er auch ihre Mutter kurz zuvor niedergestochen hatte. Wenn der erste Stoß sie nicht auf der Stelle getötet hatte, überlebte sie ihn höchstens um wenige Sekunden, da er nun seine Hammerschläge auf sie niederprasseln ließ.

Das war das erste und tatsächlich letzte Mal, daß der stets so vorsichtige Tschikatilo im Beisein eines Zeugen getötet hat. Und obwohl sie nur ein Kind war, durfte sie nicht am Leben bleiben. Bei ihr war er nicht an einem langsamen und schmerzhaften Sterben interessiert, das er normalerweise brauchte, um Befriedigung zu erlangen, denn er war bereits erregt. Sicherlich steigerte die Ermordung Swetas seine Lust, aber vor allem erschlug er sie aus Selbstschutz: Entweder er tötete das kleine Mädchen, oder der Staat würde ihn töten.

Seine Schutzmaßnahmen waren erfolgreich. Die Mutter der Petrosjan wartete mehrere Tage, bevor sie ihre Tochter als vermißt meldete: Wie sie später bei der Miliz angab, dachte sie sich überhaupt nichts dabei, als ihre Tochter an jenem Abend nicht nach Hause kam. Es war völlig normal, wenn sie eine oder gar mehrere Nächte fortblieb. Auch konnte sie nicht viel über den Mann erzählen, mit dem sich ihre Tochter getroffen hatte. Die Petrosjan war schon während ihres Ehelebens recht ungezwungen mit Sex umgegangen, und das um so mehr, nachdem ihre Ehe gescheitert war. Sie hatte so viele Männerbekanntschaften gehabt, daß es ihrer Mutter schwergefallen war, auf dem laufenden zu bleiben.

Letzten Endes konnte die Frau der Miliz nicht helfen, die Petrosjan oder ihre Tochter zu finden. Die Großmutter war alt und verwirrt. Sie hatte nur die unklare Vorstellung, daß die beiden vielleicht mit dem Lehrer weggegangen waren, der ein paar Tage zuvor zu Besuch war. Doch leider wußte sie weder seinen Namen, noch konnte sie sich genau an sein Aussehen erinnern. Sicher war sie sich nur darüber, daß ihre Tochter davon gesprochen hatte, mit jemandem einen Tag in der Datscha – dem Sommerhäuschen – zu verbringen. Aber die alte Frau wußte nicht, wo sie verabredet waren. Vielleicht in Schachty oder in der nahegelegenen Stadt Nowotscherkassk?

Tatsächlich dauerte es bis zum 5. Juli, ehe die Miliz durch Zufall die erste Leiche fand – es war die von Sweta. Auch erkannte man nicht sofort das volle Ausmaß des schrecklichen Verbrechens, das Tschikatilo an jenem Frühlingstag verübt hatte. Das Unterholz war dort so dicht, daß es weitere drei Wochen dauerte, bis die Leiche ihrer Mutter entdeckt wurde. Und das auch nur, weil sich die Leute, die in der Nähe Picknick machten, über den ekelhaften Gestank beschwerten. Nachdem man die Leichen gefunden hatte, brauchte es noch einige Zeit bis zur Identifizierung, weil sie zu lange dort gelegen hatten.

Da war noch ein weiteres schreckliches Detail: Swetas Kopf war vollständig abgetrennt worden und lag ungefähr fünf Meter von ihrem Körper entfernt im Unterholz.

KAPITEL NEUN

Valentina Lisizkaja, Personalchefin eines Rostower Betriebs mit dem unaussprechlichen Namen Sewkawenergoawtomatika, saß am 1. August 1984 an ihrem Schreibtisch, als ein großer, kräftiger Mann mit dicken Brillengläsern eintrat. Jeder neue Mitarbeiter mußte sich, bevor er mit der Arbeit beginnen konnte, in ihrem Büro im zweiten Stock melden, um eine Vielzahl von Formblättern auszufüllen. Das wurde so von der sowjetischen Bürokratie gefordert. Die letzte Eintragung auf der Einstellungsliste sagte ihr nichts. Etwas steif stellte sich der Mann vor.

»Tschikatilo, Andrej Romanowitsch«, sagte er, als er Platz nahm. Er ergriff die Formblätter, füllte sie aus und stockte auch nicht, als er den Abschnitt mit den Fragen nach einem eventuellen Vorstrafenregister durchstrich. Die Neuigkeit über den Vorfall mit dem Linoleum war offensichtlich noch nicht von Schachty nach Rostow gedrungen, und von ihm würden sie ganz sicher nichts darüber erfahren. Es war schon schwierig genug für einen Mann, der als Langfinger verdächtigt wurde, irgendwo eine Arbeit zu finden, vor allem in einer Versorgungsabteilung. Lisizkaja stellte keine weiteren Fragen, und er auch nicht. Nachdem er die Formalitäten erledigt hatte, begab er sich zur Arbeit. Er war eine schwer zu beschreibende Person, ein Mann, der weder einen positiven noch einen negativen Eindruck machte, erinnerte sie ihre erste Begegnung Jahre später.

Tschikatilo hatte monatelang gesucht, bis er diese Arbeit fand. Der Betrieb lag in einem ruhigen Viertel von Rostow, gleich hinter der Engelsstraße, und glich tausend anderen in der Sowjetunion: Ein Kombinat zur Herstellung von Maschinen für die Schwerindustrie mit einer Anzahl kleinerer Verwaltungsbüros. Jahre später, nach dem Untergang des kommunistischen Systems und dem Auseinanderfallen der Union durch den

Zusammenbruch der alten Planwirtschaft wurde Sewkawenergoawtomatika an den Rand des Ruins getrieben.

Doch zurück zum Sommer 1984, als die Dinge für den Betrieb noch gut liefen. Mit dem Tod des ungeliebten Andropow im Februar desselben Jahres und seiner Ablösung durch den gleichgültigen und kränkelnden Konstantin Tschernenko kam der Disziplinierungsfeldzug zum Erliegen. Der Kommunismus alten Stils stand immer noch in voller Blüte. Die Sowjetunion fiel zurück in die bequeme ›Stagnation‹ der Breschnew-Ära, und niemand kam auf die Idee, Fremdworte wie Profit, Wirtschaftlichkeit oder Arbeitslosigkeit in den Mund zu nehmen.

Doch nicht einmal die allgemeine Arbeitsunwilligkeit, die für jene Tage charakteristisch war, hielt Tschikatilos Kollegen davon ab, sich zu fragen, warum ihre Vorgesetzten diesen Mann eingestellt hatten – besonders, da er nicht länger ein einfacher Mitarbeiter der Versorgung, sondern tatsächlich Leiter der Abteilung war, in der eine Kolonne von fünf Personen unter ihm arbeitete. Wahrscheinlich war es schlichtweg sein Charme gewesen, der ihm zu jener Arbeitsstelle verholfen hatte; derselbe falsche Charme, den er dazu benutzte, seine Opfer in den Tod zu locken, mochte ihm auch bei seinem Einstellungsgespräch gedient haben. Kaum hatte er mit der Arbeit begonnen, schwand sein Charme jedoch rasch dahin. Wieder war es allerdings nicht allein seine unnahbare und unfreundliche Haltung, die ihm angelastet wurde. Genau wie in Schachty zeigte sich sehr schnell, daß er weder seine Arbeit gut erledigte noch sich bei seinen Untergebenen Respekt verschaffen konnte.

Eines Tages traf eine große Lieferung ein, doch Tschikatilo konnte den Gabelstapler im Warenlager nicht finden. Anstatt ihn zu suchen, lud er alles eigenhändig ab, während seine Untergebenen nur herumstanden und ihm zusahen. »Um diese Arbeit gut zu machen, braucht man Verbindungen«, erklärte Olga Kudelina, eine seiner Stellvertreterinnen. »Aber er besaß keine. Er war ein hoffnungsloser Fall. Die Arbeit lag ihm einfach nicht.«

Das einzige, was Tschikatilo anscheinend gut konnte, war, vor seinen Vorgesetzten zu kriechen. Wann immer auch das

Telefon klingelte, versteifte er sich sichtbar. Zur Belustigung seiner Kolonne stand er in Habachtstellung, wenn er Anweisungen entgegennahm. Aber er war mehr als nur ein Mann, der eifrig sein Bestes geben wollte. Er war auch ein Mann mit Geheimnissen und einem schlechten Gewissen, der fürchtete, seine Vorgesetzten könnten ihn jeden Moment anrufen, um ihm mitzuteilen, daß ein Milizionär im Büro wartete, der ihm ein paar Fragen stellen wollte.

Selbst wenn Tschikatilo ein Gewissen hatte, hörte er mit Sicherheit nicht darauf. Tanja Petrosjan und ihre Tochter waren nicht seine einzigen Opfer gewesen in diesem Frühjahr. In den Wochen nach ihrem Tod wuchs die Liste seiner Opfer auf fünfundzwanzig: Jelena Bakulina, zweiundzwanzig, und Anna Lemeschewa, neunzehn, sowie ein dreizehnjähriger Junge namens Dima Illarionow kamen hinzu. Der seltsame Vorfall mit dem Linoleum hing in diesen Monaten wie ein Schatten über ihm, und das Empfinden, ungerecht behandelt worden zu sein, nährte seine Wut und die Entschlossenheit, es der Gesellschaft heimzuzahlen. Die Aussicht auf eine gerichtliche Auseinandersetzung über den Fall dürfte ihn auch dazu ermutigt haben, diese paar Morde auszukosten, weil er befürchtete, es könnten seine letzten in Freiheit sein.

Wenn das zutreffen sollte, dann müßte das Gefühl der Bestätigung bei der Beschaffung einer neuen Arbeitsstelle Tschikatilos Appetit ein wenig gesättigt haben, besonders aufgrund der Beförderung, die damit verbunden war. Doch das Gegenteil war der Fall. Die Versuchung, die die Arbeit in einer Stadt wie Rostow mit mehr als einer Million Einwohnern mit sich brachte, war einfach zu groß. Faina bekam ihren Mann kaum noch zu Gesicht. Die zweistündige Bahnfahrt zwischen seinem Zuhause in Schachty und der neuen Arbeitsstelle in Rostow boten ihm eine gute Ausrede, spät am Abend nach Hause zu kommen – oftmals kehrte er überhaupt nicht heim. Er konnte ja einfach behaupten, daß er den letzten Zug verpaßt hätte.

Der Rostower Hauptbahnhof, in dem er schon viele schlaflose Nächte auf der Suche nach Opfern verbracht hatte, lag jetzt nur wenige Bushaltestellen von seinem Büro entfernt. Das galt auch für den sogenannten Park des Fliegers, wo er bereits vier Menschen getötet hatte. Und überall quollen die Straßen schier über voll Menschen. Die Menge gab ihm ein Gefühl der Sicherheit. Die besondere Weise, in der er seine Opfer aufgegriffen und dann getötet hatte, verlangte eine Art der Anonymität, wie sie nur eine Großstadt liefern konnte. Ihm war klar, daß jeder Schritt, den er mit den Opfern ging, mit vielen Gefahren verbunden war. Er brauchte nur von jemandem gesehen zu werden, der sich später an sein Gesicht erinnerte, und wenn dann erst die Menschenjagd begann, war er nur allzu leicht einzufangen. In Schachty, einer Stadt, in der er die letzten zehn Jahre gearbeitet hatte, sahen seine Chancen sicherlich schlecht aus. In Rostow dagegen waren die Gefahren weitaus geringer.

Er überrascht daher kaum, daß die zwei kurzen Monate, die Tschikatilo im Sommer 1984 in Rostow verbrachte, die intensivste Periode seines Mordens darstellte. In diesem August und September fielen zehn Menschen seiner grauenhaften Serie von Messermorden zum Opfer, mehr als einer pro Woche, weit mehr als jemals zuvor oder danach. Er hatte sich in eine regelrechte Mordmaschine verwandelt.

Trotz des Blutbads, das Tschikatilo in den letzten sechs Jahren angerichtet hatte, war ihm die Miliz noch immer nicht auf den Fersen – und er war sich dessen bewußt. All die Überprüfungen, Kontrollen und Nachforschungen hatten nichts als eine Anzahl geistig zurückgebliebener junger Männer zu Tage gefördert, deren Geständnisse alles andere als überzeugend wirkten.

Tschikatilo hatte seine Wachsamkeit mit Sicherheit nicht vernachlässigt. Er wußte, daß es gleichermaßen seiner eigenen Vorsicht wie der Unfähigkeit der Miliz zuzuschreiben war, daß er nach wie vor auf freiem Fuß war. Trotzdem erlaubte er sich ein gewisses Gefühl der Unbesiegbarkeit, wenn er seine makabren Kriegstänze um seine Opfer im Wald ausführte. Er war nun achtundvierzig Jahre alt. Nicht mehr jung, aber immer noch so stark wie früher. An manchen Tagen schien es ihm, als könnte er noch lange nach seiner Pensionierung weitermorden.

Das Bemerkenswerteste in jenen zwei blutigen Monaten war Tschikatilos Fähigkeit, junge Leute in den Tod zu locken, die normalerweise nicht einmal davon geträumt hätten, mit einem

Fremden mitzugehen. Im Gegensatz zu Prostituierten wie Petrosjan, Rjabjenko oder Schalapinina hatten sie sicherlich nicht die Absicht gehabt, mit ihm sexuell zu verkehren. Trotzdem gelang es ihm, sie einzufangen wie eine Spinne die Fliege, indem er sie in ein tödliches Netz von Komplimenten, Platitüden und angebotenen Ratschlägen verstrickte. Seine Taktik blieb stets dieselbe, obwohl er den genauen Ablauf auf jede einzelne Person zuschnitt. Er kam zu ihnen als völlig Fremder und setzte auf sein harmloses Äußeres, um ihr Vertrauen zu gewinnen, sprach über das Wetter, über Ferien oder über andere belanglose Dinge. Und meistens blieb es auch dabei. Die ausgewählten Opfer brachen nach wenigen Minuten auf, ohne die wirklichen Absichten des Mannes durchschaut zu haben, mit dem sie gesprochen hatten, und ohne zu ahnen, wie nahe sie dem Tode gekommen waren. Es muß Tausende solcher Fälle während der zwölf Jahre seiner Schreckensherrschaft gegeben haben. Tschikatilo machte sich nicht allzuviel daraus, wenn er scheiterte. Denn oft genug hatte er Glück, und das Opfer willigte ein, mit ihm zu gehen.

Ein solches Opfer war die sechzehn Jahre alte Natascha Golosowskaja. Sie begegneten sich am Abend des 2. August an einer Bushaltestelle nahe beim Rostower Flughafen, nachdem Tschikatilo seine Arbeit für diesen Tag beendet hatte. Sie war jung, einigermaßen adrett gekleidet, aber sie kannte sich nicht besonders gut in dieser Gegend aus. Als Mädchen vom Lande, das selten in die große Stadt kam, wollte sie nach Nowoschachtinsk fahren, um ihre Schwester zu besuchen; aber sie wußte nicht, wie sie am besten dorthin kommen sollte. Außerdem begann es zu nieseln, und der Bus ließ auf sich warten. Sie waren allein an der Bushaltestelle, und so lag es nahe, daß sie ein Gespräch begannen. Tschikatilo hatte mehrere Jahre in Nowoschachtinsk gelebt und wußte daher gut, wie man dorthin gelangte; und sie ihrerseits hörte gern auf seinen Ratschlag.

»Ich will selbst nach Schachty«, sagte Tschikatilo. »Hier kommt kein Bus mehr. Darf ich dir eine Abkürzung zeigen?«

Und so brachen sie auf, der Mann mittleren Alters im grauen Anzug und mit seiner schwarzen Tasche und das naive Mädchen vom Lande. Zunächst dachte sie sich nichts dabei, als er sie durch den dichten Wald führte, der den Flughafen umgab. Obwohl die Laternen am Wegrand nicht leuchteten, war es noch hell, und außerdem standen Wohnblocks in der Nähe. Sie wußte, daß ihr hier nichts Unschickliches widerfahren konnte. Das wußte auch Tschikatilo, und deswegen führte er sie von dem Asphaltweg auf einen schmaleren Sandweg, der noch tiefer in den Wald führte, indem er vorgab, eine noch bessere Abkürzung zu kennen.

Dort tat sie ihre letzten Schritte. Kurz darauf stürzte sich Tschikatilo auf sie, riß ihr die Kleider herunter und stach mit dem Messer, das er aus seiner Tasche gezogen hatte, auf sie ein. Ungewöhnlich für ihn war, daß er diesmal nicht lange in ihrer Nähe blieb, nachdem sie gestorben war. Als die Erregung abklang, sah er sich um und bemerkte, wie belebt dieser Ort war. Nur etwa hundert Meter entfernt lag ein Kindergarten, und trotz der späten Stunde konnte er von dorther Stimmen hören. Also konnte durchaus jemand die Schreie der Golosowskaja gehört haben. Und tatsächlich hatte man sie auch vernommen. Der fünfzehnjährige Nikolaj Wedrinzew hatte mit seinen Freunden auf dem Hof zwischen den Gebäuden Basketball gespielt, als sie etwas hörten, das wie die Schreie einer Frau klang. Sie unterbrachen kurz ihr Spiel, um besser hören zu können. Aber dann wurde alles wieder still, und sie kümmerten sich nicht weiter darum. Schließlich waren im Park häufig Betrunkene und Leute, die ihren Spaß hatten.

Sie erfuhren die Wahrheit erst am nächsten Tag, als ein zu Tode erschrockener Parkwächter eine Hand erblickte, die aus einem Laubhaufen herausragte. Aber da war Tschikatilo schon weit weg.

Ein anderes Mädchen von außerhalb war die siebzehn Jahre alte Ljuda Aleksejewa. Wie die Golosowskaja kannte auch sie sich in Rostow kaum aus, und nachdem sie lange Zeit an der Bushaltestelle gewartet hatte, war auch sie glücklich, als sie auf jemanden traf, der ihr sicher helfen konnte. Tschikatilo war noch glücklicher. Er fühlte sich auf der Stelle zu diesem guterzogenen Mädchen hingezogen, deren Rock gerade um eine Idee zu kurz und deren Bluse gerade ein wenig zu tief ausgeschnitten war. Es war kurz vor zwanzig Uhr, und sie versuchte in das etwa vierzig Minuten entfernte Asow zu kommen, um ihre Verwandten zu besuchen. Und wieder führte Tschikatilo mit dem Versprechen, eine Abkürzung zu einer günstiger gelegenen Bushaltestelle zu kennen, ein Mädchen über die Woroschilowskij-Brücke auf einen Waldweg, der dem einsamen linken Flußufer folgte. Er ging voraus, und sie folgte ihm vertrauensvoll.

Der Tod der Aleksejewa war besonders grausam, selbst nach dem schrecklichen Maßstab Tschikatilos. Er hatte so viel Freude an ihrem Leiden, daß er ihr Sterben so lange wie möglich hinauszögerte, indem er sein Messer mit Bedacht in jene Stellen ihres Körpers stach, deren Verletzung sie nicht sofort tötete. Aber schließlich war auch ihr Martyrium vorüber. Tschikatilo bedeckte die Leiche, legte das Messer zurück in seine Aktentasche und machte sich auf den Heimweg. Sie wurde drei Tage später gefunden. Da befand sich Tschikatilo aber schon nicht mehr in Rostow, denn bereits am nächsten Morgen war er zu einer Dienstreise nach Usbekistan aufgebrochen, mehrere tausend Kilometer nach Osten in das sowjetische Zentralasien. An dem Abend, als er die Aleksejewa tötete, befand sich das Flugticket bereits in seiner Tasche.

Die Reise nach Taschkent, der usbekischen Hauptstadt, war eine Routineangelegenheit für jemanden in Tschikatilos Stellung. Seine Fabrik benötigte Schalter für die Geräte, die sie herstellte, und das einzige Kombinat, das die benötigten Schalter produzierte, lag in Usbekistan. Niemand stellte ernsthaft die Frage, warum es erforderlich war, eine so lange Reise für die Beschaffung des Nachschubs zu unternehmen. So funktionierte die sowjetische Wirtschaft eben. Gemäß dem stalinistischen Motto ›Groß ist schön‹, war die gesamte Produktion vieler Artikel auf nur ein oder zwei riesige Werksanlagen konzentriert. Das hielt man für billiger und leistungsfähiger. So produzierte man Schrauben an einem Ende des Landes, die Muttern hingegen am anderen, und beides wurde irgendwo in der Mitte des Landes zusammengeschraubt. Man nannte das die ›sozialistische Arbeitsteilung‹. Das war nicht allein eine Frage fehlgeleiteter Ökonomie, sondern zugleich eine elegante Methode, die fünfzehn verschiedenen Sowjetrepubliken zusammenzuhalten.

Auf der Basis gegenseitiger Abhängigkeit würde die Union für immer bestehen, dachten die Führungskader irrigerweise.

Taschkent war wie die anderen zentralasiatischen Hauptstädte ein langweiliger Ort, eine alte russische Garnisonsstadt mit geraden Straßen, die sich im rechten Winkel kreuzten. Obwohl sie über zweitausendfünfhundert Kilometer von Moskau entfernt lag, wies ihre Architektur die typischen Merkmale von Jahrzehnten der Fremdherrschaft auf, zuerst unter den Zaren und dann unter den Kommissaren. Vor hundert Jahren waren die Russen gekommen und hatten die erste Industrie aufgebaut; deren Nachfahren hatten Taschkent nach der Revolution von 1917 in eine große, sowjetische Stadt verwandelt. Während sich das Leben auf dem Land in den achtziger Jahren wie eh und je abspielte, lagen die Dinge in der Hauptstadt ganz anders. Die lokale Leitung der Kommunistischen Partei saß fest im Sattel und lenkte die Angelegenheiten so, wie es der Kreml befahl. Usbeken in minderwertigen sowjetischen Kleidern arbeiteten Seite an Seite mit Russen und Arbeitern anderer Nationalitäten in den Betrieben und Büros der Stadt.

Nicht daß das einen Unterschied für Tschikatilo gemacht hätte. Die kurzen Reisen fort von Zuhause hatten immer die gleiche Wirkung auf ihn; besonders, wenn sie ihn in eine Stadt führten, die er noch nicht kannte. Zu Beginn war er stets etwas ängstlich: abgeschnitten von seinen Wurzeln und auf fremdem Gebiet. Doch wenn er sich in seiner neuen Umgebung umsah, fand er schnell Geschmack an der Freiheit, die ihm für die Tage gegeben war, die er fern von seiner Frau und dem Betrieb verbrachte. Er wußte nur zu gut, daß er bei den moslemischen Usbekinnen mit ihren leuchtenden Kopftüchern und der schlichten Kleidung kaum eine Chance hatte. Sie hatten nichts von der freizügigen und lockeren Art der Russinnen an sich. Aber die Stadtbevölkerung war gemischt, und es gab dort jede Menge anderer Gelegenheiten.

Nach der Landung auf dem Flughafen von Taschkent ging er als erstes zu einem Eisenwarenhändler und kaufte ein Messer. Schon bald sollte er Verwendung dafür finden. Er hielt sich nur eine Woche, vom 8. bis zum 15. August, in der Stadt auf. Dennoch gelang es ihm in dieser Zeit, zwei Frauen zu töten.

Die erste ermordete er schon kurz nach seiner Ankunft. Als er gegen Mittag seine Geschäftstermine im Betrieb für diesen Tag beendet hatte, bestieg er einen Bus und fuhr an einen Fluß, wo er eine Frau kennenlernte, die dort vor der starken Sommerhitze Kühlung gesucht hatte. Ihre Leiche wurde erst am 16. des Monats entdeckt – einen Tag, nachdem Tschikatilo nach Rostow abgereist war. Dem Leichnam fehlte der Kopf, der erst am 7. Oktober gefunden wurde. Die usbekische Miliz konnte die Identität der Frau nicht feststellen, geschweige denn den Mörder finden. Die Untersuchung des Körpers ergab, daß die Tote zwischen zwanzig und fünfundzwanzig Jahre alt gewesen war. So wurde der Fall aus Mangel an Beweisen am 26. November zu den Akten gelegt. Mehr als acht Jahre später war es der Miliz immer noch nicht gelungen, ihren Namen zu bestimmen.

Mit dem zweiten Opfer, das Tschikatilo am 13. August getötet hatte, hatten die Beamten kaum mehr Glück. Man stellte fest, daß es die Leiche von Akmaral Seidaliewa war, einem zwölfjährigen Mädchen, das von zu Hause in Alma Ata, der Hauptstadt der benachbarten Republik Kasachstan, fortgelaufen und irgendwie nach sechshundertsiebzig Kilometern Richtung Westen in Usbekistan gelandet war. Aber wieder fand man keine Hinweise auf die Identität des Mörders.

Dennoch hätte es Hinweise geben können, wenn man nur gründlicher recherchiert hätte. Die Leichen wiesen beide das Markenzeichen von Tschikatilos Messerstichen auf. Aber Rostow war weit, und niemand stellte einen Zusammenhang her. Das war eine weitere große Chance, die vergeben wurde. Sonst hätten die Rostower Ermittlungsbeamten den entscheidenden Hinweis erhalten, um dem Mörder auf die Spur zu kommen. Wie viele Leute waren schließlich aus der Umgebung von Rostow zur fraglichen Zeit nach Taschkent gereist? In Anbetracht der riesigen Entfernung mußte der Mörder zwangsläufig das Flugzeug benutzt haben. Die Anzahl der Flüge pro Woche zwischen den beiden Städten hätte man an den Fingern einer Hand abzählen können. Verglichen mit den umfangreichen Sondierungen und Untersuchungen, die die Miliz in den folgenden Jahren durchführen mußte, wäre es ein Kinderspiel gewesen, die Passagierlisten durchzusehen.

Aber es sollte anders kommen. Wie bei einigen der anderen Morde auch erfuhren die Ermittlungsbeamten erst über sechs Jahre danach von der ›usbekischen Verbindung‹, namlich als Tschikatilo sich zu den Morden bekannte und sie auch zu den Tatorten führte, wo die Opfer gestorben waren.

In Rostow meldete Tschikatilo sich wieder an seinem Arbeitsplatz zurück und lieferte die beiden großen Kisten mit den Schaltern ab, die er in Taschkent besorgt hatte. Inzwischen hatten sich seine Untergebenen mehr oder weniger an ihren Vorgesetzten gewöhnt. Das bedeutete allerdings nicht, daß er ihnen nicht immer noch reichlich sonderbar erschien, zumal er immer seltsamer reagierte, sobald das Telefon klingelte. Auch kam er für jemanden in einer derart verantwortungsvollen Position viel zu unordentlich zur Arbeit, ganz so, als ob er in seinen Kleidern geschlafen hätte, was ja manchmal auch tatsächlich zutraf, wie die Lisizkaja eines Morgens herausfand.

Sie war eine fleißige Frau und stolz darauf, jeden Morgen die erste im Büro zu sein. Obwohl die Arbeit erst um acht Uhr begann, saß sie oft schon um sieben Uhr dreißig an ihrem Schreibtisch. Daher war sie überrascht, eines Morgens bereits Licht in einem der anderen Räume zu sehen, als sie das Büro betrat. Nachdem sie die Tür geöffnet hatte, sah sie Tschikatilo, der mit dem Kopf auf seinem Schreibtisch schlief. Das war zwar einerseits etwas sonderbar, andererseits aber auch nicht völlig abwegig, dachte sie, denn sie wußte ja, daß er ein gutes Stück von Rostow entfernt wohnte. »Er ist wohl gerade auf Dienstreise unterwegs gewesen und spät zurückgekommen«, vermutete sie und schlich sich auf Zehenspitzen aus dem Büro.

Dann war da auch die Geschichte mit der Tasche, die Tschikatilo ständig bei sich trug. Seine Rostower Kollegen waren genauso neugierig wie ihre Vorgänger in Schachty; eines Tages konnten auch sie der Versuchung nicht widerstehen und warfen einen Blick hinein. Auch sie erlebten eine Enttäuschung. Als eine der Frauen hinüberschlich und verstohlen hineinschaute, fand sie nur ein Handtuch und etwas Seife vor. Das war völlig normal für einen Mann, dessen Stellung von ihm verlangte, einen Großteil seiner Arbeitszeit unterwegs zu sein.

Wenige Tage später ging Tschikatilo auf dem Woroschilowskij-Prospekt in Rostow nicht weit von der Stelle spazieren, wo er die siebzehnjährige Aleksejewa am Tag vor seiner Abreise nach Taschkent getroffen und ermordet hatte. Nach der Arbeit ging er einkaufen, aber wie üblich waren die Regale leer, und seine Gedanken begannen abzuschweifen. Und wieder gab ihm die Langsamkeit und Unzuverlässigkeit des öffentlichen Verkehrssystems Gelegenheit zum Handeln. Dieses Mal hatte er ein Messer in seiner Tasche.

Sascha Tschepel war elf Jahre alt, lebhaft, gesund und folgsam. Seine Eltern sagten aus, daß er selten auf der Straße spielte. Sicherlich gehörte er nicht zu den Jungen, die einfach fremden Männern folgten. Aber wie viele der früheren Opfer steckte Sascha gerade in Schwierigkeiten. Als sie an der Bushaltestelle ins Gespräch kamen, fand Tschikatilo schnell heraus, wie er daraus Vorteil ziehen konnte. Saschas Eltern waren kürzlich aus ihrer alten Wohnung im Stadtzentrum von Rostow in eine größere Neubauwohnung im sogenannten ›nördlichen Mikrorayon‹ gezogen, einem der Hochhauskomplexe, die an der Peripherie der Stadt aus dem Boden schossen. Für einen Jungen seines Alters war der Umzug ein harter Schlag gewesen, denn er vermißte die Freunde von seinem alten Hinterhof. Da er aber noch Sommerferien hatte, war er losgezogen, um tagsüber mit ihnen zu spielen. Sein Vater befand sich auf Dienstreise, aber seine Mutter ließ ihn gehen – allerdings erst nachdem Sascha versprochen hatte, nicht zu spät zurückzukommen.

Nun war es schon fast zwanzig Uhr, und die Zeit drängte. Seine Freunde hatten ihn zur Bushaltestelle begleitet, aber auch sie hatten ängstliche Mütter zu Hause, zu denen sie schnell zurückkehren mußten, und warteten deshalb nicht bei ihm. Sascha stand dort und ärgerte sich mehr und mehr, als ein Bus nach dem anderen vorbeifuhr. Die Busse waren so überfüllt, daß die Fahrer nicht daran dachten, anzuhalten. Der ältere Mann, der ebenfalls an der Haltestelle stand, hatte auch die Nase voll. Aber schließlich kam ihm eine Idee.

»Warum gehen wir nicht hinüber zum Zentralmarkt?« schlug der Mann vor. »Da beginnt die Buslinie. Dort müßten wir einen bekommen.«

Tschepels Abkürzung endete genauso tragisch wie die der

Golosowskaja und der Aleksejewa. Statt den Jungen zum Markt zu bringen, nahm Tschikatilo ihn über die Don-Brücke mit zum abgelegenen linken Ufer. Auf ihrem Weg kamen sie nur wenige Meter an der Stelle vorbei, wo die Miliz vor gut zwei Wochen Aleksejewas Leiche gefunden hatte. Aber zu Tschikatilos Erleichterung erinnerte nichts an das grausige Geschehen; nichts deutete mehr auf den grausamen Kampf hin, den er mit dem Mädchen ausgefochten hatte. Es war, als ob überhaupt nichts geschehen wäre. Noch wichtiger aber war, daß die Miliz den Tatort nicht überwachte. Sie glaubte offenbar nicht, daß der Blitz zweimal am selben Ort einschlagen könnte.

Und wie ein Blitz warf sich Tschikatilo auch auf den unglücklichen Jungen. Der Angriff kam schnell und heftig. Die Leiche war so schlimm verstümmelt, daß Saschas Vater die Besinnung verlor, als er sie fünf Tage später im Leichenschauhaus identifizieren mußte. Besonders schockierte ihn der Anblick der fehlenden, ausgestochenen Augen. Er wollte es nicht glauben, daß ein Mensch so grausam sein konnte. Überzeugt, daß dies das Werk eines Vogels sein mußte, suchte er sogar mehrere Zoologen auf, um sie zu befragen, ob vielleicht die Krähen Saschas Augen ausgepickt haben könnten, als er dort tot gelegen hatte. Das wäre zwar theoretisch möglich gewesen, doch die Wahrheit war, daß Tschikatilo den Blick des Jungen nicht ertragen konnte, als er immer wieder auf ihn einstach.

Wie Tschepels Eltern fiel es auch Tschikatilo schwer zu erklären, warum der Junge mit einem Mann wie ihm mitgegangen war, besonders zu einer Zeit, als er schmutzig und verwahrlost aussah. »Ich habe darüber nachgedacht«, erläuterte er in seinem Prozeß. »Selbst ich konnte es nicht verstehen. Ich muß wohl eine Art Magnetismus auf andere ausgeübt haben.«

Trotz der intensiven Fahndung, die nun seitens der Miliz anlief, bewahrten die lokalen Zeitungen unverständlicherweise Stillschweigen. In einigen Fällen widmete man dem Verschwinden eines Opfers oder der Entdeckung einer Leiche allenfalls eine Randnotiz von wenigen Zeilen. Mehr wurde jedoch nicht berichtet. Tschikatilo hatte bereits über dreißig Menschen getötet, und doch gab es keinen Hinweis in den Medien, daß ein Massenmörder frei herumlief: keine Warnung an junge Frauen, sich vorzusehen, keine an die Eltern, ein wachsames Auge auf ihre Kinder zu haben. Das war typisch für die Art und Weise, wie die Sowjetpresse 1985, in den letzten Tagen vor dem Amtsantritt Michail Gorbatschows, arbeitete; ein Ergebnis nicht nur der Zensur von oben, sondern auch der Selbstzensur eines großen Teils der Journalisten und Redakteure, die genau wußten, was gedruckt werden durfte und was nicht.

›Schlechte Nachrichten‹ wie Flugzeugabstürze, Bergwerksunglücke und die Krankheiten von Politikern wurden ignoriert – kurz gesagt, nahezu der gesamte Stoff, aus dem westliche Zeitungen und Nachrichtensendungen entstehen. Statt dessen wurden die endlosen Reden kommunistischer Politiker Wort für Wort abgedruckt sowie Berichte über die Erfüllung und Übererfüllung von wirtschaftlichen Fünfjahresplänen und Lobgesänge auf die heroischen Heldentaten einzelner Arbeiter und Bauern.

Die Kategorie ›schlechte Nachrichten‹ schloß zweifellos auch Morde ein, besonders wenn sie so zahlreich und schrecklich wie jene Tschikatilos waren. Allerdings irrte sich die kommunistische Verwaltung, wenn sie dachte, die Probleme geheimhalten zu können, indem sie nicht über Tötungsdelikte berichtete. Die Zensur führte unvermeidlich zur Gerüchtebildung. Da die Leute wußten, daß man dem, was in der Zeitung stand – oder auch nicht stand –, keinen Glauben schenken konnte, verließen sie sich immer mehr auf die durch Mundpropaganda weitergegebenen Informationen. Und das traf besonders auf diese Morde zu. Die Eltern, Freunde und Nachbarn der Opfer taten den ersten Schritt, bis die Nachricht wie ein Stein, der ins Wasser geworfen wurde, schließlich immer größere Kreise zog. Offiziell blieb die Bevölkerung von Rostow zwar über die Morde unaufgeklärt, aber insgeheim wußten dank der brodelnden Gerüchteküche viele bereits eine ganze Menge darüber.

Die Nachricht vom Mord an Sascha Tschepel zog in Windeseile ihre Kreise. Das mag am Alter des Opfers gelegen haben. Mit elf Jahren war er jung und unschuldig gewesen, und alle Eltern, die nun vernahmen, was ihm aus heiterem Himmel zugestoßen war, befürchteten nun, daß etwas Ähnliches ihren eigenen Kindern widerfahren konnte. Auch die Umstände seines Verschwindens – mitten in Rostow und buchstäblich am hellichten Tage – spielten dabei eine Rolle. In den nächsten Tagen kursierten bereits die wildesten Geschichten, und Panik breitete sich aus – einige Berichte waren wahr, andere reine Erfindung. Eine der bizarrsten Geschichten behauptete, daß Tschepel von einer offiziellen schwarzen Limousine mit dem polizeilichen Kennzeichen SSD aufgegriffen worden war – den Initialen für die russischen Worte ›Tod den sowjetischen Kindern‹.

Ein Zeichen für die Hartnäckigkeit dieser Gerüchte war, daß die örtliche Bürokratie sich schließlich dazu genötigt sah, zu bestätigen, was vor sich ging, obwohl das in der typisch umständlichen sowjetischen Weise geschah. Wenige Tage nach dem Tod des Jungen erschien ein langer, weitschweifiger Artikel in der lokalen Tageszeitung der Kommunistischen Partei, Molot (Hammer), der von General Alexej Konowalow, einem hohen Beamten des Innenministeriums der Region von Rostow, unterzeichnet war. Der Inhalt wich nicht vom Gewohnten ab: das Lob auf die Arbeit der offiziellen Organe und die Beschreibung, wie die Ankunft des ›entwickelten Soziailismus‹ die Kriminalitätsrate gesenkt hätte. Verborgen im Mittelteil allerdings wurde zum ersten Mal einer der Morde erwähnt. »Der Junge Sascha Tschepel ist auf bestialische Weise getötet worden«, schrieb Konowalow. »Wir versichern der Bevölkerung, daß der Mörder in naher Zukunft gefaßt wird.«

Nach dem Standard der westlichen Presse war diese Nachricht unbedeutend. Aber für jene, die es gewohnt waren, zwischen den Zeilen zu lesen, war sie ein unmißverständliches Zugeständnis von offizieller Seite, daß sie vor der Bevölkerung von Rostow nicht auf Dauer die Wahrheit verbergen konnten.

Tschepel war jung und naiv gewesen, nicht aber Irina Lutschinskaja. Im Alter von vierundzwanzig Jahren lebte sie noch daheim bei ihren Eltern. Wie die meisten anderen Mädchen ihres Alters hatte sie keine Alternative. In Rostow herrschte wie in fast allen sowjetischen Städten ein chronischer Wohnungsmangel, und die Warteliste reichte über Jahre. Aber dadurch ließ Irina sich nicht in ihrem lockeren Lebensstil einschränken. Häufig hatte sie Krach mit ihrer Mutter, die sich jedesmal sorgte, wenn Irina über Nacht nicht nach Hause kam. Groß und schlank, mit einer guten Figur und glänzendschwarzem Haar, kam Irina bei den jungen Männern gut an, was sie auch ausnutzte. Die Kollegen, die zuletzt mit ihr im Archiv eines Instituts vor Ort zusammengearbeitet hatten, sagten aus, daß sie nie an ihrer Arbeit interessiert gewesen war – es war ihre siebte Arbeitsstelle in fast ebenso vielen Jahren. Ihre Interessen lagen offensichtlich ganz woanders. Oft machte sie sich nicht einmal die Mühe, überhaupt im Archiv zu erscheinen und erklärte auch nie, warum sie fortgeblieben war.

Dennoch erweckte die Lutschinskaja häufig den Eindruck, an einer Art tiefer innerer Trauer zu leiden. Einmal erzählte sie einer Freundin, daß sie wünschte, als Mann geboren zu sein. Als wollte sie das unterstreichen, zog sie sich Jeans und T-Shirts an, statt Kleider oder Röcke zu tragen. Doch mehr als alles andere beneidete sie die Männer um ihre sexuelle Freiheit. Nach Aussage ihres früheren Freundes Wladimir Pomogajew, mit dem zusammen sie zur Schule gegangen war, hatte sie unter den jungen Männern den Ruf, daß man bei ihr ein leichtes Spiel hatte. »Sie hat niemals nein zu einem Mann gesagt, der sie aufgefordert hat«, berichtete er Jahre später der Miliz.

Der Abend des 6. September 1984 war keine Ausnahme. Irina war an diesem Morgen zur Arbeit gegangen, hatte aber ihrer Mutter erzählt, daß sie spät zurück sein werde, da sie mit Freunden in das Banja – das traditionelle russische Dampfbad – gehen wollte. Das Banja war mehr ein Ort, um mit Freunden auszugehen und Spaß zu haben, als um sich zu reinigen. Jeder heilende Effekt wurde gewöhnlich von den großen Mengen Biers oder Wodkas aufgehoben, die im Laufe des Abends unweigerlich konsumiert wurden. Und natürlich war das Banja auch ein Ort, um sich mit Männern zu treffen.

Aber die Lutschinskaja kam nie im Banja an. Vielleicht hatte sie ihre Mutter belogen und ohnehin niemals dorthin gehen wollen. Jedenfalls stand sie bei Einbruch der Dämmerung an einer Bushaltestelle in der Nähe des Rostower Flughafens und unterhielt sich mit einem Mann, der ebenfalls dort wartete. Obwohl er beinahe fünfundzwanzig Jahre älter war als sie, fand sie ihn ungewöhnlich anziehend und sagte nicht nein, als er vorschlug, daß sie zusammen in den nahegelegenen Wald gehen sollten, um sich zu ›entspannen‹ – ein russischer Euphemismus für Geschlechtsverkehr. Wie die vielen anderen Begegnungen Tschikatilos mit willigen Frauen endete es jedoch nicht auf diese Weise. Als sie zusammen auf der Erde lagen, versuchte er, Verkehr mit ihr zu haben, was ihm aber nicht gelang. Da sie keine Männer gewohnt war, die ihre Versprechungen nicht halten konnten, begann sie ihn, wie andere Frauen vor ihr, zu beschimpfen und nannte ihn einen hoffnungslosen Fall, der ihr leid täte. Das war mehr, als Tschikatilo ertragen konnte. Er schlug sie hart, und als sie um Atem rang, zog er sein Messer aus der Tasche und begann, auf sie einzustechen. Erst als das Blut floß, fühlte er sich schließlich als ganzer Mann.

An jenem Abend ging Tschikatilo nicht nach Hause. Als er die Leiche des Mädchens schließlich beseitigt hatte, war es schon spät, und er wollte nicht den gesamten Weg nach Schachty zurückfahren und seiner Frau begegnen.

Wie schon häufig zuvor, befand er sich nach dem Töten in einer Art von Trance, als ob er betrunken wäre oder unter Drogen stand. Als er schließlich zur Hauptstraße zurückkehrte, mußte er seine ganze Konzentration aufbringen, um zu verhindern, daß er nicht geradewegs vor einen Lastwagen stolperte. Der Fahrer bremste, riß im letzten Augenblick den Wagen zur Seite und fluchte, als er weiterfuhr. Tschikatilo ging die paar Schritte zur Bushaltestelle zurück und fuhr in sein Büro, um zu schlafen. Es war eines der letzten Male, daß er das tat. Kurze Zeit später verschwand er einfach.

Den meisten Menschen wäre es schwergefallen, ein derartiges Doppelleben vor ihren Ehefrauen geheimzuhalten. Als Tschikatilo Jahre später verhaftet wurde, waren die Ermittlungsbeamten anfangs skeptisch, als Faina behauptete, sie habe nichts von der Jekyll-und-Hyde-Existenz ihres Gatten gewußt. Nachdem man beide weiteren Verhören unterzogen hatte, begannen die Beamten aber, ihr Glauben zu schenken. Nicht weil sie dumm gewesen wäre, sondern vielmehr weil Tschikatilo so schlau war. Und durch eine Mischung von Gerissenheit und Glück gelang es ihm, seine Ehefrau genauso zu täuschen, wie er auch jeden anderen getäuscht hatte, der ihn kannte.

Zum Teil kamen Tschikatilo auch seine Arbeitsbedingungen

entgegen. Wenn er in einer normalen Neun-bis-fünf-Uhr-Schicht oder noch als Lehrer gearbeitet hätte, wäre es für ihn bedeutend schwieriger gewesen. Denn er brauchte Zeit, um zu töten. Es war nicht seine Art, sich an verlassenen Orten auf die Lauer zu legen und Passanten aufzulesen. Er war ein Jäger im Dschungel der Stadt. Und deshalb mußte er häufig stundenlang umherstreifen, bis er ein geeignetes Opfer fand. Seine Arbeit mit ihren häufigen Dienstreisen bot ihm dafür die perfekte Tarnung. Aber er ließ auch die nötige Umsicht walten: So plante er oft im voraus, wenn er auf Jagd hinauszog, und informierte seine Frau rechtzeitig, daß er nicht heimkäme.

In den meisten Fällen legte er, wie bei dem Mord an der Lutschinskaja, Wert darauf, mindestens einige Tage zu warten, bevor er nach Hause zurückkehrte. Er wollte das Gelingen seiner Taten auskosten – fernab von seiner Frau und den anderen Hausbewohnern. Es gab ihm auch Zeit, sich zu reinigen und vor allem seine Kleidung zu waschen, damit seine Gattin nicht zufällig Spuren entdeckte.

Die gesamte Unterkunftssituation war ihm dabei hilfreich. Manchmal konnte er in einer der Betriebswohnungen Zuflucht suchen oder in Zimmern, zu denen er gelegentlich Zugang hatte. Ebenfalls unterstützt wurde er durch die Häufigkeit seiner Wohnungswechsel. In der Sowjetunion, wo die meisten Wohnungen Staatseigentum waren, gab es für jene, die umzogen, sich scheiden ließen oder eine Existenz gründen wollten, keinen Wohnungsmarkt, auf dem sie hätten kaufen oder verkaufen können; erlaubt hingegen war das Tauschen. In der Folge entstand eine unüberschaubare Serie komplizierter Ketten, die oftmals fünf oder noch mehr Personen einschlossen. Auch wurden oft große Wohnungen in kleinere verwandelt und dann im weiteren Verlauf vielleicht wieder zusammengefügt. Tschikatilo war raffiniert genug, Vorteile aus dieser Unüberschaubarkeit und den damit einhergehenden Verzögerungen zu gewinnen, um sich für einige Monate unbemerkt Zutritt zu einer leerstehenden Wohnung zu verschaffen.

Stets hatte Tschikatilo eine Erklärung für die tiefen Kratzer parat, die die Opfer auf seinem Gesicht und seinem Körper hinterließen, wenn sie sich erfolglos gegen seine Grausamkeiten wehrten. Gewöhnlich erzählte er Faina, daß er sich diese Blessuren zugezogen hatte, während er seinen Arbeitern half, Metall und andere Materialien vom Lastwagen zu laden. Die gleiche Entschuldigung verwendete er für die Blutflecken, die seine bedauernswerte Frau aus seinen Hemden herauswaschen mußte. Darüber war sie überhaupt nicht glücklich. Es war schlimm genug, daß ihr Ehemann, der einen Universitätsabschluß vorweisen konnte, solch niedere Arbeit in der Versorgungsabteilung verrichten mußte. Noch schlimmer war, daß er mit bloßen Händen schwere Lasten heben mußte.

Aber in einem Punkt konnte er sie nicht täuschen, und das war sein fehlendes Interesse an Sex. Faina war die erste, die zugab, daß es niemals wirkliche Leidenschaft zwischen ihnen gegeben hatte. Jahre später berichtete sie den Ermittlungsbeamten der Staatsanwaltschaft, daß sie nicht einmal ineinander verliebt gewesen waren, als sie heirateten. Es handelte sich eher um eine Vernunftsehe. Wenn es etwas gab, was sie damals an ihrem zukünftigen Ehemann besonders anziehend gefunden hatte, dann das, was er nicht war: nämlich weder ein Tyrann noch ein Trunkenbold. Für Tschikatilo schien die Heirat mehr seiner Tarnung gedient zu haben – es könnte der Versuch gewesen sein, nicht nur seine Umgebung, sondern auch sich selbst davon zu überzeugen, daß er ein ganz normaler, gut angepaßter Heterosexueller war. Die Eheleute hatten selten und ohne viel Leidenschaft miteinander Geschlechtsverkehr gehabt. Was die beiden Kinder betraf, so waren sie kaum mehr als das Produkt seines Pflichtgefühls.

Aber in den achtziger Jahren wurde es noch krasser, als Tschikatilo immer tiefer in seinem zweiten, mörderischen Leben versank. Hatten sie anfangs nur alle zwei oder drei Monate einmal miteinander geschlafen, so geschah dies nun fast gar nicht mehr. Ein Teil des Problems bestand darin, daß er sich fast nie zu Hause aufhielt. Es dauerte zwei Stunden, um von ihrer Wohnung in Schachty zu seiner Arbeitsstelle in Rostow zu pendeln, und obendrein kamen noch die Dienstreisen hinzu, ob sie nun echt oder vorgetäuscht waren. Aber das war nur ein Aspekt. Entscheidender war, daß er ganz einfach das Interesse verloren hatte. Um 1984 waren für ihn die Morde fast zu dem geworden, was für jeden anderen Mann ein normales Sexualleben ausmachte. Nur draußen in den Wäldern, mit dem Messer in der Hand und dem schreienden Opfer unter sich, fand er seine Befriedigung und seine Orgasmen. Nicht jedoch im Schlafzimmer mit seiner zugeknöpften Ehefrau. Zu jener Zeit erlangte er zu Hause nur echten sexuellen Genuß, wenn er allein war und sich masturbierend in seinen sadistischen Phantasien verlor.

Trotz all seiner Bemühungen, sein ›geheimes Leben‹ vor seiner Frau verborgen zu halten, wußte Faina um die Gerüchte, die in Schachty kursierten. Es hatte alles in den siebziger Jahren, als er noch unterrichtet hatte, begonnen, nämlich mit den Geschichten über die von ihm belästigten Kinder. Anfangs hatte sie diese Gerüchte noch lachend abgetan, obwohl sie sich furchtbar erschrocken hatte, als er von der Miliz im Dezember 1978 wegen des Mordes an der kleinen Lena Sakotnowa vernommen worden war und sie von dem ärmlichen kleinen Liebesnest ihres Ehemannes in der Meschewoj Pereulok erfahren hatte. In den folgenden Jahren hielten sich die Gerüchte über sexuelle Belästigungen – nicht über Morde – hartnäckig. Und es betraf nicht nur Kinder. Da waren auch Tschikatilos Verhältnisse zu Frauen – unter ihnen Walja, die untreue Ehefrau von Fainas Bruder Nikolaj. Als Nikolaj seiner Schwester erzählte, was ihre Ehepartner hinter ihrem Rücken anstellten, hatte sie es ebenfalls nicht ernstgenommen.

»Angesichts seines fehlenden Interesses und seines Versagens im Bett mit mir habe ich es nicht geglaubt«, meinte Faina Jahre später.

Anstatt Tschikatilo mit seinen Affären zu konfrontieren, bemühte sie sich darum, ihn mehr für sich zu interessieren, indem sie ihn abwechselnd beschimpfte oder anflehte. Trotzdem erwog sie weder, ihn zu verlasen, noch hatte sie irgendwelche Liebhaber.

»Ich bin eine gesunde Frau mit normalen, gesunden Bedürfnissen«, rief sie einmal ihrem Gatten in einem Anfall von Niedergeschlagenheit zu. »Warum bin ich nur so vernarrt in einen so nutzlosen Mann wie dich?«

Tschikatilo war leichenblaß geworden. »Du bist nur von dem

einen besessen«, schlug er zurück, »denk doch zur Abwechslung einmal an etwas anderes.«

In jenem Sommer jedoch erzielte sie einen Teilerfolg in ihrem Kampf, indem er das Problem zumindest zur Kenntnis nahm: Nach langem Herumnörgeln überredete sie ihn, zu einem Psychiater zu gehen, um das untersuchen und behandeln zu lassen, was sie für fehlenden sexuellen Antrieb hielt. Daß er tatsächlich zustimmte, dort hinzugehen, war ein Fortschritt, aber es half nichts. Obwohl die Diagnose des Arztes irgendwann in den vergangenen Jahren verlorengegangen ist, schien es, als hätte er Tschikatilo nur kurz gesehen, ihm einige Beruhigungsmittel verschrieben und ihn dann seines Weges ziehen lassen. Ein Zwischenfall bei jenem Arztbesuch bestärkte seinen Entschluß, nicht wiederzukommen. Lief er doch, als er aus dem Wartezimmer trat, ausgerechnet dem Milizbeamten in die Arme, der ihn wegen des Linoleum-Vorfalls verhört hatte.

»Was machen Sie denn hier, Tschikatilo?« fragte er spöttisch, als sie aneinander vorbeigingen. »Werden Sie wegen eines Alkoholproblems behandelt?«

In der Sewkawenergawtomatika begannen sich Tschikatilos Untergebene zu fragen, was wohl geschehen sein mochte. Mehrere Wochen waren bereits vergangen, seit sie ihn das letzte Mal gesehen hatten, und sein Stundennachweis für diese Periode zeigte eine Reihe von ›Ns‹ – die bürokratische Abkürzung für ›Abwesend. Grund unbekannt.‹ Dennoch machten sich seine Arbeitskollegen keine große Mühe, dem nachzugehen. Unentschuldigtes Fernbleiben war nicht nur in Tschikatilos Werk, sondern überhaupt in der gesamten Sowjetwirtschaft etwas Alltägliches. Wenn Andropow bei seinen Bemühungen, mit diesem Mißstand aufzuräumen, auch gewisse Fortschritte erzielt haben mochte, so waren sie doch schnell vergessen, nachdem Tschernenko im Kreml die Herrschaft übernommen hatte.

Doch im September hatte Lisizkaja plötzlich allen Grund, sich an ihren seltsamen Kollegen zu erinnern. Eines frühen Morgens, bevor die übrige Belegschaft eingetroffen war, betraten zwei Milizionäre das Verwaltungsgebäude und suchten sie in ihrem Büro auf.

»Ich glaube, Sie haben hier einen Angestellten namens Andrej Romanowitsch Tschikatilo«, sagte einer der Beamten. »Wir sind gekommen, um seine persönliche Habe zu überprüfen; dafür benötigen wir einen Zivilzeugen.«

Während die Frau dabeistand und zusah, brachen die Beamten das schwache Vorhängeschloß an seinem Schrank auf und begannen, den Inhalt in einen durchsichtigen Beutel zu stecken: ein Handtuch, ein T-Shirt, Schuhe, Seife und einige andere Kleinigkeiten sowie ein paar Münzen. Sie notierten alles auf einem offiziellen Formbogen, und die Lisizkaja setzte ihre Unterschrift an die Stelle, die mit ›Zeuge‹ markiert war.

Sie verrieten ihr nicht, was mit Tschikatilo geschehen war, und sie fragte auch nicht danach.

KAPITEL ZEHN

Mit Rostow war das so eine Sache: Kazakow von der Staatsanwaltschaft der Republik Rußland haßte die Stadt, konnte ihr aber anscheinend nicht entkommen. Er war deshalb auch keineswegs überrascht, als seine Vorgesetzten ihn im Juli 1984 wieder in den Süden schickten, diesmal jedoch nach Morosowsk, einer kleinen Stadt ungefähr hundertzwanzig Kilometer nordöstlich von Schachty, auf dem Weg nach Wolgograd. Wieder war es eine Mordsache und natürlich wieder einmal eine Reihe besonders brutaler Verbrechen, die in der Nähe der Stadt verübt worden waren. An eine Verbindung zu den ›Waldstreifen-Morden‹ glaubte niemand. Dennoch hatte Kazakow eine unbestimmte Ahnung, daß er mit der Rückkehr in diese Region unweigerlich wieder in den Sog der furchtbaren Affäre geraten würde.

Die Morde in Morosowsk waren schnell aufgeklärt, und kurz darauf fuhr er zurück nach Moskau. Er unterbrach seine Reise in Schachty, um bei seinen Kollegen im Staatsanwaltsbüro vorbeizuschauen. Dort war gerade der Teufel los, und wie es der Zufall wollte, hatte die Miliz soeben unfern der Stadt in der Nähe einer kleinen Eisenbahnstation, die lediglich die Bezeichnung ›Kilometer 1130‹ trug, einen weiteren Leichnam aufgefunden. Das Opfer, das später als die neunzehnjährige Anna Lemeschewa identifiziert wurde, war sechs Tage zuvor umgebracht worden.

Anna Lemeschewa war eine typische Vertreterin jener Gruppe von Prostituierten und anderen Herumtreiberinnen, die einen Großteil von Tschikatilos Opfern bildete. Als unglückliches Kind geschiedener Eltern hatte sie sich auf der Suche nach Sicherheit, die ihr die eigene Familie nicht geben konnte, schon früh in eine Heirat geflüchtet. Ihre Ehe scheiterte zwangsläufig. Verlassen und einsam ließ sie sich aus Langeweile von Tschikatilo zum Schwimmen einladen. Das geschah an einem jener freien Tage, bevor er seine neue Stelle in Rostow angetreten hatte. Er wollte mit ihr schlafen, und sie war einverstanden. Dann fiel er über sie her. Während seine Schläge auf sie niederprasselten, drohte sie ihm, ihr Mann sei ein ehemaliger Zuchthäusler und würde mit ihm abrechnen, wenn er von den Schlägen erführe. Tschikatilo hatte jedoch gar nicht die Absicht, es so weit kommen zu lassen, daß sie irgend jemandem etwas von der Sache erzählen konnte, und tötete sie genau wie alle anderen Opfer zuvor.

All dies wußte Kazakow zu dieser Zeit noch nicht. Im Augenblick beschäftigten ihn ausschließlich die gräßlichen Wunden: Die Stich- und Schnittverletzungen und der Uterus, der herausgerissen und ins nahe Gebüsch geworfen worden war. Dieser Anblick überzeugte ihn davon, daß der Massenmörder wieder einmal zugeschlagen hatte. Das war ohnehin nur der Anfang. Auf der Weiterreise stieß er bei einem Halt in Rostow auf weitere Mordfälle, auch aus anderen Teilen der Gegend, die alle eindeutig zu dieser Serie gehörten.

Ein Jahr zuvor, 1983, hatte er in einem ersten entscheidenden Schritt sechs der frühen Morde zu einem Fall zusammengefaßt. Doch das hatte offenbar nicht dazu geführt, daß der Mörder dingfest gemacht wurde. Als Kazakow schließlich wieder zurück in Moskau war, schrieb er eine weitere Mitteilung an Namestnikow, den stellvertretenden Oberstaatsanwalt der Republik Rußland. Darin teilte er ihm mit, daß er den begründeten Verdacht habe, die Morde seien von einer einzigen Person verübt worden. Um absolut sicherzugehen, sei es notwendig, alle Fälle zu analysieren, sie miteinander in Verbindung zu bringen, sie zu einer Akte zusammenzufassen und nicht allein die Miliz am Ort, sondern auch die Kriminalabteilung für Schwerverbrechen der Staatsanwaltschaft damit zu betrauen.

Namestnikow las den Bericht aufmerksam. Auch er war von den Vorgängen in Rostow alarmiert und überzeugt, daß man die Ermittlung vorantreiben müsse. Ihm stand jedoch zur Zeit niemand mit der notwendigen Erfahrung und dem entsprechenden Dienstgrad zur Verfügung, der den Fall hätte übernehmen können. Statt dessen entschied er fürs erste, daß Kazakow als

Leiter einer Expertengruppe in den Süden zurückkehren und einen Monat lang sämtliche Mordfälle sowie die Vorgehensweise bei den Ermittlungen gründlich überprüfen sollte. Erst wenn das geschehen wäre, wollte Namestnikow selbst anreisen und über das weitere Vorgehen entscheiden.

Und so kam Kazakow im September 1984 wieder nach Rostow. Seine Aufgabe bestand im wesentlichen darin, die von den ansässigen Ermittlungsbehörden bisher geleistete Arbeit noch einmal durchzugehen. Die Fahndungsarbeit der Miliz sollte von Iwan Krapow, einem führenden Moskauer Beamten aus der Hauptabteilung des Kriminaldezernats im Innenministerium, überwacht werden. Zusammen mit einer Gruppe von Experten der verschiedensten wissenschaftlichen Fachrichtungen war er entschlossen, die Langsamkeit und augenfällige Inkompetenz, die den ersten Teil der Operation gekennzeichnet hatte, wiedergutzumachen. Aber eigentlich scheuten sie davor zurück, sich die gewaltige Arbeit auszumalen, die noch vor ihnen lag.

Kazakow richtete sich in dem schmuddeligen Hauptgebäude der Bezirksstaatsanwaltschaft in der Bolschaja-Sadowaja-Straße ein und begann damit, die letzten unaufgeklärten Verbrechen aus diesem Bezirk durchzuarbeiten, vorrangig sämtliche Sexualdelikte sowie jene Fälle, in denen Kinder oder Jugendliche eine Rolle gespielt hatten. Je länger er in den Akten stöberte, um so mehr sah er seinen anfänglichen Verdacht bestätigt, daß eine große Anzahl dieser Fälle die Handschrift ein und desselben Mannes trug. Er kam schließlich auf dreiundzwanzig Mordfälle, die seiner Meinung nach zusammengehörten. Seine Liste begann mit Ljuba Birjuk, dem dreizehnjährigen Mädchen, dessen Leiche man im Juni 1982 in dem kleinen Dorf Donskoj am Straßenrand aufgefunden hatte. Für Kazakow selbst lag der Sachverhalt klar auf der Hand, schwieriger war es jedoch, auch die Miliz davon zu überzeugen.

Die Beziehung zwischen Miliz und Staatsanwaltschaft im sowjetischen System war recht heikel. Nur auf dem Papier war die Aufgabenverteilung klar umrissen: Die Funktion der Miliz war es, die Kriminellen aufzuspüren. Die Milizbeamten leisteten draußen, zu Fuß oder auch im Streifenwagen, Basisarbeit, beobachteten einzelne Gebäude und trugen alle Hinweise zusammen. Daran war die Staatsanwaltschaft, beziehungsweise ihre Ermittlungsabteilung, nicht beteiligt. Deren Leute kamen erst ins Spiel, wenn der oder die Verdächtige verhaftet worden war. Sie führten das Verhör und organisierten die gerichtsmedizinischen oder anderen kriminaltechnischen Analysen. Beide waren Teil zweier unabhängiger Verwaltungsapparate, die letztlich zwei verschiedenen Herren in Moskau Rechenschaft ablegen mußten: die Miliz dem Innenminister und die Staatsanwaltschaft dem Generalstaatsanwalt.

Zwischen beiden kam es in der Praxis häufig zu Spannungen. Die Staatsanwälte, die fast alle ein Universitätsstudium absolviert hatten, kritisierten häufig die schlechte Ausbildung, die miserable Besoldung und die Ineffizienz der Miliz. Die Miliz ihrerseits fühlte sich mißverstanden und klagte darüber, daß niemand ihre schwierige und unbefriedigende Arbeit gebührend würdigte. Je wichtiger ein Verfahren war und je länger es sich hinauszog, um so eher traten solche Konflikte auf.

Es sollte an dieser Stelle noch einmal daran erinnert werden, daß es sich hier um einen besonders komplizierten Fall handelte. Abgesehen von den Tötungsdelikten selbst, war die Beweislage ausgesprochen dürftig. Bei den Leichen war der Verwesungsprozeß meist schon weit fortgeschritten, wenn man sie schließlich fand. Von Kazakows dreiundzwanzig Mordfällen waren dreizehn Leichen nahezu skelettiert, als sie in die Gerichtsmedizin gebracht wurden. In Rostow stiegen die sommerlichen Temperaturen häufig bis auf fünfunddreißig Grad und mehr an. In dieser Hitze konnte eine Leiche in weniger als zehn Tagen vollständig verwesen. Und ein Körper hatte bis zu fünf oder sechs Monate unentdeckt dagelegen.

Die Miliz ermittelte bereits gegen Tjapkin und andere Insassen der psychiatrischen Anstalt. Sie alle waren mehrerer Morde angeklagt und hatten darüber hinaus auch alles gestanden. Obwohl es bisher noch keine Gerichtsverhandlung gegeben hatte, bestand kaum ein Zweifel, daß sie jedes Gericht schuldig sprechen würde. Außerdem war der Miliz klar, daß sie, wenn sie Kazakows Theorie von einem einzigen Mörder zustimmte, gleichzeitig die Unschuld der Männer in ihren Gefängniszellen eingestehen würde. Das hätte alle Beteiligten in eine ausgesprochen unangenehme Lage gebracht – angefangen bei den Milizionären, die sie verhaftet und ihre Geständnisse entgegengenommen hatten, bis zu jenen Beamten weiter oben in der Hierarchie der Miliz, die ihren Untergebenen Vertrauen geschenkt und ihre Hypothesen unbesehen akzeptiert hatten.

Allerdings wäre die Behauptung, es sei ihnen allein um ihr Ansehen gegangen, nicht ganz fair. Die Miliz zweifelte, anders als Kazakow, nicht an der Glaubwürdigkeit der Geständnisse, die die Männer abgelegt hatten. Sie entsprachen ihrer Ansicht nach der Wahrheit. Denn beide, sowohl Tjapkin als auch Ponomarow, konnten mit großer Genauigkeit die Orte identifizieren, an denen sie ihre Morde begangen haben wollten. Darüber hinaus verstieß Kazakows Theorie gegen alle Grundannahmen, die die sowjetische Miliz über Mörder formuliert hatte: Ihrem Lehrbuch zufolge überfiel ein Täter entweder nur Männer oder nur Frauen. Tatsächlich hatte man sogar einige der ersten männlichen Ermordeten aufgrund der Überzeugung, daß alle Opfer dem gleichen Geschlecht angehören müßten, fälschlicherweise als Frauen identifiziert. In diesem Fall jedoch sah man sich mit einem Kaleidoskop unterschiedlichster Altersstufen, Geschlechter und Lebensgeschichten konfrontiert. Daß ein Mörder wie Tschikatilo sich überhaupt nichts aus dem Charakter und dem Geschlecht seiner Opfer zu machen schien, war ganz besonders schwer zu begreifen.

Auch Kazakow fiel das nicht leicht. Dennoch war er bereit, angesichts der vorliegenden Fakten seine Zweifel einstweilen außer acht zu lassen. In erster Linie richtete er sein Augenmerk auf die Art und Weise, wie die Opfer getötet worden waren. Daß Leichen verstümmelt wurden, kam schon selten genug vor. Seltener aber noch waren Verletzungen, wie man sie in diesem Fall immer wieder vorfand, vor allem Stichverletzungen im Bereich der Augen sowie Amputationen von Brustwarzen und Sexualorganen. Es wäre einfach zuviel des Zufalls gewesen, falls zwei oder mehr Triebverbrecher unabhängig voneinander die gleiche Handschrift hinterlassen hätten. Es konnte sich dabei auch nicht um einen Nachahmungstäter handeln, denn die Medien hatten bis jetzt noch keine Einzelheiten veröffentlicht. Auch die Fundorte der Toten, die annähernd auf einer Linie zwischen Rostow und Schachty lagen, bestärkten Kazakow in seiner Theorie.

Außerdem stützte sich Kazakows Verdacht auf kriminaltechnisches Beweismaterial. Einer seiner schwerwiegendsten Vorwürfe richtete sich gegen die Nachlässigkeit, mit der die Miliz die Kleidung der Opfer und andere Beweisstücke behandelt hatte, die in der Nähe des Tatorts gefunden worden waren. Einige Gegenstände, möglicherweise ausschlaggebende Indizien, waren schlichtweg verschwunden. Der größte Teil des noch zur Verfügung stehenden Beweismaterials war bis zu diesem Zeitpunkt weder ordentlich untersucht worden, noch hatte man die üblichen Standardanalysen im Labor durchgeführt. Ein Mangel an Fachkräften und Mitteln war eine Sache für sich, in diesem Fall konnte man jedoch nur von krasser Inkompetenz sprechen.

Zu der Expertengruppe, die eigens aus Moskau angereist war, gehörte auch Swetlana Gurtowa, die Leiterin der Kriminalbiologischen Abteilung des Gesundheitsministeriums der Republik Rußland. Wie man es bei ihrer notorischen Arbeitswut erwarten konnte, schloß sie sich gemeinsam mit einigen Kollegen aus Rostow buchstäblich zehn Tage und Nächte in ihrem Labor ein und durchsuchte die größtenteils zerrissene, blutgetränkte Kleidung mit äußerster Gründlichkeit. Jede Faser und jede Strähne wurde jetzt endlich der sorgfältigen Prüfung unterzogen. Als erste überhaupt suchte Swetlana Gurtowa nach Spuren von Sperma – eine Untersuchung, die bis dahin unverständlicherweise nie durchgeführt worden war. Bald darauf lagen dann auch die ersten Ergebnisse vor. Die Leiterin der Kriminalbiologischen Abteilung hatte etwas Sperma in den Kleidungsstücken von neun Opfern gefunden und ging davon aus, daß es von dem Mörder stammte. Das Sperma wurde wie die Blutgruppen eingeteilt. Swetlana Gurtowa fand heraus, was an sich schon einen großen Durchbruch darstellte, daß nämlich sämtliche Spuren der gleichen AB-Gruppe angehörten.

Damit hatte Kazakow beinahe alles, was er brauchte. Jetzt setzte er zu seinem entscheidenden Stoß an, mit dem er die bisherige Beweisführung, die beinahe vollständig auf Geständnissen beruhte, zunichte machen konnte. Selbst wenn es keine Hinweise dafür gab, daß Tjapkin und die anderen gefoltert worden waren, schloß er die Möglichkeit nicht aus, daß man sie unter starkem psychologischen Druck zu einem Geständnis erpreßt hatte. Unter Berücksichtigung ihrer Geistesschwäche fürchtete Kazakow zu Recht, daß sie die Schwere der Verbrechen, für die sie sich schuldig erklärten, nicht vollkommen begriffen hatten. Als er sie schließlich selbst vernahm, erklärten sie ihm dann auch rundheraus, genau wie er es erwartet hatte, daß sie die Verbrechen überhaupt nicht begangen hätten – also das krasse Gegenteil von dem, was sie gegenüber der Miliz ausgesagt hatten. Wie war es dann zu ihren Geständnissen gekommen? Wie er den Fall einschätzte, begriffen sie ihre Lage so wenig, daß sie praktisch alles gestanden hätten. Und genauso verhielt es sich auch. Während Kazakow die Fälle noch einmal einen nach dem anderen durchging, fand er heraus, daß die elf Verbrechen, derer sich der unglückliche Kalenik schuldig bekannt hatte, auch den Mord an Walja Tschutschulina einschloß, einer zweiundzwanzigjährigen Geistesgestörten, deren Leichnam man nicht weit außerhalb von Schachty Ende September 1983 gefunden hatte. Allerdings hatte Kalenik sich zu der Zeit, in der das Mädchen getötet worden war, bereits in Haft befunden. Er konnte also schlechterdings nicht der Täter sein.

Das genügte Kazakow und auch seinem Vorgesetzten. Als Namestnikow die Untersuchungsergebnisse zu Gesicht bekam, stimmte er sofort seinem Vorschlag zu, die Liste der dreiundzwanzig Einzelfälle zu einer einzigen Akte zusammenzufassen und eine Expertengruppe aus Milizbeamten und Staatsanwälten ins Leben zu rufen, der die jeweils örtlichen Vertreter beider Behörden unterstellt werden sollten. Um dem Ernst der Lage und der ungeheuren Materialfülle gerecht zu werden, wurde die Region Rostow in zwei Bereiche geteilt: die Mordfälle innerhalb der Stadt teilte man Raschid Alijew zu, einem Staatsanwalt aus der im Norden angrenzenden kaukasischen Republik Dagestan, während ein Mann namens Ustinikow, seines Zeichens Ermittlungsbeamter der Rostower Staatsanwaltschaft und Spezialist für Schwerstkriminalität, der von Schachty aus operierte, die

Verantwortung für das verbleibende Gebiet übertragen wurde. Kazakow selbst durfte aufatmen und endlich wieder heim nach Moskau fliegen.

In der nächsten Woche wurden Namestnikows Entscheidungen formal ausgearbeitet. Am 8. Oktober 1984 unterzeichnete Juri Welikanow, der Leiter des Kriminaldezernats der Staatsanwaltschaft der Repulbik Rußland, den erforderlichen Erlaß, um die Fälle miteinander zu verbinden und die Mordanklage gegen die derzeitigen Verdächtigen fallenzulassen. Sie wurden dennoch nicht auf freien Fuß gesetzt. Gegen einige von ihnen war aufgrund verschiedener homosexueller Handlungen Anklage erhoben worden, da diese nach sowjetischer Gesetzgebung, genau wie andere Verstöße gegen die öffentliche Ordnung, immer noch als strafbar galten. Demzufolge mußten sie noch einige Monate im Gefängnis absitzen.

Obgleich sich Kazakow und seine Kollegen von der Staatsanwaltschaft über ihren mühsam erkämpften Erfolg freuten, löste die Vorgehensweise bei den Ermittlungen verständlicherweise nach wie vor Entsetzen aus. Denn die Miliz war von der Schuld der Männer, die sie in Gewahrsam hielt, dermaßen überzeugt, daß sie bei ihren Nachforschungen alle andere Fährten vernachlässigte, obwohl sich diese letztlich als richtig erweisen sollten. Und das zu einer Zeit, da sich der wirkliche Mörder offensichtlich noch immer auf freiem Fuß befand und am aktivsten war: Allein im Juli und August fügte er seinem entsetzlichen Schreckensregister acht Morde hinzu. Selbst Generalmajor Michail Fetisow, der damalige Leiter der Rostower Miliz und ein standhafter Verteidiger ihrer Vorgehensweise, gab im nachhinein zu, daß sämtliche Ermittlungen im Sommer 1984 in eine Sackgasse geraten waren.

Nach all den Jahren konnte man kaum nachvollziehen, warum die Miliz so lange eine offenkundig falsche Spur verfolgt hatte. Lag hier ein Einzelfall vor, bei dem man nur in Rostow schlampige Arbeit geleistet hatte, oder war das symptomatisch für die gesamte Ermittlungstätigkeit der Miliz eines kommunistischen Regimes? Der Erfolg der Polizeiarbeit wurde überall auf der Welt weitgehend am prozentualen Verhältnis von aufgeklärten zu unaufgeklärten Verbrechen gemessen –

ganz besonders jedoch in der UdSSR. Wie der Fall Krawtschenko fünf Jahre zuvor gezeigt hatte, schien das Interesse der Ermittler hauptsächlich darin zu bestehen, einen Verdächtigen vorzuweisen. Es bekümmerte sie nicht, daß es sich dabei oftmals um den falschen Mann handelte.

Diese Fragen waren mehr als rein theoretischer Natur, denn mit dem Erlaß von Welikanow wurde nicht nur einfach die Anklage gegen die unschuldigen Männer fallengelassen. Aufgrund des von Kazakow gesammelten Beweismaterials eröffnete die Staatsanwaltschaft auch eine Untersuchung in eigener Sache, um zu klären, was bei den Ermittlungen der Miliz falsch gelaufen war und welche sogenannten ›Verletzungen der Dienstpflicht‹ man dabei begangen hatte. Acht Jahre später war die Untersuchung immer noch nicht abgeschlossen und stellte eine Quelle anhaltender Spannungen zwischen Miliz und Staatsanwaltschaft dar. Das gesamte Verfahren geriet jedoch bis zu diesem Zeitpunkt, an dem sich Tschikatilo selbst für schuldig erklärte, in Vergessenheit. Sobald seine Schuld an den Verbrechen erwiesen war, für die man fälschlicherweise andere verantwortlich gemacht hatte, wurde auch hier der Weg wieder für weitere Nachforschungen frei. Ob dabei etwas herauskäme, würde sich mit der Zeit erweisen.

Nach Annahme der Eingabe Kazakows hätten die Ermittlungen in diese Richtung neu aufgenommen werden müssen. Doch nichts dergleichen geschah. Das lag auch daran, daß ein Großteil der Milizbeamten noch immer nichts von der neuen und aus dem fernen Moskau aufgezwungenen Theorie hielt. Sie waren über die Art und Weise, in der man sich über sie hinweggesetzt hatte, verärgert und klammerten sich an ihre Version des Geschehens – selbst nachdem Kalenik und die anderen ehemals Verdächtigen schon lange freigelassen worden waren.

Unter den Fachleuten, die mit Kazakow nach Rostow gekommen waren, befanden sich auch mehrere Psychiater aus dem Moskauer Serbskij-Institut, die ein ›psychologisches Profil‹ des Massenmörders erstellen sollten. Ein ortsansässiger Psychiater, Alexander Buchanowskij, hatte bereits eine Persönlichkeitsanalyse erarbeitet, die, obgleich sie notgedrungen ziemlich vage bleiben mußte, rückblickend doch sehr viel Ähnlichkeit mit dem Mörder aufwies. Er hatte vor allem ganz richtig darauf hingewiesen, daß der mysteriöse Täter wahrscheinlich vollkommen durchschnittlich wirke und voraussichtlich ein verheirateter Mann mit einem ordentlichen Beruf sei und nicht der verrückte, geistesgestörte Wahnsinnige, den viele erwarteten. Die Experten des Serbskij-Instituts stimmten ihm darin zu. Wie Buchanowskij waren auch sie davon überzeugt, daß der Mörder sein Tun nicht von sich aus aufgeben könne.

Doch genau das geschah. Nach dem Blutbad im Sommer 1984 herrschte in der Umgebung von Rostow eine verdächtige Stille. Natürlich wurden immer noch Menschen ermordet. Die Verbrechensrate war hier so hoch, daß man gar nichts anderes erwarten konnte. Aber keine der Leichen wies die verräterischen Verletzungen auf, die sie als Opfer des Massenmörders gekennzeichnet hätten. Die beiden letzten Opfer hatte man im September im Park des Fliegers gefunden: am 7. September 1984 die Leiche von Irina Lutschinskaja, einer geistig behinderten Vierundzwanzigjährigen, und zwei Tage später die Leiche der zwanzig Jahre alten Prostituierten Sweta Tschana. In den folgenden Monaten gab es keine weiteren Fälle gleicher Art. Nach Ansicht der Staatsanwaltschaft mußte irgend etwas mit dem Mörder geschehen sein. Die Frage war nur, was.

Zahlreiche Theorien wurden verfochten, die alle in umfangreichen, letztlich aber fruchtlosen Ermittlungen endeten. Die erste und wahrscheinlichste Erklärung blieb, daß der Mörder gestorben sein mußte. Möglicherweise hatte er Selbstmord begangen, aber vielleicht war ihm auch ein Unglück zugestoßen, beispielsweise ein Verkehrsunfall. Die Ermittler überprüften sämtliche Berichte über Selbstmorde und tödliche Unfälle, stießen aber auf keinen Fall, der in ihr Konzept gepaßt hätte. Es gab die Alternative, daß der Mörder immer noch lebte und in einem anderen Gebiet der Sowjetunion weiter tötete. Deshalb nahm man in der Hoffnung, auf analoge Mordfälle zu stoßen, Kontakt zur Miliz in anderen Regionen auf. Doch auch hierin hatte man kein Glück.

Nun gab es noch eine dritte Möglichkeit: Der Mörder konnte bereits wegen eines anderen Verbrechens verhaftet worden sein und sich also unerkannterweise schon in Haft befinden. Das schien zwar unwahrscheinlich, mußte jedoch überprüft werden. Also begann man mit der ungeheuren Aufgabe, einen Gefängnisinsassen nach dem anderen auf Verdachtsmomente hin zu überprüfen. Angesichts dieser kaum zu bewältigenden Arbeitsfülle begnügte man sich mit einer beschränkten Auswahl. Den Spermauntersuchungen der Kriminalbiologin Gurtowa zufolge mußte der Mörder die Blutgruppe ›AB‹ besitzen; also begrenzte man die Ermittlungen auf Gefangene mit dieser Blutgruppe.

Als Major Genadij Bondarenko, der zuständige Leiter der Miliz des Rostower Perwomaiskij-Bezirks, am 14. September 1984 sein Büro betrat, lag dort schon ein Bericht auf seinem Schreibtisch. Sogleich vertiefte er sich in die Lektüre. In den frühen Morgenstunden desselben Tages hatte einer seiner fähigsten Leute, Inspektor Alexander Sanasowskij, einen Mann verhaftet, der sich auf dem Zentralmarkt der Stadt verdächtig benommen hatte. Laut Bericht des Beamten hatte er den Mann vom Vorabend an über neun Stunden observiert, während dieser kreuz und quer durch die Stadt gefahren war und wiederholt versucht hatte, Frauen anzusprechen. Am aufschlußreichsten waren jedoch die Gegenstände, die Sanasowskij in der Tasche des Mannes gefunden hatte: Messer und einige Meter Seil.

Selbst in normalen Zeiten wäre das bereits ein Grund für die Aufnahme von Ermittlungen gewesen. Doch es herrschten keine normalen Zeiten: Auf den Straßen trieb sich schließlich ein Massenmörder herum. Bondarenko ging deshalb in den Verhörraum hinunter und ließ sich den Mann vorführen. Er mußte Sanasowskij recht geben, daß es sich auf den ersten Blick bei dem Mann nicht um einen Triebtäter zu handeln schien: verheiratet, zwei Kinder, Mitglied der KPdSU, eine verantwortungsvolle Aufgabe bei der Sewkawenergoawtomatika, und so weiter. Auch der Name des Mannes, Andrej Romanowitsch Tschikatilo, sagte ihm nicht mehr als seinem Kollegen Sanasowskij.

Im Verlauf ihres Gesprächs jedoch kam ihm Tschikatilo immer seltsamer vor. Während sie sich von Angesicht zu Angesicht an dem kleinen Holzschreibtisch gegenübersaßen, las

Bondarenko ihm den Bericht des Inspektors laut vor und beschrieb dem Verdächtigen, wie sein nächtlicher Streifzug kreuz und quer durch Rostow von dem Augenblick an beobachtet und vollständig protokolliert worden war, an dem er die Frau in der Station angesprochen hatte.

»Also, Genosse Tschikatilo«, sagte der Milizbeamte bedächtig, während er den Bericht auf den Tisch zurücklegte. »Was haben Sie zu alledem zu sagen?«

»Ich hatte meinen Zug versäumt und eine Unterkunft für die Nacht gesucht«, erwiderte Tschikatilo. »Die Busstation war geschlossen, also ging ich hinüber zur Bahnstation. Das war alles.«

So sehr man ihn auch unter Druck setzte, er weigerte sich zu erklären, warum er scheinbar so planlos durch die Stadt gefahren war. Darüber hinaus gab er keinen vernünftigen Grund an, wofür ihm Seil und Messer dienen sollten.

Bondarenko hielt es deshalb für erforderlich, sich eingehender mit Tschikatilo zu befassen. Um den Verdächtigen in seiner Obhut zu behalten, überstellte er ihn dem sowjetischen Äquivalent eines Amtsgerichtes, wo er wegen Rowdytums, unter das auch die Belästigung von Frauen fiel, angeklagt und zu zehn Tagen Haft verurteilt wurde. Das war alles, was Bondarenko zu seinem Bedauern erreichen konnte. Nach den Richtlinien des Ermittlungsausschusses mußte jeder Verdächtige, der in die ›Waldstreifen-Morde‹ verwickelt war, an die Experten übergeben werden. Von nun an lag die gesamte Angelegenheit nicht mehr in seiner Hand.

Die Ermittler, denen man Tschikatilo überstellt hatte und die mit den Nachforschungen begannen, brachten bald darauf eine äußerst interessante Tatsache ans Licht. Sie fanden heraus, daß der Verdächtige schon vor längerer Zeit, und zwar 1978 in Schachty, zum Mord an Lena Sakotnowa – dem kleinen Mädchen, dessen Leiche man aus der Gruschewka gefischt hatte – vernommen worden war. Zudem enthüllte Tschikatilo während der Verhöre, daß man ihn aufgrund einer Reihe von Vergehen, bei denen er seinen Schülern gegenüber zudringlich geworden war, gezwungen hatte, sein Lehramt aufzugeben. Diese Information sowie sein auffälliges Verhalten und der verdächtige

Inhalt seiner Tasche genügte den Ermittlungsbeamten. Jetzt gingen sie davon aus, daß er der gesuchte Mörder sei.

In erster Linie sahen sie einen Zusammenhang zu dem Mord an Dima Ptaschnikow, einem Zehnjährigen, der vor sechs Monaten in Nowoschachtinsk getötet worden war, dem einzigen Fall, bei dem sie einige wenige Hinweise erhalten hatten. Zwar war das Indiz nur sehr schwach, doch Tschikatilo hatte für den Fußabdruck die passende Schuhgröße. Auch die vage Personenbeschreibung einer Zeugin, die gesehen hatte, wie ein Mann mit dem Jungen, Dima, fortgegangen war, traf auf ihn zu.

Obschon Tschikatilo durch seine Verhaftung anfänglich aus dem Gleichgewicht geworfen worden war, gewann er schon bald seine gewohnte Gelassenheit zurück und erklärte den Beamten, ihr Verdacht sei blanker Unsinn. Er wußte, daß die Miliz nur recht fadenscheinige Beweise gegen ihn anführen konnte, und war fest entschlossen, weder den Mord an Ptaschnikow noch einen der zwanzig weiteren Morde, die er begangen hatte und derer er zur Zeit nicht beschuldigt wurde, zu gestehen. Nun ergriff er die Offensive, bestand auf seinem Recht und verlangte, auf der Stelle freigelassen zu werden. Doch darauf ging man nicht ein. Mit der Anklage wegen Rowdytums in der Hand, hatten die Ermittler das Recht, ihn noch einige Tage in Gewahrsam zu behalten. In der Zwischenzeit nahmen sie eine Blutprobe, um möglicherweise eine Übereinstimmung zu den Spermaspuren, die man in der Kleidung des Jungen gefunden hatte, nachzuweisen.

Das war der entscheidende Moment in dieser Mordsache. Als das Ergebnis von Tschikatilos Blutanalyse aus dem Labor kam, zeigte sich, daß er die Blutgruppe ›A‹ besaß. Das Sperma an Ptaschnikows Oberhemd hatte die Gruppe ›AB‹. Die Proben wurden überprüft und gegengeprüft, doch stets mit dem gleichen Ergebnis. Die Miliz war sprachlos. Vor der Analyse hatte noch alles zusammengepaßt. Jetzt waren sie gezwungen, die Angelegenheit neu zu überdenken.

Noch war niemand bereit aufzugeben. In einem seltenen Augenblick bei dieser Ermittlung schien das Glück einmal auf Seite der Miliz zu stehen. Unter den Informationen, die bei der

Routineuntersuchung über Tschikatilo in seiner Heimatstadt Schachty eingezogen worden waren, befand sich auch die Akte über das seit Februar desselben Jahres schwebende Verfahren wegen Diebstahls von Linoleum. Normalerweise hätte eine solche Bagatelle dem Angeklagten nur eine Geldstrafe oder Ermahnung eingebracht. Diesmal verfuhr man anders. So gering die Beschuldigung auch war, gab sie der Miliz doch die gesuchte Rechtfertigung, um Tschikatilo auch nach Ablauf der zehn Tage in Haft zu behalten. Das verschaffte den Beamten Zeit für weitere Ermittlungen. Sie hofften, genügend Beweismaterial gegen Tschikatilo zu sammeln, um ihn wegen der Mordfälle festzunageln. Aber es sollte anders kommen. Während ein Monat nach dem anderen verstrich, konnten die Ermittler keinen einzigen belastenden Beweis gegen ihn anführen.

Rückblickend fällt es leicht, die Milizarbeit und ganz besonders ihr fatales Vertrauen in die kriminaltechnische Beweisführung zu kritisieren. Allein Tschikatilos Name auf der Verdächtigenliste im Mordfall Sakotnowa hätte schon alarmierend wirken müssen. Ebenso sein protokolliertes Eingeständnis, sich Kindern sexuell genähert zu haben. Allerdings sollte man dabei nicht vergessen, daß Tschikatilo nur einer von vielen potentiell Verdächtigen war, die man zu dieser Zeit in Gewahrsam hielt. Man hatte der Miliz schon wegen Tjapkin und seinen Leidensgenossen gehörig auf die Finger geklopft, und so verspürte sie wenig Lust, gegen einen Verdächtigen vorzugehen, der wegen der falschen Blutgruppe schon von Anfang an aus dem Kreis der möglichen Täter ausgeschlossen zu sein schien. Unterdessen waren andere Verdächtige aufgegriffen worden, und man ging neuen Spuren nach.

Am 12. Dezember 1984 mußte sich Tschikatilo vor dem Volksgericht im Leninskij-Bezirk von Schachty wegen Diebstahls verantworten. Er wurde nach Paragraph 92 des Gesetzbuches der Russischen Sozialistischen Föderativen Sowjetrepublik (RSFSR) schuldig gesprochen und zu einem Jahr Zwangsarbeit verurteilt. Nachdem man die Zeit, die er schon in Haft verbracht hatte, in Rechnung stellte, entschied der Richter, Tschikatilo auf der Stelle freizulassen. Er sah keinen ausreichenden Grund, ihn noch länger in Haft zu behalten, und die Staatsanwaltschaft unternahm nicht einmal den Versuch, ihm solche Gründe zu liefern.

Drei kurze Monate saß der Mann, den man inzwischen als den wahrscheinlich weltweit schlimmsten Massenmörder entlarvt hatte, hinter Gittern. Einunddreißig Menschen hatte er bis dahin schon umgebracht. Und jetzt befand er sich wieder auf freiem Fuß. Das war allerdings nicht allein Schuld der Miliz und der kommunistischen Gesellschaft, für die sie die Aufgaben wahrnahm. Es war ebenso ein Zeugnis für die Skrupellosigkeit eines so kaltblütigen und berechnenden Mörders, der die Miliz und Staatsanwaltschaft an der Nase herumführen konnte, indem er einen Mord nach dem anderen beging, ohne auch nur die geringste Spur zu hinterlassen.

KAPITEL ELF

Etwa fünfundvierzig Kilometer nördlich von Rostow lag die Stadt Nowotscherkassk. In einer Region, die in erster Linie von Kohlebergbau und Schwerindustrie geprägt wurde, wirkte diese Stadt etwas wohlhabender als ihre Nachbarstädte. Verglichen mit Schachty und Nowoschachtinsk erschienen die Straßen breiter und die Schlaglöcher weniger tief, während die Gebäude zu beiden Seiten nur geringfügig stilvoller wirkten. Ein Besucher, der von Süden in die Stadt wollte, mußte einen pompösen Triumphbogen durchfahren, der den Sieg der Russischen Armee über Napoleon in den Freiheitskriegen von 1812 bis 1814 verherrlichte.

Die andere Seite der Innenstadt wurde durch den Anblick einer gewaltigen Kathedrale bestimmt, die für eine Stadt mit nur dreihunderttausend Einwohnern etwas zu monumental war. Davor erhob sich das riesige Denkmal Jermaks, jenes Helden, der im sechzehnten Jahrhundert einen großen Teil Sibiriens für die Zaren erobert hatte, und dem es irgendwie gelungen war, in siebzig Jahren Sowjetherrschaft nicht von seinem Sockel gestürzt zu werden.

Nowotscherkassk war eine Stadt mit Geschichte. Doch diese Geschichte war eher tragisch als ruhmreich. Mehrere Jahrhunderte bildete sie das Zentrum der Donkosaken, jener legendären Wehrbauern, deren Name eigentlich ›Freie Krieger‹ bedeutete. Und die Kosaken wurden diesem Ruf gerecht. Von slawischer Nationalität und orthodoxer Konfession, flohen sie vor der Leibeigenschaft aus dem Herrschaftsbereich Moskaus und ließen sich im Süden Rußlands am Don nieder. Sie bildeten die vorderste Verteidigungslinie der christlichen Länder des Nordens gegen die Türken und die anderen Moslems des Südens. Zäh, wendig und eifersüchtig auf ihre Freiheit bedacht, entwickelten sie sich zu einem schlagkräftigen Volk, deren Reitersoldaten gefürchtet waren. Unter der jeweiligen Führung eines lokalen Ataman oder Hetman, praktizierten sie ihre eigene, einzigartige Form direkter Demokratie.

Als sich jedoch der russische Staat erneut erhob und dabei an Macht gewann, wurde die Unabhängigkeit der Kosaken mehr und mehr eingeschränkt. Es blieb ihnen zwar gestattet, weiterhin als freie Menschen auf ihrem eigenen Land zu leben, doch wurden sie auch dazu gezwungen, Militärdienst in den Armeen des Zaren zu leisten. Das war jedoch noch nichts verglichen mit dem Schicksal, das sie nach der Oktoberrevolution 1917 zu erleiden hatten. Während des Bürgerkriegs schlugen sich die Kosaken auf die Seite der antikommunistischen Weißrussen. Nachdem die Rote Armee schließlich gesiegt hatte, wurden auch die Kosaken niedergemetzelt. Zehntausende wurden getötet, weitere Zehntausende ins Exil getrieben. Welche Maßstäbe man auch anlegte, es handelte sich dabei um Völkermord. Im Anschluß daran wurde für mehrere Jahrzehnte jegliche Erscheinungsform kosakischer Lebensart auf Geheiß der kommunistischen Regierung verboten. Als der stalinistische Terror in den dreißiger Jahren seinen Höhepunkt erreichte, gab allein die Erwähnung des Wortes Anlaß zur Verfolgung.

Vielleicht war es gerade diese tiefverwurzelte und durch nichts zu erschütternde Freiheitsliebe, die zu einem weiteren blutigen Ereignis führte, das die Stadt und die gesamte Sowjetunion im Juni 1962 erschütterte. In jenem Sommer nahmen während des größten Aufruhrs der Chruschtschow-Ära, ausgelöst durch die allgemeine Unzufriedenheit, Tausende von Arbeitern an einer Demonstration in der Stadt teil und protestierten gegen die Entscheidung der Bonzen, die Löhne zu kürzen und im gleichen Zug die Preise anzuheben. Der Protest, an dem sich im Laufe der folgenden beiden Tage immer mehr Menschen beteiligten, begann zunächst friedlich. Um deutlich zu machen, daß es nicht ihr Anliegen war, den Staat zu provozieren, marschierten viele der Arbeiter mit Lenin-Transparenten.

Die Reaktion der Herrschenden war alles andere als tolerant. Soldaten, deren Truppen durch Wachpersonal der umliegenden Arbeitslager verstärkt wurden, schlossen die Stadt hermetisch ab und schossen blindlings in die Menge. Dutzende von Demonstranten starben. Weitaus mehr Personen wurden verhaftet, und einige von ihnen wurden später wegen der Rolle, die sie bei der Organisation des Protests gespielt hatten, hingerichtet. Das Gemetzel tränkte jedoch nicht nur die Straßen von Nowotscherkassk mit Blut, sondern verursachte eine Woge der Erschütterung bis in die Hauptstadt – und noch darüber hinaus.

Trotz eindeutiger Beweise, die westliche Kenner der UdSSR zusammengetragen hatten, leugnete der Kreml mehr als fünfundzwanzig Jahre lang, daß in jenem schicksalhaften Juni überhaupt irgend etwas vorgefallen war. Die ganze schändliche Wahrheit kam erst 1985 nach der Machtübernahme Michail Gorbatschows ans Licht. Da wurde zum ersten Mal publik, dieser Zwischenfall habe Chruschtschow seinerzeit so beunruhigt, daß er auf einer Sitzung des Politbüros sogar erwog, die ganze Stadt zu evakuieren und ihre Einwohner über die Sowjetunion zu verteilen.

Mit seiner blutigen Vergangenheit bot Nowotscherkassk ein durchaus geeignetes Pflaster für Tschikatilo. Nach seiner Entlassung aus der Haft fand er hier Arbeit. Das Gefängnis war eine unangenehme Erfahrung für einen Mann, der sich stets für etwas Besseres gehalten hatte, denn es war erniedrigend, mit gewöhnlichen Kriminellen zusammengepfercht zu sein. Es ärgerte Tschikatilo um so mehr, daß seine Inhaftierung auf einer Anschuldigung beruhte, die nach seiner Überzeugung von seinen früheren Vorgesetzten erfunden worden war. Aber natürlich hätte es auch noch schlimmer kommen können. Wäre der Bluttest nicht gewesen, hätte man ihn möglicherweise des Mordes überführt. So sehr er sich auch später den Kopf darüber zerbrach, er konnte nicht begreifen, wieso er davongekommen war.

Nun befand er sich wieder auf freiem Fuß. Zwar existierte jetzt eine Milizakte über ihn, aber das spielte kaum eine Rolle. Obwohl er nicht die gesamte Zeit absitzen mußte, war die Angelegenheit abgeschlossen. Es gab für ihn keine nervenzehrende Bewährungszeit und auch keinen Bewährungshelfer, der sich in seine Angelegenheiten mischte und in seinem Verhalten nach verdächtigen Anzeichen suchte. Denn eine solche Einrichtung existierte in der Sowjetunion nicht. Die Zeit im Gefängnis trug in gewisser Weise sogar dazu bei, daß er weiterhin unbehelligt morden konnte. Er war verhaftet, überprüft und dann wieder freigelassen worden – eine bessere Unbedenklichkeitsbescheinigung hätte er sich kaum wünschen können.

Auch seine Möglichkeiten, Arbeit zu finden, schienen durch die Verurteilung nicht gemindert worden zu sein. Allerdings bekam er nur eine Anstellung als einfacher Techniker. Für einen ehemaligen Leiter einer Versorgungsabteilung war dies ein kleiner Abstieg, aber besser als gar nichts. Auf diese Weise hatte er wenigstens ein geregeltes Einkommen, und seine Familie hatte eine Existenzgrundlage. Wie stets in seinem Leben suchte er die Schuld bei anderen, so auch dieses Mal. Er drehte es so, daß er die Gefängnisstrafe der Ungerechtigkeit seiner Vorgesetzten zuschreiben konnte.

Selbst Faina pflichtete ihm bei. So sehr ihr auch das andauernde Gestöhne ihres Mannes über andere Leute auf die Nerven ging, schien er doch in diesem Fall recht zu haben. Sie konnte sich noch gut daran erinnern, wie unnachgiebig man sich in der Fabrik in Schachty gezeigt hatte, als sie dort versuchte, eine Rücknahme der Anzeige zu erreichen. Selbstverständlich verriet Tschikatilo seiner Frau niemals den wahren Grund dafür, warum man ihn bei der Miliz so lange festhielt. Man hatte ihn ja nicht nur des Diebstahls, sondern auch des Mordes an Dima Ptaschikow verdächtigt.

Nach seiner Entlassung beging Tschikatilo über sechs Monate lang keinen einzigen Mord. Jahre später, als die Psychiater darauf beharrten, daß er geistig normal sei, stellte diese Unterbrechung ein schlagendes Argument dafür dar. Der Umstand, daß Tschikatilo anscheinend willentlich mit dem Töten aufzuhören vermochte, schien zu beweisen, daß er kein wahnsinniger Psychopath war, der seine Grundbedürfnisse nicht unter Kontrolle hatte. Sein Selbsterhaltungstrieb riet ihm, den richtigen Augenblick abzuwarten, und dementsprechend handelte er. Ganz gleich wie stark der Drang – oder gar das Bedürfnis – zu töten auch war, er wählte, wie auch schon zuvor, ganz bewußt Zeit und Ort aus, an dem er ihn befriedigen wollte. Er war ein berechnender Mörder, der seine Taten Stunden, vielleicht sogar Tage im voraus plante und den genauen Ort auswählte, an den er seine unglücklichen Opfer zu führen beabsichtigte.

Obwohl es damals nicht sofort offensichtlich war, ließ sich die Sowjetunion 1985 auf eine Reihe von Reformen ein, die sie für immer verändern sollte. Im März jenes Jahres war Tschernenko nach langer Krankheit gestorben und durch Michail Gorbatschow ersetzt worden. Als typischer Vertreter einer neuen Generation, die ausschließlich unter dem sowjetischen System aufgewachsen war, hatte Gorbatschow bereits vor seiner Machtübernahme auf einer kurzen Englandreise Ende 1984 einen positiven Eindruck hinterlassen. Im Gegensatz zu den alten, grauen Männern, die ihm vorangegangen waren, wurde er von der überzeugten Antikommunistin Margaret Thatcher als ein Mann beschrieben, mit dem sie verhandeln könnte. Es war nicht Gorbatschow allein, der während dieser kurzen Reise für Schlagzeilen sorgte; auch seine intelligente, beinahe westlich wirkende Ehefrau Raisa wurde von den Zeitungen gelobt.

Ungeachtet dessen war Gorbatschow nicht sofort bereit, die Konsequenzen seines politischen Kurses bis ins letzte offenzulegen. Diese Vorsicht beruhte zum Teil auf seiner anfänglichen Abhängigkeit von den Überresten der alten kommunistischen Garde, die treu unter Breschnew gedient hatte; auf ihre Unterstützung war er angewiesen. Als es zu der entscheidenden Wahl des Politbüros gekommen war, durch die Gorbatschow schließlich an die Macht gelangte, hatte er mit nur einer Stimme über seinen Hauptrivalen, den betagten Moskauer Parteichef Viktor Grischin, gesiegt. Ihm war klar, daß seine Widersacher jederzeit versuchen könnten, ihn zu Fall zu bringen, so wie Chruschtschow zwanzig Jahre zuvor von Breschnew gestürzt worden war. Deshalb führte das neue Staatsoberhaupt sein Amt in den ersten Monaten wie seine Vorgänger. Er sorgte dafür, daß Leute, die ihn unterstützten, in mächtige und einflußreiche Positionen aufrückten, und setzte nach und nach jene ab, die gegen ihn gestimmt hatten.

Heute kann man davon ausgehen, daß Gorbatschow das wahre Ausmaß der Veränderungen, die er eingeleitet hatte, nicht übersah. 1991, mehr als sechs Jahre nach dem fehlgeschlagenen Putsch der Hardliner, der Gorbatschows endgültigen Fall beschleunigte, zeigte er sich noch immer loyal gegenüber dem Kommunistischen Ideal, wie er es nannte. Immer noch glaubte er daran, daß die KPdSU in der Lage wäre, sich selbst zu reformieren. Damals, im Jahre 1985, schien er nichts weiter vorzuhaben, als das kommunistische System etwas humaner zu gestalten, die kommunistische Vergangenheit aufzuarbeiten und, was noch wichtiger war, eine Verbesserung der Planwirtschaft herbeizuführen.

Ungefähr zu dieser Zeit fühlte Tschikatilo sich wieder sicher genug, um erneut zu töten – wenn auch nicht in seiner Wohngegend. Das Gefängnis war nicht das einzige, was ihm Angst gemacht hatte, sondern auch die unverkennbaren Fortschritte der Operation ›Waldstreifen‹. Für Moskau traf das jedoch nicht zu, insbesondere da sich die gesamte Stadt wegen der Spiele der Völkerfreundschaft in Aufruhr befand. Dieses von Ted Turner gesponserte, sportliche Spektakel sollte nach den beiden olympischen Boykotten zum ersten Mal seit neun Jahren wieder Sportler aus den USA und der Sowjetunion zusammenführen. Tschikatilo bot sich eine günstige Gelegenheit, als er von seinen Arbeitgebern auf eine Dienstreise zum Moskabel-Werk geschickt wurde. Die letzte Frau, die in seine Fänge geraten war, die vierundzwanzigjährige Ira Lutschinskaja, starb am 6. September des vorangegangenen Jahres. Etwa eine Woche später hatte ihn der Milizbeamte Sanasowskij aufgespürt und verhaftet. Seitdem waren fast zwölf Monate vergangen, aber trotz der Entwicklungen konnte Tschikatilo seinem stärker werdenden, inneren Drang nicht länger widerstehen.

Sein nächstes Opfer, die achtzehnjährige Natalja Pochlistowa, entsprach ganz dem Typ Mädchen, den er sich in Rostow immer ausgesucht und getötet hatte. Ihr äußerst tragischer Tod spielte sich ganz in der Nähe ihrer ersten Begegnung ab. Er stieß auf sie in einem Zug in der Nähe von Domodedowo, dem Flughafen für Inlandsflüge. Hier starten die Maschinen von der Hauptstadt gen Osten – nach Zentralasien und Sibirien. Weshalb sie sich hier aufhielt, konnte nie geklärt werden. Tschikatilo erkannte auf den ersten Blick in ihr ein potentielles Opfer. In ihrem abgetragenen grünen Regenmantel und mit der Zigarette wirkte sie älter, als sie tatsächlich war. Während Tschikatilo im Gang stand, war sie es, die auf ihn zuging und fragte, ob er etwas zu rauchen oder zu trinken hätte.

Tschikatilo erwiderte, er habe Geld und würde ihr etwas zu trinken und auch zu essen kaufen, wenn sie dafür mit ihm den Zug verließ und mit ihm Sex machte. Natalja Pochlistowa willigte ein, und einige Stationen vor dem Flughafen stiegen die beiden an der Aviatsonaja-Haltestelle aus. Tschikatilo ging mit ihr in den Wald. Auf ihrem Weg sprachen sie nicht viel miteinander, doch das wenige reichte Tschikatilo, um ihre geistige Beschränkung zu erkennen. Als sie an eine Stelle kamen, die ihm zusagte, zog sie sich bereitwillig für ihn aus. Auch Tschikatilo legte seine Hose ab.

Jahre später, nach seiner Verhaftung, erzählte Tschikatilo der Miliz, daß er nicht vorgehabt hatte, sie zu töten, sondern daß er nur mit ihr schlafen wollte. Vielleicht wäre es auch dabei geblieben, wenn er gekonnt hätte – doch er versagte wieder einmal. Um seine Männlichkeit doch noch unter Beweis zu stellen, zog er sein Messer und stieß achtunddreißigmal zu. Anschließend strangulierte er die arme Natalja. Nachdem er mit ihr fertig war, bedeckte er die Tote mit dem grünen Regenmantel und ließ sie im Wald liegen. Am Tag darauf wurde die Leiche von einem Pilzsammler entdeckt. Ironischerweise befand sich auch Kazakow gerade in Moskau. Er war einige Tage zuvor zurückgekehrt und glücklich darüber, sein Büro in der Hauptstadt wieder beziehen zu können und dem ganzen Alptraum der Operation ›Waldstreifen‹ entkommen zu sein. Als er den Anruf erhielt, eilte er sofort zum Leichenschauhaus, in das Natalja Pochlistowas sterbliche Überreste gebracht worden waren. Die Stichwunden ließen keine Zweifel zu. Ihm war augenblicklich klar, daß dieser Mord ebenfalls zur Rostow-Serie gehörte.

Nun galt es für die Ermittlungsbeamten, zwei naheliegende Dinge zu überprüfen: wie der Mörder nach Moskau gelangte, und wo er nach seiner Ankunft untergekommen war. Der erste Punkt lag eigentlich nahe, hauptsächlich darum, weil der Mord in der Nähe des Flughafens begangen wurde. Trotz ihrer sonst eher nachlässigen Abwicklungsmethoden forderte die sowjetische Fluglinie Aeroflot stets von allen Passagieren der Inlandsflüge, sich auszuweisen. Außerdem wurden die Passagierlisten abgelegt. Im Prinzip hätte es auch nicht schwierig sein dürfen, das Hotel ausfindig zu machen, in dem der Mörder abgestiegen war; denn auch hier wurden, dank der allgegenwärtigen Bürokratie, die Ausweise eingezogen und die Gästelisten aufbewahrt. So kam der Milizapparat wieder ins Rollen und Hunderte, sogar Tausende von Namen wurden überprüft. Doch wieder einmal stieß man ins Leere.

Tschikatilo hatte tatsächlich geplant, nach Moskau zu fliegen, doch alle Flüge waren bereits ausgebucht gewesen – wahrscheinlich aufgrund der Spiele der Völkerfreundschaft. Statt dessen war er mit dem Zug gekommen, und bei der Bahn gab es keine Personen- oder Ausweiskontrollen. Auch das Durchkämmen der Gästelisten der Hotels erbrachte keinen weiterführenden Hinweis, denn, wie die meisten großen Fabriken der Stadt, besaß auch Moskabel firmeneigene Unterbringungsmöglichkeiten. Und natürlich hatte Tschikatilo diese genutzt.

In diesem Jahr tötete er nur noch einmal und zwar am 27. August. Schon am darauffolgenden Tag wurde der Leichnam gefunden. Der Tatort lag ungewöhnlich nahe bei Tschikatilos Wohnung. Vielleicht war er wieder dreister geworden, oder aber die Gelegenheit war einfach zu günstig gewesen, um sie ungenutzt verstreichen zu lassen. Dieses letzte Opfer, Irina Gulajewa, ähnelte in vielerlei Hinsicht Natalja Pochlistowa, jenem Mädchen, das er gerade in Moskau getötet hatte. Sie war nur einen Monat jünger, ebenfalls geistig zurückgeblieben und eine Vagabundin ohne feste Bleibe und ohne Freunde. Als sie sich an einer Busstation in Schachty trafen und Tschikatilo ihr vorschlug, in seiner Datscha zu übernachten, nahm sie sein Angebot an und ging bereitwillig mit ihm in den Wald. Natürlich gab es keine Datscha. Wenige Minuten später wurde sie von Tschikatilo getötet. Er ließ ihren nackten Leichnam ungefähr fünfhundert Meter von der Bushaltestelle entfernt zurück.

Den späteren Berichten der Anklagevertretung zufolge stellte Tschikatilos vierunddreißigster Mord einen Wendepunkt bei den Ermittlungen dar. Als die Nachricht von dem Mord Moskau erreichte, wurde Kazakow erneut nach Rostow beordert und mit dem Fall beauftragt. Dieses Mal begleitete ihn jedoch

Issa Kostojew, der für diesen Fall eingesetzte Fahndungsleiter der Oberstaatsanwaltschaft. Als die beiden zurückkehrten, um über ihre Erkenntnisse zu berichten, entschieden ihre Vorgesetzten, daß das Maß nun voll wäre. Weitere Morde durften nicht geschehen. Die Operation mußte von Grund auf neu aufgebaut und in die Hände der besten Männer des Landes gelegt werden.

Kostojew, ein gebürtiger Nord-Kaukase, wurde mit dem Fall beauftragt. Er hatte den wohlverdienten Ruf, einer der besten Ermittlungsbeamten Rußlands zu sein. Kazakow wurde sein Stellvertreter und war bei dieser Operation speziell für den Bereich Schachty zuständig. Energisch, fest entschlossen und im Vollbesitz seiner Kräfte war Kostojew nicht der Mann, der bereit gewesen wäre, aufzugeben. Er hatte den schwierigsten Fall in der Geschichte der Sowjetunion in Angriff genommen. Doch Tschikatilo war durchaus ein ebenbürtiger Gegner. Nichts von dem, was Kostojew in über zwanzig Jahren der Verbrechensbekämpfung begegnet war, konnte ihn auf den Kampf vorbereiten, der nun vor ihm lag.

Andrej Romanowitsch Tschikatilo während der Gerichtsverhandlung im Jahre 1992

Zu Beginn der Verhandlung wedelt Tschikatilo ein Porno-Magazin vor den Zuschauern hin und her.

Tschikatilo wird vom Prozeßsaal in seine Zelle zurückgebracht.

Kein Szenenfoto aus ›Das Schweigen der Lämmer‹, sondern bittere Realität: Tschikatilo erlebt den Prozeß vom Käfig aus.

Am Morgen eines jeden Prozeßtages wird Tschikatilo von Wächtern in den Käfig geführt.

Angehörige der Opfer des Serienmörders brechen während der Gerichtsverhandlung in Tränen aus oder machen ihrer Empörung Luft.

Alexander Buchanowskij, Psychiater aus Rostow, untersucht den Täter nach seiner Ergreifung.

КАРТА-СХЕМА
обнаружения трупов по Ростовской обл.

ЛЕСОПОЛОС…
АНАЛИТИЧ. ГРУППА УБ…

Ф.И.О.	N на схем.	ДАТА СМЕРТИ
Неизвестная	2	май-июн[illegible]82
Бирюк А.А.	1	12.06.82
Куприна О.В.	3	16.08.82
Корабельникова И.Л.	4	08-09.82
Стольмачёнок О.А.	5	11.12.82
Неизвестная	9	лето 1983
Дуненкова И.Ф.	6	06-07.83
Куцюба Л.В.	8	06.-07.83
Гудков Л.Н	7	9.08.83
Чучулина В.Т.	10	[illegible]09.83
Шевкун В.А.	11	27.10.83
Марков С.Н.	12	27.12.83
Шалапинина Н.Г.	13	9.0[illegible]84
Рябенко М.М.	14	21.0[illegible]
Пташников Д.В.	15	24[illegible]3.84
Петросян С.В.	17	ин[illegible]ь 1984
Петросян Т.Г.	18	[illegible]онь 1984
Бакулина Е.Н.	16	[illegible] 1984
Илларионов А.А.	19	10.0[illegible] 1984
Лемешева А.А.	20	19.07[illegible] 1984
Голосовская И.В.	21	2.08.[illegible]
Алексеева Л.Е.	22	7.08.[illegible]
Чепель А.Н.	23	28.0[illegible]
Лучинская И.И.	24	6.09.8[illegible]
Гуляева И.В.	25	27.08.8[illegible]
Головаха Л.П.	26	21.06.8[illegible]
Погорелова И.Н.	27	11.08.[illegible]

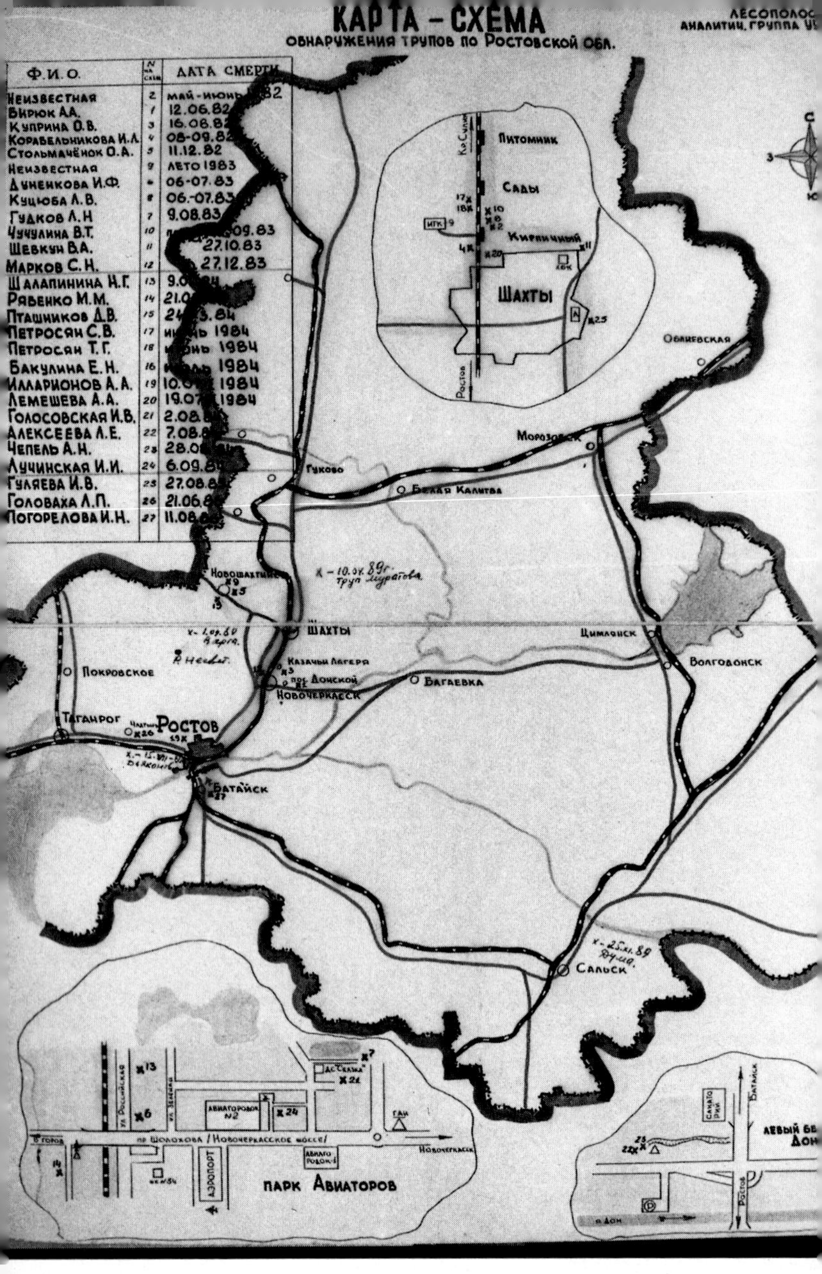

Victor Buragow (rechts) ist einer der wenigen Beamten, die von Anfang bis Ende an der Fahndung beteiligt gewesen waren.

Diese Skizze fertigt die Miliz an, um sich eine Übersicht über die Tatorte in Rostow und Umgebung zu verschaffen.

Ein Phantombild des gesuchten Mörders, angefertigt nach den Beschreibungen einer Zeugin.

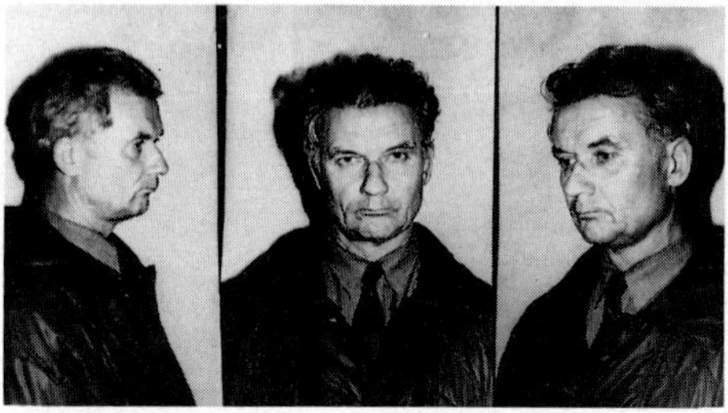

Tschikatilo nach seiner Verhaftung, bevor er sich den Schädel kahlscheren läßt.

Tschikatilo, ebenfalls nach der Verhaftung, mit seiner berüchtigten Tasche.

Ein Polizeibeamter vor dem Haus in der Lenin Str. 206 in Schachty, wo Tschikatilo im März 1989 Tanja Ryschowa getötet hat.

In dieser armseligen Hütte ermordete Tschikatilo 1978 die neunjährige Lena Sakotnowa.

Messer, die nach seiner Verhaftung in Tschikatilos Wohnung gefunden wurden.

Eines der vielen schrecklich zugerichteten Opfer Tschikatilos.

Tschikatilo führt nach seinem Geständnis die Beamten zu den Tatorten.

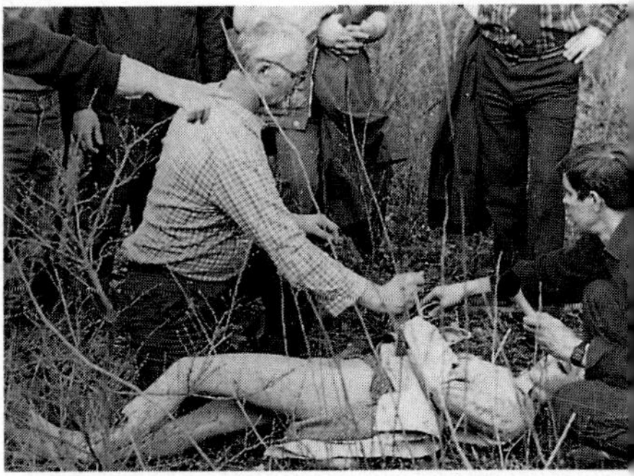

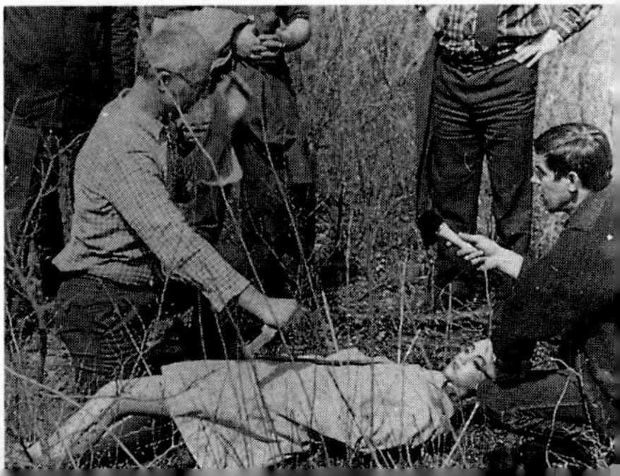

Tschikatilo demonstriert nach seiner Verhaftung vor der Miliz anhand einer Puppe, wie er mit seinen Opfern verfuhr.

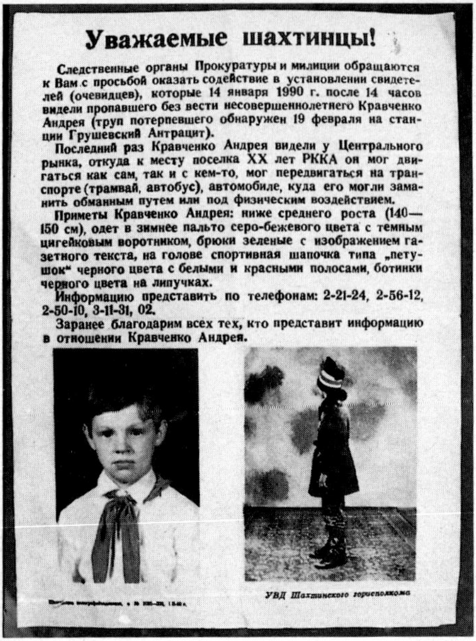

Уважаемые шахтинцы!

Следственные органы Прокуратуры и милиции обращаются к Вам с просьбой оказать содействие в установлении свидетелей (очевидцев), которые 14 января 1990 г. после 14 часов видели пропавшего без вести несовершеннолетнего Кравченко Андрея (труп потерпевшего обнаружен 19 февраля на станции Грушевский Антрацит).

Последний раз Кравченко Андрея видели у Центрального рынка, откуда к месту поселка XX лет РККА он мог двигаться как сам, так и с кем-то, мог передвигаться на транспорте (трамвай, автобус), автомобиле, куда его могли заманить обманным путем или под физическим воздействием.

Приметы Кравченко Андрея: ниже среднего роста (140—150 см), одет в зимнее пальто серо-бежевого цвета с темным цигейковым воротником, брюки зеленые с изображением газетного текста, на голове спортивная шапочка типа „петушок“ черного цвета с белыми и красными полосами, ботинки черного цвета на липучках.

Информацию представить по телефонам: 2-21-24, 2-56-12, 2-50-10, 3-11-31, 02.

Заранее благодарим всех тех, кто представит информацию в отношении Кравченко Андрея.

УВД Шахтинского горисполкома

Eine der vielen öffentlichen Bekanntmachungen, auf denen um Hinweise gebeten wurde, die zur Ergreifung des Täters führen könnten, der im Februar 1990 in Schachty Anrej Krawtschenko umgebracht hat.

Jelena Warga, neunzehn Jahre alt, im August 1989 von Tschikatilo bestialisch ermordet.

Mitja Titschenko, im Oktober 1990 ermordet.

Tanja Petrosjan und Tochter, im Mai 1984 in den Wäldern bei Schachty ermordet.

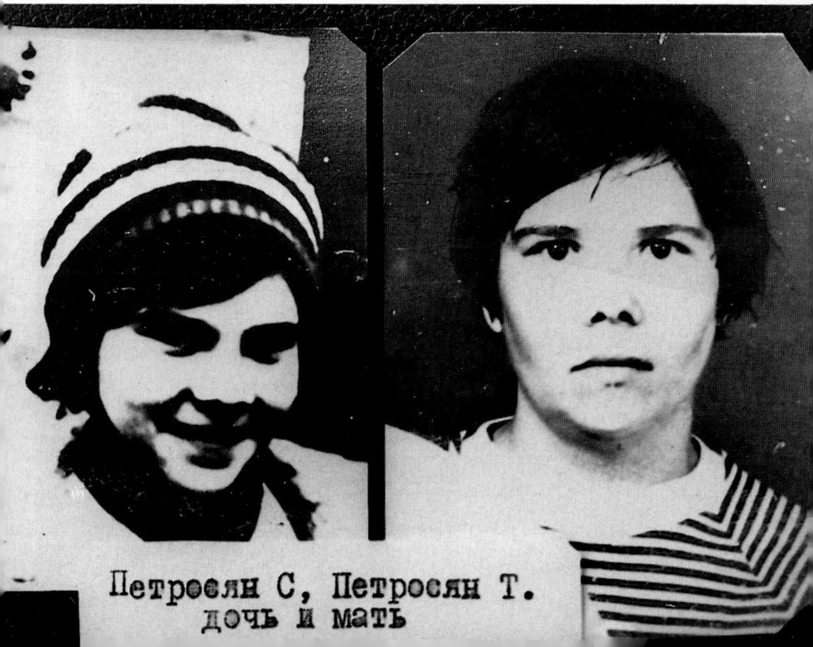

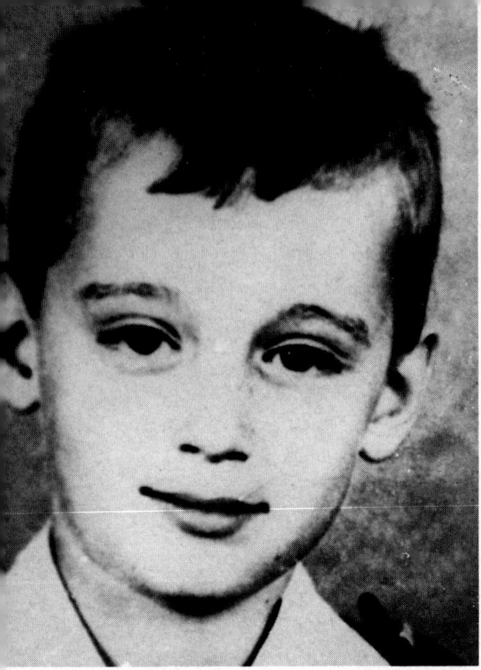

Wanja Fomin, elf Jahre jung, ermordet im August 1990

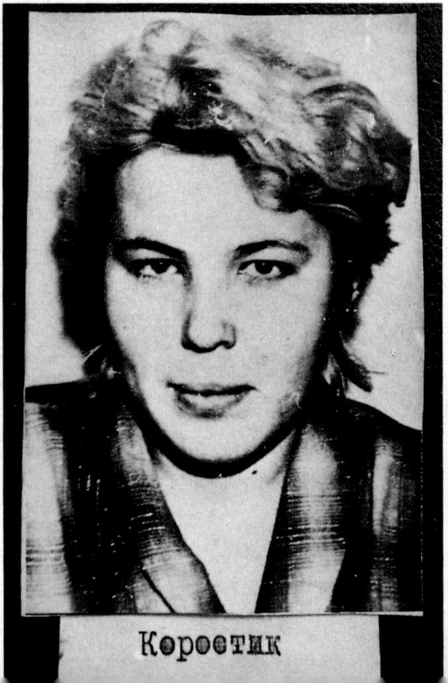

Sweta Korostik, ermordet am 6. November 1990, Tschikatilos letztes Opfer.

KAPITEL ZWÖLF

›Alter zwischen fünfundzwanzig und fünfundfünfzig, große Statur, gut ausgebildeter Körper. Blutgruppe: AB. Schuhgröße mindestens 43. Trägt eine dunkle Brille und ist gut gekleidet. Führt einen Diplomatenkoffer oder eine Aktentasche bei sich, in denen er scharfe Messer aufbewahrt. Leidet an einer Geisteskrankheit, die sich in sexuellen Perversionen (zwanghafte Onanie, Pädophilie, Nekrophilie, Homosexualität und Sadismus) äußert. Möglicherweise leidet er an Impotenz. Offensichtlich verfügt er über gewisse Kenntnisse der menschlichen Anatomie. Bevorzugte Plätze, an denen er mit seinen Opfern Kontakt aufnimmt: Nahverkehrszüge, Bahnhöfe oder Bushaltestellen. Sehr geschickt in der Ausführung seiner kriminellen Handlungen. Sein Beruf erlaubt es ihm, sich im Bereich der Städte Rostow, Schachty, Nowoschachtinsk und Kamenolomni frei zu bewegen.‹

Mit diesen wenigen Anhaltspunkten, die Kostojew und seine Gruppe bis dahin gesammelt hatten, waren sie imstande, eine Beschreibung zu liefern, die sich im nachhinein als ein zuteffendes, wenn auch nicht sehr detailliertes Porträt des Mörders erwies. Die Informationen über die Schuhgröße und die dunkle Brille gehörten zum Beweismaterial, das man im Zusammenhang mit dem Mord an Dima Ptaschnikow, einem elfjährigen Jungen, gesammelt hatte. Auch Tschikatilo hatte man, als er sich 1984 in Haft befand, zu diesem Verbrechen verhört. Die restlichen Anhaltspunkte stellten nichts anderes dar als logische Schlußfolgerungen aus den Beobachtungen, die man in Verbindung mit den Morden gezogen hatte.

Das Porträt wies beunruhigenderweise immer noch viele Ungenauigkeiten auf. Rückblickend mochte man es für einfach halten, Tschikatilo mit dem Porträt in Verbindung zu bringen. Doch es war viel schwieriger, auf dieser Basis oder mit Hilfe anderer, etwas detaillierterer Gutachten, die der in Rostow ansässige Psychiachter Buchanowskij und seine Moskauer Kollegen erstellten, nach jemandem zu fahnden und ihn zu verhaften. Wenn die Miliz jeden, auf den diese Beschreibung zutraf, verhaftet hätte, wären sie schließlich auf zehn-, wenn nicht gar auf hunderttausend Festnahmen gekommen. Doch sogar mit einer Schleppnetzfahndung dieser Größenordnung wäre Tschikatilo nicht zu fassen gewesen. Die Tatsache, daß seine Blutgruppe die Bezeichnung A und nicht AB trug, hätte ihn von vornherein aus dem Kreis der Verdächtigen ausgeschlossen.

Wie sich herausstellte, war die Operation, die Kostojew einleitete, als er den Fall übernahm, nur unwesentlich kleiner angelegt. Die Miliz mußte jetzt verstärkt Patrouillenfahrten sowie Überwachungsmaßnahmen übernehmen. Die Handvoll Fahnder, die den Hauptquartieren der beiden Distrikte – Rostow und Schachty – unterstellt waren, wurden durch Dutzende von Milizbeamten ergänzt. Manche gehörten als ständige Mitarbeiter der Operation ›Waldstreifen‹ an, andere wurden zeitweise dafür abkommandiert, nachdem man sie für ungefähr eine Woche von ihrer normalen Arbeit entbunden hatte. Sie bildeten das Fußvolk dieser Operation und stellten die erforderlichen Kräfte, die nötig waren, um eine fast vollständige Überwachung der Plätze, an denen der Mörder auftauchen konnte, zu gewährleisten: Bushaltestellen und Bahnhöfe waren besonders naheliegende Orte, ebenso Parkanlagen und öffentliche Plätze, an denen sich große Menschenmengen aufhielten.

Zusammen mit Viktor Burakow, einem der wenigen älteren Beamten, die seit den achtziger Jahren mit dem Fall vertraut waren, erstellte Kostojew eine Datei, in die er jeden Verdächtigen aufnahm, der mit einem der Morde auch nur im entferntesten in Verbindung stand. Diese Datei bestand aus Karteikarten. Während die Kriminalabteilungen der meisten westlichen Polizeien schon seit langem mit Computern ausgerüstet waren, träumten ihre sowjetischen Kollegen meist noch von einfachen Schreibmaschinen. Daher mußten die Daten handschriftlich auf Karten festgehalten waren. Das war eine gewaltige Arbeit! Die Kartei, die noch Jahre später in einer Ecke in Burakows schäbigem Büro stand, das sich im Milizhauptquartier in der

Bolschaja-Sadowaja-Straße befand, umfaßte zum Schluß fünfundzwanzigtausendsechshundert Karten.

Jeder, der die Karte Nr. 9 näher betrachtete, fand darauf die Eintragung: ›Tschikatilo, Andrej Romanowitsch‹, die von seiner ersten Festnahme im September 1984 stammte. Darunter stand die Notiz, daß Tschikatilo aufgrund seiner Blutgruppe von der weiteren Fahndung ausgeschlossen worden war.

In dieser Mordfallserie war es mit Beobachten und Abwarten nicht getan. Die Ermittler versuchten auch, einige ›Hochrisikogruppen‹ herauszufiltern, in denen man den Mörder zu finden hoffte. Die Grundgedanke hinter dieser Gruppeneinteilung lag auf der Hand: In Anbetracht der eindeutig sexuellen Motivation der Morde war jeder, der nur geringfügig von den gesellschaftlichen Normen abwich, verdächtig. Wie Kazakow später einmal erklärte, hätte es niemand nötig, solche Verbrechen zu begehen, der zu ›normalen‹ heterosexuellen Beziehungen in der Lage wäre.

Am Anfang wurden sämtliche Personen erfaßt, die schon einmal wegen Sexualdelikten verurteilt worden waren, ebenso jene, die man angeklagt und aufgrund mangelnder Beweise freigesprochen hatte. Das schloß auch Verbrechen mit ein, die außerhalb der Rostower Region in anderen Teilen der Sowjetunion begangen wurden. Man nahm auch Patienten auf, deren Namen man in den Akten psychiatrischer Kliniken fand, weil sie wegen sexueller oder ähnlicher Probleme behandelt worden waren oder eine Beratung in Anspruch genommen hatten.

Die offenkundige Gleichgültigkeit des Mörders gegenüber dem Geschlecht seines Opfers führte dazu, daß Homosexuelle miteinbezogen wurden. Auch die Miliz hielt sie für die primäre Zielgruppe ihrer Ermittlungen. Eines der repressivsten Merkmale der sowjetischen Gesellschaft war die Intoleranz gegenüber abweichendem Verhalten. Dazu gehörte auch die Homosexualität. Sogar unter Gorbatschow (wie auch heute noch) stellte die einvernehmliche homosexuelle Art zwischen zwei Erwachsenen eine strafbare Handlung aufgrund des berüchtigten Paragraphen 121 des Sowjetischen Strafgesetzbuchs dar. Es kam jedoch zu weit weniger Verurteilungen als in den noch repressiveren Jahren unter Stalin, Chruschtschow oder Breschnew.

Dennoch blieb die Schwulenszene, soweit die überhaupt als eigenständige Gruppe in Erscheinung trat, eine kriminalisierte Randgruppe. Da sie sich außerhalb dessen bewegten, was als normales Verhalten galt, traute man den Homosexuellen alles zu – sogar Mord.

Eine weitere Stoßrichtung der Ermittlungen ergab sich aufgrund der geographischen Lage der Tatorte: Die Leichen der Opfer waren in einem ziemlich großen Gebiet in der Rostower Region gefunden worden, oft ganz in der Nähe einer Bus- oder Bahnstation. Außerdem lagen die meisten mindestens fünfzehn Kilometer von der Stelle entfernt, an der die Opfer vermutlich verschwunden waren; in einem Fall sogar über hundertzwanzig Kilometer. Da man all diese Orte über Straßen erreichen konnte, war es sehr wahrscheinlich, daß der Mörder entweder ein eigenes Auto besaß oder über einen Dienstwagen verfügte. Eventuell war es ein Taxifahrer oder ein Chauffeur, der für eine staatliche Einrichtung arbeitete. Wenn jemand der Miliz erzählt hätte, daß der Mörder in Wahrheit seine Opfer überredet hatte, mit ihm eine stundenlange Bahnfahrt zu unternehmen, und ihn auf einem kilometerlangen Fußmarsch zu begleiten, hätte man ihm kaum Glauben geschenkt.

Und so verfolgte man die Autofahrer-Theorie weiter. Im Westen, wo sehr viele einen Privatwagen besaßen, wäre das Fahndungsfeld dadurch eingeengt worden. In der Sowjetunion der achtziger Jahre, in der Autos tatsächlich nur Reichen, Privilegierten oder ausgesprochenen Glückspilzen vorbehalten waren, sah das völlig anders aus; Autobesitzer bildeten eine separate gesellschaftliche Gruppe für sich. Aus diesem Grunde begannen die Fahnder in dieser Region mit einer systematischen Überprüfung aller Personen, denen ein Auto zur Verfügung stand. Ihre Zahl betrug gut einhundertfünfzigtausend, als man im Jahre 1988 diesen Fahndungssatz endgültig fallenließ.

Die Ermittlungsbeamten interessierten sich nicht nur dafür, wie die Opfer an den Ort ihres Todes gelangt waren; sie wollten auch wissen, warum. Denn darin konnte ebenfalls ein wichtiger Hinweis auf die Identität des Massenmörders enthalten sein. Man war davon überzeugt, daß seiner Persönlichkeit etwas anhaftete oder vielleicht sogar durch seinen Beruf vorgegeben war, was die Opfer dazu verleitete, ihm zu folgen.

Der hohe Prozentsatz an Obdachlosen unter ihnen ließ vermuten, daß es sich bei dem Mörder vielleicht um einen Außenseiter handelte. Doch das hätte seine offensichtliche Fähigkeit, auch Kinder zu verleiten, nicht erklärt. Das Gegenteil traf zu, wie in einer anderen Hypothese angenommen wurde, nach der als Täter ein Lehrer in Frage kam oder jemand, der in einem Sportverein oder einer ähnlichen Institution tätig war, die häufig von Kindern und jungen Menschen besucht wurde. Eine weitere Theorie, die die Bandbreite der Opfer zu erklären versuchte, ging davon aus, daß der Mörder ein Milizbeamter war – oder zumindest vorgab, einer zu sein und sich entsprechend ausweisen konnte. Deshalb begann man, aktive wie auch ehemalige Beamte zu überprüfen, besonders jene, die wegen eines Vergehens – welcher Art auch immer – ihren Dienst quittieren mußten. Alarmierende Stichproben ergaben, daß sich noch immer einige Beamte im Milizdienst befanden, die sexueller Vergehen überführt worden waren. Allerdings erwies sich keiner von ihnen als der Mann, nach dem man suchte.

Es gab weitere, noch abstrusere Vorschläge: Besitzer einer Videothek oder von Videogeräten wurden ebenso befragt wie Menschen, die sich oft in Videotheken aufhielten. Man zollte auch der grauenhaften Professionalität Tribut, mit der Tschikatilo die Körper seiner Opfer zerhackte, und verhörte die Arbeiter der ansässigen Schlachthäuser.

Die nackten Zahlen der Personen, die im Laufe der Fahndung erfaßt wurden, sollten ausreichen, um den Umfang der Fahndung zu veranschaulichen: Fünftausendachthundertfünfundvierzig vorbestrafte Männer, zehntausend potentiell gefährliche Geisteskranke, vierhundertneunzehn Homosexuelle und einhundertdreiundsechzigtausend Autofahrer. Am Ende waren ungefähr eine halbe Million Menschen überprüft worden, eine phantastisch hohe Zahl, die ungefähr zehn Prozent der Bevölkerung der gesamten Rostower Region entsprach. Im Zuge dieser Ermittlungen konnten eintausendzweiundsechzig Verbrechen aufgeklärt werden, einschließlich fünfundneunzig Mordfälle, zweihundertfünfundvierzig Vergewaltigungen und einhundertvierzig Fälle schwerer Körperverletzung. (Einhundertfünf Männer wurden auch wegen homosexueller Handlungen bestraft.) Diese Zahlen wirkten beeindruckend, wiesen aber einen kleinen Schönheitsfehler auf: Der Mörder war immer noch nicht gefaßt.

Am Anfang sah es so aus, als ob er an seinem neuen Arbeitsplatz in Nowotscherkassk ein bißchen besser zurechtkäme als in Schachty und Rostow. Obwohl Tschikatilo als einfacher Techniker angefangen hatte, wurde er, nachdem sein Vorgesetzter 1988 nach Deutschland gegangen war, zum Leiter des Fachbereichs ›Metall‹ in der Versorgungsabteilung befördert. Auch hier gab es einige Leute, die ihm unterstanden – zu denen seine Tochter Ljudmila gehörte. Zu behaupten, er hätte für diese Aufgabe eine besondere Befähigung besessen, wäre übertrieben. Später berichteten seine Kollegen, daß er nur befördert wurde, weil niemand sonst diese offensichtlich undankbare Arbeit übernehmen wollte; und schon bald handelte er sich Kritik ein. Seine Arbeit wurde noch stärker angefochten, als sich der Direktor, der Tschikatilo eingestellt hatte, in den Ruhestand ging und ein anderer an seine Stelle trat.

Die täglichen Einsatzbesprechungen am frühen Morgen waren am schlimmsten. Jeder in der Versorgungsabteilung haßte sie. Es war unangenehm genug, um sieben Uhr dreißig anzufangen; noch schlimmer jedoch, wenn man vom Vorgesetzten einem hochnotpeinlichem Verhör unterzogen wurde, besonders dann, wenn man den Fehler gar nicht zu verantworten hatte. Der Fehler steckte im gesamten absurden Wirtschaftssystem der Sowjetunion, das schon in den ersten Jahren unter Gorbatschow anfing, in beängstigendem Ausmaß zusammenzubrechen. Ein Abteilungsleiter nach dem anderen wurde vom verantwortlichen Betriebsleiter abgekanzelt, weil es ihm nicht gelungen war, die Materialien zu besorgen, die das Werk benötigte; und jeder von ihnen versuchte zu seiner Verteidigung, die Schuld von sich zu weisen. Das taten alle – bis auf Tschikatilo. Er saß einfach nur schweigend da und sog die Beschwerden in sich auf wie ein Schwamm.

Es schien ihm auch nichts auszumachen, daß die junge Ljudmila dabeisaß und zuhörte, wie er heruntergeputzt wurde.

Alexander Gubernatorow, ein rauher, aber gutmütiger Mann, der seit mehr als fünf Jahren an Tschikatilos Nachbarschreibtisch arbeitete, war darüber sehr erstaunt. Er fragte Tschikatilo oft, wie er das nur aushielte. »Wie kannst du deine Tochter hier arbeiten lassen, obwohl du weißt, daß du die ganze Zeit vor ihren Augen zusammengestaucht wirst?« fragte er ihn einmal. »An deiner Stelle hätte ich schon vor Jahren gekündigt.«

Am Ende war es Ljudmila, die ging. Ihr Ehemann, ein Künstler, der seinen Lebensunterhalt als Schaufensterdekorateur in staatseigenen Warenhäusern verdiente, bekam einen Nervenzusammenbruch und wurde zur Behandlung in eine psychiatrische Klinik eingeliefert. Sie ließ sich sofort von ihm scheiden und zog, nachdem sie eine Zeitlang in der Wohnung ihrer Eltern in Nowotscherkassk gelebt hatte, mit ihrem kleinen Sohn nach Charkow um, das dicht hinter der ukrainischen Grenze lag, um dort mit einem anderen Mann ein neues Leben zu beginnen.

Tschikatilo dagegen blieb noch fast fünf Jahre in dem Betrieb in Nowotscherkassk hängen. Er hatte sich so sehr an die ewigen Vorwürfe gewöhnt, daß er kaum noch darauf reagierte. Immer wenn der verantwortliche Direktor gegangen war, fluchten alle übrigen Kollegen untereinander über ihn und rissen Witze darüber, wer am schlechtesten dabei weggekommen war. Nicht so Tschikatilo. Er blieb schweigsam. Die anderen dachten, er besäße Nerven wie Drahtseile oder es würde ihm einfach nichts ausmachen. Doch weder das eine noch das andere traf zu. Jeder Vorwurf steigerte seine Verbitterung und das Gefühl, ungerecht behandelt worden zu sein. Wie bei seinen früheren Arbeitsstellen war er davon überzeugt, daß seine Vorgesetzten ihn genausowenig als Mensch respektierten, wie sie seine Arbeit würdigten. Vielleicht, so sagte er sich, waren sie sogar eifersüchtig auf seine höhere Bildung. Es hatte sich kaum etwas daran geändert, daß er die Fehler überall sah, nur nicht bei sich selbst.

Schon um der anderen Vorteile willen – besonders wegen der Bewegungsfreiheit –, die seine Arbeit mit sich brachte, lohnte es sich für ihn, die Kritik herunterzuschlucken. Er war weitgehend sein eigener Herr. Zwar mußte er jeden Morgen an den Einsatzbesprechungen teilnehmen, doch die übrige Zeit des Tages konnte er mehr oder weniger nach seinen Vorstellungen gestalten. Wenn er für einige Stunden verschwinden oder früher nach Hause gehen wollte, hielt ihn niemand zurück. Auch die Dienstreisen spielten eine Rolle. Den meisten waren sie verhaßt, mußten sie doch in Zügen oder Flugzeugen unterwegs sein und in den schäbigen Werksunterkünften übernachten. Für ihn aber waren die Reisen ideal. Sie boten ihm die Zeit und die Gelegenheiten, die er brauchte. Manchmal blieb er etwa zehn Tage fort, wenn möglich sogar zwei Wochen.

Einmal wurde ihm in der Fabrik eine andere Arbeit bei gleichem Gehalt angeboten – allerdings ohne die Reisen. Er lehnte ab, was seine Kollegen nicht verstanden. Tschikatilo hatte seine Gründe, war aber nicht bereit, darüber zu sprechen. Tatsächlich gab es eine Menge, worüber sie sich bei ihm wunderten. Wie schon früher vertraute er kaum jemandem unter ihnen. Keiner seiner Arbeitskollegen wußte genau, wo er wohnte, oder kannte seine Familie.

Auch Jelena Surikowa, die in der Buchhaltung arbeitete, wurde aus ihm nicht klug. Ihre Aufgabe bestand darin, die gelieferten Waren, die er besorgt hatte, mit den einlaufenden Rechnungen zu vergleichen. Das allein war schon schwierig genug, doch immer, wenn es sich um eine von Tschikatilos Bestellungen handelte, verwandelte sich der ganze bürokratische Ablauf in einen einzigen Alptraum. Nie zuvor hatte sie ein solches Chaos erlebt. Selbst Gubernatorow, der Tschikatilo am besten kannte, empfand eher Mitleid mit ihm, als daß er ihn wirklich mochte. Alles in allem war Tschikatilo kein besonders sympathischer Mensch. Es traf zu, daß er höflich war, doch er blieb stets kühl und distanziert und beschwerte sich ständig über dieses und jenes. Seine Kollegen hörten ihn nie lachen. Mehr als ein Lächeln hatten sie nie von ihm zu sehen bekommen. Aber was für ein Lächeln! Es erinnerte Gubernatorow an das Grinsen eines Krokodils.

Die meisten Russen glauben, daß sie niemanden richtig kennen, solange sie sich nicht mit ihm betrunken haben. Während all der Jahre, in denen sie das Büro miteinander teilten, saßen Gubernatorow und Tschikatilo nur ein einziges Mal gesellig zusammen, und das eher aus Zufall. Am Silversterabend kehrte Gubernatorow mit einem anderen Kollegen nach Arbeitsschluß in das Büro zurück, um ein paar Flaschen Sekt zu holen, die sie dort zurückgelassen hatten. Und wer saß an seinem Schreibtisch – Tschikatilo! Er saß einfach nur da und starrte aus dem Fenster. Sie hatten nicht die leiseste Vorstellung, weshalb er sich noch hier aufhielt oder was er dort tat. Jedenfalls gelang es ihnen, Tschikatilo zu überreden, mit ihnen zu feiern, und zusammen leerten die drei in kürzester Zeit ein paar Flaschen. Kein schlechter Anfang, aber damals war eben Feiertag. Später ergab sich nie wieder eine solche Gelegenheit.

In dem Maße, wie seine Erinnerungen ans Gefängnis verblaßten, wurde Tschikatilo wieder kühner. Im Jahr 1987 verzeichnete man drei weitere Morde, alle außerhalb der Rostower Region: einer im Ural, kurz vor der Industriestadt Jekaterinburg, die damals noch Swerdlowsk hieß; der nächste in der ukrainischen Stadt Saporoschje und der dritte in den Außenbezirken von St. Petersburg, das zu jener Zeit noch den Namen Leningrad trug.

Die Entscheidung, weit entfernt von seinem Wohnort zuzuschlagen, schien wohlüberlegt zu sein und konnte als weiterer Beweis dafür angesehen werden, daß er seine Morde vorsätzlich verübte und ständig bemüht war, das Risiko seiner Festnahme so gering wie möglich zu halten. Der Mord an der achtzehnjährigen Vagabundin Natalja Pochlistowa während seiner Reise nach Moskau zu den Spielen der Völkerfreundschaft im Jahre 1985 war tatsächlich das einzige unter allen Verbrechen, die er außerhalb der Rostower Region begangen hatte, das sofort mit der Mordserie in Rostow in Verbindung gebracht wurde – und das allein deshalb, weil der Staatsanwalt Kazakow gerade aus Rostow in die Hauptstadt zurückgekehrt war.

In den anderen Fällen war es für die lokale Miliz bei einer Entfernung von mehreren hundert oder gar tausend Kilometern sehr schwierig zu erkennen, daß der auf ihrem Gebiet gefundene Leichnam zu den Rostower Morden gehörte. Genau wie die beiden Morde, die Tschikatilo 1984 in Usbekistan verübt hatte, wurde keiner der neuen Morde zu der Serie hinzugezählt, bis er sich Jahre später kurz nach seiner Verhaftung dazu bekannte. Aber es gab auch einen Nachteil, von dem Tschikatilo damals wahrscheinlich nichts wußte. Er bestand darin, daß sein Arbeitgeber über seine Geschäftsreisen genau Buch führte. Das erleichterte den Fahndern zu guter Letzt, rückblickend festzustellen, ob er sich in der fraglichen Zeit in einer bestimmten Stadt aufgehalten hatte, in der ein Mord verübt worden war.

Tschikatilos Opfer in Saporoschje war ein zwölfjähriger Junge namens Iwan Bilowetskij. Ein hübsches Kind, dem man nachsagte, einer der wohlerzogensten Jungen in der Nachbarschaft zu sein. Freunde der Familie fragten seine Mutter Nina, wie es ihr gelang, den ganzen Tag zur Arbeit zu gehen und dennoch Iwan, seinen jüngeren Bruder und die Schwester so gut zu erziehen. Jedes Mal, bevor er das Haus verließ, hatte Iwan ihr mitgeteilt, wohin er gehen wolle und dafür um Erlaubnis gebeten. Er gehörte ganz bestimmt nicht zu der Sorte Jungen, die nachts auf der Straße herumlungerten, sich selbst überlassen waren und mit fremden Männern mitgingen. Doch am 29. Juli 1987 machte er das einzige Mal eine Ausnahme.

Nina ging an jenem Morgen sehr früh zur Arbeit. Ihr Mann befand sich auf einer Dienstreise, doch sie machte sich keine Sorgen, denn eine Freundin hatte in der Wohnung übernachtet und versprochen, für sie nach den Kindern zu sehen. Ihr Arbeitstag verlief noch normal, ihr Rückweg allerdings nicht. Wie so oft hatte die extreme Sommerhitze in Rostow zu Gewittern geführt, und es goß in Strömen. Zudem blieb auch noch als Krönung des Ganzen der Bus mit einer Panne liegen. Als sie ihren Wohnblock betrat, war es bereits zwanzig Uhr fünfundvierzig – über zwei Stunden später als gewöhnlich.

Als sie den Schlüssel im Schloß herumdrehte, liefen ihre beiden Jüngsten auf sie zu, um sie zu begrüßen. Iwan jedoch nicht. Sie fragte ihre Freundin, die sich noch immer in der Wohnung aufhielt, wohin er denn gegangen sei.

»Er ist eben gerade auf einen Sprung rausgegangen«, antwortete diese.

»Auf einen Sprung? Wohin denn?«

»Einer seiner Freunde kam vorbei. Sie hörten ein bißchen Musik, und dann sagte er, daß er noch mal weggehen will. Aber nur ganz kurz.«

Nina wartete noch eine Weile, vielleicht eine Stunde lang, aber noch immer gab es kein Zeichen von Iwan. Gegen zweiundzwanzig Uhr verließ sie das Haus. Obwohl es immer noch hell war, machte sie sich inzwischen Sorgen. Nie zuvor hatte er so etwas getan. Nie zuvor war er so spät noch unterwegs gewesen.

Sie lief zum Haus, in dem sein Freund wohnte, doch Iwan war nicht da. Der kleine Junge hatte ihren Sohn seit Stunden nicht mehr gesehen. Als sie zu ihrer Wohnung zurückkehrte, war es schon Mitternacht, und noch immer gab es keine Nachricht von ihm. Es gab nur noch die Möglichkeit, daß er sich bei seiner Großmutter aufhielt. Allerdings hatte er das bislang noch nie getan, ohne ihr wenigstens Bescheid zu sagen. Aber das war immer noch eine winzige Hoffnung, an die sie sich klammern konnte und die ihr half, die Nacht zu überstehen. Ihre Mutter besaß kein Telefon und wohnte zu weit entfernt, um zu Fuß dort hinzugelangen.

Nina unternahm eine Menge während der folgenden Stunden. Sie muß damals mit allen Verwandten telefoniert haben, aber niemand von ihnen hatte etwas gehört. Also nahm sie um vier Uhr dreißig den ersten Bus und fuhr zu ihrer Mutter. Als sie dort klingelte und die ältere Frau an die Tür kam, ahnte Nina bereits, was geschehen war.

Als sie sich an die lokale Miliz wandte, gaben sich die Beamten gelassen und empfahlen ihr, sich keine Sorgen zu machen. Sie hatte bei der Miliz angerufen, nachdem sie von ihrer Mutter wieder nach Hause zurückgekehrt war, und ein Beamter hatte sie gebeten, ein Foto vorbeizubringen und ihre Aussage zu machen.

»Er wird schon wieder auftauchen«, vertröstete sie der Milizbeamte. »Kinder verschwinden schon mal auf diese Weise.«

›Aber nicht mein Iwan‹, dachte sie.

Am späten Vormittag kam ihr Mann zurück, und zusammen mit ihrer Schwester begaben sie sich auf den Weg, um nach Iwan zu suchen. Den Rest des Tages verbrachten sie damit, Keller zu durchstöbern, wie sie die meisten Häuser in Saporoschje hatten. Vor einem Jahr war ein kleines Mädchen in einem dieser Keller vergewaltigt und getötet worden. Doch wieder gab es keine Spur von Iwan.

Am nächsten Morgen brachen Ninas Mann und ihre Schwester erneut auf, diesmal um den Waldpfad abzusuchen, der nur wenige Minuten von ihrer Wohnung entfernt neben der Eisenbahnstrecke verlief. Nina selbst war zu erschöpft und blieb zu Hause. Schon nach zwanzig Minuten kehrten die beiden zurück, viel eher, als sie erwartet hatte. Und als sie den Ausdruck auf ihren Gesichtern sah, wußte sie sofort, daß sie ihn gefunden hatten – und daß er tot war.

Sie versuchte sofort loszustürzen, doch die beiden hielten sie zurück. Denn sie wollten ihr den Anblick des zerstückelten Leichnams ersparen.

Später, im Alter von siebenundvierzig Jahren, sah Nina eher wie sechzig aus. Ihr weißes Haar bildete einen auffälligen Kontrast zu den schwarzen Kleidern, die sie seit dem Tod ihres Sohns trug.

»An dem Tag, als ich mich von meinem Sohn an seinem Grab verabschiedete, gab ich ihm mein Wort, daß ich noch so lange leben wollte, um seinen Mörder mit eigenen Augen zu sehen«, erklärte sie, bevor sie während ihrer Zeugenaussage im Prozeß gegen Tschikatilo, der mehrere Jahre später stattfand, zusammenbrach.

»Ich wollte den Mann sehen, der den Bauch meines Sohns aufschlitzte und ihm Unrat in den Mund steckte, damit er nicht schreien konnte. Ich wollte wissen, wie dieser Mann aussieht. Ich wollte wissen, was für eine Mutter eine solche Bestie in die Welt setzen konnte.

Und nun sehe ich ihn.«

Im nächsten Jahr, 1988, schlich sich die Bestie erneut über die Grenze und tötete dreimal. Am 6. April fand die Miliz den Leichnam einer unbekannten Frau, die anscheinend zwei bis fünf Tage vorher ermordet worden war. Am 14. Mai tötete er den neunjährigen Ljoscha Woronko und dann, genau zwei Monate später, den fünfzehnjährigen Schenja Muratow. Die Morde wurden an unübersichtlichen Orten begangen: in Nowotscherkassk, im Botanischen Garten von Rostow und in Rodionowo-Neswetajewskoje, dem Distrikt, wo Tschikatilo in den sechziger Jahren gelebt hatte, nachdem er aus der Ukraine in die Region Rostow gezogen war.

Für die Miliz war es wie die Fortsetzung eines Alptraums.

Wenn schon die Unterbrechung der Mordserie die Milizbeamten verwirrt und ins Grübeln versetzt hatte, so verschlimmerte die plötzliche Wiederaufnahme der Morde ihr Leben um ein Vielfaches. Sie kehrten zur zermürbenden Routine eines zwölf- bis fünfzehnstündigen Arbeitstags zurück, arbeiteten oft bis spät in die Nacht hinein, wobei sie sich nur durch Zigaretten und starken schwarzen Tee aufrechthalten konnten. Und wieder forderte sie ein Telefonanruf auf, zu einem verlassenen Waldstück zu kommen, um dort den bis zur Unkenntlichkeit aufgeschlitzten und zerstückelten Körper eines Kindes in Augenschein zu nehmen.

Im Laufe der Zeit veränderte sich der Charakter der grauenhaften Verstümmelungen. Was das Töten betraf, wurde Tschikatilo immer geschickter. Nach wie vor galt sein besonderes Interesse bestimmten Körperteilen: Zungenspitzen, Brustwarzen und Genitalien. Während er in den ersten Jahren noch riesige Fleischstücke abschnitt, wurde er in den späten achtziger Jahren immer präziser. Seinem eigenen, späteren Geständnis zufolge, gelang es ihm immer besser, den Blutspritzern beim Zustechen und Schlitzen auszuweichen. Er entwickelte sich von einem wahnsinnigen Metzger zu einem kühl berechnenden Chirurgen.

Natürlich linderte diese Entwicklung nicht den Schrecken, dem er seine Opfer aussetzte. In manchen Fällen verübte er an ihnen eine Form grausigster ›Chirurgie‹ bei lebendigem Leib. In anderen Fällen geschah es erst nach dem Tode oder sogar Stunden später – ein Indiz, das den Ermittlungsbeamten eine weitere Information über den Mann lieferte, den sie suchten; nämlich die Tatsache, daß er oft nach der Tat noch am Ort des Verbrechens verweilte. Alles war Teil eines Rituals, das er bei jedem Mord in fast religiöser Weise ausführte. Nicht allein das Leiden und Töten der Opfer bereitete ihm Freude, sondern auch das, was er hinterher mit den Leichen tat. Allein schon der Vorgang, den Opfern die Kleider vom Leib zu reißen und sie von einer Stelle zur anderen zu schleppen, schien ihm Vergnügen zu bereiten. Er hatte eine besondere Methode entwickelt, mit der er dies ausführte.

Der Mörder barg für die Miliz noch viele Geheimnisse,

besonders, was seine jüngeren Opfer betraf. Es war nicht schwer zu erraten, warum Prostituierte und Landstreicher mit ihm gingen. Die meisten von ihnen waren so heruntergekommen, daß sie mit jedem losgezogen wären. Das Verhalten der Jungen jedoch, besonders derjenigen aus intakten, gutsituierten Familien, war viel schwerer zu verstehen.

Wären sie homosexuell gewesen, ließe sich das leichter erklären. Doch dafür gab es in keinem einzigen Fall auch nur einen Anhaltspunkt. Über welche unbekannte Macht verfügte dieser Mann, daß er sie in den Tod locken konnte? Was mochte er zu ihnen gesagt haben? Hatte er sie gezwungen, ihm zu folgen, oder sie darum gebeten? Und wenn er ihnen etwas versprach, was mochte es gewesen sein?

Darauf gab es mehrere mögliche Antworten. Tschikatilos tödlicher Erfolg lag darin begründet, wie er sich jedem seiner Opfer, auch den Kindern und Jugendlichen, nähern konnte. In manchen Fällen stellten die Opfer selbst den ersten Kontakt her, und wenn es nur die Frage nach dem Weg oder die Bitte um Wechselgeld für einen Getränkeautomaten war. In solchen Fällen gelang es Tschikatilo relativ einfach, eine Unterhaltung zu beginnen. Sobald er im Laufe des Gesprächs erfuhr, daß sie von zu Hause weggelaufen oder aus einem anderen Grund unglücklich oder betrübt waren, bot sich ihm ein leichtes Spiel. Vielleicht erkundigte er sich, ob sie hungrig oder durstig waren. Wenn ja, lud er sie zum Essen und Trinken in seine Wohnung ein, die ganz in der Nähe liegen sollte. Und selbst bei satten und zufriedenen Kindern, wußte er, wie er sie mit dem Angebot, ein paar Videos anzusehen oder seltene Briefmarken zu betrachten, fortlocken konnte.

Unabhängig davon, wie die erste Annäherung zustande kam, gelang es Tschikatilo, auch die Vorteile anderer Umstände zu nutzen, insbesondere die seiner äußeren Erscheinung: Für seine Opfer mußte es schwer vorstellbar gewesen sein, daß dieser gebildete und gutgekleidete Mann ein Mörder sein konnte. In gewisser Weise war dies seine Geheimwaffe. Kinder, die nicht im Traum daran gedacht hätten, einem jüngeren, bedrohlicher aussehenden Mann zu folgen, waren ganz einfach nicht mehr so wachsam, sobald sie auf diesen freundlichen Onkel, diesen großväterlichen Herrn trafen.

Ebenso ausschlaggebend war die Naivität seiner Opfer, die wiederum ein Produkt gesellschaftlicher Verhältnisse darstellte. Die jahrelangen Bemühungen, die Kriminalität publizistisch unter den Teppich zu kehren, besonders die Gewalt- und Sexualverbrechen, hatten ihre Spuren hinterlassen. Natürlich warnten sowjetische Eltern ihre Kinder vor der Gefahr, mit Fremden mitzugehen – nicht anders, als es auch westliche Eltern taten. Aber sie warnten wohl kaum mit dem angemessenen Nachdruck, weil sie ganz einfach das Risiko geringer einschätzten. Tschikatilo konnte zudem mit einem gewissen Zusammengehörigkeitsgefühl unter Fremden rechnen, wie man es nicht nur in der Sowjetunion, sondern in allen früheren Ostblockländern antraf.

Die besondere Art, wie die sowjetische Gesellschaft organisiert -- oder vielmehr nicht organisiert – war, bot mannigfaltige Gelegenheiten, um mit Fremden in Kontakt zu treten. Obwohl die Sowjetunion kein Monopol auf Busschlangen innehielt, waren sie in diesem Land doch oft länger als anderswo und bewegten sich langsamer. Dazu zählten auch die unumgänglichen Schlangen in Geschäften, Cafés und anderen öffentlichen Einrichtungen. In jeder Schlange gab es einen gewissen Kameradschaftsgeist. Menschen, die nicht miteinander gesprochen hätten, wenn sie sich unter anderen Umständen zufällig begegnet wären, verhielten sich ganz anders, wenn sie hintereinander in einer Schlange standen und auf einen Bus oder einen Laib Brot warteten.

Im welchem Umfang die Bereitschaft, sich wildfremden Menschen anzuschließen, vor allem bei Kindern vorhanden war, wurde nach Tschikatilos Festnahme durch ein Experiment veranschaulicht, das der Rostower Psychiater Buchanowskij durchführte. Er war ein stämmiger Mann mittleren Alters. Eines Abends fuhr er mit seinem Auto kreuz und quer durch Rostow und versuchte, Kinder mit Versprechungen auf Essen und Trinken einzuladen. Zu seiner Überraschung – und seinem Entsetzen – traf er viele, die offensichtlich ohne jeden Argwohn die Einladung annahmen, vorne auf den Beifahrersitz kletterten und fröhlich mit ihm zu unbekannten Zielen aufbrachen. In Wirklichkeit hatte er nur ein Ziel, nämlich die örtliche

Milizstation, wo ihnen von den Beamten wegen ihrer mangelnden Vorsicht die Leviten gelesen wurden. Diese Kinder stellten leichte Opfer dar.

Ein fünfzehnjähriger Junge mit Namen Schenja Muratow, der Tschikatilo am 14. Juli 1988 gefolgt war, schien so ein Opfer gewesen zu sein, und die Fahnder verwendeten hinterher viel Zeit darauf, die Hintergründe aufzuklären. Der Fall dieses Jungen machte sie ratlos. Rückblickend mußte man annehmen, daß er eigentlich zu aufgeweckt war, um von einem Mann wie Tschikatilo hereingelegt zu werden. Im Unterschied zu den meisten anderen jungen Opfern war er kein Ausreißer oder Herumtreiber, und alt genug, um zu wissen, was dieser nette Onkel wollte. Er war Klassenbester und begeisterter Schachspieler sowie überdurchschnittlich kräftig. Jahre später erwähnten seine Eltern vor Gericht einen Vorfall, bei dem er über fünfzehn Kilometer nach Hause lief, weil er einen Zug verpaßt hatte. Man kannte ihn als netten Jungen, der das Glück gepachtet zu haben schien. Aber dann ging alles fürchterlich schief.

Seine Eltern sahen ihn zuletzt einen Tag zuvor, als er frühmorgens zum Zug nach Rostow aufbrach. Er hatte die Aufnahmeprüfungen an einem städtischen Lehrinstitut bestanden, allerdings mußte er noch einmal dorthin, um sich eine Blutprobe für die ärztliche Untersuchung abnehmen zu lassen. Es war nicht abzusehen, wie lange das alles dauern würde, aber in Rostow lebte eine Tante von ihm, und man hatte vereinbart, daß er bei ihr übernachten konnte, falls es ihm nicht gelingen sollte, rechtzeitig nach Hause zu fahren. Daß er seine Tante tatsächlich besuchte, konnte gesichert werden. Nach ihrer Aussage kam er spät abends, nachdem er bei einem Fußballspiel zugeschaut hatte. Als er sie am folgenden Morgen verließ, sagte er, daß er noch einiges im Zusammenhang mit seinen Prüfungen zu erledigen habe und dann den Zug nach Hause nehmen wolle. Auf der Heimreise mit der Bahn muß er dann Tschikatilo getroffen haben.

Es blieb im dunkeln, mit welchen Worten Tschikatilo ihn dazu überredete, mit ihm zusammen den Zug zu verlassen. Nach seiner Verhaftung stellte der Mörder es anfänglich so dar, daß der Junge die Einladung für ein Essen in Tschikatilos Datscha angenommen hätte. Seine Eltern wiesen diese Theorie weit von sich. Sie bestanden darauf, daß er nicht zu dieser Sorte Jungen gehörte. Außerdem machte das auch gar keinen Sinn. Aus dem Fundort der Leiche folgerte man, daß er bereits eine Stunde im Zug gefahren sein mußte, bevor er ihn ein kurzes Stück vor seinem Heimatbahnhof verließ. Wenn er nur hungrig oder durstig gewesen wäre, hätte er die paar Minuten auch noch warten können. Ebensowenig hielten sie es für wahrscheinlich, daß er den anderen Verlockungen erlag, Briefmarken oder Münzen zu betrachten, mit denen Tschikatilo seine jungen Opfer zu verführen suchte.

Eine weitere Variante, die Tschikatilo später während seiner Verhandlung erwähnte, hörte sich wahrscheinlicher an. Er sagte aus, daß er mit dem Jungen ein Gespräch angefangen habe, weil er direkt neben ihm im Zug gesessen hätte. Er habe ihn gebeten, den Zug mit ihm an einer einsamen Station namens Lesastep im Norden Schachtys zu verlassen und ihm dabei behilflich zu sein, das Gepäck in seine Hütte zu tragen. Muratows Eltern zufolge hätte nur eine solche Bitte ihren Sohn dazu bewegen können, seine Pläne in dieser Weise zu ändern. Trotzdem bestanden immer noch Zweifel über den Verlauf der letzten Stunden in Muratows Leben. Nach über acht Monaten brachte auch die Entdeckung der Leiche durch Kinder, die im Wald spielten, nicht mehr Licht in diese Angelegenheit. Zu diesem Zeitpunkt fand man nur noch einen Haufen Knochen vor.

Gegen Ende 1988 erhielt das Büro der Staatsanwaltschaft in Rostow auf dem Dienstweg ein Schreiben aus Moskau. Es war ein Rundbrief, der sich an alle Ermittlungsbeamten im ganzen Land richtete. In diesem Schreiben wurden Ergebnisse zitiert, die der neuesten japanischen Forschung entstammten und einen wissenschaftlichen Durchbruch enthielten, der für die Verbrechensbekämpfung sehr bedeutsame Folgen haben konnte – wenn auch nur für eine sehr geringe Anzahl von Fällen.

Bis dahin hatte man angenommen, daß Blut und Sperma einer Person immer zur gleichen Gruppe gehörten. Wenn zum Beispiel an einem Leichnam nur Spuren von Sperma gefunden wurden, hielt man es aus diesem Grunde für ausreichend, die Verdächtigen einem einfachen Bluttest zu unterziehen, um zu überprüfen, ob hier ein Zusammenhang bestand. Man dachte, sein Sperma würde zwangsläufig derselben Gruppe angehören wie sein Blut. Nun aber hatten japanische Wissenschaftler offensichtlich herausgefunden, daß dies nicht immer der Fall war. In extrem seltenen Fällen, behaupteten sie, könnten die beiden verschiedenen Gruppen angehören – vielleicht in einem von zehntausend oder auch nur in einem von einer Million Fällen.

Das Rundschreiben wurde herumgereicht, ohne viel Interesse zu wecken und verschwand dann in den Akten.

KAPITEL DREIZEHN

Jeder, der den Frühling 1989 erlebte, empfand ihn beinahe als eine unwirkliche Zeit. Historiker werden darin rückblickend nicht nur den Höhepunkt von Gorbatschows Perestroika sehen, sondern auch den Anfang von ihrem Ende. An diesem Punkt also mußte die eingeleitete, kontrollierte ›Revolution von oben‹ weichen. Natürlich bekam man die Konsequenzen nicht sofort zu spüren. Trotzdem ließ sich von da an eine Reihe von Ereignissen verfolgen, die zweieinhalb Jahre später nicht nur im Untergang des Kommunismus' und in Gorbatschows Niederlage gipfeln sollte, sondern auch in der Auflösung des Sowjetreichs.

Seit seiner Machtübernahme 1985 hatte der frühere kommunistische Parteichef aus der Provinz schon genug Veränderungen bewirkt, um sich einen Platz in den Geschichtsbüchern zu sichern. Anfangs ging es hauptsächlich darum, die Wahrheit über die Vergangenheit aufzudecken sowie den Mythos und die Lügen zu entlarven, auf denen die Sowjetunion aufgebaut war. Stalin, den Gorbatschows Vorgänger geradezu vergöttert hatten, erschien endlich im wahren Licht: ein Ungeheuer, das in seiner Machtgier Millionen Menschen umbringen ließ. Nach und nach wurden die Opfer seiner Säuberungsaktion rehabilitiert und die Lehren aus den Schäden gezogen, die der sogenannte ›Personenkult‹ verursacht hatte.

Gorbatschows Revolution beschränkte sich nicht nur auf die Vergangenheit. Er interessierte sich auch für die Gegenwart. Im eigenen Land fing er an, ökonomische Experimente durchzuführen, und gab grünes Licht für die Bildung sogenannter Kooperativen, die abgesehen vom Namen in jeder Hinsicht mit Privatfirmen identisch waren. Im Ausland vereinbarte er einen weitreichenden Rüstungsabbau mit den Amerikanern und lockerte nach und nach den Würgegriff auf die früheren osteuropäischen Satellitenstaaten, ein Prozeß, der im Fall der Berliner Mauer seinen Höhepunkt erreichte.

Dennoch war es ein mühsamer Kampf. Obwohl sich auch Gorbatschow manchmal unsicher war, wie schnell oder wie weit er mit seinen Reformen gehen sollte, überforderten sie auf jeden Fall viele seiner konservativen Kollegen. Einer nach dem anderen wurde durch Umgruppierungen entfernt. Die Geschwindigkeit der Veränderung war so groß, daß viele der scheinbar aufgeklärten Männer, die die freigewordenen Plätze einnahmen, feststellen mußten, daß auch sie mit der Entwicklung einer zunehmend liberalen Stimmung nicht mehr Schritt halten konnten.

Auch die Gesellschaft als Ganzes war nicht auf diese Erschütterung vorbereitet. Während die jungen Leute im allgemeinen die Veränderung begrüßten, blieben viele aus der älteren Generation Kommunisten, die stolz auf die Errungenschaften der Vergangenheit zurückblickten, vom Sieg über Nazi-Deutschland bis zum Raumfahrtprogramm. Bereits das wenige, was sie von der Perestroika zu sehen bekamen, behagte ihnen ganz und gar nicht. Trotz Gorbatschows brillanter Reden wurden die Nahrungsmittelläden immer leerer statt voller. Weit alarmierender jedoch war die spürbar zunehmende Mißachtung der Gesetze. Kaum hatten die Behörden zum ersten Mal öffentlich eingeräumt, daß überhaupt ernstzunehmende Verbrechen existierten, mußte sie auch schon eingestehen, daß sich die Situation verschlimmerte. Das zeigte sich besonders in Rostow. Ihre Lage im Süden Rußlands machte die Stadt zu einer leichten Beute für organisierte ›Mafia‹-Gruppen, die aus Georgien, Armenien und den anderen Kaukasusrepubliken gesteuert wurden. Viele einfache Leute hatten die Nase voll. Sie wollten, daß die Uhren wieder zurückgedreht werden sollten.

Doch die liefen weiter. Im März 1989 schritt das Land zum ersten Mal seit mehr als siebzig Jahren zu den Wahlurnen, um in echter, freier Abstimmung ein Parlament zu wählen. Gewiß, im westlichen Sinne war das Verfahren durchaus nicht einwandfrei zu nennen; um sicherzustellen, daß die Kommunisten an der Macht blieben, wurde ihnen und ihren Verbündeten das Recht auf einen erheblichen Teil der Sitze zuerkannt. Gleichzeitig gab es zahlreiche Fälle von Mißbrauch auf der unteren Ebene, besonders in entlegenen Gebieten, wo die Parteibonzen ihre Machtpositionen nicht verlieren wollten. Dennoch fand der Wechsel statt. Genügend fortschrittlich gesinnte Menschen hatten die Hindernisse, die gegen sie errichtet worden waren, überwunden, um sicherzustellen, daß der erste Kongreß der Volksdeputierten, der wenige Monate später zusammentrat, zu einem unglaublichen Schauspiel wurde. Um zu erkennen, wie weit es das Land gebracht hatte, mußte man nur verfolgen, wie der frühere Dissident Andrej Sacharow mit Gorbatschow die Klingen kreuzte, mit dem Mann, der ihn vor über zwei Jahren aus der politischen Verbannung in Gorkij befreit hatte.

Es war, als hätten die Menschen plötzlich nach Jahrzehnten erzwungenen Schweigens eine Stimme gefunden. Und hier ging es nicht um Kämpfe, die hinter verschlossen Türen stattfanden. Die Beratungen des neuen Parlaments wurden von über hundert Millionen Menschen im Fernsehen mitverfolgt und darüber hinaus von Abermillionen im Radio gehört. Die Industrieproduktion sank an diesem Tag um ein Fünftel, da die Arbeiter den Fabriken fernblieben, um auf keinen Fall die Übertragung zu verpassen. Die Debatte hallte in den Läden, Hotels, Restaurants und selbst in den Taxis wider.

Vor dem Hintergrund dieser Geschehnisse tötete Tschikatilo erneut. Mehr als sieben Monate waren vergangen, seit er Muratow ermordet hatte, aber die Leiche des Jungen lag immer noch unentdeckt im Schnee. Es sollte sogar noch bis April dauern, bis sie gefunden wurde. Zu dieser Zeit war Tschikatilo schon auf Tatjana Ryschowa gestoßen. Es war nicht das erste Mal, daß er eine derartige Pause eingelegt hatte. Wie bei den meisten Massenmördern scheint der Impuls zu töten größtenteils von äußeren Zwängen und Umständen diktiert zu werden. Das Ende des Jahre 1988 war daher offenbar eine recht stabile Zeit in seinem Privatleben. Doch nun war sie vorüber.

Als Kind war Tatjana – oder kurz Tanja – die Art von Tochter gewesen, die sich jede Mutter erträumt hätte: intelligent, eine nützliche Hilfe im Haus und eine der besten Schülerinnen ihrer Klasse. Ihre Mutter Vera, eine mollige, gutmütige Frau, die als Melkerin auf einer Kolchose arbeitete, war zu Recht stolz auf sie. Aber dann begannen die Dinge irgendwie falsch zu laufen. Zur großen Besorgnis ihrer Mutter fing Tanja an, zu rauchen und zu trinken, was natürlich herauskam. Aber das war nur eine der vielen Ursachen für die Spannungen, die nun zu Hause auftraten. Immer häufiger stritt sie mit ihrer Mutter und schlug sich mit ihren Brüdern. Auch in der Internatsschule, wo sie ihre Ausbildung machte, kam es zu Schwierigkeiten. Ihre Noten verschlechterten sich, es gab Unstimmigkeiten mit den Lehrern, und sie gab Widerworte. Dann, am 11. Januar 1989, verließ das Mädchen ihr Zuhause und kehrte nie wieder zurück.

Ihre Mutter bemerkte es nicht sofort. Sie ging davon aus, daß sich ihre Tochter in der nahegelegenen Stadt Kamensk in der Schule aufhielt. Einige Tage später erhielt sie dann ein Telegramm des Schulleiters, daß Tanja im Unterricht fehle. Vera Ryschowa machte sich Sorgen. Ihre Tochter war zwar dickköpfig, aber so etwas hatte sie sich nie zuvor geleistet. Am nächsten Tag fuhr sie auf schnellstem Wege nach Kamensk. Nachdem sie mit den Lehrern gesprochen hatte, besuchte sie Tanjas Freunde und ihre Großmutter, um nachzusehen, ob sie sich vielleicht dort aufhielt. Dann, am 15. Januar, wandte sie sich völlig verzweifelt an die örtliche Miliz. Man überprüfte einige nahegelegene Krankenhäuser, aber als nichts herauszufinden war, schlug man ihr vor, sich selbst auf die Suche zu machen. »Wenn Sie etwas wissen, rufen Sie uns an«, bemerkte einer der Milizoffiziere trocken, als sie die Milizstation verließ.

Die folgenden Monate verbrachte Frau Ryschowa in schrecklicher Ungewißheit. Sie versuchte, bei Tanjas Freunden Auskünfte zu bekommen, aber das stellte sich als schwierig heraus. Das Mädchen hatte nie wirklich enge Freunde gehabt. Auch jene, die sie als Freunde bezeichnet hatte, waren wenig mehr als Bekannte gewesen. Selbst Tanjas Freund Andrej, ein Freund ihres Sohnes, wußte nicht, was geschehen war. Anfang März erhielt sie schließlich den Tip vom Freund eines Freundes, man habe gesehen, daß ihre Tochter in der Stadt Glubokje lebe, wo sie in einem Keller hause. Aber wieder zeigte die Miliz keinerlei Interesse. Man riet ihr, hinauszufahren und es selbst nachzuprüfen. Wie sich später herausstellte, hatte Tanja Ende Januar in einem Nahverkehrszug zwei Jungen ihres Alters kennengelernt und war mit ihnen losgezogen. Die Jungen waren starke Trinker und Kleinkriminelle und der Miliz wohlbekannt. Aber sie mochte die beiden und hatte ihren Spaß. Sie verbrachten mehr als eine Woche zusammen, tranken und hatten Sex in einem armseligen Dreiecksverhältnis im Keller des Hauses Nr. 8 in der Jubiläums-Straße.

Das hielt nicht lange an. Anfang März zog Tanja Ryschowa zurück nach Schachty und trieb sich buchstäblich auf der Straße herum. Sie war allein und ohne Freunde, aber immer noch zu stolz, um nach Hause oder in die Schule zurückzukehren. Die Tage, die sie auf der Straße schlief, forderten ihren Tribut; von dem hübschen Teenager, der sie einst gewesen war, blieb wenig übrig. Gleichzeitig verschlimmerte sich ihre Trinkerei. Zu dieser Zeit hatte sie sogar schon mittags so viel Wodka oder billigen Portwein getrunken, daß sie kaum noch aufrecht stehen konnte.

Es war wohl vor allem diese Unsicherheit auf den Beinen, die Tschikatilo auf sie aufmerksam machte, als er sie vor dem Bahnhof der Stadt erblickte. Mit Expertenblick nahm er alles zugleich auf: die schmutzige Kleidung, das zerzauste Haar, das unter der Wollmütze hervorquoll, und vor allem ihre Alkoholfahne. Seine Annäherung war direkt, aber wirksam. Die Wohnung seiner Tochter in der nahegelegenen Leninstraße stand leer, und er hatte die Schlüssel in der Tasche. Das erhöhte seine Zuversicht. Er versprach ihr Essen und Trinken, und wie viele andere vor ihr zog sie bereitwillig mit ihm los. Wenige Minuten später hatten sie einen der typischen, baufälligen Wohnblocks mit der Nr. 206 erreicht und standen vor der Tür der kleinen Parterrewohnung Nr. 40.

Tschikatilos Tochter Ljudmila hatte dort gewohnt. Aber nach ihrer Scheidung erhielt Tschikatilo den Auftrag, die staatseigene Wohnung gegen zwei kleinere zu tauschen, damit seine Tochter und ihr Ex-Mann getrennt leben konnten. Er ließ sich jedoch Zeit damit. Kurz zuvor hatte er das alte, verfallene Haus in der Meschewoj-Gasse aufgegeben. Und die Aussicht auf einen neuen, eigenen Unterschlupf für geheime Treffen war zu verlockend, um darauf zu verzichten.

Tatjana erhielt Essen und Trinken, wenn auch nicht so reichhaltig, wie sie es sich gewünscht hätte. Aber sie wehrte sich nicht besonders, als Tschikatilo sie in eine Ecke des Wohnzimmers auf den Boden drängte und versuchte, mit ihr sexuell zu verkehren. Wie schon so oft war der Geist zwar willig, aber das Fleisch blieb schwach. Tatjana regte sich langsam auf. Erst jetzt erkannte sie ihren Fehler, den älteren Mann begleitet zu haben, der so versessen darauf war, sie in seine Wohnung zu locken; denn als er sie schließlich dort hatte, brachte er nichts zustande. Ärgerlich forderte sie ihn auf, ihr fünfhundert Rubel zu geben, anderenfalls wollte sie nach Hause gehen.

»Ich habe gute Verbindungen zu Rostows Unterwelt«, drohte sie. »Wenn du nichts zahlst, bekommst du Schwierigkeiten.«

Tschikatilo versuchte vergebens, sie zu beruhigen. Unbewußt hoffte er immer noch gegen alle Wahrscheinlichkeit, daß er den Geschlechtsakt diesmal vollziehen konnte. Aber es gelang ihm nicht. Je mehr er versagte, desto lauter schrie das Mädchen.

Er hatte vorher schon einmal in einem Haus getötet: Sein erstes Opfer, Lena Sakotnowa, starb 1978 im Wohnzimmer seines Hauses in der Meschewoj-Gasse. Damals handelte es sich allerdings um ein freistehendes Häuschen, das ein paar Meter von den nächsten Gebäuden entfernt lag. Das hier jedoch war eine kleine Wohnung mit dünnen Wänden mitten in einem Häuserblock, die Art von Gebäude, wo man die Nachbarn fast atmen hörte. Gleichzeitig bestand die Gefahr, daß man sie zusammen beim Betreten des Hauses gesehen hatte. In Erinnerung an das Dorfleben stand vor den meisten russischen Häusern eine Bank, auf der die alten Frauen saßen und bis in die Nacht hinein tratschten. Außerdem hatten die Wohnungen Balkons, die auf den Hof zeigten. Vor Ljudmilas Scheidung hatte man ihn hier häufig gesehen, wenn er kam, seinen Enkel zu besuchen. Es dürfte also keine Schwierigkeiten machen, ihn zu identifizieren.

Und dazu kam noch, daß ausgerechnet Nina Dowgan, die mit ihm zusammen im Büro bei Rostownerud in Schachty gearbeitet hatte, ein paar Treppen höher wohnte. Dowgan, die ganz oben im Haus ihre Wohnung hatte, bemerkte an diesem Abend nicht Ungewöhnliches; andere weiter unten dagegen schon. Einige erinnerten sich daran, daß sie deutlich die Schreie einer Frau vernommen hatten, die offensichtlich aus Ljudmilas Wohnung drangen. Aber dann war alles schnell wieder ruhig geworden, und die Nachbarn unternahmen nichts. Als sie sich wieder vor den Fernsehgeräten niederließen, ahnten sie nicht, daß sich das tödliche Drama unten in Nr. 40 auf den letzten Akt zubewegte. Und das Ende war blutig wie immer.

Verzweifelt über seine Unfähigkeit, das Opfer zum Schweigen zu bringen, riß Tschikatilo ein Klappmesser aus der Tasche und stach sie damit in den Mund. Diese Handlung brachte sie nicht nur zum Schweigen, sondern verschaffte ihm auch das Vergnügen, das ihm seine halbherzigen Versuche, mit ihr geschlechtlich zu verkehren, nicht hatten geben können. Wahnsinn überkam ihn, und er fuhr fort, zu stechen, zu schneiden und zu beißen. Nach wenigen Minuten war sie tot.

Tschikatilo stand nun vor einem Problem. Normalerweise tötete er draußen und ließ seine Opfer einfach dort zurück, wo sie lagen. Diesmal war es anders. Er mußte sie hier wegschaffen. Aber wie? Das größte Problem bestand darin, die Überreste der Ryschowa zu tarnen. Er wählte die denkbar gräßlichste Methode. Nachdem er ein großes Messer aus der Küche geholt hatte, machte er sich daran, ihren leblosen Körper zu zerschneiden. Zunächst trennte er den Kopf und dann die Beine ab. Er wickelte sie in ihre Kleidung, verstaute das schreckliche Bündel im Keller und wischte das Blut, das über den ganzen Boden der Wohnung verspritzt war, mit einem Mop auf. Dann begab er sich nach draußen und suchte irgendeine Transportmöglichkeit. Es lag Schnee, und das beste wäre gewesen, einen Schlitten zu nehmen. Nach langem Stöbern in der Nachbarschaft entdeckte er endlich einen, der an der Wand eines nahegelegenen Hofs lehnte.

Und so brach er während der Dunkelheit und ungeachtet des dichten Schneetreibens in Richtung der Bahngleise auf und zog den Schlitten mit den darauf verschnürten Überresten der Ryschowa hinter sich her. Offenbar hatte ihn niemand bemerkt, als er den Weg entlang marschierte – die einsame Gestalt, gut eingemummt gegen die Kälte, zog etwas hinter sich her, das aussah wie ihre Habe. Das ging solange gut, bis er den

Bahnübergang erreichte. Der Frühling war nicht mehr fern, daher bedeckte nur eine dünne Schneedecke die Gleise, was die Fahrt des Schlittens bremste. Ihn packte Schrecken, als ein Passant an ihn herantrat, doch die Aufmerksamkeit wäre nicht nötig gewesen, denn der andere Mann beugte sich, ohne ein Wort zu sagen, hinunter und half ihm, den Schlitten über die Gleise zu heben. Er verharrte nur kurz, als er erstaunt spürte, wie schwer der Schlitten war. Dann verschwand er wieder in die Nacht. Tschikatilo wartete, bis er völlig außer Sichtweite war, und stopfte dann sein Bündel in ein großes Rohr, das in der Nähe des Schienenstrangs verlief.

Die Überreste der Ryschowa wurden neun Tage später entdeckt. Wie bei allen anderen Morden fand man keine weiteren Spuren. Die Ermittlungsbeamten konnten daraus nur eines mit Sicherheit schließen: Der Mörder war wieder in ihr Gebiet zurückgekehrt. Trotz des Mangels an Hinweisen während der langen und fruchtlosen Untersuchungen gab es einen gemeinsamen Faktor, der immer wieder auftauchte: die Eisenbahn. Die ursprüngliche Theorie, daß der Mörder seine Opfer auf der Straße fortschaffte, hatte zu nichts geführt. Trotz aller Anstrengungen der Miliz gab keiner der mehr als einhundertfünfzigtausend Autofahrer, die sie überprüft hatte, Anlaß für einen Verdacht. Außerdem war man sich darüber einig, daß ein geparkter Wagen am Ort des Verbrechens gesehen worden wäre, falls der Mörder tatsächlich einen benutzt hätte. Die Miliz hatte dafür keine Hinweise, die über einige vage und unbestätigte Beobachtungen hinausgingen. Doch es fanden sich triftige Gründe, die für die Eisenbahntheorie sprachen. Zunächst einmal hatte man die meisten Leichen, einschließlich die der Ryschowa, an der Bahnlinie gefunden. Viele der Opfer waren außerdem auf einem Bahnhof das letzte Mal lebend gesehen worden.

So fing man an, die neue Theorie mit der gleichen Entschlossenheit zu verfolgen, wie man sie bei den früheren eingesetzt hatte. Als die Aktion anlief, wurden Milizionäre in Zivil überall entlang der Bahnstrecke eingesetzt; rund um die Uhr befanden sich zwischen fünfhundert und sechshundert Beamte im Einsatz. Einige hielten sich, als Passagiere getarnt, auf den

Bahnhöfen auf oder strichen durch die nahegelegenen Wälder und gaben vor, Pilze zu sammeln – eine beliebte russische Freizeitbeschäftigung. Die weniger Glücklichen mußten in Gruben liegen, die für diesen Zweck neben der Bahnlinie gegraben und mit Zweigen und Blättern überdeckt worden waren. Indessen wurde jeder Zug von vier bis sechs Beamten begleitet. Vom Anfang und Ende des Zuges arbeiteten sie sich durch die einzelnen Wagen bis zur Mitte vor.

Darunter befanden sich auch Milizbeamtinnen, die mit kurzen Röcken und dick aufgetragenem Make-up besonders zurechtgemacht waren. Einige stellten sich betrunken. Falls der Mörder diesen Typ Frau bevorzugte, standen Milizionäre bereit einzugreifen. Zwar hatte keine der Frauen eine Waffe bei sich, doch hielten sich stets mehrere kräftige männliche Milizbeamte in der Nähe auf, die ihre Dienstpistolen in der Tasche trugen. Die Frauen selbst hatten ein spezielles Training in Karate und anderen Kampfkünsten absolviert. Aber wie schmackhaft der Köder auch sein mochte – Tschikatilo biß nie an.

Man konnte es den Ermittlern nicht übelnehmen, daß sie verzweifelten. Obwohl der Mörder eigenhändig vierzig Menschen ermordet hatte, gab es noch immer keine brauchbare Täterbeschreibung. Kein einziges Opfer war seinen Fängen entwischt. Sollte es für die Miliz wirklich so schwierig gewesen sein, ihn ausfindig zu machen, wenn er auf seinem Weg mit dem Zug hin- und zurückfuhr? Die Antwort lautet nein, sofern man den Aussagen Glauben schenken darf, die nach Tschikatilos Festnahme von Menschen, die ihn kannten, bei der Miliz gemacht wurden. Während die Miliz nichts gesehen hatte, wollten ihm diese Leute ständig begegnet sein.

Das Bild von Tschikatilos Aktivitäten, das sich aus ihren Berichten zusammensetzt, zeigt einen Mann, der mit der gleichen Begeisterung und Entschlossenheit jagte wie an jenem Abend im September 1984, als er von Inspektor Sanasowski quer durch Rostow verfolgt wurde. Als anonyme Gestalt, die in einem Eisenbahnwagen voll fremder Menschen unterging, konnte er sich gemächlich seine Opfer aussuchen, sie vom Zug locken und an den Ort ihres Todes führen. Und er tat es immer wieder, in der – wie er glaubte – sicheren Gewißheit, daß niemand ihn beobachtete. Aber manchmal konnte sich sogar eine große Stadt unerwarteterweise in ein Dorf verwandeln. Und Rostow, geschweige denn Schachty oder Nowotscherkassk, war nicht Moskau.

Ljudmila Pilenko gehörte zu denen, die ihm immer wieder über den Weg liefen. Sie war eine ruhige Frau mittleren Alters, die in der Buchhaltung von Tschikatilos Fabrik in Nowotscherkassk arbeitete. Wie Tausende anderer Stadtbewohner verbrachte sie gewöhnlich die Wochenenden mit der Arbeit auf dem Gemüsebeet ihrer Parzelle und verließ die Wohnung bereits um sechs oder sieben Uhr morgens. Für Tschikatilo hatte sie nicht mehr übrig als ihre anderen Kollegen. Sie begegneten sich recht häufig. Wenn er von seinen Dienstreisen zurückkehrte, mußte er jedesmal seine Quittungen bei ihr abgeben. Er trat dann in ihr Büro, reichte ihr die kleinen Zettel und verschwand wieder. Selten sprach er ein Wort, und die Pilenko hatte ihn nicht ein einziges Mal lächeln sehen.

Ihre Überraschung hätte daher nicht größer sein können, als sie eines Morgens im Zug saß und mit noch schlaftrunkenen Augen ihren sonst so mürrischen Arbeitskollegen erblickte. Er war wie verwandelt und benahm sich ganz sicher nicht wie jemand, der seinen Tag im Garten verbringen wollte. Denn dafür war er nicht entsprechend gekleidet. Trotz der frühen Stunde trug er schon Anzug und Krawatte. Er sah so aus, als sei er überhaupt nicht im Bett gewesen. Sein Verhalten war, gelinde gesagt, seltsam. Er wirkte wie ein Besessener, der sich schnell von Wagen zu Wagen bewegte. Sein Blick irrte unablässig umher, als suche er jemanden. Sie traf ihn mehrmals, und stets beobachtete sie das gleiche. Und immer trug er diese große, schwarze Nylontasche.

»Warum wandert er ständig mit dieser Tasche im Zug herum?« fragte Pilenko eines Tages ihren gemeinsamen Kollegen Gubernatorow während der Arbeit. »Was macht er bloß? Sammelt er leere Flaschen oder so etwas?«

Gubernatorow bezweifelte das. Er hatte ihn selbst so manches Mal im Zug gesehen und konnte sich auch nicht erklären, warum Tschikatilo sich so merkwürdig benahm. Als er ihn also eines Tages wieder im Wagen vorbeigehen sah, tippte er ihn auf die Schulter und fragte ihn einfach. Tschikatilo sah erschrocken aus, offenbar weil man ihn erkannt hatte, und zögerte einige Sekunden, bevor er eine Antwort murmelte.

»Ich habe früher einmal in Schachty gewohnt und immer noch ein kleines Häuschen dort«, erwiderte er. Über die Tasche äußerte er sich nicht weiter.

Das waren nicht die einzigen, denen Tschikatilo auffiel. Eine andere Frau, Jekaterina Pustowoitowa, die regelmäßig mit dem Zug fuhr, bemerkte ebenfalls das seltsame Verhalten dieses Mannes, den sie von der Arbeit her kannte. Die Pilenko und Gubernatorow kannten sie nicht. Pustowoitowa gehörte einer früheren Phase von Tschikatilos Leben an. Sie hatte mit ihm zusammen an seiner damaligen Arbeitsstelle in Schachty gearbeitet. Auch sie mochte ihn nicht, denn sie erinnerte sich daran, daß er ein Unruhestifter gewesen war, der sich unaufhörlich über dieses und jenes beschwert hatte. Die Tochter der Pustowoitowa baute ein Landhaus in der nahe gelegenen Stadt Kamenolomni, und im Sommer reiste ihre Mutter jeden Samstagmorgen dorthin, um sie zu besuchen. Sie setzte sich jedesmal in den vorletzten Wagen, damit sie nicht so weit zu laufen hatte. Und wiederholt fiel ihr auf, wie Tschikatilo sich durch den Zug arbeitete.

Ein bestimmter Vorfall gegen Ende dieses Oktobers blieb ihr besonders im Gedächtnis haften. Sie saß an ihrem üblichen Platz, als Tschikatilo auftauchte. Wie gewöhnlich trug er seine Tasche und hatte einen abwesenden Blick. Offenbar suchte er etwas, aber ihr war nicht klar, was oder wen. Sie hatte nie gesehen, daß er mit jemandem ein Wort wechselte. Diesmal wollte sie unbedingt herausfinden, was er im Schilde führte, und stand sogar auf, um ihn abzufangen. Er starrte jedoch einfach durch sie hindurch und lief weiter. Das war das letzte Mal, daß sie ihn im Zug gesehen hatte.

Tschikatilo mordete noch viermal in diesem Sommer. Dreimal mußten kleine Jungen sterben. Nicht zum ersten Mal wählte er sich Opfer männliches Geschlechts. Dennoch wurde für alle deutlich, die ihm auf die Spur kommen wollten, daß sich das Verhältnis verschob. In der frühen Phase von 1982 und 1983 hatte er die meisten Morde an Mädchen und Frauen verübt: Einerseits hatte er unschuldige kleine Mädchen getötet, andererseits Prostituierte, zwischendurch auch ein paar Teenager. Anfänglich hatte die Miliz geglaubt, daß es sich bei den Überresten von Sergej Kusmin und Igor Gudkow, die beide in jenen Jahren getötet wurden, um kleine Mädchen handelte. Das rührte offensichtlich daher, daß die Miliz der Überzeugung war, der gesuchte Mörder sei ein ›normaler‹ heterosexueller Mann. Gegen Ende des Jahrzehnts hatte sich sein Verhaltensmuster geändert. Unter den sechzehn Mordopfern, die Tschikatilo zwischen Anfang 1988 und seiner Festnahme 1990 nachweislich getötet hatte, befanden sich elf Jungen. Wie war also diese neue Vorliebe zu erklären? Wandelte sich Tschikatilo langsam vom Hetero- zum Homosexuellen? Konnte man ihn wirklich eindeutig als einen von beiden beschreiben?

Die Frage schwebte lange Zeit im Raum und spiegelte sich in der Verschiedenartigkeit von Tschikatilos Opfer wider. Viele der schlimmsten Massenmörder zeichneten sich durch die besondere Charakteristik ihrer Opfer aus. Der Amerikaner Jeffrey Dahmer konzentrierte seine Aufmerksamkeit vor allem auf junge, schwarze, homosexuelle Männer. Andere, angefangen bei Jack the Ripper, ermordeten weibliche Prostituierte. Im Gegensatz dazu verhielt sich Tschikatilo von Anfang an deutlich ambivalent im Hinblick auf die Merkmale seiner Opfer und trotzte damit allen Vergleichen. Die Unterschiede zwischen ihnen bestanden nicht nur im Geschlecht, sondern auch in Alter, Hintergrund und Lebensstil. Nimmt man einmal zwei seiner Opfer, so war es zum Beispiel schwierig, irgendeine Verbindung zwischen Marta Rjabjenko, der vierundvierzig Jahre alten Alkoholikerin und Prostituierten, die Tschikatilo im Februar 1984 in Rostow ermordet hatte, und Dima Ptaschnikow, dem zehnjährigen Jungen, der einen Monat später sterben mußte, zu ziehen. Die einzige Übereinstimung war ihre Bereitschaft, ihm an den Ort zu folgen, der zu ihrer Hinrichtungsstätte werden sollte – eine Bereitschaft, die fast alle seine Opfer teilten.

Es gab eine Erklärung für dieses scheinbar wahllose Vorgehen Tschikatilos. Er war nicht so sehr ein Vergewaltiger im üblichen Sinne des Wortes, als vielmehr ein Sadist, der unaufhörlich versuchte, seine eigenen Minderwertigkeitskomplexe und Gefühle der Unzulänglichkeit an anderen abzureagieren. Mißverstanden und von der Gesellschaft verachtet, war er zutiefst davon überzeugt, anders zu sein als andere Männer, und wollte es gleichzeitig doch nicht akzeptieren. Er versuchte verzweifelt, sich und anderen zu beweisen, daß er normal war. Ironischerweise wählte er dafür den denkbar abnormsten Weg. Für Tschikatilo gab es keine Möglichkeit, dem Zwang zu entrinnen, der darin bestand, daß er sexuelle Erfüllung nur in der Dominanz über andere und in ihrem Leid finden konnte, während er sich an der Qual seiner Opfer weidete. Aus diesem Grund waren ihm die Schmerzensschreie eines kleinen Jungen ebenso erregend wie die einer erwachsenen Frau.

In den meisten Fällen hatte Tschikatilo wohl eine Vergewaltigung beabsichtigt – entweder heterosexuell oder homosexuell –, denn fast alle seine Angriffe begannen mit dem Versuch, den sexuellen Verkehr zu vollziehen. Trotzdem war seine Behauptung, die er später zu seiner eigenen Verteidigung anführte, ursprünglich keine Tötungsabsicht gehegt zu haben, lediglich der Versuch, nicht nur die Ermittler zu täuschen, sondern auch sich selbst. Er kannte seine sexuellen Vorlieben zur Genüge, um von vornherein zu wissen, was ihn erregte – und konventioneller Geschlechtsverkehr gehörte nicht dazu. Er brauchte Blut und Qual; und jeder Versuch, den er in diesen Jahren mit dem Sex machte, endete so. Mitunter, wie bei dem Mord an Tatjana Ryschowa in der Wohnung seiner Tochter, stach er zunächst nur zu, um die Schreie des Opfers zu ersticken. Dann wieder schlug er aus reinem Sadismus zu. Und diesen Handlungen lag die Gewißheit zugrunde, daß jeder Hieb seines Messers, Hammers oder Steins ihn dem Orgasmus einen Schritt näher brachte.

Als er nach seiner Verhaftung verhört wurde, machte Tschikatilo deutlich, daß er nie losgezogen war, um sich speziell einen Mann oder eine Frau zu suchen. Wenn ihm eine erwachsene Frau als Opfer in die Arme lief, war das in Ordnung. Aber ein vorpubertäres Mädchen oder ein vierzehnjähriger Junge dienten ebensogut seinen Zwecken. Er war ein ausgesprochener Opportunist – nur das Töten zählte für ihn.

Die beiden Geschlechter wurden jedoch zwangsläufig auf

verschiedene Weise angelockt. So lag der größte Unterschied zwischen männlichen und weiblichen Opfern darin, wie und warum sie ihm folgten. Eine große Anzahl der Mädchen und Frauen, die mit Tschikatilo gingen, war Ende Zwanzig oder älter. Bis auf eine oder zwei Ausnahmen folgten sie der Einladung in der deutlichen Erwartung auf ein sexuelles Erlebnis.

Auf die Jungen, die er tötete, traf das nicht zu. Der Amerikaner Dahmer, einer der wenigen Mörder, die an die Schrecken Tschikatilos heranreichten, brachte nur Männer um. Er lockte sie in den Tod, indem er ihnen Geld anbot, sofern sie für Nacktfotos Modell standen. Aber Tschikatilo operierte in einer völlig anderen Gesellschaft. Es gab keinerlei Hinweise darauf, daß irgendeiner der Jungen homosexuell oder gar ein männlicher Prostituierter war. Tatsächlich kannte man eine solche Prostitution seinerzeit in der UdSSR praktisch nicht. Schon gar nicht in einer Provinzstadt wie Rostow. Selbst heute wird Homosexualität, trotz einer weit liberalen Haltung, immer noch schief angesehen, und die wenigen männlichen Prostituierten leben im Verborgenen.

Die kleinen Jungen unter Tschikatilos Opfern wurden mit dem Versprechen geködert, sich seltene Briefmarken oder Videos ansehen zu dürfen, die älteren dagegen mit der Aussicht auf Essen und Trinken. Manchen Jungen oder Mädchen bot er auch Hilfe an, zum Beispiel, wenn sie auf den Bus warteten. Oder er gab vor, Abkürzungen für ihren Heimweg zu kennen. Mit einer Naivität, die eine Folge der prüden Haltung der sowjetischen Gesellschaft gegenüber Sexualität war, sah keiner der Jungen die sexuelle Absicht dieses älteren Mannes voraus.

Das erklärt auch, warum sich keine erwachsenen Männer unter Tschikatilos Opfern befanden. Wenn überhaupt irgendeine homosexuelle Gruppe im Land existierte, war sie klein und nicht öffentlich zugänglich. Tschikatilo betrachtete sich keinesfalls als homosexuell und hatte auch nicht den Wunsch, einen entsprechenden Umgang zu pflegen. Er fühlte sich von ihnen sogar abgestoßen.

Heterosexuelle Männer als Opfer zu finden, war völlig unmöglich. Ein heterosexueller Mann ging kaum mit einem anderen Mann in den Wald. Besonders nicht, wenn einer wie

Tschikatilo, der, wie seine Arbeitskollegen wiederholt beklagten, nicht mit anderen Männern auskam. Angesichts der Feigheit Tschikatilos war das ohnehin ein unwahrscheinlicher Schritt. Obwohl er groß und stark genug war, um die meisten normal gebauten Männer zu besiegen, hätte er sich auf einen Kampf einlassen müssen. Und er kämpfte nicht gerne, zumal die Gefahr bestand, daß sein erwähltes Opfer entwischte. Er brauchte keine Männer, gab es doch genug Jungen und Frauen, auf die er sich konzentrieren konnte. Und genau das tat er.

Was veränderte sich also? Folgt man Andrej Tkatschenko, einem Psychiater und Sexualtherapeuten des Serbskij-Instituts in Moskau, der Tschikatilo zwei Monate untersuchte, war es bei Sadisten durchaus üblich, im Verlauf ihres Lebens allmählich von heterosexuellen zu homosexuellen Objekten überzuwechseln, was oftmals Pädophilie einschloß. Ebenso verbreitet war die damit einhergehende paradoxe Ablehnung konventioneller Homosexualität, da sie hinter den Richtlinien der Normalität zurückblieb, die die Sadisten für sich selbst beanspruchten. »Es handelt sich bei diesem Vorgang nicht um eine Folge von Homosexualität im üblichen Sinne des Wortes«, erklärte Tkatschenko. »Eher ist ein solch abnormes Sexualverhalten auf die Veränderung aller Strukturen, auf verzerrtes sexuelles Rollenverhalten und Stereotypien zurückzuführen. Er ist nicht in der Lage, seiner männlichen Rolle gänzlich gerecht zu werden, und sein sexuelles Selbstempfinden ist so gestört, daß es einen Wechsel, eine Umkehrung des Sexualobjekts vollzieht.«

Diese Ansicht ist jedoch nicht unumstritten. Amerikanischen Forschungen zufolge haben nur wenige Massenmörder in Amerika die gleiche Veränderung durchgemacht, was darauf schließen läßt, daß die Erklärung eher etwas mit den Opfern zu tun hat. Nach jahrelanger Aufklärung und der Warnung vor dem Mörder, hatten alle außer den leichtsinnigsten Teenagern und jungen Frauen erkannt, wie töricht es war, mit einem fremden Mann in den Wald zu gehen. Darüber hinaus wußte Tschikatilo auch, daß sie ihn höchstwahrscheinlich bei der Miliz anzeigen würden, wenn er zu hartnäckig versuchte, sie gegen ihren Willen mitzunehmen. Inzwischen waren sogar professionelle Prostituierte so vorsichtig, daß sie ihre Kunden nicht mehr begleiteten, besonders, wenn sie mit ihnen zu einsamen Waldstücken gehen sollten. Die neunzehnjährige Jelena Warga, die Tschikatilo im August 1989 tötete, stellte eine Ausnahme dar. Kleine Jungen, besonders solche aus zerrütteten Familien, waren da schon anfälliger. Die Versprechungen, die Tschikatilo mit schönen Worten machte, waren einfach zu verlockend, um ihnen zu widerstehen. Durch jahrelange Übung hatte er genügend psychologisches Fingerspitzengefühl entwickelt, um genau zu wissen, wie er sie locken mußte, damit sie die Warnungen ihrer Eltern vergaßen, nicht mit fremden Männern zu gehen.

Die Behörden bemühten sich durchaus, die Kinder zu warnen. So setzte die Miliz während der späten achtziger Jahre überall in den Schulen der Region eine umfangreiche Aufklärungskampagne in Gang. Die Ermittlungsbehörden bestätigten später, daß sie keine Schule ausgelassen hatten. Ein Ziel war es, der Warnung Nachdruck zu verleihen, auf keinen Fall mit fremden Männern zu gehen. Es gab aber noch eine andere Zielsetzung. Die Miliz war davon überzeugt, daß es mit Sicherheit Kinder geben mußte, denen Tschikatilo sich vergeblich genähert hatte. Wenn sich also irgendein Kind daran erinnerte, daß ein Mann auch nur den leisesten Versuch unternommen hatte, es mitzunehmen – wie unbedeutend er auch scheinen mochte –, dann sollte es sich melden und seinen Lehrern oder der Miliz alles erzählen. Tausende von Fragebögen wurden verteilt, um auch die allerkleinste Beobachtung festzuhalten. Zu diesem Zeitpunkt lief bereits eine umfangreiche Öffentlichkeitsarbeit im Radio und im Fernsehen. Trotzdem führte diese Aktion zu nichts, ebenso wie die Zivilstreife in den Zügen. Nicht eine Beobachtung wurde den Behörden mitgeteilt.

Die Miliz beschränkte sich nicht auf die Schulen. Sie richtete ihre Aufmerksamkeit gleichzeitig auf alle Orte, wo Kinder außerhalb der Schulstunden ihre Zeit verbrachten. Ein besonderer Brennpunkt waren die sogenannten ›Videosalons‹, die während der späten achtziger Jahre im ganzen Land neben anderen Westimporten, wie beispielsweise elektronischen Spielhallen, aus dem Boden schossen. Gewöhnlich waren das heruntergekommene Läden, die man häufig auf Bahnhöfen fand. Die Filme, die dort gezeigt wurden, stellten eine seichte Mischung aus zweitklassigen Horror- und Sexfilmen dar; oft waren sie in einer Sprache synchronisiert, während Untertitel in einer anderen eingeblendet wurden. Sie hatten alles, was den alten, schwermütigen, steifen Sowjetfilmen fehlte – und die russischen Teenager liebten sie. Sie konnten nicht ahnen, daß die Frau, die normalerweise hinter der Kasse saß und das Eintrittsgeld entgegennahm, durch eine Milizionärin ersetzt worden war. Das gleiche traf auch auf Leute zu, die an eher traditionellen Treffpunkten, wie etwa Eisbuden, arbeiteten.

Im weiteren Verlauf der Untersuchung begann die Miliz sogar, Männer zu überprüfen, die mit Kindern unterwegs waren, besonders, wenn ihr der Altersunterschied zwischen Vater und Sohn ungewöhnlich vorkam. Nachdem sie sich ausgewiesen hatten, nahmen die Milizbeamten das Kind ein paar Schritte beiseite, um zu klären, ob der Mann wirklich der Vater war oder irgendein netter ›Onkel‹, der es mitgenommen hatte. Außerdem griff man auf die gesammelte Erfahrung des Landes mit geheimen KGB-Überwachungen zurück und versteckte an vielen öffentlichen Plätzen Kameras, um die Bewegungen der Bevölkerung zu verfolgen. War das illegal? Das ist schwer zu entscheiden. Nach dem Schmerz und Leid, das der Mörder jahrelang über die Menschen gebracht hatte, zweifelten die Ermittlungsbeamten nicht mehr daran, daß der Zweck seiner Festnahme fast jedes Mittel heiligte. Aber wieder schlugen alle Bemühungen ins Leere.

Zum Teil lag es an der Öffentlichkeitsarbeit selbst. Bei einer Operation von der Größenordnung von ›Waldstreifen‹ konnten die Medien sich als zweischneidiges Schwert erweisen. Die Verantwortlichen, die unter der Geheimhaltung von Breschnews oder Andropows Regime aufgewachsen waren, hatten Schwierigkeiten, ihre Lektion zu lernen. Das Auftauchen Gorbatschows mit seiner Glasnost-Politik veränderte das Vorgehen der örtlichen Presse, besonders in dieser Angelegenheit. Während die Miliz am Anfang der Untersuchung die Bevölkerung von Rostow noch absichtlich im unklaren gelassen hatte, schwenkte sie nun gegen Ende der Ermittlungen in die andere Richtung. Es gab keinerlei politische Gründe mehr, Stillschweigen zu bewahren. Besonders Kostojew erkannte den enormen Nutzen, der sich aus den Medien ziehen ließ. Einerseits konnte man damit Zeugen ermutigen, sich zu melden, und andererseits die Warnung vor Fremden aussprechen. Gemeinsam mit den Kollegen von der Miliz trat Kostojew häufig im Rostower Rundfunk und Fernsehen auf.

Das Ganze hatte jedoch auch eine Kehrseite. Die Tatsache, daß Tschikatilo sich über so viele Jahre hinweg erfolgreich der Verhaftung entziehen konnte, war zum Teil die Folge seiner Kenntnis von der Arbeitsweise der Miliz. Wenn er mit dem Nahverkehrszug hin- und zurückfuhr, konnte er feststellen, daß die Miliz ihre Aufmerksamkeit auf einen Schwerpunkt konzentrierte und sich später einem anderen zuwandte. Dementsprechend handelte er. Die Übersicht der Orte, wo die Leichen seiner Opfer gefunden wurden, zeigte deutlich, daß er von Stadt zu Stadt und Ort zu Ort wechselte und dabei seinen Verfolgern immer einen Schritt voraus war. Wenn die Miliz im regionalen Fernsehprogramm berichtete, daß man eine weitere Leiche gefunden hatte und eventuelle Zeugen bat, sich zu melden, gehörte Tschikatilo jedesmal zu den Zuschauern. Er wußte dann, daß er sich von dem letzten Ort fernhalten mußte, wo er getötet hatte. Und er konnte mit Befriedigung aus den Medien erfahren, daß man bei der Ermittlung seiner Identität kaum vorankam.

Durch die Berichterstattung verstärkte sich auch die Vorsicht, mit der sich Tschikatilo seinen Opfern näherte und mit sich nahm. Wenn sich keine Kinder meldeten, so lag das nicht einfach an der typischen Angst der Kinder vor Autoritätspersonen, sondern weil viele gar nicht verstanden hatten, wie nahe sie daran gewesen waren, sein Opfer zu werden. Tschikatilos Alter, sein seriöses Auftreten und seine Sprachgewandtheit gereichten ihm zum Vorteil, genau wie sein Benehmen, das stets mehr von Vernunft als von Impulsivität geprägt war.

Witalij Kaljuchin, der seit 1988 für den Fall zuständige Staatsanwalt des Bezirks Rostow, war vor allem von Tschikatilos außerordentlicher Vorsicht beeindruckt. »Wenn er auf den kleinsten Widerstand bei seinem ausgesuchten Opfer traf, stellte er sofort den Versuch ein«, erklärte er. »Er versuchte nie, jemanden zu überreden, und wandte nie Gewalt an. Für seine Opfer kam der Angriff, der sie tötete, immer völlig überraschend.«

Nie war der Überraschungseffekt größer als bei Sascha Dschakonow, der am 11. Mai 1989, einen Tag nach seinem achten Geburtstag, im Zentrum von Rostow ermordet wurde. An diesem Tag hatte Tschikatilo sich in den Läden am Rande der Stadt nach einer neuen Tapete für seine Wohnung umgesehen und befand sich auf dem Weg nach Hause. Der Bus war überfüllt, und ihm blieb nichts anderes übrig, als zu Fuß zu gehen. Da erblickte er den kleinen Jungen in Schuluniform, der die Hauptstraße entlangschlenderte. Als er ihn entdeckte, raste sein Puls. Aber er wollte nicht warten, denn seine Begierde war so stark, daß er alle Vorsicht in den Wind schlug.

Tschikatilo paßte den Moment ab, als der Junge durch eine Reihe von Büschen von der Straße abgeschirmt wurde, sprang ihn von hinten an und stach sofort auf ihn ein. Nur der dichte Verkehr rettete Tschikatilo vor einer Entdeckung. Das Rumpeln der Lastwagen, der Autos und der nahegelegenen Bahn dröhnte so laut, daß die Schreie des kleinen Jungen ungehört verhallten. Er tötete ihn und ließ die Leiche fast an derselben Stelle zurück, wo er ihn umgebracht hatte – nur zwanzig Meter von der Straße entfernt. Trotz der Sommerhitze vergingen ganze fünfundfünfzig Tage, bevor ihn jemand fand.

Im Gegensatz dazu bekam Aljoscha Chobotow seinen Mörder nur zu deutlich zu Gesicht. Er war ein zehnjähriger Junge aus glücklicher Familie, und ihn faszinierten die Filme, die in einem neuen Videosalon gezeigt wurden, der gerade in der Innenstadt von Schachty eröffnet hatte. Die Horrorfilme mochte er am liebsten – das jedenfalls erzählte er dem Mann, der sich ihm näherte, als er am 28. August dieses Jahres vor dem Gebäude an der Karl-Marx-Straße Ecke Sowjetstraße stand.

»Ich kann dir ein paar ganz tolle Horrorfilme zeigen, wenn du magst«, bot Tschikatilo an. »Ich habe eine große Sammlung in meinem Häuschen. Warum kommst du nicht einfach mit und siehst sie dir an?«

Während sie durch die Stadt liefen, reifte ein schrecklicher

Plan in Tschikatilos Kopf. Ein paar Jahre zuvor, als er sich am tiefsten Punkt eines seiner häufigen depressiven Anfälle befand, hatte er kurz davor gestanden, Selbstmord zu begehen. Er hatte sich sogar schon zu einem Friedhof begeben und ein Grab für sich geschaufelt. Ein schöner und friedvoller Ort für seine letzte Ruhestätte, gleich hinter dem eigentlichen Friedhof inmitten der Schwarzdornhecken. Jetzt entschied er, daß das Grab einen anderen aufnehmen sollte.

Als die beiden den Friedhof erreichten, führte Tschikatilo den kleinen Chobotow zuerst den Hauptweg entlang und bog dann ab.

»Wo gehen wir hin?« fragte der Junge mit einem verwirrten Unterton.

»Es ist nur eine Abkürzung«, versicherte Tschikatilo.

Als sie an dem besagten Platz ankamen, freute er sich darüber, daß seine ausgehobene Grube immer noch vorhanden war. Auch der Spaten, den er dort zurückgelassen hatte, lehnte noch am Stamm eines nahestehenden Baums. Vor Erregung zitternd warf er sich auf den Jungen, und nachdem er ihn auf den Kopf geschlagen hatte, biß er ihm die Zunge ab und schnitt seine Geschlechtsteile ab. Dann warf er die Leiche in die Grube und bedeckte sie mit Erde.

Tschikatilo erwies sich als guter Totengräber. Obwohl Chobotows Eltern das Verschwinden ihres Sohnes sofort meldeten, blieben alle Versuche der Miliz, ihn entweder tot oder lebend zu finden, ergebnislos. Nach seiner Festnahme gestand Tschikatilo den Mord und führte die Miliz genau an die Stelle, wo die Leiche des Jungen vergraben lag. Aber da war von ihr nicht viel mehr übrig als ein Skelett.

KAPITEL VIERZEHN

Am Ende der Rodnikowskaja-Straße unweit von Rostows Botanischem Garten lebt der Georgier Michail Dschidschelewa, ein ehemaliger Lagerarbeiter, der mittlerweile im Ruhestand ist. Trotz der in Rußland verbrachten Jahrzehnte hat er weder etwas von seiner Liebe zu Frauen, gutem Essen und gutem Wein noch von der für sein Heimatland jenseits des Kaukasus typischen Gastfreundschaft verloren. Auch ein unerwarteter Gast verläßt sein Haus nicht, ohne reichlich mit ›Schaschlik‹, einem georgischen Kebab, bewirtet worden zu sein, das man mit Gläsern herben, roten Weins und Wodka hinunterspült. Anfang des Jahres 1990 begegnete er Tschikatilo.

Oder besser gesagt, sein deutscher Schäferhund Tjuman, was soviel wie ›Nebel‹ bedeutet, bemerkte ihn.

Dschidschelewa war gerade dabei gewesen, das bissige Tier zu seinem täglichen Morgenspaziergang auszuführen, als es zu bellen und an der kräftigen Lederleine zu zerren begann. Doch der Mann, auf den der Hund losgehen wollte, hatte offenbar keine Angst. Er war mittleren Alters, trug eine braune Jacke und ging mit der Tasche in der Hand unbekümmert weiter.

»Gehen Sie bitte einen Schritt zurück!« rief Dschidschelewa. »Mein Hund ist bösartig, ich kann ihn kaum halten!«

»Er sieht gar nicht so böse aus«, erwiderte Tschikatilo. »Ich lasse es darauf ankommen.«

Diese wenigen Worte kennzeichneten den Anfang einer seltsamen Freundschaft, die sich über die nächsten Monate hinweg entwickeln sollte. Immer wieder sah Dschidschelewa den Mann an seinem Haus vorbeischlendern, entweder wenn er seinen Hund spazierenführte, oder wenn er gerade in seinem kleinen Vorgarten die Gemüsebeete bearbeitete. Da er den ganzen Tag allein zu Hause saß und außerdem nichts anderes zu tun hatte, war seine Neugier geweckt. Seine Straße lag am Rande der Stadt; für einen Fremden gab es also keinen Grund, hier entlangzugehen, es sei denn, er wollte zum Botanischen Garten.

Doch dieser Mann sah nicht wie jemand aus, der stundenlang Blumen betrachtete. Was hatte er also hier verloren? Eines Tages, es war im April oder Mai, beschloß er, das in Erfahrung zu bringen. Also fragte er den Mann, wo er denn arbeite.

»Ich bin Lehrer«, antwortete Tschikatilo und ging einfach weiter in Richtung des Botanischen Gartens.

Einen Monat später, als Dschidschelewa seine Lieblingsziegen fütterte, trafen sie sich wieder. Die Art und Weise, wie der Mann die Tiere anschaute, gefiel ihm nicht. Lebensmittel wurden bereits knapp und teuer, also war eine Ziege in diesen Tagen eine Menge wert, und seine liefen frei im Garten herum.

»Was starren Sie meine Tiere so an?« fragte er ihn barsch. »Haben Sie noch nie eine Ziege gesehen?«

Als Tschikatilo stehenblieb, versuchte Dschidschelewa, ihn in ein Gespräch zu verwickeln, und fragte erneut, wo er denn arbeite.

»Ich bin Schlosser«, antwortete Tschikatilo.

»Das ist aber komisch«, erwiderte der Georgier. »Das letzte Mal, als ich Sie danach fragte, sagten Sie mir, daß Sie Lehrer wären.«

»Na und, geht Sie das etwas an?« entgegnete Tschikatilo bissig; er war verärgert darüber, ertappt worden zu sein.

»Wenn Ihr Haus am Ende dieser Straße läge, würden Sie sicher auch wissen wollen, wer davor herumschleicht«, gab Dschidschelewa zurück. »Mir wurden schon meine Hühner gestohlen. Ich werde mir nicht auch noch die Ziegen wegnehmen lassen.«

Doch die scharfen Worte waren bald vergessen. Mit der Zeit fingen sie an, sich regelmäßig zu grüßen. Manchmal wusch Tschikatilo sich sogar die Hände in Dschidschelewas Teich. Es war etwas Seltsames an diesem Lehrer oder Schlosser, oder was auch immer er war. Mitunter kam er gut gekleidet, in Anzug und Krawatte; oft jedoch sah er richtig ungepflegt aus, als hätte er in seinen Kleidern geschlafen. Die kleine Ledermütze, die er normalerweise trug, war das einzig beständige Merkmal an ihm. Seine Stimmung wechselte von Redseligkeit zu ausgesprochener Übellaunigkeit. Fragte ihn Dschidschelewa, was denn nicht stimme, so antwortete er, daß er an fürchterlichen Kopfschmerzen leide. Eines Morgens, als Dschidschelewa den Mann bereits um sechs Uhr draußen herumschleichen sah, schickte er einige Nachbarjungen ein paar hundert Meter hinter Tschikatilo her, damit sie herausfanden, was er vorhatte. Er wurde enttäuscht. Als seine Spione zurückkehrten, konnten sie bloß berichten, daß der Mann in ein nahegelegenes Café frühstücken gegangen war.

Wären ihm die Jungen nur ein wenig länger gefolgt, hätten sie etwas Interessantes herausgefunden. Am 7. März, ungefähr um die Zeit, als Dschidschelewa seine ersten Begegnungen mit diesem fremden Spaziergänger hatte, überredete Tschikatilo den zehnjährigen Jaroslaw Makarow dazu, ihn auf diese Straße zu begleiten. Makarow war ein leichtes Opfer, ein umgänglicher, gesprächiger Junge aus einem einst glücklichen Elternhaus. Doch dann fing er an, von daheim auszureißen; das erste Mal geschah es, als er in der Schule schlechte Noten bekam, und später tat er es immer wieder. Er kehrte zwar jedesmal zurück, aber seine Eltern wußten nie so genau, was er in der Zwischenzeit getrieben hatte. An diesem verhängnisvollen Nachmittag, als der Junge auf Tschikatilo traf, lungerte er gerade auf dem Rostower Bahnhofsvorplatz herum und bettelte um Geld. Natürlich freute es Tschikatilo, ihm mit ein paar Münzen aushelfen zu können.

Nicht daß Tschikatilo an diesem Tag mit dem Vorsatz zu töten aufgebrochen war. Ihn hatte ein anderes Anliegen nach Rostow geführt, das ihm beinah ebensoviel Befriedigung verschaffte: Er wollte sich beschweren. Vor dem Haus seines Sohnes in Schachty hatten einige Leute begonnen, eine Garage zu bauen, und er war auf der Post gewesen, um mit einem Einschreibbrief an das örtliche Komitee der Kommunistischen Partei Protest einzureichen. Tschikatilo war schon immer ein begeisterter Verfasser von Beschwerdebriefen gewesen: Beschwerden über seine Vorgesetzten am Arbeitsplatz oder über angebliche Vergehen des Stadtrats. Doch vor kurzem hatte er sich selbst übertroffen. Die ganze Angelegenheit war für ihn zur Besessenheit geworden. Da die Garage viel zu dicht an das Wohnhaus gebaut wurde, wo sein Sohn lebte, nahm sie der Wohnung das Licht. Er wußte auch, daß der Rat normalerweise keine Baugenehmigung erteilt hätte. Also mußten die Leute, die sie bauten – es waren Assyrer – jemanden geschmiert haben.

Es ging nicht um die Garage an sich. Es ging ums Prinzip. Trotz seiner grauenhaften nächtlichen Aktivitäten hatte Tschikatilo einen ausgeprägten Sinn für Gerechtigkeit und sah es nicht gerne, wenn Leute ungeschoren davonkamen. Und nach seinem Empfinden war es Unrecht, Schmiergelder zu zahlen.

Nun hatte sich die ganze Angelegenheit mehr oder weniger verselbständigt. Die anderen gaben nicht nach, und die Auseinandersetzung fing an, ihren Tribut von ihm zu fordern. Wie alle Völker des Kaukasus, besaßen auch die Assyrer einen ausgeprägten Familiensinn und gute Verbindungen zum organisierten Verbrechen. Je länger die ganze Sache dauerte, desto mehr gewann Tschikatilo die Überzeugung, daß irgendeine assyrische Mafiabande Rache an ihm nehmen wollte. Jedesmal, wenn er vor die Tür trat, glaubte er, ihre Wagen vor seinem Haus parken zu sehen. Er fürchtete, daß sie ihm auflauerten, um ihn zusammenzuschlagen. Selbst in seinen eigenen vier Wänden fühlte er sich nicht mehr sicher. Er gewöhnte sich an, die Haustür zu verriegeln, und war beunruhigt, wenn seine Frau nicht rechtzeitig nach Hause kam.

Doch seine Furcht war vergessen, als er mit dem kleinen Jungen redete, der seine Jeansjacke frech über der Schuluniform trug. Tschikatilo verschwendete keine Zeit. Er erzählte Makarow, daß bei ihm zu Hause einige Freunde seien, und fragte ihn, ob er nicht Lust hätte, ihnen Gesellschaft zu leisten. Es mutete zwar seltsam an, aber der Junge stimmte zu. Welches Interesse konnte ein Zehnjähriger daran haben, einem Mann zu folgen, der gut und gerne sein Vater, vielleicht sogar sein Großvater sein könnte?

Jedenfalls bekam der Junge keine Gelegenheit, viel Zeit mit ihm zu verbringen oder diese angeblichen Freunde kennenzulernen. Nachdem Tschikatilo ihn tief in den Botanischen Garten hineingelockt hatte, fiel er über ihn her. Die Mißhandlung begann mit dem Versuch, den verstörten Jungen zum oralen Sex zu zwingen, und endete in einer Orgie des Schneidens und Stechens, bei der Tschikatilo die Zungenspitze und die Genitalien des Jungen abtrennte. Beides warf er einfach weg, nachdem er die Leiche mit Ästen und Blättern bedeckt hatte.

Als er sich gesäubert hatte, ging er an Dschidschelewas Haus vorbei zurück zum Bahnhof, um mit dem Zug nach Nowotscherkassk zu seiner Frau zu fahren. Normalerweise ging er nach einem Mord nicht so schnell nach Hause. In der Regel ließ er mindestens einen Tag verstreichen. Es ging ihm dabei nicht nur darum, sich in Ruhe zu säubern. Erstaunlicherweise ahnte Faina immer noch nichts von seinem Doppelleben, und er wollte alles tun, damit sich daran nichts änderte. Psychologisch gesehen, handelte es sich um den gezielten Versuch, seine beiden Leben voneinander getrennt zu halten. Dieses Mal nahm er sich keine Zeit. Der folgende Tag war ein besonderes Datum auf dem sowjetischen Kalender: der 8. März, der Internationale Frauentag.

An dreihundertvierundsechzig Tagen im Jahr waren die russischen Männer die größen Chauvinisten der Welt. Aber an einem Tag war alles ganz anders. Der Verkauf von Rosen auf den Märkten stieg sprunghaft an, und mit einem rituellen Aufgebot von Heuchelei ließen sich die meisten Männer zu einer wahren Orgie des Putzens, Abwaschens und vielleicht sogar des Kochens herab, als hinge ihr Leben davon ab. Tschikatilo machte da keine Ausnahme. Er wußte, daß er alles daran setzen mußte, diesen Tag zu einem besonderen Ereignis für seine Ehefrau zu machen.

Für Makarows Mutter war das der schlimmste Tag ihres Lebens. Am Morgen des 8. März fand die Miliz die Leiche ihres kleinen Sohnes und schloß sofort den Botanischen Garten. Überall sah man Beamte, und alle kamen an Dschidschelewas Haus vorbei, der sich keinen Reim darauf machen konnte, was dieser Aufruhr zu bedeuten hatte. Nicht zum ersten Mal erwies sich die erste Spur, der die Miliz folgte, als falsch. Tschikatilo war nicht der einzige ›Wahnsinnige‹, der frei im Park herumlief; es gab anscheinend noch einen anderen, und dieser ging der Miliz schnell ins Netz. Dieser Mann war jedoch nicht ihr Mörder; er war überhaupt kein Mörder, sondern holte sich seine Befriedigung dadurch, daß er Kinder anfaßte. Trotzdem sperrte ihn die Miliz ein, und es vergingen zwei Monate, bis sie den Fehler erkannte, der ihr unterlaufen war.

Bei manchen Massenmördern treten im Laufe der Zeit Anzeichen des Wunsches auf, endlich gefaßt zu werden, als suchten sie Schutz vor sich selbst. Nicht so Tschikatilo. Hätte er das Gefühl gehabt, daß sich das Netz der Miliz um ihn schloß, wäre es vielleicht anders gewesen. Aber das war nicht der Fall. Die drei Monate, die er vor mehr als fünf Jahren im Gefängnis verbringen mußte, waren in seiner Erinnerung in weite Ferne gerückt. Zu seiner Erleichterung hatte die Miliz ihn seither in Ruhe gelassen.

Zur selben Zeit wurden Tschikatilos Morde immer grausamer. Vor zehn Jahren hatte er festgestellt, daß es ihm nicht reichte, Kinder nur zu belästigen, als er beinahe zufällig seinen ersten Mord begangen hatte. Inzwischen befriedigte ihn nicht einmal mehr das bloße Töten. Er mußte das Leiden seiner Opfer vergrößern, indem er immer entsetzlichere Handlungen an ihnen vollzog – viele davon bei lebendigem Leibe. Fotografien in den Akten der Ermittlungsbehörde dokumentierten den Zustand der Leichen nach ihrer Entdeckung. Selbst die ›frischen‹ Funde waren bis zur Unkenntlichkeit verstümmelt, nicht nur durch die Einstiche und das Aufschlitzen, sondern wegen der tiefen Bauchwunden, die beim Herausschneiden der inneren Organe entstanden waren. Zu diesem Zeitpunkt war Tschikatilos Kenntnis der menschlichen Anatomie so weit fortgeschritten, daß er genau wußte, wo er zu schneiden hatte, um leicht an die Organe heranzukommen, die ihn am meisten erregten. Die Todeskämpfe seiner Opfer müssen unvorstellbar gewesen sein. Viele waren buchstäblich am Schock gestorben, als der wahnsinnige Chirurg seine Einschnitte machte.

Das Abschneiden und sogar Kauen der Genitalien der Getöteten wurde ebenfalls zu einem festen Bestandteil von Tschikatilos schrecklichem Ritual. Die meisten Körper seiner Opfer, besonders der späteren, wiesen entsprechende Merkmale auf. Im Gegensatz zu einem Kanibalen aß er weder Menschenfleisch, noch hatte er vorher geplant, so etwas zu tun. Vielmehr war es eine spontane Handlung auf dem Höhepunkt seines Wahnsinns, eine schreckenerregende Pervertierung der unschuldigen Bisse eines normalen Liebesspiels. Unbewußt wollte er seine Opfer dafür bestrafen, daß sie sexuell normal waren, während er schon immer schwach und impotent gewesen war. Seinerzeit mag er vielleicht in dem Glauben gehandelt haben, durch seine Taten etwas von jener sexuellen Energie erlangen zu können, die er so heiß ersehnte.

War das Opfer ein Junge, biß Tschikatilo ihm die Hoden und den Hodensack ab und warf sie dann sofort weg. Seine größte Leidenschaft galt der Gebärmutter, und im Laufe der Zeit wurde er immer geschickter darin, sie aus den getöteten Frauen herauszuschneiden. »Ich wollte sie nicht so sehr zerbeißen, als vielmehr darauf herumkauen«, gab er später zu. »Sie waren so schön und elastisch.«

Manchmal empfand Tschikatilo nach dieser Stech-, Schlitz und Beißorgie offenbar so etwas wie Gewissensbisse gegenüber seinen Opfern, besonders bei Kindern. Aber für gewöhnlich strich er diese Empfindung aus seinem Gedächtnis und behandelte die Tat wie eine kleine Episode, die keine weitere Bedeutung für die Zukunft hatte. Auch wies nichts darauf hin, daß er später an den Tatort zurückkehrte. Für einige Sexualmörder gehörte eine solche Rückkehr zu einem festen Bestandteil ihres Rituals. Standen sie wieder an der Stelle ihrer Mordtat, konnten sie das Vergnügen wiedererleben, das sie beim ersten Mal empfunden hatten. Einige amerikanische Mörder verwendeten sogar Videorekorder, um ihre grausamen Taten festzuhalten – ein schrecklicher Gebrauch der modernen Freizeittechnologie. Und obwohl Tschikatilo manchmal zwei-, drei- oder viermal am selben Tag mordete, tat er das nicht aus Nostalgie, sondern aus dem Wissen heraus, daß er an dieser Stelle vor einer möglichen Entdeckung sicher war.

Makarow war nur eines von acht Opfern, die Tschikatilo 1990 tötete, seinem schlimmsten Jahr seit 1984. Es war schwer, genau zu sagen, warum die Zahl seiner Morde so dramatisch zunahm. Mag sein, daß es zum Teil, wie schon sechs Jahre zuvor, durch Probleme am Arbeitsplatz ausgelöst woren war. Nach fünfjährigen Gefechten mit seinen Vorgesetzten in Nowotscherkassk ließ Tschikatilo sich schließlich zu einer Kündigung überreden; am Anfang des neuen Jahres fand er, wieder in Rostow, Arbeit in einer anderen Fabrik. Auch wenn er nicht als geisteskrank eingestuft werden konnte, verschlechterte sich doch sein Gemütszustand, was in der folgenden Zeit unvermeidlich zu einer Zunahme der Mordrate führte.

Andrej Krawtschenko, ein kleiner elfjähriger Junge mit braunem Haar und engelhaftem Gesicht, wurde das erste Opfer des Jahres 1990, nachdem er Tschikatilo am 14. Januar vor dem Awrora-Kino in Schachty getroffen hatte. Er war, wie Aljoscha Chobotow, der Junge, der auf dem Stadtfriedhof ermordet und verscharrt worden war, ein Fan von Horrorfilmen und hatte eben angefangen, Tschikatilo die Handlung eines Filmes zu erzählen, den er gerade gesehen hatte. Er ahnte noch nicht, daß er selbst in einem realen Horrorstück enden sollte.

Zufällig wohnte der Junge im oberen Stockwerk desselben Gebäudes, wo sich auch die Büroräume von Rostownerud befanden, Tschikatilos früherem Arbeitsplatz. Doch dieser Umstand half der Miliz auch nicht, eine Verbindung zwischen ihm und Tschikatilo herzustellen. Nachdem man die Leiche gefunden hatte, wurde in der Stadt eine riesige Plakatkampagne aufgezogen, um die Ermittlungen voranzutreiben. Darin wurde jeder, der den Jungen an diesem Tag gesehen hatte, aufgefordert, sich bei der Miliz zu melden. Die Plakate, die buchstäblich überall in Schachty hingen, zeigten den Jungen in einem weißen Hemd mit dem Halstuch der Jungen Pioniere. Fernerhin beschrieben sie den Weg, den er wahrscheinlich genommen hatte. Aber keine der Informationen, die über die vier speziell bei der Miliz eingerichteten Telefonnummern eingingen, brachte sie näher an Tschikatilo heran.

Die Zahl der Todesopfer stieg weiter an und spiegelte Tschikatilos anscheinend neu entdeckte Vorliebe für kleine Jungen wider. Der April zeigte jedoch eine Abweichung von diesem Muster.

Die einzige Ausnahme in diesen Monaten bildete Ljubow Sujewa, eine geistig behinderte Frau, die Tschikatilo am 4. April auf dem Weg von Nowotscherkassk nach Schachty im Zug traf. Nachdem sie sich bereit erklärte, mit ihm zu schlafen, verließen sie zusammen den Zug; er ermordete sie in einem besonders einsamen Waldstück nahe der kleinen Station Donleschos. Niemand meldete ihr Verschwinden, und die Miliz stieß erst drei Monate nach ihrer Ermordung auf die Leiche, die inzwischen nahezu unkenntlich war.

Erst später meldete sich ihr ehemaliger Freund, nachdem er Tschikatilos Verhaftung und einige Appelle im regionalen Fernsehen und den lokalen Zeitungen verfolgt hatte. Der Mann war wie die Sujewa geistig behindert. Er erzählte der Miliz, daß sie im April 1990 von zu Hause fortgegangen war, und er sie seitdem nicht mehr gesehen hatte.

Im Juli, kaum fünf Monate nachdem er mit Jaroslaw Makarow an Dschidschelewas Haus vorbeigekommen war, um zum Botanischen Garten zu gelangen, schlenderte Tschikatilo wieder die Straße hinunter. Diesmal hatte er einen anderen Jungen bei sich, den dreizehn Jahre alten Witja Petrow. Als er zwischen den Büschen eine geeignete, verlassene Stelle entdeckte, tötete er ihn. Im folgenden Monat, als die Sommerhitze ihren Höhepunkt erreichte, wurde am Flußufer in Nowotscherkassk ein anderes junges Opfer abschlachtet, der elfjährige Iwan Fomin.

Es fällt schwer, den Schmerz der Eltern angemessen wiederzugeben. Zu Anfang, gleich nach dem Verschwinden des Kindes, versuchten sie sich einzureden, daß er schon noch zurückkehren werde; vielmehr war der Junge ja nur zu Freunden gegangen und hatte darüber die Zeit vergessen, oder er besuchte die Großmutter. Als die Nacht hereinbrach, wuchsen die Zweifel und Ängste. Verwandte und Nachbarn sprachen beruhigend auf sie ein. »Mein Sohn ist auch einmal davongelaufen, aber am nächsten Tag kam er zurück«, berichtete einer. »Keine Sorge, alle Kinder tun das«, sagte ein anderer. Die Miliz zeigte sich nicht sehr interessiert. Aber für jemanden, der sich an jede Hoffnung klammerte, mochte diese Gleichgültigkeit positiv erscheinen – wie ein Hinweis darauf, daß seine Sorge unbegründet war.

Wenn man die erste schlaflose Nacht hinter sich hatte, änderte sich alles. Die beruhigenden Worte verloren immer mehr an Überzeugungskraft. Die Miliz machte sich mit ihren Spürhunden auf den Weg, die Suche hatte begonnen. Anfangs bestand noch Hoffnung, aber mit der Zeit schwand sie mehr und mehr und erlosch an dem verhängnisvollen Tag, da die Leiche schließlich gefunden wurde – und dann war sie so entsetzlich verstümmelt, daß die Miliz der Mutter den eigenen Sohn nicht zeigen wollte.

Fomins Überreste wurden bereits nach drei Tagen gefunden. Nachdem der Junge am 14. August verschwunden war, hatte sein Vater Oleg, ein Hauptmann im Gefängnis von Nowotscherkassk, eine umfangreiche Suchaktion organisiert. Unter den Dutzenden von Kollegen, die sich ihm anschlossen, waren nicht nur die anderen Wärter, sondern auch die Schreibkräfte und Buchhalter aus den Büros. Während der ersten Nacht trafen sie auf ungefähr zehn kindliche Ausreißer, was das ganze Ausmaß der Schwierigkeiten aufzeigte. Doch Iwan war nicht unter ihnen. Die Eltern hatten zuerst angenommen, der Junge sei zu seiner Großmutter gegangen, um an einem Moped herumzubasteln, das er zusammenzubauen versuchte. Tatsächlich aber war er irgendwie zum Flußufer gelangt, wo Tschikatilo ihn ermordet hatte.

Am nächsten Tag nahmen rund hundert Soldaten und Offiziere des Lagers die Suche an Land auf, während Taucher von einem Ruderboot aus den Fluß absuchten. Als der Junge gefunden wurde, wies er Wunden von fast fünfundvierzig Messerstichen auf. Während seiner Dienstzeit hatte Iwans Vater im Gefängnis viele Schrecken zu Gesicht bekommen. Die Leiche seines Sohnes war jedoch so furchtbar verstümmelt, daß er bei ihrem Anblick die Besinnung verlor.

Für andere Eltern war der Schmerz noch größer; die fünfunddreißig Tage, die es dauerte, bis Krawtschenkos Leiche im Schnee zum Vorschein kam, waren nicht einmal die längste Spanne. Die Überreste des zehn Jahre alten Ljoscha Moisejew, den Tschikatilo im vergangenen Jahr bei einem Ausflug in die Gegend von Wladimir nahe Moskau ermordet hatte, blieben sechsundsechzig Tage lang unentdeckt. Auch Petrows Überreste fand man erst nach sechzig Tagen.

Der Schmerz von Petrows Mutter hing auch mit den besonderen Umständen beim Verschwinden ihres Sohnes zusammen. An jenem Tag im Juli hatte sie mit Witja und ihren beiden anderen Kindern einen Ausflug unternommen und Rostow spät am Abend erreicht. Sie hatten noch den halben Rückweg vor sich, als sie den letzten Bus verpaßten. Da die Busstation nachts geschlossen wurde, gingen sie zum Warteraum des nahegelegenen Bahnhofs.

Tschikatilo beschloß ebenfalls, die Nacht dort zu verbringen. Er hatte an diesem Tag bis zum Abend in Rostow gearbeitet und vorgehabt, heim nach Nowotscherkassk zu fahren. Da er den Zug um sieben Uhr dreißig verpaßt hatte und keine Zeit verschwenden wollte, ging er in den Video-Salon, um sich einen Film anzusehen, wie gewöhnlich einen Horrorstreifen. Er fand ihn so packend, daß er darüber die Zeit vergaß und auch den nächsten Zug versäumte, den letzten an diesem Abend. So blieb ihm kaum etwas anderes übrig, als die Nacht im Bahnhof zu verbringen. Entschlossen, aus dieser Zeit das Beste zu machen, trieb er sich in der Nähe des Mineralwasserautomaten herum.

Als Witja und seine Familie die Bahnhofshalle betraten, blieb sein kleiner Bruder Sascha bei dem Automaten stehen; Tschikatilo steuerte direkt auf ihn zu. Als die Mutter des Jungen den Mann erblickte, schrie sie auf.

»Was machen Sie mit meinem Sohn?« herrschte sie ihn an. »Lassen Sie ihn in Ruhe!«

Tschikatilo schrak zurück, und die Frau zerrte ihre drei Kinder zu den Bänken im ersten Stock, wo sie die Nacht verbringen wollte. Tragischerweise blieb es nicht dabei. Gegen ein Uhr dreißig morgens war Witja – der mit richtigem Namen Viktor hieß – plötzlich durstig geworden und bat seine Mutter um einige Kopeken, um zu dem Wasserautomaten zu gehen. Er kehrte nie zurück. Tschikatilos Geduld hatte sich ausgezahlt. Er überredete den Jungen, mit ihm wegzugehen, und tötete ihn.

Im Herbst 1990 verstrickte sich Tschikatilo mehr und mehr in den Streit über die Garagen, die die assyrischen Nachbarn seines Sohnes auch weiterhin bauen wollten. Anfangs diente ihm diese Angelegenheit nur als Vorwand, um auf der Suche nach Opfern häufig mit dem Zug nach Schachty hin und her reisen zu können. Fragte seine Frau ihn, warum er so lange von zu Hause fortgeblieben war, konnte Tschikatilo ihr jederzeit erklären, er sei bei Juri gewesen, um das Problem mit den Garagen zu regeln.

Aber bald wurde es mehr als nur eine Ausrede. Sein Sohn war jetzt einundzwanzig Jahre alt und hatte gerade seinen Militärdienst abgeleistet. Trotz der Probleme, die er mit dem Jungen während der Jugendzeit gehabt hatte, kamen die beiden mittlerweile ganz gut miteinander aus. Tschikatilo sah nicht ein, warum sein Sohn sich damit abfinden sollte, daß man ihm mit den Garagen das Tageslicht nahm. Die Angelegenheit entwickelte sich für ihn, besonders wegen der arroganten und unnachgiebigen Haltung der Assyrer, zu einer Sache des Prinzips. Er war mehr und mehr entschlossen, das Projekt zu torpedieren.

Eine weitere ›Sache des Prinzips‹ folgte bald darauf in der abstrusen Gestalt einer Toilette, die von einer Musikschule auf ihrem Grundstück errichtet werden sollte, das ebenfalls an Juris Wohnblock grenzte. Unverzüglich richtete Tschikatilo ein Schreiben an die Schule, worin er gegen das Bauvorhaben wegen der zu erwartenden Geruchsbelästigung protestierte, die es, wie er behauptete, seinem Sohn Juri unmöglich machen würde, das Fenster seiner Wohnung zu öffnen. Es folgten noch weitere Beschwerdebriefe, die größtenteils an die Ortsleitung der Kommunistischen Partei gerichtet waren, die mittlerweile, wie jeder andere auch, Tschikatilo satt hatte.

Diesmal ging er sogar noch weiter. In seiner bizarren Weltanschauung entschloß sich Tschikatilo, die Schurken bei Präsident Gorbatschow und dem Vorsitzenden des Parlaments, Anatolij Lukjanow, anzuklagen, und fuhr dafür eigens nach Moskau, um sie zu treffen. Natürlich nahm sich keiner der beiden Zeit für ihn. Aber Tschikatilo gab nicht auf.

In diesen Tagen entstand in der Nähe des Kreml eine spontan errichtete ›Zeltstadt‹, die von Leuten bewohnt wurde, die die unterschiedlichsten Beschwerden vorbringen wollten: von der Verfolgung durch den KGB über Armut bis hin zum Mangel an angemessenem Wohnraum. Diese Gemeinschaft, die buchstäblich auf der Türschwelle des gigantischen Hotels Rossija stand, bildete einen beinah surrealen Gegensatz zu der Weite des Roten Platzes und dem dahinter gelegenen, gewaltigen Dom der Basilius-Kathedrale. Auch war sie den Gruppen westlicher Touristen, die in dem Hotel ein und aus gingen, eine Quelle der Unterhaltung und mitunter der Verwunderung. Während einige Besucher sich in richtigen Zelten niedergelassen hatten, gaben sich andere mit improvisierten Konstruktionen zufrieden. Viele hatten ihre Beschwerden auf ein Stück Pappe geschrieben, das wie ein Namensschild vor ihrem ›Heim‹ hing.

Tschikatilo gesellte sich bereitwillig dazu, stellte sein Zelt auf und schmückte es mit der seinerzeit noch nicht offiziellen russischen rot-weiß-blauen Trikolore – eine seltsame Wahl für einen überzeugten Kommunisten. Eigentlich hätte ihm die Atmosphäre der ›Zeltstadt‹ gefallen müssen; lauter Leute, die wie er davon überzeugt waren, von der Gesellschaft schlecht behandelt worden zu sein, und die meinten, daß es keinen anderen Weg für sie gebe, sich Gehör zu verschaffen. Im Gegensatz zu vielen anderen Bewohnern hatte Tschikatilo noch eine Arbeit, der er nachgehen mußte. Deshalb kampierte er nur wenige Tage in der Hauptstadt, bevor er wieder nach Hause zurückfuhr.

KAPITEL FÜNFZEHN

Irina Belowa war siebzehn und unternehmungslustig. Groß, mit ansprechender Figur und glänzendem braunen Haar, stand sie bei den Jungen stets im Mittelpunkt. Sie war sich dessen durchaus bewußt. Manche hielten sie für flatterhaft. Ihre Eltern sorgten sich stets darum, was sie wohl gerade unternehmen mochte, doch ihr ging es nur um ihr Vergnügen. Mit ihrer besten Freundin hatte sie sich ein Spiel ausgedacht, um sich die Zeit zu vertreiben: Sie lenkten auf der Straße die Aufmerksamkeit fremder Männer auf sich, ließen sich ansprechen und dann gemeinsam in ein Restaurant ausführen. Selbstverständlich war es klar, was die Männer wollten, und den beiden machte es Spaß, als Gegenleistung für das spendierte Essen mit ihnen durch die Gegend zu ziehen.

Sowjetische Restaurants suchte man nicht auf, nur um dort zu essen. Das konnte man ebensogut – und meist viel besser – zu Hause, zumal der Preis der Speisen für zwei Personen mehrere Wochenlöhne betrug. Ins Restaurant ging man nur zu besonderen Anlässen, manche Leute sogar nur an ihrem Hochzeitstag. Wenn man von draußen hereinkam, geriet das Essen ohnehin zur Nebensächlichkeit angesichts der Flaschen, die bereits auf dem Tisch warteten, und des stampfenden Rhythmus' der Kapelle.

Die Musik und der Alkohol verfehlten selbstverständlich nicht ihre Wirkung. Im Verlauf der Abende tanzten Irina und ihre Freundin mit ihren neuen Begleitern: zuerst schnell und wild nach westlicher Popmusik und dann langsam nach romantischen Schlagern. Später, kurz bevor das Restaurant schloß und die Männer immer zuversichtlicher an die vor ihnen liegende Nacht dachten, verschwanden die beiden mit der Entschuldigung, zur Toilette zu müssen, schlüpften durch den Seiteneingang und waren zu Hause bei ihren Eltern, bevor ihre

Begleiter überhaupt merkten, daß man sie hatte sitzenlassen. Wie viele Männer vor ihm hätte auch Tschikatilo leicht auf der langen Liste der ›Opfer‹ der beiden Mädchen landen können. Doch dieses Mal verliefen die Dinge anders.

Er traf sie auf dem Bahnhof in Nowotscherkassk. Es war bereits Oktober, aber das südliche Klima sorgte für eine milde Witterung. Die Belowa lernte Ernährungswissenschaften an einem Polytechnikum in Schachty, hatte aber den Tag über in Rostow gearbeitet. Nach Feierabend hatte sie in Nowotscherkassk Zwischenstation gemacht, um sich mit ein paar Freunden zu treffen, und wartete nun auf den Nahverkehrszug, der sie zurück nach Schachty bringen sollte. Tschikatilo hatte auch frei, hegte aber ganz andere Pläne. Er war auf der Suche nach Beute; und Belowa wirkte irgendwie vielversprechend. Sie sah wie die Sorte Mädchen aus, die man leicht zu einem Waldspaziergang überreden konnte.

Als die Belowa auf dem Bahnsteig stand, wurde sie plötzlich ebenfalls auf ihn aufmerksam. Mit seinem Anzug und der Aktentasche unterschied er sich kaum von den anderen Büroangestellten. Trotzdem fiel ihr die Art auf, wie er sich zwischen den Frauen hindurchschlängelte und versuchte, mit der einen oder anderen ins Gespräch zu kommen. Wie nicht anders zu erwarten, kam er schließlich auch zu ihr.

»Wo willst du hin?« fragte er fröhlich, als er von hinten an sie herantrat.

»Nach Schachty«, entgegnete die Belowa spontan.

»Ich muß auch in die Richtung«, fuhr er fort. »Es ist nicht weit. Warum fahren wir nicht zusammen?«

Das war die typische Art der Annäherung, die Tschikatilo bereits in verschiedener Form praktiziert und mit der er im Verlauf der letzten zehn Jahre mehr als vierzig Frauen und Kinder in den Tod gelockt hatte. Es war nichts sonderlich Kluges oder Raffiniertes daran. Die Belowa hatte nicht den Eindruck, daß er wirklich versuchte, mit ihr zu flirten, geschweige denn sie abzuschleppen. Es schien völlig harmlos zu sein. Zumindest in den späten Achtzigern wußte fast jeder im Gebiet um Rostow durch die massive Informationsflut der örtlichen Presse und des Fernsehens, daß ein gefährlicher Mörder frei herumlief.

Sollte jemand auftauchen und aus heiterem Himmel einen Waldspaziergang vorschlagen, würde er augenblicklich Mißtrauen erwecken. Aber was geschah, wenn er ein Gespräch anfing, indem er über das Wetter oder über den Gemüsepreis redete?

Als der Zug eintraf, stieg die Belowa ein, und Tschikatilo setzte sich ihr gegenüber. Obgleich es erst Nachmittag war, ungefähr zwischen drei und vier Uhr, befanden sich kaum Leute im Zug. Bald waren die beiden in ein Gespräch vertieft. Tschikatilo stellte eine Frage nach der anderen, und seine junge Begleiterin antwortete, ohne ihm besondere Aufmerksamkeit zu schenken. Nach etwa einer halben Stunde, als der Zug an der kleinen Bahnstation von Persjanowka vorbeigefahren war, unternahm er seinen nächsten Schritt.

»Verflixt«, stieß er aus. »Das war meine Station. Wir haben so viel geredet, daß ich sie verpaßt habe. Macht nichts, ich werde bis Kamenolomni weiterfahren und dort den Zug in die entgegengesetzte Richtung nehmen. Das wird nicht viel länger dauern.«

Zu Belowas Verwunderung stieg er auch in Kamenolomni nicht aus, obwohl der Zug für mehr als zehn Minuten am Bahnhof stand. Die Situation hatte sich für ihn einfach zu gut entwickelt. Manchmal kostete es ihn viel Mühe, das Vertrauen jener zu gewinnen, die er auf der Straße einfach angesprochen hatte. Aber dieses Mädchen war anders. Sie plauderte mit ihm, als wären sie seit Jahren befreundet. Unter dem Vorwand, daß er sie wegen der Fahrgeräusche nicht so gut verstehen könne, rückte er dichter an sie heran und legte die Hand auf ihr Knie. Sie fuhr empört zurück.

»Was fällt Ihnen ein?« herrschte sie ihn an und legte die Hand entschlossen auf sein eigenes Knie zurück. »Sie sind ein alter Mann. Sie sollten sich schämen, ein Mädchen wie mich anzufassen.«

»Normalerweise mögen Frauen das«, erwiderte er. »Du etwa nicht?«

»Nein, ich nicht«, erwiderte sie kühl.

Tschikatilo ließ nicht zu, daß seine kleine Fehlkalkulation alles zunichte machte. Während er sich innerlich verwünschte, beinahe alles verdorben zu haben, entschloß er sich, seine Hände für die nächste Zeit stillzuhalten, und führte das Gespräch wieder auf unverfängliche Bahnen zurück, indem er sie nach dem Studium und ihren Plänen für die Zukunft fragte. Nachdem er herausgefunden hatte, wo sie studierte, gab er vor, Lehrer zu sein. Das war ein kalkulierter Schachzug. Er tat so, als ob er immer noch an der Schule tätig sei und nicht als Versorgungsangestellter, weil sich das besser anhörte. Aus irgendeinem Grund respektierten die Leute einen Lehrer. Wenn das einmal nicht funktionierte, vermutete man in ihm zumindest keinen gefährlichen Mörder. Als er der Meinung war, die Scharte einigermaßen ausgewetzt zu haben, verlegte er sich auf eine andere Strategie.

Inzwischen hatte er den Gedanken, nach Hause zurückzufahren, vollständig aufgegeben. In seinem Kopf drehte sich alles nur noch um dieses Mädchen, das so dicht bei ihm saß, und um die Frage, wie er sie am besten dazu bringen konnte, ihm in den Wald zu folgen. Während der Zug dahinratterte, malte er sich in Gedanken sogar die Greuel aus, die er ihr zufügen wollte. Beinahe vermochte er ihre Schreie zu hören. Aber wie konnte er es bewerkstelligen, mit ihr allein zu sein? Er schlug ihr vor, mit ihm ins Kino zu gehen. Um auf solche Fälle vorbereitet zu sein, kannte er stets die Programme der verschiedenen Kinos in der Gegend und schlug der Belowa vor, das Awrora in Schachty zu besuchen.

»Heute nacht läuft ein besonders guter Film«, erzählte er ihr.

Irina Belowa ließ sich davon nicht beeindrucken. Wenn er sie zum Essen eingeladen hätte, wäre das schon etwas anderes gewesen. Einen Ausflug in ein Restaurant konnte ein Mädchen, das seinen Spaß haben wollte und einigermaßen Selbstachtung besaß, nicht einfach ausschlagen. Aber eine Einladung ins Kino war etwas anderes. Schließlich kostete der Eintritt nur ein paar Kopeken, und sie konnte jederzeit hingehen, wenn sie Lust dazu verspürte. Jedenfalls war sie heute nicht dazu aufgelegt, schon gar nicht mit diesem ziemlich merkwürdigen, ältlichen Lehrer.

Trotzdem dachte sie sich nichts dabei, als sie in Schachty eintrafen und Tschikatilo ebenfalls ausstieg. Sie nahm einfach an, daß er seine Pläne geändert hätte und statt dessen irgendwo anders hinfahren wollte. Sie lehnte auch nicht ab, als er vorschlug, sie ein Stück weit zu begleiten, bevor er umkehren und wieder zum Bahnhof zurückgehen würde. Obgleich sie keine Sympathie für ihn empfand, fühlte sie sich durch seine Aufmerksamkeit geschmeichelt. Er war zwar nicht der erste Mann, der sich für sie interessierte, aber dennoch . . .

»Warum soll ich mir Sorgen machen«, dachte sie, als sie losgingen. Natürlich las sie die Zeitung und wußte genausoviel wie jeder andere Bürger über den Mörder. Aber es war erst fünf Uhr nachmittags, und obwohl die Sonne bereits sehr tief stand, war es immer noch nicht dunkel. Nur dreißig Minuten Fußweg durch belebte Straßen trennten sie von ihrem Zuhause. Wenn der Mann auch nur einen Finger nach ihr ausstrecken würde, konnte sie einfach um Hilfe rufen, und die Leute kämen dutzendweise herbeigerannt. Allerdings fragte sie sich, warum er ihr so große Aufmerksamkeit schenkte.

»Ich glaube, Sie haben mich jetzt lange genug begleitet«, meinte sie nach einer Weile. »Warum fahren Sie jetzt nicht einfach nach Hause?«

Tschikatilo hatte den Plan mit dem Kino immer noch nicht aufgegeben, und als sie sich ihrem Häuserblock näherten, unternahm er einen letzten Versuch.

»Ich habe eine Idee«, schlug er vor. »Warum bringst du nicht deine Taschen nach Hause und sagst deiner Mutter, daß du eine Freundin besuchst. Dann können wir beide ins Kino gehen. Ich werde hier draußen solange auf dich warten.«

Wieder lehnte sie ab, und Tschikatilo mußte schließlich einsehen, daß er jetzt kaum noch etwas unternehmen konnte – zumindest nicht an diesem Tag. Das Mädchen besaß einen stärkeren Willen, als er angenommen hatte. Und der Versuch, sie jetzt zu etwas zu zwingen, könnte zu einer peinlichen Szene führen. Wegen des Fahndungsnetzes der Miliz, das sich immer enger um ihn schloß, konnte tatsächlich alles, was nur entfernt nach Gewaltanwendung aussah, in einer Katastrophe enden. Aber die Zeit war dennoch nicht verschwendet. Er wußte jetzt genau, wo sie wohnte und wo sie studierte. Beides trug er in ein kleines Notizbuch ein. Und da er nun wußte, daß sie jeden Tag mit dem Zug hin- und herfuhr, konnte er es leicht einrichten, ihr irgendwann in nächster Zeit überraschend zu begegnen. Im Augenblick war es klüger, im guten auseinanderzugehen, um sie ein paar Tage oder Wochen später, wie eine gute alte Freundin zu begrüßen, dachte er, als er sich von ihrem Haus entfernte. Zu Belowas Glück fand dieses Treffen niemals statt.

Nur wenige Monate später machten Fahnder sie an der Fachhochschule in St. Petersburg, das damals noch Leningrad hieß, ausfindig. Erst jetzt wurde der Belowa das Risiko deutlich, das sie eingegangen war. Beamte der Miliz hatten das kleine Notizbuch gefunden – mit ihrem Namen und ihrer Adresse darin. Als sie anfingen, Belowa über Tschikatilo zu befragen, sagte sie, es gäbe über ihn nur sehr wenig zu berichten. Das einzige, worüber sie sich wirklich gewundert habe, sei seine überaus höfliche und zuvorkommende Art gewesen. So hatte sie sich einen Sexualverbrecher nicht vorgestellt. Und trotz des Altersunterschieds von mehr als dreißig Jahren mußte sie zugeben, daß sie sich von ihm angezogen gefühlt hatte.

Ein paar Bahnstationen nördlich von Schachty lag das Städtchen Krasny Sulin. Wenn man über die Hauptstraße in den Ort hineinfuhr, verkündete eine Tafel voller Stolz, daß der Ort 1797 gegründet worden war. Gemessen an dieser langen Zeit gab es dort trotzdem nichts Bemerkenswertes zu sehen. Das Städtchen war kaum mehr als eine Ansammlung bescheidener, ebenerdiger Holzhäuser mit Toiletten auf dem Hof. In einem Land, in dem die meisten Häuser Staatseigentum waren, stellten sie eine Ausnahme dar: es handelte sich um Privathäuser, fast alle von ihren Bewohnern zu einer Zeit selbst erbaut, als es noch möglich war, Balken und andere wichtige Baumaterialien zu kaufen. In einem dieser kleinen Häuser am holprigen, unasphaltierten Weg, der sich Parkowaja-Straße nannte, klingelte es eines späten Vormittags im Oktober 1990 an der Tür. Ljudmila Sokolowa beruhigte den Haushund und öffnete. Normalerweise arbeitete sie um diese Zeit als Krankenpflegerin. Aber in dieser Woche hatte sie Urlaub. Sie traute ihren Augen nicht, ihr gegenüber im Windfang stand Andrej Tschikatilo. Für einen Augenblick war sie sprachlos.

»Wie, um Himmels willen, hast du uns hier gefunden, Andrej?« rief sie aus.

»Das war nicht schwierig«, erwiderte er lächelnd. »Ich habe mich einfach an die örtliche Meldebehörde gewandt. Möchtest du mich nicht hereinbitten?«

»Natürlich, natürlich«, entschuldigte sie sich. »Komm rein.«

Er zog den Mantel und die schweren Schuhe aus und trat ins Wohnzimmer. Tschikatilo hatte eine kleine Ledertasche bei sich, wie sie viele russische Männer bei sich trugen. Als sie sich setzten und zu plaudern begannen, mußte Ljudmila daran denken, daß Andrej und sie sich schon ziemlich lange kannten. Sie hatten sich Ende der sechziger Jahre als Nachbarn in dem kleinen Ort Rodionowo-Neswetajewskoje kennengelernt. Sie, ihr Ehemann, Tschikatilo und seine Frau waren gut miteinander ausgekommen. In vieler Hinsicht ähnelten sich beide Ehepaare sehr. Die Frauen hatten die Hosen an, und die Männer taten meist, was ihnen gesagt wurde. Faina und sie hatten oft darüber gescherzt. »Wir sind hier eine echte matriarchalische Gemeinschaft«, hatte sie einmal zu ihr gesagt.

Um ehrlich zu sein, sie war immer ein bißchen eifersüchtig auf Faina gewesen. Tschikatilo erschien ihr immer so ehrgeizig, ständig bemüht, sich zu verbessern. Natürlich hatte sie von seinen sexuellen Problemen keine Ahnung. Über solche Dinge sprach man schließlich nicht. Ljudmila hielt ihn für gutmütig, er lächelte immer und trank vor allem niemals zuviel. Er war auch gut zu den Kindern, wirklich ein echter Kavalier. Und man konnte nicht gerade behaupten, daß davon viele herumliefen. Sie hatte ihn bisweilen angehimmelt, dennoch war nie etwas zwischen ihnen gewesen.

Die Kinder der beiden Paare waren ungefähr im gleichen Alter. Als die Zeit kam, ihren Sohn zu taufen, wurde Faina seine Taufpatin. Und im Gegenzug übernahm sie die Patenschaft für die kleine Ljudmila Tschikatilo. Keiner der beiden Ehemänner hatte an der Feierlichkeit teilgenommen, denn beide waren Mitglieder der Kommunistischen Partei. Obwohl ihr eigener Mann nicht so streng auf Parteilinie war wie Tschikatilo, wäre es für beide recht peinlich gewesen, wenn auf einer der Parteiveranstaltungen herausgekommen wäre, daß sie ihre Kinder taufen ließen.

Trotzdem konnten die Kommunisten sie nicht von ihrem

Glauben abbringen. Es war Tradition in ihrer eigenen Familie, und Faina hielt es ebenso. Also machten sich die beiden Frauen allein auf und gingen mit ihren Kindern zur Kirche. Obwohl Ljudmilas Ehemann nicht dabeigewesen war, hatte sie die Feierlichkeiten genossen. Und nach all den Jahren schien das Ereignis eine besondere Verbindung zwischen den beiden Familien geknüpft zu haben.

Aber dann, im Jahre 1971, hatte Tschikatilo den Arbeitsplatz als Lehrer in Nowoschachtinsk bekommen und war mit seiner Familie weggezogen. Ein Wohnungstausch war immer eine sehr komplizierte Angelegenheit, und es war seiner Fähigkeit zu verdanken, alles mögliche zu organisieren, daß sie so schnell eine neue Wohnung fanden. Ljudmila und ihr Mann, die es zur selben Zeit versuchten, hatten keinen Erfolg. Sie mußten sich weiter bemühen, bis es ihnen schließlich 1973 gelang, auszuziehen und nach Krasny Sulin überzuwechseln.

Sie hatte Tschikatilo seitdem nur ein paarmal zufällig in Schachty getroffen. Wenn sie Früchte oder Gemüse brauchte, mußte sie dort auf den Markt gehen, weil es in den Läden von Krasny Sulin kaum etwas zu kaufen gab. Die Begegnungen mit ihm waren nur kurz gewesen, und obwohl sie ihm ungefähr beschrieben hatte, wo sie wohnten, waren sie nie dazu gekommen, ihre Adressen auszutauschen. Aber plötzlich war er wie aus heiterem Himmel in ihrem Haus erschienen. Sie wollte wissen, was ihn hergeführt hatte, und fragte ihn danach.

»Ich bin auf einer Dienstreise«, meinte er, »ich muß morgen sehr früh nach Rostow zurück, und ich habe überlegt, ob ich nicht die Nacht hier verbringen könnte.«

Natürlich sei er willkommen, sagte sie. Sie würde einfach in dem Raum, wo normalerweise die Kinder schliefen, ein Bett für ihn zurechtmachen. Die Kinder konnten bei ihrer Großmutter schlafen, die ein paar Straßen weiter wohnte. Also blieb er, und während sie sich weiter um das Abendessen kümmerte, unterhielt man sich. Das Gespräch verlief ganz gewöhnlich – wie zwischen Leuten, die einmal sehr eng befreundet gewesen waren. Tschikatilo wirkte ruhig, entspannt und zufrieden. Wie sie sich später erinnerte, war ihr an ihm nicht das geringste merkwürdig vorgekommen, jedenfalls mit Sicherheit nichts, was auf den tragischen Verlauf hingewiesen hätte, den sein Leben seit der Zeit, als sie noch Nachbarn gewesen waren, genommen hatte.

Auf jeden Fall gab es viel zu besprechen, besonders über die Familie. Sie scherzten über die Kinder: Ihre Tochter war sechzehn, und Tschikatilos Sohn Juri war fast zwanzig und leistete gerade seinen Militärdienst ab. Was für ein schönes Paar die beiden abgeben würden, malten sie sich zum Spaß aus. Aber während sie dort saßen, konnte sie sich trotz der glücklichen Erinnerung und der Fröhlichkeit nicht des Gedankens erwehren, daß irgend etwas an seinem unerwarteten Besuch merkwürdig war. Wenn dies eine Dienstreise sein sollte, worin lag dann der Sinn, die Nacht ausgerechnet in Krasny Sulin zu verbringen? Schließlich war sein Zuhause in Nowotscherkassk nicht Hunderte von Kilometern entfernt: Mit dem Zug dorthin benötigte man nur ein paar Stunden. Er hätte einfach am Morgen losfahren und am Abend desselben Tages zurückfahren können. Das kam ihr rätselhaft vor, aber sie wollte ihn nicht mit weiteren Fragen bedrängen.

Am nächsten Tag schien das Geheimnis sich noch zu vertiefen. Ljudmila stand wie gewöhnlich um sechs Uhr auf, um ihren Mann zur Arbeit zu verabschieden, und hatte eigentlich erwartet, daß Tschikatilo bereits aufgestanden und losgefahren sei. Aber so war es nicht, er schlief sogar noch ein paar Stunden länger. Seine Absicht, früh aufzubrechen, war wohl nicht so ernst gemeint gewesen. Sie weckte ihn und fragte, ob er verschlafen hätte.

»Mach dir keine Sorgen«, beruhigte er sie. »Ich war nur sehr müde. Es macht nichts.«

Weitergehend äußerte er sich nicht. Er zog sich an, packte seine Sachen zusammen und brach auf.

»Vielen Dank, wir sehen uns bald, hoffe ich«, rief Tschikatilo ihr zu, als er in Richtung Bahnhof die Straße hinunterging. Wie sich herausstellte, sollten sie sich tatsächlich bald wiedersehen, aber unter anderen Umständen, als sie erwartet hatten.

KAPITEL SECHZEHN

Mit Wadim Gromow hatte das Schicksal es nicht sehr gut gemeint. Er war sechzehn Jahre alt und von Geburt an geistig behindert, weshalb er in Schachty eine Sonderschule besucht hatte. Aber im April 1990 war er entlassen worden. In dem Land, in dem eigentlich Vollbeschäftigung herrschen sollte, konnte der Junge keinen Arbeitsplatz finden. Die meiste Zeit verbrachte Wadim damit, zu Hause oder auf den Straßen herumzulungern, oder er fuhr einfach im Zug hin und her. Am 17. Oktober, während eines solchen Ausflugs, begegnete er Tschikatilo.

Der Junge verhielt sich wie immer. Er ging durch die Abteile, sprach mit den Reisenden und rauchte. Mit seinem erfahrenen Blick hatte Tschikatilo den mageren, gerade anderthalb Meter großen Jungen schnell eingeschätzt: Sein weißer Pullover und seine weiße Hose waren ein klein wenig zu warm für die Jahreszeit, und sein Auftreten verriet, daß er nichts zu tun hatte und keinen Ort kannte, wo er hingehörte. So weit, so gut.

»Du solltest nicht rauchen«, sagte Tschikatilo, der sich dem Jungen genähert hatte, als er im Gang, der die beiden Waggons miteinander verband, herumstand. Es war ein ungewöhnlicher Eröffnungszug, aber Tschikatilo wußte, was er tat. Inzwischen war er darin ein Experte. Als sie ins Gespräch gekommen waren und Gromow enthüllte, daß er an einer Schule für geistig Behinderte gewesen war, wußte Tschikatilo sofort, daß er ein weiteres potentielles Opfer vor sich hatte. Was dann folgte, war einfach: Er fragte ihn, was er so mache, und als der Junge erwiderte, er habe nichts Besonderes vor, lud er ihn ein, ihn zu seiner nahegelegenen Datscha zu begleiten.

»Werden auch Mädchen da sein?« wollte Gromow wissen, dessen Interesse geweckt war.

»Wenn du das wirklich möchtest, denke ich schon, daß es sich einrichten läßt«, entgegnete Tschikatilo.

Die Hütte, sagte er, läge ein paar Haltestellen hinter Donleschos, und der Junge erklärte sich einverstanden, ihn zu begleiten. Es war einer von Tschikatilos Lieblingsplätzen – die perfekte Umgebung für einen Mord: ruhig, umgeben von dichtem Wald, buchstäblich mitten im Nirgendwo. Er war vor ein paar Jahren fast zufällig auf diesen Ort gestoßen, als er den fünfzehnjährigen Schenja Muratow dort tötete. Er wußte, daß die Miliz viele Monate gebraucht hatte, um die Leiche zu finden. Es war einer jener seltenen Fälle, bei denen Tschikatilo später bedauerte, was er getan hatte. Der wohlerzogene Junge hatte überhaupt nur eingewilligt mitzugehen, weil Tschikatilo vorgegeben hatte, seine Hilfe zu benötigen.

Das Bedauern hatte ihn jedoch nicht davon abgehalten, in diesem Frühjahr dorthin zurückzukehren, um Ljubow Sujewa zu töten, eine geistig behinderte Frau. Der besondere Reiz dieser Gegend lag darin, daß man sich nur wenige Schritte vom Bahnsteig entfernen mußte, um sofort unbeobachtet zu sein. Und auch die Miliz schien dem Gebiet nicht mehr Aufmerksamkeit zu schenken als zuvor. Obwohl sie ihre Streifen entlang der gesamten Bahnlinie enorm verstärkt haben sollte, schien die Strecke zu der Zeit, als er mit Gromow vorbeikam, seltsamerweise frei von Milizbeamten zu sein.

Wie Tschikatilo es später beschrieb, sollte dies einer seiner bestialischsten Morde werden. Nachdem sie ungefähr dreihundert Meter weit gegangen waren, fing er an zu zittern und fühlte sich plötzlich sexuell erregt. Der Junge war völlig überrascht, als Tschikatilo ihn auf einmal von hinten ansprang, zu Boden zwang und seine Hose herunterriß. Während Tschikatilo das Gesicht seines Opfers auf die Erde drückte, streifte er seine eigene Hose und Unterhose ab und rieb seinen Penis an Gromows Gesäßbacken, bis er ejakulierte.

In diesem Augenblick versuchte der Junge mit letzter Kraft zu fliehen. Doch Tschikatilo war zu schnell und zu kräftig. Er holte ein Stück Seil aus seiner Tasche, fesselte dem Jungen die Hände, drehte ihn auf den Rücken und riß ihm die restliche Kleidung herunter. Als das Tier in ihm endgültig durchbrach, biß er dem Jungen die Zungenspitze ab und begann, mit dem Messer wild auf Kopf und Bauch einzustechen. Gromow starb innerhalb von Sekunden. Als grauenvollstes Finale schnitt Tschikatilo mit der Klinge die Genitalien ab und warf sie ins Unterholz.

Nachdem sein Blutrausch abgeklungen war, löste er die Fesseln, entfernte die verbliebenen Kleiderfetzen vom Körper des Jungen und zerrte den nackten Leichnam ins Gebüsch, wo er ihn mit Blättern bedeckte. Er benutzte die Kleider, um sich das Blut von den Händen zu wischen und warf sie dann ins Gesträuch. Nachdem er seine eigene Kleidung in Ordnung gebracht hatte, ging er ebenso ruhig davon, wie er gekommen war, kehrte zum Bahnhof zurück und nahm den Zug nach Hause, nach Nowotscherkassk.

Das Messer mit dem rosa Griff, das Tschikatilo an diesem Tag zum Töten benutzt hatte, wurde sorgfältig gesäubert und in die Küchenschublade der heimischen Wohnung in der Gwardeskaja-Straße, Nr. 36, zurückgelegt. Um diese Zeit befand sich seine Frau nicht in der Wohnung. Sie war unterwegs, um ihre Tochter in Charkow zu besuchen. Offiziell hätte er selbst dorthin fahren sollen – auf Dienstreise für seinen Betrieb. Jedenfalls hatte Faina ihre Tochter nur noch selten gesehen, seit sie fortgezogen waren, und angeboten, an seiner Stelle hinzufahren. Das verstieß natürlich gegen die Regeln, aber es brauchte ja niemand zu erfahren. In Charkow gab es nur eine einfache Aufgabe zu verrichten, die selbst seine Frau, die sich nicht wirklich mit der Materialbeschaffung auskannte, erledigen konnte. Für den Fall, daß sie Probleme bekam, konnte Ljudmila ihr jederzeit heraushelfen. Sie hatte sich die Grundkenntnisse von ihrem Vater angeeignet, als sie mit ihm in Nowotscherkassk zusammenarbeitete, und kannte einige Leute in den Charkower Werken, mit denen ihre Mutter zu tun haben würde.

Es war eine elegante Lösung, die alle Beteiligten befriedigte. Faina und ihre Tochter waren froh, weil sie so die Möglichkeit fanden, wieder einmal zusammenzukommen. Und da die Arbeit zuverlässig erledigt wurde, würde es im eigenen Betrieb nicht auffallen. Am glücklichsten war trotz allem Tschikatilo. Nicht nur daß er ein paar Tage die Wohnung für sich allein hatte, um sich nach dem emotionalen Trauma des Tötens wieder zu beruhigen, er verfügte auch über das, was er für ein perfektes Alibi hielt. Falls ihn irgend jemand mit dem Mord in Verbindung bringen sollte, war er nach den Unterlagen der Fabrik an dem Abend, als Gromow starb, in Charkow gewesen.

Nachdem zwei Wochen später Gromows Kleider gefunden wurden und man am darauffolgenden Tag seine Leiche entdeckt hatte, geriet die Miliz in Aufregung – vor allem aber machte es sie wütend, weil damit klar wurde, daß der Mörder mit ihnen ein Spiel trieb.

»Zuerst hat er in Rostow getötet, so daß sie die Stadt abgeriegelt haben, dann schlug er in Nowotscherkassk zu«, beklagte sich Kaljuchin, einer der Rostower Staatsanwälte. »Folglich verlagerten wir all unsere Kräfte nach Nowotscherkassk und reduzierten die Anzahl unserer Leute in Rostow. Er hat bemerkt, daß wir in beiden Städten nach ihm Ausschau hielten, deshalb hat er in Schachty weiter gemordet. Dann beorderten wir alle unsere Kräfte dorthin, worauf er zurück nach Rostow fuhr. Und so ging es weiter.«

Wladimir Kolesnikow, der Leiter der örtlichen Kriminalpolizei, begab sich an den Schauplatz des Verbrechens, damit er direkt vor Ort die Ermittlungsarbeit koordinieren konnte. Kostojew, der den gesamten Operationsstab aus Rostow mitbrachte, begab sich ebenfalls dorthin. Etwa sechzig Leute dieser Abteilung wurden in Schachty stationiert – der nächsten größeren Stadt in der Nähe von Donleschos –, darunter Spezialisten der Staatsanwaltschaft und der Miliz der Kriminalabteilung. Ihnen schlossen sich die regulären Milizkräfte an, die von ihren üblichen Aufgaben abgezogen und der Operation zugeteilt worden waren. Einige wurden auf Streifendienst geschickt, andere nahmen Positionen an der Strecke entlang des Bahndamms ein. Ein in den Kasernen von Rostow stationiertes, hundert Mann starkes Kontingent der gefürchteten OMON-Sondereinheiten des Innenministeriums wurden ebenfalls eingesetzt.

Es stellte sich heraus, daß der Zeitpunkt gut gewählt war. Genau an dem Tag, als Kostojew und seine Kollegen in Schachty eintrafen, wurde von der örtlichen Miliz berichtet, daß ein weiterer Junge im selben Alter wie Gromov mit Namen

Witja Titschenko soeben als vermißt gemeldet worden war. Seine verzweifelten Eltern hatten sofort reagiert und damit genau das Richtige getan. Ihr Sohn, ein anständig aussehender Sechzehnjähriger, war am Vortag zur Bahnstation in Schachty gegangen, um ein paar Fahrkarten zu kaufen, und man hatte ihn seither nicht mehr gesehen. Drei Tage danach, am 3. November, wurde er ebenfalls tot aufgefunden.

Die Frau, die am Fahrkartenschalter arbeitete, war die letzte Person, die ihn lebend zu Gesicht bekommen hatte. Deshalb suchte Kaljuchins Kollege von der Staatsanwaltschaft, Jandijew, sie auf. Als sie in ihrem kleinen Haus in der Nähe des Bahnhofs saßen, berichtete die Frau, daß sie, während Titschenko die Fahrkarten kaufte, flüchtig einen Mann mittleren Alters im Hintergrund gesehen hatte. Sie konnte über den Mann lediglich aussagen, daß er eine Brille trug, groß war und in den Fünfzigern stand. In diesem Augenblick betrat die Tochter der Frau, ein Mädchen im Teenageralter, den Raum. Als sie den Staatsanwalt sah und hörte, worüber gesprochen wurde, mischte sie sich ein.

»Ich war vor ein paar Tagen im Zug und habe dort auch einen Mann gesehen, der versuchte, einen Jungen mitzulocken«, berichtete sie.

Nach Aussage des Mädchens war sie Ende Oktober auf dem Rückweg von ihrem Institut in der Stadt Gornjaskij gewesen, als ihr kurz hinter Sowleschos ein Mann mittleren Alters auffiel, der eine Brille trug und mit einem Jungen sprach. Obwohl sie zu weit entfernt saß, um hören zu können, worüber gesprochen wurde, war es offensichtlich, daß die beiden sich nicht kannten und daß der Mann den Jungen überreden wollte, mit ihm zusammen den Zug zu verlassen. Wie dem auch sein mochte, der Mann hatte jedenfalls keinen Erfolg, und als der Zug in Schachty anhielt, sprang der Junge auf den Bahnsteig und machte sich eilig davon. Überraschenderweise unternahm der Mann keinen Versuch, ihm zu folgen. Er blieb einfach für ein paar Minuten sitzen, und als sich der Zug wieder in Bewegung setzte, stand er auf und ging in ein anderes Abteil.

Jandijew war davon überzeugt, daß der Mann, den die beiden gesehen zu haben behaupteten, ein und derselbe gewesen sein mußte. Obwohl das Mädchen die Aussage der Mutter nicht gehört hatte, stimmten die Beschreibungen genau überein. Es konnte natürlich auch Zufall sein, wer wollte schon mit Sicherheit sagen, daß der Mann, der neben Titschenko gestanden hatte, verantwortlich für sein Verschwinden war? Ebensogut könnte es sich auch nur um einen unschuldigen Passanten handeln. Und an seiner Handlungsweise, die die Tochter der Fahrkartenverkäuferin im Zug beobachtet hatte, war auch nichts Kriminelles gewesen. Doch es war der erste konkrete Hinweis, den sie seit Jahren erhalten hatten, und sie würden ihn nicht einfach ignorieren. Und es dürfte auch nicht schwierig sein, ihm nachzugehen. Das Mädchen sagte, es wäre nicht das erste Mal gewesen, daß sie den Mann gesehen hätte. Sie sei ihm schon oft in dem Zug begegnet.

Den Untersuchungsbeamten war klar, daß der Mörder die Abstände zwischen seinen Morden verkürzte. Aufgrund der Aussage des Mädchens gab es keinen Zweifel mehr daran, daß die Eisenbahn den Schlüssel zu allem darstellte. Nach monatelangen stichprobenartigen Kontrollen an den Bahnhöfen und in den Zügen selbst wurde der Beschluß gefaßt, zu einem System sogenannter lückenloser Überwachung überzugehen. Ungefähr sechshundert Milizbeamte wurden an verschiedenen Punkten verteilt und erhielten den Befehl, nahezu jeden zu kontrollieren. Drei oder vier stationierte man an jedem der Kleinbahnhöfe, bei denen es sich meistens nur um einfache Haltestellen handelte, von wo aus verstreut liegende Weiler mit wenigen Häusern versorgt wurden. Unter Berücksichtigung der Vorliebe des Mörders für einsame Landstriche glaubte die Miliz zu Recht, daß Orte wie Donleschos die wichtigsten Stationen waren, die man überwachen mußte. Theoretisch war es jetzt für einen Fahrgast unmöglich, den Zug zu besteigen oder zu verlassen, ohne daß seine Papiere von einem der Beamten in Zivil, die auf den Bahnsteigen herumschlenderten, überprüft wurden.

Inzwischen hatte Jandijew begonnen, eine weitere Spur zu verfolgen. Nach kurzem Zögern willigte die Tochter der Fahrkartenverkäuferin ein, sich an einem Experiment zu beteiligen. Gemeinsam mit Zivilbeamten, die an den strategisch wichtigen Punkten Stellung bezogen, sollte sie, in der Hoffnung dem

Mann zu begegnen, ihre Fahrt von Gornjaskij nach Schachty ungefähr zu der Tageszeit wiederholen, zu der sie beim vorherigen Mal auch unterwegs gewesen war. Im Idealfall würde der Verdächtige versuchen, sich an sie heranzumachen. Aber selbst wenn sie ihn einfach nur sah und identifizieren konnte, würde das schon ein großer Fortschritt sein.

Während sie die Pläne für die Fahrt ausarbeiteten, verspürten die Fahnder eine ungewohnte Zuversicht. Natürlich konnte sich der Mörder sein nächstes Opfer auch Hunderte von Kilometern entfernt suchen, so wie er es bereits zuvor getan hatte, darüber machten sie sich nichts vor. Dennoch war es diesmal anders. Sie wollten einfach glauben, daß der Mann, nach dem sie schon so viele Jahre fahndeten, ihnen jetzt endlich ins Netz ging.

KAPITEL SIEBZEHN

Es war der 6. November 1990, und in ganz Rußland kehrte anläßlich des Jahrestags der Oktoberrevolution Ruhe ein. Man feierte den wichtigsten Tag des sowjetischen Kalenders, an dem die militärische Macht zur Schau gestellt wurde, um die Gegner des Landes einzuschüchtern und vor dem eigenen Volk mit den Errungenschaften des Sozialismus zu prahlen. In Moskau waren die Wochen der Proben vorbei und alles für den großen Tag vorbereitet. Die Porträts der heiligen kommunistischen Dreieinigkeit von Marx, Engels und Lenin waren auf dem Roten Platz aufgestellt worden, und man hatte die Tribüne auf dem Mausoleum entstaubt, auf die Gorbatschow das Politbüro führen würde. Aufnahmen patriotischer Musik, wie gewöhnlich mit eingespielten ›Hurras‹, um die untenstehende Menge anzufeuern, lagen bereit.

Zugegeben, dieses Mal war die Darbietung nicht so eindrucksvoll wie sonst. Gorbatschow erachtete es wohl als unpassend, in einer Zeit, da der Kalte Krieg als fast beendet galt, zu sehr die Muskeln spielen zu lassen. Obwohl die Raketen, Panzer und Truppen alle aufgefahren wurden, sollten sie diesmal in wesentlich geringerer Zahl über das Kopfsteinpflaster donnern. Westliche Militärattachés, für die die Parade gewöhnlich den Höhepunkt ihres Arbeitsjahres darstellte, dachten sehnsüchtig an die alten Zeiten zurück.

Sei einigen Jahren nun wurde die Parade kürzer, und auch der Akzent hatte sich verändert. Mit seiner Vorliebe für Kompromisse löste der sowjetische Führer die ganze Angelegenheit schrittweise in der Hoffnung auf, sich auf diese Weise das Militär nicht zum Feind zu machen. Kaum irgend jemand ahnte, daß dies die letzte derartige Machtdemonstration am 7. November sein sollte. Im folgenden Jahr veränderte sich das Land derart, daß man es kaum wiedererkannte, und die Revolution von 1917 wurde von der Gruppe post-kommunistischer ›Demokraten‹ verlacht, für dic die Macht alles andere als ruhmreich war.

Für Millionen einfacher Russen jedoch war die ganze Veranstaltung so langweilig wie immer. Es war nie ein echter Volksfeiertag wie zum Beispiel Neujahr gewesen, sondern immer ein rein politischer, der ihnen aufgezwungen worden war. Jeglicher Enthusiasmus, der einmal für die Ereignisse des 17. Oktober aufgebracht wurde, war längst dem Zorn über steigende Preise und leere Ladenregale gewichen. Panzer und Raketen waren immer weniger eine Quelle des Stolzes als vielmehr des Ummuts darüber, daß die vielen kostbaren Ressourcen des Landes von dem monströsen Verteidigungssektor verschlungen wurden. Als sie nun nicht mehr von ihren Arbeitgebern dazu angehalten wurden, an den offiziellen Paraden, die man im ganzen Land inszenierte, teilzunehmen, machten die Menschen, was sie immer taten: Sie behandelten den 7. November wie jeden anderen nationalen Feiertag und nahmen die Gelegenheit wahr, die freie Zeit zu Hause zu verbringen oder Freunde zu besuchen.

Der Ermittlungsbeamte Igor Rybakow war von alledem genausowenig begeistert wie alle anderen. Außerdem sah es in diesem Jahr ganz und gar nicht danach aus, als ob es für ihn ein Feiertag werden sollte. Er war Anfang Zwanzig und ein Neuling bei der Miliz. Noch vor wenigen Tagen bestand seine Tätigkeit darin, Betrunkene in der Bezirksausnüchterungsstation in dem ungefähr sechsunddreißig Kilometer entfernten Städtchen Donezk zu betreuen. Das war zwar nicht gerade befriedigend, aber wenigstens bedeutete es ein einigermaßen ruhiges Leben. Dann wurde er plötzlich zur Operation ›Waldstreifen‹ abkommandiert. Wie Hunderte seiner Kollegen, hatte er sich zunächst in der lokalen Direktion zu melden. Dort teilte man ihm einen Posten zu und beorderte ihn zum Bahnhof von Donleschos. Und da stand er nun im kalten, nieseligen Novemberwetter auf dem Bahnsteig und hielt Ausschau nach etwas Auffälligem. Es war sechzehn Uhr.

In diesem Augenblick, fast wie auf ein Stichwort, erblickte Rybakow einen Mann, der aus dem Wald kam. Er war mittleren Alters, wahrscheinlich um die fünfzig, trug einen grauen Anzug, Krawatte, Brille und eine Tasche mit Schulterriemen, und näherte sich ihm aus Richtung Lesotyp, der nächstgelegenen Bahnstation auf dieser Strecke. Rybakow hatte genug Zeit, ihn zu beobachten. Es kamen nie viele Leute hierher, selbst in den Spitzenzeiten nicht, und jetzt war die Station geradezu wie ausgestorben.

Am äußeren Ende des Bahnsteigs befand sich ein kleiner Wasserhydrant, und als der Mann sich näherte, machte er dort halt, beugte sich hinunter und wusch seine Hände unter dem dünnen Wasserstrahl. Er war nicht der erste, der das tat. Seit Rybakow einige Stunden zuvor seinen Dienst angetreten hatte, konnte er bereits einen Aufmarsch von Pilzsammlern beobachten, die mit Beuteln behängt zwischen den Bäumen auftauchten und dort haltmachten, um sich zu waschen. Es hatte tagelang geregnet, und so war es unmöglich, sich in dem dichten Unterholz zu bücken, ohne bis zu den Ellbogen mit Morast beschmutzt zu werden.

Als der Mann näher kam, bemerkte Rybakow, daß er einen verbundenen Finger und einen roten Fleck im Gesicht hatte. Der Milizbeamte konnte nicht genau erkennen, was er tat. Es sah aus wie Blut, aber auf diese Entfernung war das schwer zu bestimmen. So ein Fleck hätte ebensogut von den im Wald wachsenden Beeren stammen können; vielleicht war es aber auch einfach nur Farbe. Abgesehen davon hingen Blätter an seiner Kleidung, und seine Stiefel waren so schmutzig, als ob er durch einen besonders dichten Waldabschnitt gelaufen wäre. Rybakow wartete, bis er stehenblieb. Gemäß der neuen, umfassenden Überprüfungsrichtlinie, die ihnen in der Direktion eingetrichtert worden war, ging er zu dem Mann hinüber und fragte ihn nach seinen Papieren. Der Milizbeamte war nicht weiter beunruhigt, denn er hatte eine Pistole in der Tasche.

»Tschikatilo, Andrej Romanowitsch«, las er in dem Ausweis. Der Name war ungewöhnlich, und er war nicht der erste Beamte, der den Namen sah und ihn merkwürdig fand. Aber er konnte ihn nicht näher zuordnen. Woher sollte er, ein einfacher Beamter der örtlichen Anti-Alkohol-Einheit, auch wissen, daß genau dieser Mann während der vergangenen zwölf

Jahre im Zusammenhang mit zwei verschiedenen Morduntersuchungen vernommen worden war? Auch das Verhalten des Mannes gab ihm keinen Anhaltspunkt für einen Verdacht, selbst wenn die Tatsache, daß überhaupt ein Fremder in der verschlafenen kleinen Siedlung herumwanderte, der noch nicht einmal wie ein Pilzsammler gekleidet war, recht eigenartig wirkte.

»Na, Genosse Tschikatilo, was hat Sie denn hierhergeführt?« fragte ihn Rybakow, nachdem er seine Papiere geprüft hatte.

»Ich habe einen Freund, der in der Nähe wohnt«, erwiderte Tschikatilo. »Ich habe ihn gerade besucht.«

Es gab keinen Grund, die Geschichte mit dem Freund zu überprüfen. Tschikatilo hatte kein Verbrechen begangen, und Rybakow hatte sicherlich kein Recht, ihn festzuhalten. Nachdem er also den Namen und die Paßnummer in sein Notizbuch geschrieben hatte, sagte der Milizbeamte zu Tschikatilo, daß er gehen könne, und er beobachtete, wie er in einer Gruppe Reisender verschwand, die in den gerade eingefahrenen Zug stiegen.

Als der Zug in Richtung Süden nach Schachty rollte, überkamen Rybakow Zweifel. Irgend etwas an dem Mann stimmte nicht, dachte er, als er auf dem zugigen Bahnsteig stand. Deshalb ging er nach Dienstende zurück zur Milizstation im nahegelegenen Krasny Sulin, dem er zeitweilig zugeteilt war, und schrieb einen Bericht für seinen Vorgesetzten. Das Protokoll legte er ihm auf den Schreibtisch. Und dort blieb der Bericht ungelesen und vergessen liegen, während sich im ganzen Land alle für einige Tage zurückzogen, um auszuruhen, zu essen und vor allen Dingen zu trinken.

Was mit dem Bericht in den darauffolgenden Tagen genau geschah, konnte nie eindeutig geklärt werden. Laut Aussage der Miliz wurde er nur bis zum örtlichen Kommandeur weitergeleitet. Eine andere, weitaus belastendere Version, die sich auf Quellen der Staatsanwaltschaft stützte, besagte, daß der Bericht zwar höhere Milizstellen erreicht hätte, aber mit der Bemerkung zurückgeschickt worden sei, daß man Tschikatilo bereits 1984 verhaftet, überprüft und wieder freigelassen hatte: daß er also sozusagen sauber sei.

Gesichert ist hingegen, daß sich die Staatsanwälte im Hauptquartier von Schachty nach den Feiertagen langsam fragten, was in Donleschos im Augenblick geschah. Vor zwei Wochen waren dort die Überreste von Wadim Gromow gefunden worden, und noch immer gab es keine Meldungen über neue Hinweise. Den Mangel an Ergebnissen schrieben sie teilweise dem Umstand zu, daß sie keine eigenen Leute vor Ort hatten. Deshalb zogen sie einen Ermittlungsbeamten namens Manukjan hinzu, der früher in der nahe gelegenen Stadt Kamensk gearbeitet hatte. In diesem Stadium der Untersuchung hatte die Staatsanwaltschaft noch keine Mitteilung von der Miliz über Rybakows Beobachtung erhalten.

Als Manukjan eintraf, bat er unverzüglich Pochodajew, einen der örtlichen Bezirksstaatsanwälte, ihm die Stelle zu zeigen, an der man Gromows Leiche gefunden hatte. Pochodajew war der Überzeugung, daß es wenig Zweck habe, erneut dort hinzugehen. Nachdem die Leiche des Jungen gefunden war, hatten sie das ganze Gebiet sorgfältig durchkämmt. Er betonte, daß alle erdenklichen Spuren schon gesichert seien. Immerhin verstand er den Wunsch seines neuen Kollegen, den Ort mit eigenen Augen zu sehen und war gern bereit, ihn dorthin zu führen. Und dann mußte er feststellen, daß er sich geirrt hatte.

Nachdem die beiden wenige Minuten im Unterholz herumgestöbert hatten, schaute Manukjan nach oben und erblickte einen blauen Nylonfetzen, der in einem Baum hing. Er sah wie eine Tasche aus, die aus einem Mantel herausgerissen worden war. Gebannt starrte Pochodajew sie an. Er war der letzte gewesen, der den Ort des Verbrechens verlassen hatte, und er hätte schwören können, daß an den Zweigen nichts gehangen hatte. Es war unmöglich, daß dieser Nylonfetzen übersehen worden war, denn dafür hatte eine ganze Gruppe von Milizbeamten das ganze Gebiet viel zu sorgfältig durchsucht. Es gab nur eine Erklärung: Der Mörder war zurückgekehrt und hatte buchstäblich vor ihren Augen wieder gemordet.

Am nächsten Morgen, dem 13. November, kehrten die beiden in den Wald zurück, diesmal in Begleitung von vierzig Milizbeamten und zwanzig Hunden. Die Anweisungen, die sie den Männern gaben, waren einfach: Sie sollten sich durch den

Wald hindurcharbeiten, bis sie eine Leiche fanden. Von den Bahngleisen ausgehend, bildeten sie eine Kette und bahnten sich ihren Weg in den Wald. Es war neblig, und die Temperatur war unter den Gefrierpunkt gesunken. Der schon seit Tagen anhaltende Regen verwandelte sich in Schnee, als sie sich durch das dichte Unterholz arbeiteten und über Wurzeln und heruntergefallene Äste stolperten. Es dauerte nicht lange. Ungefähr fünfzig Meter von den Gleisen, nicht weit von der Stelle entfernt, an der in der Vergangenheit schon drei Leichen gefunden worden waren, stieß einer der Beamten mit seinem Stock auf die Überreste einer nackten blonden jungen Frau, die halb unter einem Haufen Blätter vergraben lag. Sie war furchtbar verstümmelt und sah aus, als wäre sie Anfang Zwanzig gewesen. Wenn der Mord einen Monat später geschehen wäre, hätte man sie bis zum Frühling nicht mehr gefunden. Aber so hatte der Schnee noch nicht alles zugedeckt.

Die Überprüfung der Liste vermißter Personen ergab, daß es sich um die zweiundzwanzigjährige Swetlana Korostik handeln mußte. Dem Autopsiebericht zufolge war sie vor sechs oder sieben Tagen getötet worden. Im offiziellen Protokoll hieß es, der Tod sei durch zahlreiche Stichverletzungen der lebenswichtigen Organe eingetreten, außerdem hatte man ihr den Bauch aufgeschlitzt und die Geschlechtsorgane entfernt. Die Zungenspitze war abgeschnitten worden und konnte nirgends gefunden werden, ebenso die Brustwarzen. Aus der Art der Verletzungen an ihrem Körper konnte man auf einen Kampf schließen, bei dem es dem Mörder gelungen war, sie zu überwältigen und an den Händen zu fesseln.

Die Entdeckung der Leiche führte Kostojew und die anderen Leiter der Ermittlungsgruppe zurück nach Donleschos. Vor zwei Wochen hatten sie fast exakt am selben Orte gestanden und sich nach der Ermordung von Wadim Gromow geschworen, daß dieser Mord der letzte sein sollte. Drei Tage später hatten sie dann Witja Titschenko gefunden – und nun die Leiche von Swetlana Korostik. Kostojew war verständlicherweise wütend. Was nützte es, daß seine Ermittlungsbeamten sich totarbeiteten, wenn die Präsenz der Miliz solche verhängnisvollen Lücken aufwies? Wie stand es denn mit dem totalen Überwachungssystem, für das angeblich Vorsorge getroffen worden war, indem man Hunderte von Milizposten entlang der ganzen Bahnlinie aufgestellt hatte?

Hätte sich der letzte Mord an einem anderen Ort ereignet, wäre das leichter zu verstehen gewesen. Aber hier bei dieser kleinen Station handelte es sich genau um die Stelle, an der bereits drei Menschen umgekommen waren. Kostojew wollte wissen, wer Dienst gehabt hatte und den Mörder offensichtlich zweimal durchs Netz gehen ließ – das erste Mal, als Tschikatilo mit seinem Opfer in die Wälder ging und das andere Mal, als er, nachdem er es getötet hatte, wieder herauskam.

Als die Beamten von der Milizstation in Krasny Sulin eintrafen, berichtete ihr stellvertretender Leiter sofort von Rybakows Meldung aus der vergangenen Woche. Er meldete, daß einer seiner Beamten einen Mann mit einer Stelle im Gesicht, die ein Blutfleck hätte sein können, aus dem Wald kommen und zum Bahnsteig gehen sah, worauf er seine Papiere überprüft hatte. Der Name des Mannes lautete Andrej Romanowitsch Tschikatilo. Er war verheiratet, hatte zwei Kinder und arbeitete in der Versorgungsabteilung eines Rostower Betriebs.

Obwohl Kostojew während der letzten fünf Jahre die gesamte Untersuchung geleitet hatte, sagte ihm der Name Tschikatilo nicht mehr als Rybakow. Schließlich waren bisher schon zweihunderttausend Einträge in die Kartei aufgenommen worden. Obwohl Tschikatilos Name zu den ersten Einträgen gehörte, fiel er unter den anderen Verdächtigen nicht besonders auf. Vielmehr wurde er aufgrund der bloßen Tatsache, daß er die falsche Blutgruppe besaß, faktisch von der Untersuchung ausgeschlossen. Die wenigen Monate, die Tschikatilo 1984 in Haft verbracht hatte, lagen zudem vor dem Zeitpunkt, zu dem Kostojew mit dem Fall betraut worden war.

Dieses eine Mal war das Glück auf Seite der Miliz. Denn zufällig genau in dieser Phase kam Fetisow, der damalige Leiter des regionalen Verbrechensbekämpfungskommandos, vorbei. Ungeachtet der Entdeckung der letzten Leiche, war er auf dem Weg zur Beerdigung eines seiner Beamten, der in Ausübung seines Dienstes Anfang der Woche an anderer Stelle in der Region umgebracht worden war. Fetisow hatte den Polizeifunk in seinem Dienstwagen einschaltet, und als er die Neuigkeiten vernahm, änderte er sofort seine Pläne. Über Funk rief er nach Rostow zurück, um einen Stellvertreter damit zu beauftragen, seinen Platz am Grab einzunehmen. Fetisow selbst begab sich direkt zum Tatort. Im Gegensatz zu den anderen war er Tschikatilo bereits vor sechs Jahren bei dessen Verhaftung begegnet und erinnerte sich noch an den Namen.

»1984 hatten wir einen Mann namens Tschikatilo hier«, sagte er zu Kostojew.

Als sie in ihr vorübergehendes Hauptquartier in Schachty zurückkehrten, zog sich das Netz um Tschikatilo bereits zusammen. Bei sorgfältiger Durchsicht der Kartei stießen die Ermittlungsbeamten auf einige interessante Details über den Verdächtigen. Sie fanden nicht nur die Bestätigung seiner Inhaftierung im September 1984, bei der er damals zu der Ermordung des zehnjährigen Dima Ptaschnikow verhört worden war. Es gab noch andere kleine, interessante Einzelheiten aus seinem Vorleben, zum Beispiel die Tatsache, daß er in den siebziger Jahren aus seiner Tätigkeit als Lehrer entlassen worden war, weil er sich Kindern unzüchtig genähert hatte, und daß er 1978 in dem Mordfall Lena Sakotnowa als verdächtig galt. Außerdem existierte da noch die Liste der Gegenstände, die man in Tschikatilos Aktentasche gefunden hatte, als er am 13. September von dem Ermittlungsbeamten Sanasowkij festgenommen wurde: ein Messer, ein langes Seil und eine kleine Dose Vaseline – ganz zu schweigen von der Spielzeugpistole, die man später in seinem Spind in den Büros der Sewkawenergoawtomatika fand.

Aber das war nur der Anfang. Die Operation schritt in den folgenden Tagen an zwei Fronten weiter voran. Während Milizbeamte in Zivil, die rund um die Uhr vor Tschikatilos Haus Posten bezogen, jede Regung des Verdächtigen beobachteten, begannen die Staatsanwälte mit einer gründlichen Durchleuchtung seiner Vergangenheit. Die Entdeckungen, die Amurchan Jandijew von der Staatsanwaltschaft zusammentrug, waren äußerst aufschlußreich. Auffällig war nicht nur die Folge der Arbeitsplätze in den verschiedenen Versorgungsabteilungen in Rostow, Schachty und Nowotscherkassk, sondern auch die mit seiner Tätigkeit verbundene Bewegungsfreiheit. Hinzu kam noch die Lage seines Arbeitsplatzes bei der Sewkawenergoawtomatika im August und September 1984: unweit des Ortes, an dem man vier Opfer gefunden hatte. Seine letzte Arbeitsstätte seit Januar 1990, in dem Elektrowosoremotnyj-Betrieb der Stadt, lag nahe der Bahnstation, von der aus die Opfer Makarow und Petrow in diesem Jahr verschwunden waren.

Das allein bewies natürlich noch gar nichts. Rostow war schließlich eine Großstadt. Es gab aber auch andere Übereinstimmungen, die sich kaum noch als Zufall bezeichnen ließen, beispielsweise die Entdeckung, daß sich Tschikatilo laut des Arbeitsberichts aus Nowotscherkassk am 14. Mai 1988 auf einer Dienstreise in der ukrainischen Stadt Ilowaisk aufgehalten hatte, genau an dem Tag, am dem der kleine Ljoscha Woronko ermordet wurde.

Als Kostojew die drei Monate, die Tschikatilo im Gefängnis saß und die anscheinend einen zeitweilig abschreckenden Effekt auf ihn ausgeübt hatten, in das Puzzle einfügte, paßte sogar die Lücke in den Mordfällen von 1985 bis 1986 in das Gesamtbild, die bisher die Ermittler immer verwirrt hatte. Aber soweit sie ihren Unterlagen entnehmen konnten, blieb immer noch das Problem mit der Blutgruppe bestehen. Sie wußten sehr gut, daß der Bluttest, der 1984 durchgeführt worden war, nur flüchtig vorgenommen wurde, und daß Fehler nicht völlig ausgeschlossen werden konnten. Außerdem hatten jüngste japanische Forschungen auf die Möglichkeit hingewiesen, daß bei einer kleinen Minderheit von Menschen eine Diskrepanz zwischen Blut- und Spermagruppen bestand. Wenn sie ihn erneut verhafteten, konnten sie den Test wiederholen und alle Zweifel ausräumen.

Nachdem Jandijew seine Ergebnisse an das Hauptquartier weitergegeben hatte, änderte sich die Fragestellung der Ermittlungsbeamten. Es hieß nicht länger: »Ist das der richtige Mann?« Die neue Devise lautete: »Was haben wir unterlassen, daß er solange durch unser Netz schlüpfen konnte?« Vor allem aber blieb die große Frage, wann man ihn genau verhaften sollte.

Da Tschikatilo unter ständiger Überwachung stand, wäre es

ein leichtes gewesen, ihn auf der Stelle festzunehmen. Aber trotz ihrer Überzeugung von Tschikatilos Schuld, wollten die Ermittlungsbeamten abwarten und ihn veranlassen, sich selbst zu belasten, um ihn dann, wenn möglich auf frischer Tat zu verhaften. Natürlich war das gefährlich, nicht zuletzt für das nächste potentielle Opfer, obwohl man sicher war, ihn oder sie mit ausreichend Zivilbeamten umgeben zu können, um Tschikatilo im entscheidenden Moment zu stoppen. Kostojew und Jandijew hatten aber auch noch andere Sorgen. Tschikatilo war kein junger Mann mehr, da könnte alles mögliche passieren: Er konnte zum Beispiel einen Herzinfarkt erleiden oder Opfer eines Verkehrsunfalls werden. Die Wahrscheinlichkeit war zwar gering, aber die kleinste Möglichkeit, daß der Tod sie um den Mann betrügen könnte, den sie so viele Jahre vergeblich verfolgt hatten, beunruhigte sie. Was, wenn er entdeckt hatte, daß sie ihm auf die Spur gekommen waren und Selbstmord beging? Mit ihm würde nicht nur die Wahrheit über die Morde, die sie ihm zuschrieben, sterben, sondern auch die Wahrheit über viele andere, von denen sie vielleicht noch gar nichts wußten.

Trotz dieses Risikos entschlossen sie sich, wenigstens noch für eine kurze Zeit zu warten. Während der nächsten Tage beobachteten sie jede Bewegung Tschikatilos, während er von seiner Wohnung in Nowotscherkassk zur Arbeit nach Rostow und wieder zurück fuhr. Aufschlußreich war die Beobachtung eines Verhaltens, das eindeutig als versuchte Kontaktaufnahme zu potentiellen Opfern gewertet werden konnte. Sein Benehmen war in jeder Beziehung so verdächtig, wie der Ermittlungsbeamte Sanasowskij es bereits 1984 beschrieben hatte, als er ihn beschattete. Wann immer Tschikatilo den Zug nahm, gleich ob auf der Hin- oder der Rückfahrt, suchte er sich systematisch einen Platz neben einem einzelnen Jungen oder Mädchen, setzte sich neben sie und verwickelte sie in ein Gespräch. Wenn die Kinder aufstanden und gingen, wartete er einige Minuten, erhob sich dann und suchte sich einen anderen Gesprächspartner. Nicht nur in Zügen verhielt sich Tschikatilo so, sondern auch in den Bussen und Straßenbahnen der Stadt. Bei seiner offensichtlichen Zielstrebigkeit auf der Suche nach Opfern, ging er jedoch immer vorsichtig vor. Sobald er auf den kleinsten Widerstand stieß, gab er bereitwillig auf und versuchte es woanders.

Dann, am 20. November, unternahm Tschikatilo den eindeutigsten Ansatz seit Beginn der Observation, sich ein Opfer zu suchen. Auf der morgendlichen Fahrt mit dem Zug setzte er sich neben einen Jungen, und versuchte offensichtlich, ihn zu überreden, mit ihm zu gehen. Doch nur wenige Augenblicke später betrat eine Gruppe von Fahrgästen den Waggon, worauf Tschikatilo unauffällig hinausging. Sofort danach befragte ein Milizbeamter den Jungen, was der Mann von ihm gewollt habe.

»Er hat mir Bier angeboten und schlug vor, zu ihm zu gehen und ein paar Videos anzuschauen«, antwortete der Junge.

Als Kostojew und die anderen Einsatzleiter im Hauptquartier an diesem Morgen zusammentrafen, beschlossen sie, daß es jetzt reiche. Während der letzten Tage hatten sie beobachtet, daß Tschikatilo immer nervöser wurde.

Obwohl er jede Nacht nach Hause zu seiner Frau zurückkehrte, waren sie der Überzeugung, daß er nun für einen Mord bereit war. Sie wollten nichts mehr riskieren. In den letzten Tagen hatten sie auf jeden Fall genug gesehen, um alle Zweifel, die sie vielleicht einmal gehegt hatten, zu zerstreuen.

»Wir wollten das Schicksal nicht herausfordern«, berichtet Kaljuchin. »Obwohl er unter der ständigen Beobachtung unserer Männer stand, entschlossen wir uns, ihn festzunehmen.« Kolesnikow, der Leiter der Miliz, reiste eigens die fünfundvierzig Kilometer nach Nowotscherkassk, um die Operation zu überwachen.

Genau um fünfzehn Uhr vierzig am 20. November 1990 stiegen drei Milizbeamte in Lederjacken und Jeans aus einem zivilen Lada und näherten sich Tschikatilo, als er vor einem Café in Nowotscherkassk stand. Diese Sekunden wurden von einem anderen Beamten mit einer Videokamera festgehalten.

»Wie heißen Sie?« fragte Kolesnikow, als sie mit großen Schritten auf ihn zugingen und neben ihm stehenblieben.

»Tschikatilo«, antwortete er.

Ohne ein weiteres Wort drehten Kolesnikows Männer Tschikatilo die Arme auf den Rücken, legten ihm Handschellen an und schoben ihn sachte in das Auto. Er unternahm keinen Versuch, sich zu widersetzen.

Das war das unspektakulärste Ende einer Jagd, die Tausende von Menschen mehr als ein Jahrzehnt bewegt hatte. Man konnte sich dabei des Eindrucks nicht erwehren, daß es auch anders hätte ausgehen können. Wenn Fetisow zum damaligen Zeitpunkt nicht zufällig in der Nähe von Donleschos vorbeigekommen wäre, hätte vielleicht niemand die entscheidende Verbindung zu Tschikatilo gezogen, und der wäre auf freiem Fuß geblieben, um weiter zu töten.

Die Kritik konzentrierte sich hauptsächlich auf Rybakow. Wie war es möglich, daß er einen Mann, der mit einem Blutfleck im Gesicht aus dem Wald gekommen war, hatte laufen lassen? Die Miliz beeilte sich, sein Verhalten zu rechtfertigen. Nach sowjetischem Recht, so argumentierten sie, wäre es für ihn schwierig gewesen, anders zu handeln. Gewiß, Tschikatilo hatte einen roten Fleck im Gesicht, aber der konnte auch daher stammen, daß er sich an den Zweigen im Wald verletzt hatte. Es war auch nichts Ungewöhnliches daran, daß sich jemand die Hände wusch, wenn er aus dem Wald kam. Unter Pilzsammlern war das durchaus üblich. Nach damals geltender Bestimmung hatten sie nur das Recht, einen Verdächtigen drei Stunden festzuhalten, wenn die Identität überprüft werden mußte. In diesem Fall aber gab es keinen Zweifel an der Identität Tschikatilos. Er hatte Ausweis und Arbeitspapiere bei sich und zeigte sie auf Verlangen vor. Tschikatilo hatte immer dafür gesorgt, daß seine Papiere in Ordnung waren, wohl in der Absicht, der Miliz keinen Grund zu liefern, ihn festzuhalten. Später wurde Rybakow sogar befördert und mit einer Prämie belohnt, ganz so, als wollte die Miliz ihren Beamten in Schutz nehmen.

Es gab auch technische Faktoren, die gegen Rybakow sprachen. Im Westen hätte jeder Beamte in einer derartigen Situation zu allererst per Funk die Einsatzzentrale benachrichtigt, solange Tschikatilo noch vor ihm stand. Bei der Computer-Überprüfung des Namens und der Adresse wäre man auf die Vorstrafen und die Strafakte des Mannes gestoßen, den sie gerade in ihrer Gewalt hatten. Aber Rybakow führte kein Funkgerät bei sich. Die einzige Verbindung zum Hauptquartier war ein Kurier, der den ganzen Tag zwischen den einzelnen Milizposten hin- und herfuhr. Doch selbst wenn Rybakow ein Funkgerät zur Verfügung gehabt hätte, wäre am anderen Ende kein hilfsbereiter Mitarbeiter zur Stelle gewesen, um einen Computer zu bedienen. Nach Jahren, in denen kaum mehr als Papier und Bleistift zur Verfügung standen, erhielt die Miliz erst Anfang 1990 einige Computer. Zwar hatte man schon begonnen, die Daten aus der Kartei einzugeben, aber das war eine langwierige Arbeit. Anfang November waren erst ungefähr zwanzigtausend Namen erfaßt, insgesamt waren es aber mehr als zweihundertünfzigtausend. Und außerdem: Wer hätte sich an diesem Nachmittag, da sich das ganze Land anläßlich des 7. Novembers in Feiertagsstimmung befand, durch diese Karteikarten wühlen sollen?

Alles in allem mußte der Jahrestag der Revolution für vieles herhalten. Wenn es ein normaler Tag gewesen wäre, hätte Rybakows Vorgesetzter den Bericht sofort oder spätestens am nächsten Morgen bearbeitet. Doch während sich alle im Land ausruhten, lag der Report unberührt in dem leeren Büro der Milizstation.

Aber das war noch lange nicht das größte Versäumnis. Man sollte vielleicht in erster Linie nicht danach fragen, wie es geschehen konnte, daß man Tschikatilo laufen ließ, sondern vielmehr danach, wie er es schaffte, mit seinem Opfer, der zweiundzwanzigjährigen Swetlana Korostik, einige Stunden bevor er Rybakow aufgefallen war, unbemerkt an dem Kontrollposten auf dem Bahnhofsgelände vorbeizukommen. Und wieder zeigte man mit dem Finger auf die Miliz. Obwohl die Überwachung eigentlich rund um die Uhr gesichert sein sollte, begann die erste Schicht in Donleschos nicht vor neun Uhr morgens, und an diesem Tag hatte sich Rybakows Kollege auch noch verspätet. Er erschien erst nach elf Uhr. Zu dieser Zeit hatte Tschikatilo bereits den Kontrollpunkt passiert und war im Wald verschwunden.

Es war nicht das erste Mal, daß so etwas passierte. Tschikatilo war es schon einmal gelungen, durch genau dieselbe Lücke zu schlüpfen, als er drei Wochen zuvor Wadim Gromow ermordet hatte. Schon die Tatsache, daß es ihm möglich war, den

Jungen an den Posten vorbei in den Tod zu führen und dann allein zurückzukehren, war ein klarer Beweis dafür, daß die Miliz ihren Dienst nicht zuverlässig versah. Im Fall von Witja Titschenko, der am 30. Oktober im nahen Schachty ermordet worden war, hatte Tschikatilo das Glück, mit seinem Opfer genau zu diesem Zeitpunkt aufzutauchen, als kein Posten patrouillierte. Der Grund? Personalmangel und die Entscheidung der Milizführung, ihre Männer zu einem anderen Dienst einzuteilen.

Warum sich damit aufhalten? Was war mit all den anderen Fehlern und Fehleinschätzungen, die im Verlauf der gesamten Ermittlung gemacht wurden? Am offenkundigsten war die Entlassung von Tschikatilo aus dem Gefängnis im Jahre 1984. Aber es hatte schon früher begonnen. Griff man noch weiter zurück, dann stieß man auf das Fiasko mit den zu Unrecht Verdächtigten, und man kam unweigerlich zu dem Mord an Lena Sakotnowa im Jahre 1978. Wenn Tschikatilo schon damals überführt worden wäre, dann hätte das nicht nur bedeutet, das Leben eines unschuldigen Mannes zu retten, der an seiner Stelle hingerichtet wurde. Es hätte mehr als fünfzig Menschen vor dem grausamsten Tod bewahrt, den man sich vorstellen konnte.

Was die groben Fehler der Miliz betrifft, so muß die ganze Operation zu einer der größten Stümpereien gerechnet werden, die es überhaupt jemals irgendwo gegeben hat. Die Untersuchung, die vor kurzem angelaufen ist, könnte einige Antworten bringen, und vielleicht werden die für die augenfälligsten Fehler Verantwortlichen sogar zur Rechenschaft gezogen. Doch nichts wird die dreiundfünfzig unschuldigen Menschen wieder zum Leben erwecken.

KAPITEL ACHTZEHN

Er ging ganz ruhig mit. Zu ruhig. Als die Miliz Tschikatilo aufforderte, sich in den Streifenwagen zu setzen, wollte er weder den Haftbefehl sehen, noch fragte er nach dem Grund für seine Festnahme. Seltsam bei einem Unschuldigen. Als sie mit Tschikatilo, der eingezwängt zwischen zwei kräftigen Beamten auf dem Rücksitz saß, die vierzig Kilometer nach Rostow zurückfuhren, sprach niemand ein Wort. Das war Kolesnikows Idee gewesen. Er erwartete, daß Tschikatilo seinen Widerstand aufgeben und etwas sagen würde, wenn im Wagen absolute Stille herrschte. Mit Sicherheit würde er anfangen, sich zu beschweren oder seine Rechte anzumahnen. Doch Tschikatilo tat nichts dergleichen. Er schwieg die gesamten vierzig Minuten – selbst dann noch, als sie die Brücke nach Rostow überquerten und die Bolschaja-Sadowaja-Straße entlangfuhren, vorbei am Gorkij Park, wo er früher einmal seinen Opfern nachstellte, und hinauf zum grauen Gebäudekomplex des Milizhauptquartiers.

Die Hände mit Handschellen auf dem Rücken gefesselt, wurde Tschikatilo in den ersten Stock ins weiträumige Büro des Kommandeurs der Miliz, Fetisow, geführt. Der Raum war trotz seiner Größe überfüllt, und es lag eine erwartungsvolle Spannung in der Luft. Ohne die Wachen mitzurechnen, waren insgesamt zehn Personen anwesend, die die Hälse reckten, um einen Blick auf den Mann zu werfen, den sie so lange gejagt hatten. Anwesend waren Fetisow, ebenso Kostojew, Kaljuchin und Valentin Panitschew, der Staatsanwalt des Bezirks Rostow. Kolesnikow betrat mit Tschikatilo den Raum. Auch medizinische Fachkräfte standen bereit.

Der einzige, der fehlte, war ein Rechtsanwalt. Zur damaligen Zeit hatte ein Tatverdächtiger nach sowjetischen Recht erst Anspruch auf einen Rechtsbeistand, nachdem Anklage gegen ihn erhoben wurde, also nicht schon bei der Inhaftierung. (Dieses Gesetz wurde im folgenden Jahr erweitert, und zwar 1991 von Michail Gorbatschow, einem ausgebildeten Rechtsanwalt. Das war Teil seines zum Scheitern verurteilten Versuchs, aus der Sowjetunion das zu machen, was er einen ›Rechtsstaat‹ nannte.)

Nachdem Kolesnikow eine kurze Beschreibung von Tschikatilos Festnahme gegeben hatte, begannen sie mit ihrer Arbeit. Kaljuchin übernahm es, die Zeremonie einzuleiten. Er stellte Tschikatilo alle Anwesenden mit Rang und Namen vor und begann mit dem ersten Routineverhör.

»Sind Sie Tschikatilo?« fragte er.

»Ja«, war die Antwort.

»Ihren Rufnamen und den von Ihrem Vater abgeleiteten Zunamen, bitte.«

»Andrej Romanowitsch.«

Kaljuchin fuhr fort: »Haben Sie irgendwelche Fragen?«

Tschikatilos Reation verblüffte sie. Wieder erhob er weder Protest, noch stellte er irgendwelche Fragen. Er schüttelte einfach nur den Kopf.

Während ein Stenograph dabeisaß und Notizen machte, versuchte es Kaljuchin erneut, wenn auch nur für das Protokoll.

»Vielleicht möchten Sie eine Aussage machen, eine Beschwerde oder ein Gesuch einreichen?« fragte er.

Wieder die gleiche Antwort.

»Nein, nichts.«

Nachdem sie die Eingangsformalitäten hinter sich gebracht hatten, lichtete ein Fotograf der Miliz Tschikatilos Porträt vor der kahlen Wand ab. Die Aufnahmen zeigten ihn genauso, wie er aussah, als er von der Straße hereingekommen war: ein älterer Mann mit Mantel und schwarzer Mütze aus Lederimitat und einer großen schwarzen Aktentasche in der Hand. Man nahm ihm Blutproben ab, ebenso Proben seines Spermas und seiner Haare.

Jeder verbliebene Zweifel, ob man tatsächlich den richtigen Mann festgenommen hatte, verschwand, nachdem man seine Aktentasche durchsucht hatte: Darin befanden sich keine Papiere, sondern zwei Stricke, ein Taschenspiegel und ein Küchenmesser mit einer fünfundzwanzig Zentimeter langen Klinge.

Einer nach dem anderen begannen sie Tschikatilo Fragen zu stellen, die sich vor allem auf seine Unternehmungen während der letzten Wochen konzentrierten. Schritt für Schritt arbeiteten sie sich in die Vergangenheit zurück, immer darauf bedacht, nicht sein Mißtrauen zu erwecken. Schließlich fragten sie ihn nach dem Abend des 6. November.

»Ich erinnere mich nicht«, antwortete er.

»Wie meinen Sie das? Es war der Tag vor einem Feiertag. Sie müssen sich doch erinnern, was Sie vor dem Feiertag der Oktoberrevolution getan haben.«

Tschikatilo dachte nach. »Ach ja«, sagte er. »Ich war den ganzen Tag bei der Arbeit und fuhr dann nach Hause. Dort bin ich den ganzen Abend geblieben.«

»Sind Sie nicht noch irgendwo hingefahren?«

»Nein, nirgendwohin.«

»Auch nicht mit dem Zug?«

»Ich fuhr nur nach Hause, von Rostow nach Nowotscherkassk, das war alles.«

»Und Sie sind nicht weitergefahren ... nach Schachty vielleicht?«

»Nein, ich bin niemals weiter als bis nach Nowotscherkassk gefahren. Nicht am sechsten oder am fünften oder an sonst einem Tag.«

So eiskalt, wie Tschikatilo log, war es Kostojew und den anderen dort Versammelten klar, daß sich die ganze Angelegenheit noch eine Weile hinziehen konnte. Kurz darauf brachen sie das Verhör ab, um zu beraten, wie sie am besten mit ihm weiterverfahren sollten. Unterdessen wurde der Verdächtige in eines der unteren Stockwerke des Gebäudes geführt, das sie sich mit dem KGB teilten, und in eine Zelle gebracht.

Am nächsten Tag gaben die Spezialisten die Ergebnisse der Blutuntersuchung bekannt. Fetisows Zuversicht schwand. Wieder das gleiche Ergebnis: Blutgruppe A. Als Tschikatilo nach seiner Inhaftierung im Jahre 1984 untersucht worden war, hatte ihm ein approbierter Arzt mit einem Nadelstich einige Blutstropfen entnommen und die Proben zusammen mit mehreren anderen ins Labor geschickt. Sie hatten gehofft, daß damals jemandem ein Fehler unterlaufen war. Aber diesmal war die gesamte Untersuchung von Spezialisten vorgenommen worden, und man hatte das Blut direkt aus der Vene entnommen, um absolut sicherzugehen. Nun gab es keinen Zweifel mehr. Tschikatilo hatte Blutgruppe A, sie aber suchten nach AB.

Es war wieder dasselbe Dilemma. Obgleich sie sich ein plausibles Bild von Tschikatilos Morden erstellt hatten, besaßen sie immer noch keinen stichhaltigen Beweis – nichts, was ihnen nicht schon 1984 bekannt gewesen war. Und wieder dasselbe Problem mit der Blutuntersuchung. Bei ihm mußte man vorsichtig sein. Er war kein einfacher Arbeiter, bei dem sie sich alles herausnehmen konnten. Er war gebildet und kannte seine Rechte. Obgleich er bis jetzt alles ruhig über sich ergehen lassen hatte, konnte sich das schnell ändern. Es wäre mehr als peinlich für alle Beteiligten, wenn sich herausstellte, daß sie sich geirrt hatten.

Nach sowjetischem Recht konnten sie ihn für drei Stunden festhalten, bevor sie sich entscheiden mußten, ob sie Anklage erheben wollten oder nicht. Falls sie sich dazu entschlossen, konnten sie sich zunächst auf den Gummiparagraphen 122 des Strafgesetzes berufen. Aber auch der verschaffte ihnen nicht viel Zeit. Wenn sie Tschikatilo länger als zehn Tage festhalten wollten, mußten sie ihn mit einer bestimmten Straftat oder mit mehreren Straftaten belasten und brauchten konkrete Beweise, um ihre Anschuldigungen zu untermauern.

Aber diesmal verließen sie sich nicht allein auf die Blutuntersuchung. Sie zogen Experten heran, um andere Untersuchungen durchzuführen, einschließlich eines Spermatests. Das war im Grunde der wichtigste, denn es war Sperma gewesen und nicht Blut, das man an den Leichen gefunden hatte. Als die Ärzte hereinkamen, um ihnen das Ergebnis mitzuteilen, konnten die Ermittler es kaum glauben: Tschikatilos Sperma gehörte zu einer anderen Gruppe als sein Blut. Es besaß die Gruppe AB.

Im Jahre 1988 hatten die Untersuchungsbeamten das Rundschreiben aus Moskau erhalten, und seither war ihnen bekannt, daß es theoretisch möglich war, daß das Sperma eines Mannes und sein Blut verschiedenen Blutgruppen angehörten. Aber die Wahrscheinlichkeit dafür betrug eins zu einer Million, deshalb hatten sie dieser Möglichkeit kaum Beachtung geschenkt. Es erschien unglaublich, daß gerade dieser eine Mann unter einer Million anderer der Mörder sein konnte, nach dem sie all die Jahre gefahndet hatten.

Jetzt klärte sich alles auf: warum nach seiner vorherigen Inhaftierung im Jahre 1984 aufgrund des Blutgruppenvergleichs gegen Tschikatilo nicht weiter ermittelt wurde, und weshalb er bei den späteren Untersuchungen der vielen Personengruppen, die sie analysiert hatten – von Häftlingen und Milizbeamten bis zu Autobesitzern und Sittlichkeitsverbrechern –, niemals aufgetaucht war. Um den Kreis der Verdächtigen einzuschränken, hatten sie sich jedesmal auf Personen mit Blutgruppe AB konzentriert. Und als Folge davon war Tschikatilo jedesmal von den Ermittlern ausgeschlossen worden, bevor sie überhaupt begonnen hatten. Damals glaubten sie, wohlbegründet zu handeln: alle Spermaspuren hatten ohne Ausnahme zur selben Gruppe gehört. Im nachhinein hatten sie nur noch die unermeßliche Vergeudung vor Augen: nicht nur von Zeit, sondern auch die der Leben jener Menschen, die unnötigerweise in den sechs langen Jahren nach Tschikatilos Freilassung den Tod gefunden hatten.

Alle Informationen, die die Ermittler in den letzten Tagen gesammelt hatten, wiesen auf Tschikatilo hin. Jetzt, nachdem man die medizinischen Stolpersteine überwunden hatte, war alles, was sie brauchten, ein Geständnis. Aber das bedeutete nicht, daß es einfach sein würde, es auch zu bekommen.

Über eine Woche saß Kostojew Tschikatilo in einem kleinen Raum des KGB-Gebäudes von Angesicht zu Angesicht gegenüber. Und eine Woche lang sagte der Festgenommene nichts. Kostojew hatte etwas Derartiges noch nie erlebt. Obwohl er sich seit Jahren mit einigen der schlimmsten Kriminellen Rußlands befaßte, hatte er noch nie eine so harte Nuß knacken müssen wie Tschikatilo. Nicht daß er log oder etwas abstritt. Er saß einfach nur da und schwieg so beharrlich, daß Kostojew am Ende beinahe krank vor Anstrengung war.

Und selbst als Tschikatilo schließlich doch zu sprechen begann, brachte er sie nicht weiter. Dem amtlichen Vernehmungsprotokoll zufolge erzählte er Kostojew, daß er bereits 1984 festgenommen und wegen einer möglichen Verwicklung in die Morde überprüft worden war, dann aber von dem Verdacht freigesprochen wurde. Er wollte wissen, warum man ihn noch einmal wegen der gleichen Geschichte festgenommen habe, und versuchte herauszustellen, daß das alles mit seinen Beschwerden über die Garagen zusammenhing. Die assyrische ›Mafia‹ habe zweifelsohne Freunde in hohen Positionen, die versuchten, ihn durch Drohungen dazu zu bewegen, die ganze Angelegenheit fallen zu lassen, behauptete Tschikatilo. Um seine Beschwerde zu untermauern, machte er folgende Aussage: »Ich glaube, daß ich von den Ermittlungsbehörden drangsaliert werde, weil ich einige Beschwerden an verschiedene Behörden gerichtet habe, und zwar wegen der illegalen Aktivitäten einzelner Beamter aus der Stadt Schachty, die planen, im Hinterhof des Hauses, in dem mein Sohn lebt, Garagen zu bauen.«

Nach und nach fing Kostojew an, Tschikatilo zu zermürben, zwang ihn, über sich selbst und über die inneren Konflikte zu sprechen, die ihm in seinem Leben so sehr zu schaffen machten. In einer Aussage vom 22. November sprach Tschikatilo von seiner Schwäche für ›perverse sexuelle Darstellungen‹ in Filmen. Er sagte, er wäre manchmal unfähig, seine Taten zu kontrollieren und fügte hinzu: »Von Kindheit an war ich unfähig, mich selbst als Mann und als ein vollwertiges menschliches Wesen zu betrachten.«

Am nächsten Tag öffnete sich Tschikatilo ein wenig mehr und enthüllte im weiteren Verlauf einiges über seine Haltung gegenüber den Obdachlosen und Prostituierten, die laut Statistik etwa siebzig Prozent seiner Opfer ausmachten. Irgendwie kamen sie auf jene Mischung aus Faszination und Widerwillen zu sprechen, die Tschikatilo verspürte, wenn er in die Halbwelt von Rostow eintauchte:

»Ich habe oft meine Zeit auf Bahnhöfen verbracht, in Fern- und Nahverkehrszügen und in Bussen«, sagte er. »Es halten sich dort immer eine Menge unterschiedlicher Landstreicher auf, sowohl junge als auch alte. Sie betteln, fordern und stehlen. Sie sind schon am frühen Morgen betrunken . . . Diese Landstreicher haben auch auf Minderjährige einen schlechten Einfluß. Von den Bahnhöfen aus verteilen sie sich mit Hilfe der Züge in alle Richtungen. Ich habe auf den Bahnhöfen und in den Zügen

Szenen aus dem Sexualleben dieser Landstreicher beobachtet. Und dabei kam mir zu Bewußtsein, wie demütigend es ist, daß ich nie fähig war, mich als richtigen Mann zu empfinden.

Es stellte sich die Frage, ob diese degenerierten Elemente überhaupt das Recht besitzen, zu existieren ... Es ist nicht schwierig, mit diesen Leuten vertraut zu werden. Sie versuchen erst gar nicht, zurückhaltend zu sein. Sie kriechen einem in die tiefste Seele, verlangen Geld, Essen, Wodka und bieten als Gegenleistung ihren Körper an. Ich habe oft beobachtet, wie sie sich an abgelegene Orte zurückzogen.«

In einer Aussage vom 27. November gestand Tschikatilo unzüchtige Handlungen gegenüber Schülern, die er während der frühen siebziger Jahre in Nowoschachtinsk unterrichtet hatte, und lieferte eine detaillierte Beschreibung. Am nächsten Tag gewährte er ihnen einen Einblick in das, was sich in seinem Kopf abspielte:

»Mein widersprüchliches Verhalten soll nicht als Versuch angesehen werden, mich vor der Verantwortung für das zu drücken, was ich getan habe. Man könnte sogar einwenden, daß ich nach der Inhaftierung die gefährliche und schwerwiegende Natur meiner Veranlagung nicht einmal bemerkt habe. Mein Fall ist aufgrund seiner besonderen Art eine Ausnahme ... Ich bin bereit, die Verbrechen, die ich begangen habe, zu gestehen, aber bitte quälen Sie mich nicht mit den Einzelheiten, weil meine Psyche damit nicht fertig wird ... Ich habe in keiner Weise vor, irgend etwas vor den Ermittlern zu verbergen ... Alles, was ich getan habe, läßt mich erschauern ... Ich empfinde nur Dankbarkeit gegenüber den Untersuchungsbehörden, daß sie mich gefaßt haben.«

Inzwischen war Tschikatilos Verhalten völlig anders als während seiner Haft im Jahre 1984. Damals hatte er alles abgestritten. Diesmal schien es, als könne es ihnen gelingen, ihn zu einem Geständnis zu bewegen. Nervös hockte er auf der Kante seines Holzstuhls, sprach in kurzen, abgehackten Sätzen und schien sogar die Möglichkeit zu begrüßen, über sich selbst sprechen zu können. Dennoch gab es irgend etwas, das ihn zurückhielt.

Nicht, daß er immer noch seine Unschuld beteuerte. Die

detaillierten Fragen, die Kostojew in den vorangehenden Tagen gestellt hatte, überzeugten ihn, daß die Miliz fast genausoviel über sein Leben wußte wie er selbst. Trotzdem lehnte er es immer noch ab, ausführlicher zu werden. Sein Schamgefühl, das im Verlauf der Jahre angewachsen war, trat nun zum Vorschein. Er konnte sich nicht dazu überwinden, sich mit seinen Mordaktionen zu konfrontieren, geschweige denn, es einem anderen Mann gegenüber zu beschreiben. Er war bereit, nur vage über ›Verbrechen‹ und über die ›gefährliche und schwerwiegende Natur‹ dessen zu sprechen, was er getan hatte.

Aber Kostojew brauchte mehr. Er benötigte harte Tatsachen: das Wie, das Wann und das Warum der Morde, die sie Tschikatilo angelastet hatten. Und er brauchte sie schnell. Nichts von dem, was Tschikatilo ihm bisher gesagt hatte, reichte als Geständnis aus. Die zehn Tage, die das sowjetische Gesetz ihnen gewährte, liefen ab. Es blieb ihnen nur noch ein weiterer Tag.

Kostojew entschied sich für einen Kurswechsel. Während der Ermittlungen hatte Alexander Buchanowskij, der ortsansässige Psychiater, mit Burakow und anderen Mitgliedern der lokalen Miliz zusammengearbeitet, um ein ›psychologisches Porträt‹ des Mörders zu entwerfen, welches rückblickend sogar eine große Übereinstimmung aufwies. Obwohl es zu Tschikatilos Ergreifung nicht direkt beigetragen hatte, kannte Buchanowskij natürlich die Einzelheiten des Falles sehr genau. Nach Kostojews Ansicht war es sehr gut möglich, daß ein anderer Mann hinter dem Schreibtisch Tschikatilo zum Sprechen brachte. Vor allem dann, wenn der neue Gesprächspartner ein Psychiater war, der nicht so sehr als Vernehmungsbeamter auftrat, sondern als jemand, der Tschikatilo helfen wollte, sich seinen Problemen zu stellen. Buchanowskij war dafür der richtige Mann. Also zog Kostojew ihn hinzu.

Als der Wolga-Streifenwagen am frühen Morgen des 29. November vor Buchanowskijs mit Büchern vollgestopfter Wohnung gleich hinter der Bolschaja-Sadowaja-Straße hielt, sagte der Fahrer dem Psychiater nur, daß er ihn zum örtlichen KGB-Hauptquartier bringen sollte. Nachdem er dort eingetroffen war, wurden ihm die Neuigkeiten mitgeteilt: Die Untersuchungsbeamten waren überzeugt, daß sie endlich den Richtigen gefaßt hatten. Buchanowskij blieb zunächst skeptisch, denn das hörte er nicht zum ersten Mal. Er hatte an dem Fall nun seit mehr als fünf Jahren hin und wieder mitgearbeitet, und man hatte ihn in der Vergangenheit bereits mehrmals darum gebeten, Verdächtige zu verhören. Doch nachdem sie angefangen hatten, Tschikatilo zu beschreiben, wurde Buchanowskij klar, daß es sich diesmal anders verhielt. Er spürte, daß er den Mörder aufgrund der Porträts, die er von ihm entworfen hatte, bereits ein wenig kannte. Jetzt sollte er ihm endlich von Angesicht zu Angesicht begegnen – und zwar allein.

Was wirklich an jenem Tag geschah, wurde später zu einem unablässigen Streitpunkt. Wie so vieles in diesem Fall, fiel es dem Kampf zwischen den Hauptakteuren des Dramas zum Opfer, die das Verdienst für sich in Anspruch zu nehmen suchten und sich gegenseitig die Schuld für die Pannen zuwiesen. Buchanowskijs Version, wie er sie später vor Gericht darstellte, war einfach: Er hatte die Aufgabe zu entscheiden, ob Tschikatilo der richtige Mann war. Sollte er herausfinden, daß es sich so verhielt, dann sollte er Tschikatilo dabei helfen, eine detaillierte Liste seiner Morde zu erstellen und genau die Art und Weise zu beschreiben, wie er seine Opfer mitgelockt und wo er sie getötet hatte.

Der Psychiater stellte seinerseits drei Bedingungen: Erstens wollte er Tschikatilo als Arzt und nicht als Mitglied des Ermittlungsstabs gegenübertreten und war daher nicht verpflichtet, ihm ein Geständnis zu entlocken. Zweitens wollte er mit ihm allein arbeiten und die Erlaubnis bekommen, seine eigenen Aufzeichnungen zu machen, anstatt eine offizielle Aussage aufzunehmen. Und drittens sollte, wenn sich Tschikatilo als der Täter erwies, nichts von dem, was er während ihres Gespräches aufdecken konnte, als Beweis gegen Tschikatilo verwendet werden können. Kostojew akzeptierte die Bedingungen, worauf Buchanowskij kurz vor zehn Uhr das kleine Verhörzimmer betrat. Er stellte sich vor, gab Tschikatilo seine Visitenkarte, und die beiden begannen ein Gespräch.

Auf eigentümliche Weise entwickelte sich zwischen den beiden Männern bald eine Verständigung. Vielleicht lag es an

Buchanoswkijs Geschicklichkeit als Psychiater, vielleicht war es nur der Wechsel des Gegenübers, aber um die Mittagszeit hatte Tschikatilo angefangen, sein Herz auszuschütten. Er begann mit den Schikanen seiner Klassenkameraden während seiner Kindheit und fuhr dann fort, seine Lebensgeschichte zu erzählen. Alles war durchzogen von einem Gefühl der Unzulänglichkeit und Verbitterung: andere Leute hatten ihn nie als das akzeptiert, was er war, erklärte er. Sie hatten ihn immer unterdrückt, ihn immer ausgenutzt und schikaniert. Nach zwanzig Jahren, während der er seine geheimsten Gedanken vor dem Rest der Welt verborgen gehalten hatte, wirkte Tschikatilo nun fast erleichtert, sie endlich mit jemand anderem teilen zu können. Buchanowskij, der in die Rolle des Therapeuten geschlüpft war, gab ihm seinerseits Ratschläge. Buchanowskijs Bericht zufolge, gab Tschikatilo gegen Abend zum ersten Mal zu, daß er getötet hatte.

War dies das kritische Stadium, in dem es sich entschied, ob Tschikatilo gestehen würde oder nicht? Aus Buchanowskijs Gutachten vor Gericht geht hervor, daß es sich seiner Überzeugung nach so verhielt. Kostojew und andere Ermittler haben Zweifel daran zum Ausdruck gebracht. Einer behauptete sogar: »Man hätte jeden dort hineinschicken können, der einen weißen Kittel trug; bei jedem hätte Tschikatilo angefangen zu reden.« Im Grunde genommen, kam es darauf nicht an. Die Hauptsache war, daß Tschikatilo von diesem Zeitpunkt an zu gestehen begann, und zwar genau so, wie es die Staatsanwälte brauchten.

Am folgenden Tag klagte Kostojew Tschikatilo formell an, in der Zeit von 1982 bis 1990 sechsunddreißig vorsätzliche Morde an Frauen sowie Kindern beiderlei Geschlechts begangen zu haben. Er wurde ebenfalls der Vergewaltigung und homosexuellen Vergehen beschuldigt. Im Verlauf der folgenden Woche gestand Tschikatilo davon vierunddreißig Morde, leugnete aber zwei aus dem Jahre 1986. Tschikatilo sprach selten lauter als in einem heiseren Flüstern und erklärte, die Morde seien sexuell motiviert gewesen. Doch bestritt er, seine Opfer vergewaltigt oder ihnen Analverkehr aufgezwungen zu haben. Er bestand darauf, daß seine Impotenz dieses physisch unmöglich gemacht hätte.

Und das war nur der Anfang. Zu Kostojews Überraschung gestand Tschikatilo, als das Verhör weitergeführt wurde, daß er seinen ersten Mord bereits 1978 begangen hatte, drei Jahre früher, als angenommen wurde. Man wußte zwar, daß er zu jener Zeit in Verbindung mit dem Mord an der neunjährigen Lena Sakotnowa in Schachty verhört worden war. Trotzdem hatte es bis dahin keinen Grund gegeben, an der allgemein anerkannten Auffassung zu zweifeln, daß der Mörder Krawtschenko gewesen war – der Mann, den man schließlich 1984 wegen dieses Verbrechens hingerichtet hatte.

Tschikatilos Aussagen blieben zunächst vage, was Kostojew verunsicherte. Doch man mußte berücksichtigen, daß Tschikatilo im Laufe der Jahre Einzelheiten vergessen hatte. Schließlich lag der erste Mord fast zwölf Jahre zurück, und für die Zeit danach hatte er sich insgesamt zu über fünfzig Opfern bekannt. Trotzdem fing er an, seinen Bericht schrittweise zu vervollständigen, indem er immer mehr Beschreibungen und Einzelheiten hinzufügte, bis die Zweifel schwanden. Zu diesem Zeitpunkt erfuhr Tschikatilo zum ersten Mal, daß man an seiner Stelle einen anderen Mann hingerichtet hatte.

Aber es kam noch mehr heraus. Innerhalb der nächsten Wochen bekannte sich Tschikatilo zu der schwindelerregenden Anzahl von achtzehn weiteren Morden. Viele von ihnen waren außerhalb der Region Rostow begangen worden und wurden deshalb bisher von den Untersuchungsbeamten nicht mit ihm in Verbindung gebracht. Diese achtzehn umfaßten auch Ljuba Wolobujewa, eines seiner ersten Opfer, das im Gebiet südlich von Krasnodar im Juli 1982 getötet worden war; die beiden Morde in Taschkent während seiner Geschäftsreise im August 1984; Oleg Makarenkow, getötet in der Nähe der Stadt Jektarinburg im Ural im Mai 1987, und Iwan Bilowetskij, fast zwei Wochen später getötet in der ukrainischen Stadt Saporoschje; Jura Tereschonok, ermordet in jenem September in St. Petersburg und Ljoscha Moisejew, ermordet im Raum Wladimir östlich von Moskau im Juni 1989.

In ihrem eigenen Rostower Revier gab es ebenfalls Morde, die der Miliz entgangen waren. In einigen Fällen, wie bei dem Mord an Larisa Tkatschenko im September 1981, hatte die

Miliz zwar eine Leiche gefunden, aber nicht erkannt, daß sie zu der Mordserie gehörte. In den Fällen von Oleg Poschidajew, getötet im August 1982, und Laura Sarkisjan, die im Juni 1983 zu Tode kam, fand man noch nicht einmal die Leichen.

Dasselbe traf auch für den zehnjährigen Aljoscha Chobotow zu, den Tschikatilo im August 1989 in einem Grab in Schachty verscharrte, das er ursprünglich für sich selbst ausgehoben hatte. Nach dem Verschwinden des Jungen hatte die Miliz monatelang ergebnislos nach ihm gesucht und schließlich aufgegeben. Etwas mehr als ein Jahr danach, am 5. Dezember, nachdem die Miliz ihm eine Fotografie des toten Jungen gezeigt hatte, gab Tschikatilo zu, ihn getötet zu haben und erklärte darüber hinaus, er könne sich noch sehr genau an die Stelle erinnern, an der er ihn vergraben hatte. Als er die Miliz das erste Mal zum besagten Ort führte, stießen sie auf eine Mütze und ein Paar Turnschuhe, die Chobotows Mutter später als Eigentum ihres Sohns identifizierte. Beim nächsten Lokaltermin fanden sie auch die Leiche.

Es gab noch zwei weitere Morde, die Tschikatilo gestand und die sich auf den Zeitraum der ersten Jahre zurückdatieren ließen. Doch trotz seiner genauen Beschreibung von Opfern und Tatorten, konnten die Ermittler weder ihre Identität feststellen noch ihre Leichen finden. So blieb ihnen nichts anderes übrig, als diese beiden Geständnisse unter den Tisch fallen zu lassen.

Das war jedoch die Ausnahme. Während der folgenden Wochen, in denen Tschikatilo die Staatsanwälte zu den Schauplätzen seiner Verbrechen im Gebiet um Rostow führte, waren sie von der Präzision seiner Verbrechen schockiert, mit der er die Stätten seiner Bluttaten haargenau bestimmen konnte. Häufig fertigte er schon im voraus eine grobe Skizze für sie an, während er im Untersuchungszimmer saß. Manchmal irrte er sich: So wies eine Straße in die falsche Richtung, oder eine Kreuzung war ungenau eingezeichnet, doch kam das äußerst selten vor, und es ließ sich immer leicht an Ort und Stelle korrigieren. Fast immer fanden die Beamten kurz nach ihrer Ankunft das, wonach sie suchten – einmal sogar noch viel mehr. Als Tschikatilo sie in den Park des Fliegers in Rostow führte, auf der Suche nach dem Tatort, an dem er im Februar 1984 die vierundvierzigjährige Marta Rjabjenko – sein ältestes Opfer – umgebracht hatte, stieß er eher zufällig auf die Stelle, an der er einige Monate danach die junge Prostituierte Sweta Tschana getötet hatte.

An der Rekonstruktion des Tathergangs waren an den meisten Tagen mindestens zehn Personen beteiligt: natürlich Tschikatilo, ebenso Kazakow, manchmal auch Kostojew oder andere Staatsanwälte, Milizbeamte und Leibwächter. Ihre Fahrten wurden von der Miliz auf Video aufgezeichnet, was unter anderem als Beweismittel vor Gericht dienen sollte. In ihren Jacketts und Krawatten gab die Gesellschaft schon ein recht seltsames Bild ab, wie sie sich durch die morastigen Waldwege kämpfte, wo Tschikatilo seine Morde begangen hatte. Auf dem Video wirkten sie eher wie eine Gruppe Parteifunktionäre, die eine Landwirtschaftskolchose besichtigte, als wie ein Massenmörder und seine Bewacher.

Da ein Großteil ihrer Beweisführung auf Tschikatilos Geständnis beruhte, verließen sie sich um so mehr auf seine Fähigkeit, die Tatverläufe genau zu rekonstruieren und setzten darauf, dem Gericht plausibel machen zu können, er habe dies ohne Beeinflussung ihrerseits getan. Um jeden Verdacht einer möglichen Manipulation von vornherein zu zerstreuen, trug er auf den Fahrten nicht die üblichen Handschellen. Statt dessen war er durch einen langen, stabilen Draht, der ihm genügend Bewegungsfreiheit verschaffte, mit einem seiner Bewacher verbunden. Sie führten außerdem eine Schaufensterpuppe mit sich. Gelangten sie zu einem der vermeintlichen Plätze, an denen Tschikatilo ein Verbrechen verübt haben wollte, wiesen sie ihn an, mit Hilfe der Puppe noch einmal die letzten Sekunden im Leben des Betroffenen nachzuspielen. Anfänglich zögerte er, als bereite ihm die Erinnerung Schmerzen. Dann aber fügte er sich und erdolchte die Puppe mit einem Stück Holz auf die gleiche Art und Weise, in der er auch das Opfer erstochen hatte.

Besondere Sorgfalt war im Fall Sakotnowa angezeigt. In Anbetracht der Tatsache, daß man den unglücklichen Krawtschenko bereits für diesen Mord hingerichtet hatte, war es unmöglich, zweifelsfrei nachzuweisen, daß Tschikatilo wirklich die Wahrheit sagte. Die Ermittlungsgruppe, dieses Mal in Begleitung von Kazakow, drängte sich in der kleinen Hütte in der Meschewoj-Gasse zusammen und schaute zu, während Tschikatilo mit Hilfe der Puppe demonstrierte, wie er das kleine Mädchen auf dem Fußboden neben dem Eßtisch mit dem rechten Ellenbogen erwürgt hatte. Dann führte er sie, die Puppe unter dem Arm geklemmt, über die Felder zu der Stelle, an dem er ihre Leiche in den Fluß geworfen hatte.

Trotz der von Tschikatilo neu entwickelten Offenheit, fiel es ihm immer noch schwer, sich mit seinen Taten abzufinden. Das zeigte sich zum Teil auch an der Scheu, mit der er die Puppe anfaßte. Anfangs weigerte er sich sogar, Worte wie ›Mord‹ oder ›töten‹ zu verwenden. Er sprach statt dessen nur davon, ›dieses‹ oder ›jenes‹ getan zu haben. Daß man diese Barriere erfolgreich niederreißen konnte, hatte man großteils der Erfahrung und Entschlossenheit von Kostojew, Kazakow und Bakin zu verdanken. In verzweifelten Augenblicken hätten weniger erfahrene Ermittler sehr wahrscheinlich die Fassung verloren und ohne zu überlegen gefragt: »Wie konnten Sie nur so furchtbare Verbrechen begehen?« Wäre dies je geschehen, hätte sich Tschikatilo wahrscheinlich vollkommen verschlossen. Kostojew ging jedoch behutsamer vor und brachte ihn mit einer Mischung aus Entschlossenheit und Freundlichkeit zum Sprechen.

Buchanowskij spielte dabei ebenfalls eine Rolle. Etwa zwei Wochen, nachdem er Tschikatilo zum ersten Mal gegenübergesessen hatte, traf er ihn wieder. Weitere Sitzungen folgten. »Ich mußte Tschikatilo helfen, die unwillkürliche psychologische Abwehr zu durchbrechen«, erklärte er. Diese innere Abwehr wurde zu einem wirklichen Problem, als sich die Ermittlung von den sterilen Daten, Namen und Orten zu den blutigen Einzelheiten seiner Morde wandte. Eine dieser Blockaden hinderte ihn daran, darüber zu sprechen, was er mit den Sexualorganen und den anderen Körperteilen angefangen hatte, die er von seinen Opfern abtrennte. Zum Teil war es Buchanowskijs Anregung zu verdanken, daß er zum ersten Mal am 13. Dezember darüber reden konnte, wie er sie zerkaut und ausgespuckt hatte. Etwas mehr als einen Monat später, am 18. Januar, beschrieb er Buchanowskij die verschiedenen Methoden, die er anwandte, um seine Opfer anzulocken. Damit er leichter aus sich herausgehen konnte, trug ihm Buchanowskij auf, vorgegebene Themen schriftlich niederzulegen.

Dennoch verdächtigte Kostojew den Serienmörder immer noch, einen Teil der Wahrheit zurückzuhalten, was die Planung, die seinen Morden vorausging, betraf. In den ersten Monaten, die Tschikatilo mit den Ermittlungsbeamten verbrachte, bestand er hartnäckig darauf, er habe sich ohne jede Mordabsicht auf den Weg gemacht und lediglich im Sinn gehabt, sich seinen Opfern sexuell zu nähern, wenn er sie zu abgelegenen Plätzen führte.

Er behauptete, nur dann, wenn sie über seine sexuellen Fähigkeiten spotteten, sei er von einer Art Wahnsinn befallen worden, der ihn zum Mörder werden ließ. Was die Messer und Stricke betraf, die er zum Töten benutzte, so wären sie ganz alltägliche Haushaltsgegenstände, die er aus völlig harmlosen Gründen bei sich trug.

Auch dies war möglicherweise seinen inneren Blockaden zuzuschreiben, bei deren Abbau ihm Buchanowskij half. Mit dem ganzen Ausmaß seiner Schreckenstaten konfrontiert, versuchte Tschikatilo möglicherweise unbewußt, sich selbst einzureden, es sei nicht sein Vergehen, sondern das seiner Opfer gewesen: Als hätte er sie gar nicht getötet, wenn sie sich anders verhalten hätten. Auch wenn das vor dem Gesetz nicht als Verteidigung gelten konnte, half es ihm wahrscheinlich, die Erinnerungen leichter zu ertragen.

Selbst nach seiner Inhaftierung war sich Tschikatilo des ganzen Schreckens seiner Greueltaten noch nicht wirklich bewußt geworden. Natürlich war ihm klar, daß auf die Verbrechen, die er begangen hatte, die Todesstrafe stand. Manchmal, wenn er in beinahe wehmütiger Weise über seine früheren Selbstmordgedanken sprach, erwähnte er sogar, daß er für sich bereits mit dem Leben abgeschlossen habe. Leben oder Sterben, das mache doch kaum noch einen Unterschied. Doch die Ermittlungsbeamten, die mit ihm zu tun hatten, waren der Ansicht, daß er die Tatsache wohl noch nicht ganz realisiert hatte, daß er am Ende dem Erschießungskommando gegenüberstehen würde. Einmal behauptete Tschikatilo sogar, daß die große Zahl der von ihm begangenen Morde ihn zu einem einzigartigen Menschen machte, der sowohl für die Wissenschaft als auch bei der Jagd nach anderen Mördern nützlich sein könnte – vergleichbar mit Hannibal Lecter in dem amerikanischen Film ›Das Schweigen der Lämmer‹, obwohl es äußerst unwahrscheinlich war, daß er diesen Film je gesehen hatte.

Allmählich schwante ihm allerdings die Aussichtslosigkeit seiner Situation. Er war geistig klar genug, um zu begreifen, daß ihn nur eine Geisteskrankheit vor dem Erschießungskommando retten konnte. Keine vollständige Geisteskrankheit, denn es war schon zu spät, um eine solche vorzutäuschen. Statt dessen sah es so aus, als wolle er auf zeitweilige Geistesstörungen plädieren, unter deren Einfluß er die Kontrolle über sich verloren und getötet hatte.

Wenn es nur um einen einzigen Mord gegangen wäre, hätte das vielleicht glaubwürdig geklungen. Aber das enorme Blutbad, das Tschikatilo angerichtet hatte, ließ sich damit kaum erklären. Und außerdem – wenn er wirklich so entsetzt über seine Taten gewesen wäre, wie wollte er dann plausibel machen, daß er immer weiter getötet hatte? Es gab weitere Beweise dafür, daß er die Morde vorsätzlich beging: zum Beispiel die lange Pause nach seiner Freilassung aus dem Gefängnis Ende 1984, oder seine Entscheidung, in den unmittelbar darauffolgenden Jahren nur in großer Entfernung von seinem Zuhause zu töten. Außerdem die unübersehbare Energie, die er dafür aufbrachte, immer wieder andere abgeschiedene Orte zu finden, um zu töten. Dann seine erfolgreichen Bemühungen, der Miliz immer eine Nasenlänge voraus zu sein. Kostojew war davon überzeugt, daß es sich nicht um im Affekt begangene Verbrechen handelte, die er in der Hitze des Gefechts verübt hatte. Vielmehr ging es dabei um vorsätzliche, von einem kühl berechnenden Profi ausgeführte Morde.

Die Sorgfalt, mit der Tschikatilo geplant hatte, wurde sogar noch deutlicher, als die Fahnder all die Menschen ausfindig machten, die ihn je gekannt hatten. Sie verfolgten seinen Lebensweg bis zu jenen Leuten zurück, die vor ungefähr fünfzig Jahren in der Volksschule dieselbe Klasse besucht hatten. Deren Berichte stimmten in hohem Ausmaß mit Tschikatilos eigener

Lebensgeschichte überein: hier wie dort die Erwähnung seiner Vereinzelung und der Unfähigkeit, sich überhaupt in einer Gruppe zurechtzufinden. Als die Ermittlungsbeamten sich der Zeit nach 1970 zuwandten, staunten sie am meisten darüber, wie erfolgreich Tschikatilo sein Doppelleben vor ihnen allen verbergen konnte. Nicht einer, der seinen Weg gekreuzt hatte, konnte von sich sagen, Tschikatilo könne ein Mörder sein. Das traf sogar auf Kollegen zu, die mit ihm in Nowoschachtinsk und Schachty unterrichtet und in der Schule miterlebt hatten, wie er kleine Jungen und Mädchen belästigte. Am erstaunlichsten war die Reaktion seiner Frau.

Als Tschikatilo verhaftet wurde, begab sich Jandijew vom Büro der Staatsanwaltschaft sofort zur Wohnung der Familie in Nowotscherkassk, um nach den Mordwaffen zu suchen. Als Faina die Tür öffnete und ihn in das schmutzige und unordentliche Wohnzimmer einließ, teilte er ihr mit, daß man ihren Mann festgenommen habe, ohne ihr allerdings die Gründe zu nennen. Sie reagierte ärgerlich und war überzeugt, daß seine Festnahme mit den Beschwerden, die er wegen der Garagen gemacht hatte, zusammenhing.

»Ich habe ihm immer gesagt, er soll um diese Sache nicht so einen Lärm machen«, sagte sie.

Als Jandijew ihr am nächsten Tag die wahren Gründe nannte, war sie wie vor den Kopf geschlagen und weigerte sich, ihm Glauben zu schenken. Es traf zwar zu, daß sie sich seiner sexuellen Probleme nur zu sehr im klaren war und die Gründe kannte, weshalb er den Schuldienst quittieren mußte – und dennoch hatte sie sich offensichtlich lachend darüber hinweggesetzt, als wäre nichts gewesen. Noch immer weigerte sie sich zu glauben, daß sie über fünfundzwanzig Jahre lang mit demselben Mann unter einem Dach gelebt hatte, dem man so grauenhafte Taten zuschreiben mußte. Am allerwenigsten konnte sie die Tatsache verstehen, daß er Kinder getötet hatte, zumal sie sich daran erinnern konnte, wie glücklich er über seine eigenen gewesen war.

An ein besonderes Ereignis erinnerte sie sich noch gut. Eines Tages, wenige Monate vor seiner Festnahme, fuhr Tschikatilo auf einer Dienstreise zur neuen Wohnung seiner Tochter Ljudmila in Charkow. Zu jener Zeit hatte sie gerade in ihrer zweiten Ehe ein weiteres Kind zur Welt gebracht und hatte Schwierigkeiten, mit beiden Kindern zurechtzukommen. Um ihr einen Gefallen zu tun, erbot sich Tschikatilo, seinen älteren Enkel für eine Weile mit nach Nowotscherkassk zu nehmen. Faina erzählte Jandijew, wie sehr sie darüber aufgebracht gewesen sei.

»Wie kannst du von mir erwarten, daß ich mich um ihn kümmere?« erinnerte sie sich, ihren Ehemann gescholten zu haben. »Ich muß auch den ganzen Tag arbeiten und bin danach müde. Es ist Ljudmilas Säugling. Und es ist ihr Junge, also soll sie die beiden auch selbst aufziehen.«

Die bittere Ironie, die genaugenommen in Tschikatilos Antwort lag, konnte einem einen Schauer über den Rücken jagen. »Du bist herzlos«, hatte er erwidert. »Es ist doch unser Enkelkind. Kinder sind dir völlig gleichgültig. Wenn ich nicht arbeiten müßte, würde ich ihn selber aufziehen.« Der Junge blieb für eine kurze Zeit bei ihnen.

Die Staatsanwälte schenkten Fainas Darstellung Glauben. Nachdem deutlich geworden war, wie Tschikatilo alle anderen täuschen konnte, war es nicht mehr schwer zu verstehen, daß auch sie getäuscht worden war. Die Umstände seiner Arbeit und die häufigen Dienstreisen hatten ihm geholfen, die Wahrheit vor ihr zu verbergen. Hinzu kam noch, daß er über den Zugang zu verschiedenen Wohnungen verfügte, in denen er sich säubern konnte. In seiner Aussage hatte er deutlich gemacht, daß er mit Absicht manchmal Tage oder sogar über eine Woche gewartet hatte, bevor er zu ihr nach Hause zurückkehrte. Es gab außerdem keine plausible Erklärung dafür, aus welchem Motiv heraus sie ihn decken sollte, wenn sie tatsächlich Bescheid gewußt hätte. Was die Mordwaffen betraf – eine grauenhafte Sammlung scharfgeschliffener Messer –, so fand Jandijew sie zwischen dem normalen Besteck, als er ihre Wohnung durchsuchte.

Und in dem Maße, wie die Staatsanwälte von ihrer Unschuld überzeugt waren, fing Faina ihrerseits an zu glauben, was ihr über die Schuld ihres Mannes berichtet wurde. Allmählich ergab sich ein vollständiges Bild: die langen Dienstreisen und die vielen Nächte, die Tschikatilo unvorhergesehenerweise unter dem Vorwand, einen Zug verpaßt oder noch auf Lieferwagen gewartet zu haben, außer Haus verbracht hatte; die Blutspuren an seinen Kleidern, die er damit abtun wollte, daß er sich beim Ausladen des Lastwagens Schnitte und Kratzer zugezogen hatte. Nach Jandijews Auffassung kam der Wendepunkt mit der Entdeckung von Chobotows Leichnam, der auf dem Friedhof von Schachty vergraben lag. Als sie vernahm, daß ihr Mann die Fahnder genau an den Platz geführt hatte, wo die Überreste des Jungen lagen, war Faina schließlich gezwungen, die Wahrheit zu akzeptieren.

Aber es war immer noch ein harter Schlag für sie. Zwar hatte sie gewußt, daß Tschikatilo in Verbindung mit zwei Morden verhört worden war: nämlich im Fall Lena Sakotnowa im Dezember 1978 und im Fall Dima Ptaschnikow, als er 1984 wegen des Verdachts auf Diebstahl festgenommen und inhaftiert wurde. Doch nie hätte sie gedacht, daß er in einem der Fälle schuldig sein könnte, und hatte sich in diesem Glauben durch die Tatsache betätigt gesehen, daß niemals gegen ihn Anklage erhoben wurde.

»Wenn ich gewußt hätte, was mein Mann in all diesen Jahren tat, hätte ich sicherlich etwas unternommen, um ihn daran zu hindern«, erzählte sie Jandijew zu einem späteren Zeitpunkt. »In gewisser Weise fühle ich mich mitschuldig, und sei es nur deshalb, weil ich ihm vertraut habe. Aber woher hätte ich Bescheid wissen sollen? Ich hätte mir nie vorstellen können, daß er einen Menschen umbringt, geschweige denn dreiundfünfzig. Er war immer so still. Nie konnte er jemandem weh tun.« Ihrer Tochter Ljudmila, die ihrem Vater schon immer sehr nahe gestanden hatte, erging es ähnlich.

Faina traf nur noch einmal mit ihrem Ehemann zusammen, und auch das war ihr eigentlich nicht recht. Sie wollte sich Zugang zu den Ersparnissen der Familie verschaffen und brauchte deshalb Tschikatilos Unterschrift für das Sparbuch. Der Staatsanwalt hätte das wohl für sie erledigen können, doch Jandijew war der Ansicht, daß die beiden sich noch einmal begegnen sollten. Nach einigem Überreden war sie damit einverstanden.

Die Begegnung war kurz und schmerzhaft. Als Faina Tschikatilo geradeheraus fragte, warum er so viele grausame Taten verübt hatte, blieb er ihr dic Antwort schuldig. Genau wie bei ihren ersten Begegnungen viele Jahre zuvor, war er so verlegen, daß er ihr nicht einmal in die Augen sehen konnte. Zum Schluß murmelte er ein paar Worte und sprach sie mit dem Kosenamen an, den er in den wenigen zärtlichen Augenblicken ihrer Vergangenheit benutzt hatte.

»Wenn ich doch nur auf dich gehört hätte, Fenjutschka«, sagte er. »Wäre ich doch deinem Rat gefolgt und hätte mich behandeln lassen.«

Die letzten Monate der Ermittlung führten Tschikatilo und seine Bewacher aus der Region Rostow heraus. Sie fuhren quer durch die Sowjetunion in die übrigen Städte, in denen er gemordet hatte. In den meisten Fällen hatte er die Orte vorher nicht gekannt und war auch später nicht mehr dorthin zurückgekehrt. Daher stellte es sich oft als schwierig heraus, einerseits den Ort zu finden, an dem er seinen Opfern begegnet war, und andererseits die Stelle, wo er sie getötet hatte.

Der Mord an Ljuba Wolobujewa, einem vierzehnjährigen Mädchen, das Tschikatilo im Juli 1982, irgendwo auf dem Lande bei Krasnodar, südlich von Rostow, zum Opfer fiel, war besonders schwierig zu rekonstruieren. In diesem Gebiet gab es sehr viele Wälder und ein Labyrinth von Pfaden, in dem die Schwierigkeit darin bestand, genau den Weg wiederzufinden, auf dem er sie aufgegriffen und umgebracht hatte. Die lange Zeitdauer, die seit der Tat vergangen war, machte es natürlich nicht leichter. Doch schließlich fanden die Beamten die Stelle, allerdings erst, nachdem sie stundenlang mit einem Hubschrauber über den Wäldern in niedriger Höhe kreisten, bis Tschikatilo einen Abschnitt sah, der ihm bekannt vorkam.

Im Sommer 1991 hatten die Fahnder den Fall Tschikatilo praktisch abgeschlossen. Die Monate nach seiner Festnahme waren für das ganze Land traumatisch gewesen, in einer Zeit, in der es bereits Anzeichen gab, daß Gorbatschows Perestroika scheitern würde. Nach dem Rücktritt des Außenministers Eduard Schewardnadse und seiner Warnung vor einer ›drohenden Diktatur‹ schien das Land einen Rechtsruck vollzogen zu haben. Unverständlicherweise besetzte Gorbatschow die führenden Positionen seiner Regierung mit reaktionären Altkommunisten, und im russischen Parlament begannen die Hardliner verstärkt damit, Gorbatschows langjährigen radikalen Rivalen Boris Jelzin herauszufordern. In dieser Zeit weigerten sich einige der alten Unionsrepubliken, der neuen, freieren Sowjetunion beizutreten, die von Gorbatschow und Jelzin zu guter Letzt zusammengeflickt worden war. Als das Oberhaupt der Sowjetunion im Sommer zu seinen schicksalhaften Ferien in der luxuriösen Villa bei Foros auf der Krim aufbrach, sah die Entwicklung besorgniserregend aus.

Ungeachtet dessen wurden die Nachforschungen fortgesetzt. In den vielen Wochen, in denen man sich mit Tschikatilo selbst befaßte, befragten die ermittelnden Staatsanwälte auch einige hundert Menschen, die ihn gekannt hatten, und suchten mehrere hundert Plätze auf, die in den fünfundfünfzig Jahren seines Lebens eine Rolle gespielt hatten. Der enorme Umfang dieser Arbeit wurde durch die bloße Menge des gesammelten Beweismaterials deutlich: dem Gericht wurden schließlich über zweihundert Aktenordner übergeben.

Nicht nur die Quantität, auch die Qualität dieser Beweisaufnahme war überzeugend, nämlich die Art und Weise, wie Tschikatilos eigene Aussage mit denen der Zeugen übereinstimmte. Man war der Meinung, daß dies ein eindeutig geklärter und abgeschlossener Fall von dreiundfünfzig Morden war, der den umstrittensten miteinschloß – den 1978 begangenen Mord an Lena Sakotnowa in der Meschewoj-Gasse, für den man Krawtschenko bereits hingerichtet hatte. Das einzige Manko war, daß die Beweise für den 54. und 55. von Tschikatilo gestandenen Mord fehlten. Bis dahin hatte man weder die Identität der Opfer feststellen noch ihre Leichen finden können, weshalb man annahm, daß Tschikatilo sich einfach geirrt habe.

Jetzt war nur noch eine einzige Frage zu klären: War Tschikatilo zurechnungsfähig oder unzurechnungsfähig? Trotz der Grausamkeit seiner Verbrechen war die Staatsanwaltschaft von ersterem überzeugt. Diese Einschätzung wurde auch durch eine erste Untersuchung bestätigt, die ein in Rostow ansässiger Psychiater durchgeführt hatte. Angesichts der Schwere der Anschuldigungen brauchte man eine genauere Analyse. Aus diesem Grunde mußte Tschikatilo zu Experten in das Moskauer Serbskij-Institut für Psychiatrie gebracht werden, bevor er vor Gericht gestellt werden konnte. Diese Entscheidung entbehrte nicht einer gewissen Ironie. Denn während der dunkelsten Zeit der Breschnew-Ära hatte sich dieses Institut einen schlechten Ruf erworben, weil es die Rolle übernommen hatte, Dissidenten einfach zu Geistesgestörten zu erklären und in Kliniken einzuweisen.

Aber die Zeiten hatten sich geändert. Die Dissidenten waren längst wieder auf freien Fuß gesetzt worden – das behaupteten zumindest die Verantwortlichen. Einige setzten sogar ihre politische Arbeit fort und wurden Mitglieder der Opposition im sowjetischen Parlament. Wenn auch die alte Riege der Ärzte, die für den Mißbrauch in der Vergangenheit verantwortlich war, sich noch immer im Amt befand, war doch inzwischen eine neue Generation nachgerückt, die entschlossen war, die Psychiatrie von einem Machtinstrument in den Händen kommunistischer Politiker in das zu verwandeln, was sie eigentlich sein sollte – einen Zweig der Medizin. Und in diese Hände wurde Tschikatilo übergeben.

Es gab noch einen letzten Rest ungetaner Arbeit zu erledigen, der durch Tschikatilos Geständnis, die Sakotnowa ermordet zu haben, erforderlich geworden war. Die Staatsanwaltschaft war sich darüber im klaren, daß sie Krawtschenkos Familie erklären mußte, daß er 1984 für ein Verbrechen hingerichtet worden war, das er – wie man inzwischen wußte – gar nicht begangen hatte.

Nach langem Suchen machte man schließlich seine Mutter im Norden Rußland ausfindig und teilte ihr diese neue Wende mit. Als sie das vernahm, brach sie schreiend zusammen; denn bis zu diesem Augenblick hatte sie noch nicht einmal gewußt, daß ihr Sohn hingerichtet worden war.

KAPITEL NEUNZEHN

In einer Seitengasse im Inneren des Runds, das von der Ringstraße Moskaus gebildet wurde, und nur wenige Türen entfernt vom Kropotkinskaja 36 – einem der ersten und immer noch besten Privatrestaurants der Hauptstadt –, lag ein imposantes Gebäude, das von einer hohen Mauer umgeben war. Der Eingang führte in ein spartanisch eingerichtetes Wartezimmer, das in der Eintönigkeit seiner kahlen Wände nur durch ein kleines Fenster unterbrochen wurde. Dieses Fenster war allerdings so niedrig angebracht, daß Besucher, die mit der abweisenden Aufseherin im angrenzenden Raum sprechen wollten, sich tief herabbeugen mußten. Der Zugang ins Innere des Gebäudes war nur mit Zustimmung der Aufseherin möglich; auch die Tür nach draußen wurde durch einen Schalter in ihrer Kabine betätigt. Die besondere Gruppe von Patienten im Gebäude machte es erforderlich, daß die Sicherheitsmaßnahmen im Serbskij-Institut immer streng gehandhabt wurden.

An dem Tag, als man Tschikatilo dort einlieferte, wurden sie noch zusätzlich verstärkt. Etwas mehr als vierundzwanzig Stunden zuvor, am Montag, dem 19. August 1991, hatte eine Gruppe von Hardlinern aus dem Kreml, angeführt von KGB-Chef Wladimir Krutschkow, die Welt in Atem gehalten, als sie ankündigte, daß Präsident Gorbatschow erkrankt sei und daß sie seine Machtbefugnisse übernommen hätten. Der Staatsstreich bildete den Auftakt zu einer dramatischen Entwicklung: Am ersten Morgen rollten Panzer dröhnend in die Hauptstadt und gingen auf dem Roten Platz in Stellung. Inzwischen fanden sich auf der anderen Seite der Stadt schnell die ersten Gruppen von Menschen ein und errichteten zur Verteidigung Boris Jelzins, des Präsidenten der Republik, Barrikaden um das russische Parlament.

Trotz des Dramas auf den Straßen verlief der Alltag in der

Stadt größtenteils normal. Das traf auch auf das Institut zu, das dem Innenministerium unterstand. Ob Putsch oder nicht, hier wurden weiterhin Patienten untersucht und Diagnosen erstellt.

Es war unklar, welche Gedanken Tschikatilo durch den Kopf gingen, als sich der Transporter der Miliz, in dem er saß, in Richtung Moskauer Innenstadt durch Straßen schlängelte, die von Militärfahrzeugen und Postenketten versperrt waren. Hieß er als überzeugter Kommunist den Versuch der Konservativen willkommen, dem ein Ende zu setzen, was sie als Gorbatschows gefährlichen Flirt mit dem Liberalismus betrachteten? Oder durchschaute auch er ihre Aktion sofort als die absurde Farce, als die sie sich bald erweisen sollte?

Jedenfalls endete der Putsch schon am nächsten Tag. Am Abend des 21. August war Gorbatschow bereits aus seinem Hausarrest auf der Krim befreit und bereitete sich darauf vor, nach Hause in ein jubelndes Moskau zurückzukehren. Tschikatilo jedoch spürte wenig von der fröhlichen Stimmung und auch nichts von dem Drama der folgenden Tage, als der wahre Sieger, Jelzin, Gorbatschow zunächst zwang, die kommunistische Partei zu verbieten und dann die anderen Strukturen aufzulösen, die in sieben Jahrzehnten Sowjetgeschichte geschaffen worden waren. Tschikatilo blieb fast zwei lange Monate im Serbskij-Institut eingesperrt und wurde dort einer sorgfältigen medizinischen Untersuchung und einer Reihe psychologischer Tests unterzogen. Der wichtigste Punkt war jedoch, daß er über alles – von seiner Kindheit bis hin zu seinen Gefühlen – sprechen sollte, während er in KGB-Haft saß und auf sein weiteres Schicksal wartete.

Die letztgültige Diagnose der Ärzte war klar und unzweideutig. Wenn man unter geistiger Gesundheit die Fähigkeit verstand, Kontrolle über die eigenen Handlungen auszuüben, dann waren sie zu dem Zeitpunkt, als sie die Untersuchung ihres Patienten am 18. Oktober beendeten, vollkommen von seiner geistigen Gesundheit überzeugt. Er war voll verhandlungsfähig.

Andrej Tkatschenko, einer der Chefpsychiater des Instituts, übernahm die Leitung der Untersuchung. Trotz seiner Jugend – damals war er erst neunundzwanzig Jahre alt – galt er schon als namhafte Kapazität auf seinem Gebiet. Ein Jahr später, im August 1992, als Rußland sich anschickte, den ersten Jahrestag des Putsches zu feiern, besuchte ich Tkatschenko in seinem kleinen Büro im Institut und befragte ihn über Tschikatilo.

Zunächst sah es so aus, als gäbe der Psychiater nur unwillig Auskunft. Er kritisierte die große Aufmerksamkeit der Medien, die sich bislang über seinen früheren Patienten ergossen hatte. Tschikatilo war zweifelsohne der schlimmste Massenmörder, den Rußland – und vielleicht sogar die ganze Welt – bis jetzt hervorgebracht hatte. Aber er war keineswegs der einzige im Land. Durch die zunehmende Öffnung der ehemaligen Sowjetunion waren bereits Dutzende anderer Serienmörder ans Tageslicht gekommen, von denen jeder doch seine ureigene Handschrift und sein spezielles Markenzeichen aufwies. Schon viele davon hatten Tkatschenkos Behandlungszimmer durchlaufen. »Tschikatilo unterschied sich allein durch die Zahl der Opfer von den anderen«, erklärte er ein wenig müde. Aber als wir uns dann zusammensetzten und weitersprachen, fing er an, von den Erfahrungen zu berichten, die er während der zwei Monate mit Tschikatilo gesammelt hatte.

Im Verlauf seiner Diagnose formte sich ein deutliches Bild heraus. Obwohl es falsch wäre zu behaupten, daß Tschikatilos Schicksal vorherbestimmt war, wies er doch schon bei der Geburt besondere Charakteristika auf, beispielsweise Hirnverletzungen und andere biologische Unausgewogenheiten, die ihn einer Gruppe mit größerer Anfälligkeit zurechnen ließen. So etwas war relativ weit verbreitet – zu sehr verbreitet, um die einzige Ursache darzustellen, die aus ihm einen Massenmörder machte. Wäre das der Fall gewesen, dann müßte Rußland von Tausenden von Massenmördern heimgesucht worden sein. Jedoch sollten sie in Verbindung mit anderen äußeren Faktoren die Basis für Tschikatilos Verwandlung in das Ungeheuer legen, zu dem er letztendlich wurde.

Seine ausgeprägte Kurzsichtigkeit, unter der er als Kind gelitten hatte, war ein solcher Faktor. Hinzu kam die lange Abwesenheit seines Vaters in einer entscheidenden Entwicklungsphase. Für einen sensiblen kleinen Jungen stellten das schwerwiegende Schicksalsschläge dar. Verstärkt wurden diese durch die alltäglichen Schrecken der Kriegszeit in der besetzten Ukraine, wo er aufwuchs. Es ließ sich nicht belegen, ob die Geschichten vom Kannibalismus, die Tschikatilos Mutter ihrem Sohn erzählte, tatsächlich der Wahrheit entsprachen. Mit Bestimmtheit ließ sich jedoch sagen, daß einige dieser Vorfälle seinerzeit im besagten Gebiet dokumentiert wurden. Für Tkatschenko fügten sich alle diese Teile zu einem Gesamtbild zusammen.

»Kategorisch zu behaupten, daß der eine oder andere Vorfall in seiner frühen Kindheit die entscheidende Rolle bei der Entwicklung seines pathologischen Zustands gespielt habe, wäre zu weitgehend«, bemerkte er. »Tatsache ist, daß dieser sich aus einer komplexen Verflechtung von Faktoren entwickelte, die hauptsächlich im Bereich der biologischen Funktionen des Patienten liegen.«

Die ersten Abweichungen von der Norm waren zwar geringfügig, vermittelten aber im Rückblick interessante Aufschlüsse. »Viele Dinge, die passiert sind, waren traumatischer Natur«, fuhr Tkatschenko fort, »besonders bei einem Jungen, der bereits diese organischen Schäden aufwies. Ein anderes Kind, das genauso kurzsichtig wie Tschikatilo war, wäre möglicherweise mit dem Handikap fertig geworden und hätte sich dadurch nicht daran hindern lassen, mit Kindern seines Alters zu spielen. Aber bei Tschikatilo steigerte sich alles bis zum äußersten Extrem, er hatte Angst davor, eine Brille zu tragen, er befürchtete, verspottet zu werden, und er dachte, alle würden ihn anstarren.

Gewiß, viele Jungen haben diese Probleme in mehr oder weniger starker Ausprägung. Aber in diesem Fall kamen sie voll zur Wirkung. Kein Fall ist einzigartig, weil scheinbar unbedeutende Dinge sich in stark variierenden Gewichtungen und Verhältnissen kombinieren. Betrachtet man jeden dieser Faktoren isoliert für sich, ist keiner davon einzigartig, aber in ihrer Kombination erzeugen sie ein einmaliges Profil.«

Es gab auch spezielle ›Warnsignale‹: Zum Beispiel die Tatsache, daß Tschikatilo noch im Alter von zwölf Jahren Bettnässer war, und seine Schwierigkeiten, die sich nach der Pubertät beim Kontakt mit Frauen einstellten. Letzteres betraf auch das

Problem vorzeitiger Ejakulation, die oft in einem nichtsexuellen Zusammenhang auftrat, möglicherweise aufgrund von Angst oder psychischer Spannung. Experten des FBI, die Hunderte von Fällen in Amerika untersucht hatten, berichteten, daß das typische Merkmale von Massenmördern waren. Dazu gehörten überraschenderweise auch Grausamkeit gegen Tiere und die zwanghafte Neigung, Feuer zu legen. Keines von beiden wurde in diesem Fall dokumentiert, obwohl das nicht ausschließen muß, daß etwas in dieser Richtung geschehen war. Unter den chaotischen Voraussetzungen, die während des Krieges in der Ukraine geherrscht hatten, hätte so etwas leicht unbemerkt bleiben können.

Ein weiterer Charakterzug Tschikatilos, den Tkatschenko hervorhob, war seine fanatische Ergebenheit gegenüber dem Kommunismus. »Seine Besessenheit für Politik stellte mehr als bloße Überzeugung dar«, konstatierte er. »Sie kam geradezu einem Wahnsinn gleich.« Für Tkatschenko lag die Erklärung darin, daß man Tschikatilo leicht beeindrucken konnte und er eine fast kindliche Bereitschaft zeigte, an Ideale zu glauben, die ihm nahegelegt wurden – wiederum ein Merkmal, das er mit anderen russischen Mördern teilte, die Tkatschenko untersucht hatte. Zwischen den Menschen gab es große Unterschiede, was die Leichtigkeit betraf, mit der man sie hypnotisieren konnte. Tkatschenko meinte, daß Tschikatilo zu der Gruppe gehörte, die dafür am empfänglichsten war. »Diese Menschen können ganz leicht jeder Idee, die man ihnen suggeriert, zum Opfer fallen«, führte er weiter aus. »Man könnte sagen, daß diese Beeinflußbarkeit ein Merkmal der Jugend ist, und daß ein beeinflußbarer Jugendlicher bestimmte antisoziale Vorstellungen sehr leicht verinnerlichen kann. Er kann ohne weiteres verführt werden, egal in welche Richtung.«

Andere und deutlichere Indikationen zeigten sich bereits in Tschikatilos später Jugend. Wie Tkatschenko es ausdrückte, tauchten die Anlagen für besondere Verhaltensmuster oft vor dem Verhalten selbst auf. »Alle Eigentümlichkeiten in Tschikatilos heterosexuellem Leben zeugen von solchen Prädispositionen«, meinte er. »In der Adoleszenz machen sie sich häufig sehr auffällig bemerkbar, zum Beispiel in sadistischen Phantasien.

Tschikatilo hatte sie bereits als Kind. Nicht, daß er sich wirklich vorstellte, was er später einmal tun würde. So funktioniert das nicht. Dieser Prozeß verläuft in sehr kleinen Schritten. Phantasien können einander zwar ablösen, aber nie, und ganz bestimmt nicht in der Kindheit, nehmen sie die Gestalt dessen an, was später einmal Realität sein wird. Diese Phantasien können sich durchaus in einem mehr oder weniger sozial akzeptierten Rahmen bewegen. Zum Beispiel kann man sich vorstellen, man sei ein starker Mann, der gegen böse Kräfte kämpft und dabei sehr gewalttätig vorgeht. Solche Phantasien zeugen von sadistischen Tendenzen des Charakters.

Das daraus resultierende Verhalten tritt nur scheinbar grundlos auf: Die Phantasien werden allmählich, aber in zunehmendem Maße in Taten umgesetzt. Noch dazu verbergen sie sich zumeist im Unterbewußtsein, das heißt, man bemerkt selten vorher, daß jemand einen Mord begehen will, was ganz besonders auf Morde der Art zutrifft, wie sie Tschikatilo begangen hat.

Bei Tschikatilo entwickelte sich alles eins nach dem anderen, Schritt für Schritt. Zuerst fing er an, von dem abzuweichen, was man als normales, durchschnittliches Sexualleben betrachtet: von einem heterosexuellen Partner und der gebräuchlichen Vorgehensweise. Als er an der Schule unterrichtete, bemerkte er plötzlich, daß er sich von Mädchen unter zwölf Jahren angezogen fühlte. Daraufhin wurde sein Verhalten in zunehmendem Maße aggressiv. Und als es die Gelegenheit schließlich erlaubte, verwandelte sich sein mehr und mehr durchbrechender Trieb in Mordlust.«

Der erste seiner Morde, es handelte sich um den an der neunjährigen Lena Sakotnowa, geschah im Dezember 1978. Doch es sollten mehr als zweieinhalb Jahre bis zum weiteren Mord vergehen, den er an der sechzehnjährigen Larissa Tkatschenko, einer Namensvetterin des Psychiaters, beging. Die lange Unterbrechung deutete an, daß es immer noch eine letzte Hürde gab, die Tschikatilo überwinden mußte. Die Veränderungen, die er durchmachte, verliefen zwangsläufig stufenweise, und obwohl er lernte, seine Taten zu akzeptieren, und die Dinge und Aktivitäten erkannte, die ihm Lust bereiteten, verfügte er immer noch über einen Rest von Selbstkontrolle.

Tatsächlich hatte Tschikatilo sogar noch nach seinem zweiten Mord und vom Beginn der Phase des Jahres 1982 an, da er mit erschreckender Regelmäßigkeit töten sollte, immer noch die Möglichkeit, sich zu zügeln. Die Morde traten in ganz unterschiedlichen Abständen voneinander auf; im Sommer war er wesentlich aktiver als im Winter. Manchmal gab es zwischen den einzelnen Tötungen Lücken von sechs oder mehr Monaten, die die Ermittler, die ihn aufzuspüren versuchten, noch immer verwirrten.

»Trotz ausführlicher Untersuchungen kann man nicht davon ausgehen, daß alles bis in die letzte Einzelheit geklärt worden ist«, meinte Tkatschenko. »Niemand außer Tschikatilo selbst weiß alles. Die Winterperioden beweisen, daß er die Situation immer noch völlig im Griff hatte. Er war in der Lage, seinen Trieb im Zaum zu halten. Auch gibt es keine eindeutige wissenschaftliche Erklärung für die Zunahme seiner Aktivitäten. Aber man kann im Prinzip unterstellen, daß solch ein abweichendes Handlungsmuster nicht nur der Befriedigung eines pathologischen Verlangens dient, sondern auch der Entladung psychischer Spannungen. Um noch einmal die Analogie zum normalen Sexualverkehr zu bemühen: Auch diesem folgt eine psychische Entladung. Bei einem Menschen wie Tschikatilo mit all seinen geistigen Anomalien kann man von einer weit akuteren Verfassung ausgehen, die in größerer Entspannung resultierte. Mit anderen Worten, wann immer er sich aufgrund einer bestimmten Angst oder Depression angespannt fühlte, hatte er eine direkte Methode, Entspannung zu erreichen und der Spannung zu entfliehen.«

Das bedeutete, daß ab 1983 oder 1984 die Morde für Tschikatilo bereits die gleiche Rolle spielten wie für andere Menschen normale Sexualbeziehungen. »Als Ganzes betrachtet ist sein Werdegang durchaus transparent«, sagte der Psychiater. »Nach und nach wurde ihm vollständig klar, welche Form des sexuellen Verhaltens seinen wahren Antrieben am besten entsprach. Natürlich waren diese Motive verdreht. Aber immer noch waren viele normale Beweggründe vorhanden. Einige der Motive, so zum Beispiel das Erreichen sexueller Befriedigung und Entspannung, die ein normales Verhalten vorherbestimmen, können ebensogut abnormes Verhalten produzieren. Ein gewöhnlicher Mensch greift auf andere Methoden zurück und hat andere Objekte im Sinn. Tschikatilo hatte seine eigenen. Wie auch immer, die Phasen waren gleich: Kontaktaufnahme, Erregung, angemessener Verkehr und Entspannung. Alle diese Stufen waren vertreten, obwohl jede in abgewandelter Form auftrat. Und das Handlungsziel war identisch.«

Eines der größten Rätsel, die Tschikatilo umgaben, betraf die Beziehung zu seiner Frau. Er war ein verheirateter Mann, der für Freunde, Arbeitskollegen und Verwandte offenbar ein ›normales Leben‹ führte. Tkatschenko erklärte Tschikatilos Fähigkeit, diesen Anschein so lange aufrechtzuerhalten, als das Ergebnis des langsamen Prozesses, mit dem sein konventionelles Sexualleben durch das andere, ›geheime Leben‹ beiseite gedrängt wurde. Anfänglich dominierte das erste, während das zweite in Form verschwommener Phantasien im Hintergrund blieb. Trotz der Probleme in der Hochzeitsnacht gelang es Tschikatilo schließlich, in den sechziger Jahren zwei Kinder zu zeugen, und er setzte den Geschlechtsverkehr mit seiner Frau – wenn auch zunehmend sporadischer – während der siebziger Jahre fort.

Im Laufe der Jahre verschob sich das Gleichgewicht dieser beiden Elemente seines Sexuallebens: Die konventionelle Seite verlor langsam an Bedeutung, während die pervertierte anwuchs, bis sich ihre jeweilige Gewichtung verkehrt hatte. »Hier handelt es sich um zwei verschiedene Vorgänge«, führte Tkatschenko aus. »Der eine tritt schrittweise in Erscheinung, während der andere schrittweise verschwindet. Das geschieht nicht über Nacht. Man darf es sich nicht so vorstellen, daß er ein Kind sah, Befriedigung daraus zog und auf alle anderen Möglichkeiten verzichtete. Er hatte immer weniger Geschlechtsverkehr mit seiner Frau. In den späteren Phasen begann sie ihn zu fragen, warum er nicht mehr mit ihr schlafe, worauf er einen Streit vom Zaun brach. Weil er nicht mit ihr schlafen wollte und es auch nicht mehr konnte, versuchte er, die Bereiche streng getrennt zu halten.

Die Familie und die Beziehungen zwischen Mann und Frau im allgemeinen waren für ihn tabu. Seine eigene Unzulässigkeit und die gesellschaftlichen Regeln verhinderten, daß er die beiden Bereiche vermischte. Andere Menschen hingegen, gerade solche mit einem Hang zum Sadismus, tun das oft. Sie können sadistische Phantasien während des Geschlechtsverkehrs haben oder auf bestimmte entsprechende Handlungen zurückgreifen, aber für Tschikatilo handelte es sich um zwei verschiedene Welten. Möglicherweise hatte er solche Phantasien, wenn er masturbierte, träumte oder in Tagträumen versank. Tatsächlich verfolgt er bis zum heutigen Tag dieselben sadistischen Phantasien. Jedenfalls hat er mir das während der letzten Untersuchung mitgeteilt.

Am Ende pervertierte sein gesamtes Sexualleben. Er hatte ein anderes Objekt und eine andere Methode der Verwirklichung entdeckt, die ihn besser befriedigten. Deshalb konnte ihn eine heterosexuelle Beziehung nicht länger befriedigen. Er wollte etwas ganz anderes.«

Zog man die steigende Anzahl kleiner Jungen unter seinen späteren Opfern in Betracht, ließ das den Schluß zu, Tschikatilo zumindest gegen Ende der achtziger Jahre als Homosexuellen einzustufen oder, präziser gesagt, als Bisexuellen. Dem widersprach Tkatschenko. »Im Kern kam Tschikatilo, wie viele andere Sadisten, in seinem Treiben vom heterosexuellen Objekt ab. Das normale Objekt ist heterosexuell und erwachsen. Jede Abweichung, jede sexuelle Abnormität wird insbesondere durch eine Abkehr vom normalen Objekt gekennzeichnet. Sadisten wechseln häufiger als Nichtsadisten allmählich zu homosexuellen Objekten, zu homosexuell-pädophilen Objekten über. Wie bei anderen Massenmördern herrschten in den späteren Phasen die Jungen vor.

Nicht etwa, daß Frauen anfingen, ihn abzustoßen, aber diesem Vorgang lagen gewisse biologische Regelmäßigkeiten zugrunde. Ein so abnormes Sexualverhalten ist auf eine Veränderung aller Strukturen des verdrehten sexuellen Rollenverhaltens und der Stereotypie zurückzuführen. Er ist nicht in der Lage, seiner männlichen Rolle bis zum Ende gerecht zu werden, und sein sexuelles Selbstbewußtsein ist so sehr verdreht, daß es einen Wechsel, eine Umkehrung des Sexualobjekts beinhaltet.

Sogar zum Schluß konnte man ihn nicht als gewöhnlichen

Homosexuellen bezeichnen. Darüber hinaus verwahren sich Sadisten wie er dagegen, mit Homosexualität und Homosexuellen in einem Zug genannt zu werden. Sie verachten Homosexuelle, weil diese den Normen allgemeiner Anerkennung, die ich zuvor erwähnt habe, nicht genügen. Innerlich nähern sie sich langsam dem homosexuellen Objekt an, aber ihre Art der Umsetzung ist eine andere. Es handelt sich um Gewalt. Man behauptet manchmal, daß das tatsächliche Geschlecht ihres Objekts ihnen nichts bedeutet. Auf der Ebene bewußten Handelns ist es wirklich unwichtig, und dennoch tritt diese Neigung ganz entschieden auf. In der Folge findet man bei fortgeschrittener Entwicklung, die Tschikatilos Fall belegt, in späteren Stadien unterschiedslos homosexuelle und pädophile Objekte.

Es fällt schwer, die exakte Bedeutung, die jedes seiner Verhaltensmuster für ihn hatte, aufzuzeigen, weil er in der Mehrzahl der Fälle wie automatisch handelte, obwohl seine Handlungen ein gewisses Ausmaß an Konsistenz und Wiederholbarkeit aufweisen. Seinen Aussagen zufolge bereitete es ihm Lust, bestimmte Handlungen auszuführen. Ein anderer Sadist bezieht seine Lust möglicherweise aus ganz anderen Handlungen. Das richtet sich ausschließlich nach individuellen Vorlieben.«

Sliwkow, ein weiterer russischer Massenmörder, mit dem Tkatschenko ebenfalls gearbeitet hatte, wählte seine Opfer gewöhnlich unter den Jungen Pionieren aus, dem sowjetischen Äquivalent der Pfadfinder. Er erlangte nur dann sexuelle Befriedigung, wenn sie ihre Uniformen mit den roten Halstüchern und blankpolierte Schuhe trugen. Und ein weiterer namens Kulik stieß Gegenstände wie Stöcke oder zerbrochene Flaschen in die Vagina seiner Opfer. Tschikatilos spezielle Leidenschaft war es, zu schneiden.

»Er erzählte, daß er besonders den Uterus liebte, der so elastisch war, daß er Lust bekam, ihn zu kauen. Als er das erst einmal als befriedigend erlebte, verfestigten sich seine Verhaltensmuster. Bereitete ihm irgendeine Tat Lust, dann versuchte er, sie zu wiederholen, um Befriedigung zu erlangen. So wie das Sexualleben eines jeden Menschen individuell geprägt ist, hat auch jeder Sadist seinen ganz persönlichen Erfahrungshorizont, der sich langsam vergrößern kann, wenn er andere Dinge ausprobiert und sie als befriedigend erlebt.

Kannibalismus und Vampirismus sind Modifikationen des Sadismus. Sie können auch zufällig vorkommen, denn Beißen und Blutvergießen sind auch im normalen Geschlechtsverkehr verbreitet. Ich bin aus diesem Grund nicht der Meinung, daß er das Fleisch wirklich gegessen hat. Man muß sich statt dessen vorstellen, wie er in diesem äußerst erregten Zustand den toten Körper häufig völlig chaotisch mit bloßen Händen und Zähnen bearbeitet hat. Man stelle sich nun vor, er beißt zu und beißt dabei die Brustwarze der toten Frau ab. Aber das tut er auf dem Höhepunkt sexueller Erregung, wenn alle möglichen Handlungen denkbar sind, so lange sie nur zur sexuellen Befriedigung führen.

Auch nach dem normalen Geschlechtsverkehr kann es geschehen, daß sich die Frau bei ihrem Partner beklagt: ›Du hast mir weh getan.‹ Und er antwortet dann: ›Tut mir leid, das wollte ich nicht. Die Leidenschaft hat mich überwältigt.‹ Tschikatilos Fall stellt ein vergleichbares, wenn auch komplizierteres Geschehen dar. Seine perverse Leidenschaft überwältigte ihn.«

Es fiel schwer, jemanden, der dreiundfünfzig Menschen umgebracht hat, für geistig gesund zu halten. Doch genau zu diesem Schluß kamen Tkatschenko und seine Kollegen. Für die Experten am Serbskij-Institut stellte sich vor allem die Frage nach der Zurechnungsfähigkeit; wußte Tschikatilo, was er tat, wenn er tötete, und hatte er völlige Kontrolle über seine Handlungen? Ihrer Meinung nach lautete die Antwort auf beide Fragen ›Ja‹.

»Was ist Zurechnungsfähigkeit?« fragte Tkatschenko. »Zurechnungsfähigkeit ist ein Konzept, das die Fähigkeit einer Person zugrunde legt, sich seines Verhaltens bewußt zu sein und es zu kontrollieren, während man ein Verbrechen oder eine kriminellen Tat begeht. Das Konzept der Zurechnungsfähigkeit umfaßt zwei Kriterien: das rechtliche und das medizinische. Das rechtliche Kriterium hat damit zu tun, daß man sich der eigenen Handlungen bewußt ist und über die Fähigkeit verfügt, sie zu kontrollieren. Es gibt vier medizinische Kriterien, die praktisch das ganze Feld der Psychopathologie abdecken: chronisch verlaufende Erkrankungen, Schwachsinn, ein zeitlich begrenzter, krankhafter Zustand und andere krankhafte Zustände.

Das Zugeständnis einer gewissen psychischen Störung führt nicht zwangsläufig zur Anerkennung einer Unzurechnungsfähigkeit. Um einen Menschen für nichtverantwortlich zu erklären, muß bewiesen werden, daß seine psychische Störung ihn daran gehindert hat, sich seiner Taten bewußt zu sein und sie zu kontrollieren. Daher besteht eine forensische psychiatrische Untersuchung immer aus zwei Teilen: Zuerst diagnostizieren die Ärzte psychische Störungen als solche, und dann versuchen sie herauszufinden, wie schwer und wie tiefgreifend sie sind, und ob sie die fragliche Person eventuell daran hindern können, sich der eigenen Taten bewußt zu sein und diese zu kontrollieren, insbesondere, was das betreffende Verbrechen angeht.

Ein bestimmter Mensch kann unter einer psychischen Störung leiden und trotzdem einen Raubüberfall, Einbruch oder, wie Tschikatilo, mehrfachen Mord begehen. Sogar bei gleichem Krankheitsbild kann das medizinische Urteil über jede dieser Straftaten anders, wirklich vollkommen anders ausfallen, weil jede dieser Taten unterschiedliche Anforderungen an die Fähigkeiten der betroffenen Person stellt und einen unterschiedlichen Grad an Bewußtheit über Fehlverhalten und die Möglichkeit, es zu vermeiden, beinhaltet.

Sehen wir uns jetzt einmal den Komplex der verschiedenen psychischen Störungen Tschikatilos an. Seine Diagnose lautet wie folgt: organische Hirnschäden mit bestimmten psychopathologischen Besonderheiten und einer sadistischen Tendenz. Nachdem wir diese Besonderheiten ermittelt haben, müssen wir herausfinden, ob sie ihn in seinem konkreten Verhalten so beeinflußt haben, daß er nicht mehr wußte, was er tat und sich nicht im Griff hatte. Was kann das bedeuten? Es bedeutet, daß wir ergründen müssen, wie realistisch er die Situation erfassen konnte, wie gezielt sein Verhalten war und ob es eventuell gewisse Störungen zum Zeitpunkt des Verbrechens gab, die ihn jeglicher Kontrolle beraubten, indem sie ihm alle Willenskraft nahmen und ihn unfähig machten, seinem Verlangen zu widerstehen.

Nachdem wir jede Tötung Tschikatilos bis ins kleinste Detail analysiert hatten, entstand ein sehr deutliches Bild. Die meisten seiner Verbrechen hat er sorgfältig durchdacht, die Handlungen waren vorausgeplant. Tatsächlich erklärte er uns, er habe gelernt so auszuweichen, daß die Blutspritzer seiner Opfer, die seine Kleidung hätten beflecken können, ihn nicht mehr trafen. Oder schauen Sie sich an, wie er seine Opfer einfing. Das waren geplante und je nach Objekt differenzierte Handlungen. Und es lagen auch keine Erinnerungslücken vor, die auf psychische Schäden hinweisen könnten. Es gab nichts dergleichen. Er erinnerte sich bis in jede Einzelheit an die Abfolge seiner Handlungen. Uns sind Fälle epileptischer Patienten bekannt, die im Augenblick des Blackouts und der psychischen Entladung plötzlich abnorme sexuelle Handlungen vollzogen. So etwas kommt vor, aber bei Tschikatilo war das nicht der Fall. Zu keinem Zeitpunkt schaltete sich sein Bewußtsein plötzlich aus.

Nach der Tat machte er sich methodisch daran, seine Spuren zu verwischen. Er vergrub die Kleidung seiner Opfer und vernichtete alle Beweisstücke, die auf seine Anwesenheit hätten hinweisen können, um eine Identifizierung zu verhindern. Nach gründlicher Analyse jeder Episode kamen wir zu dem Schluß, daß von Unzurechnungsfähigkeit im vorliegenden Fall keine Rede sein konnte. Er ist ein verantwortlich handelndes Individuum.

Möglicherweise hätten wir eine andere Entscheidung getroffen, wenn das russische Recht wie im Fall einer Reihe anderer Länder die Kategorie bedingter Zurechnungsfähigkeit vorsehen würde. Wie in unserem Gutachten bereits dargelegt, bestand mit Sicherheit eine Verbindung zwischen den Taten und den diagnostizierten Störungen, die Einfluß auf seine Motivation hatten. Wir haben darüber geschrieben. Aber so lange es keine Kategorie der bedingten Zurechnungsfähigkeit in Rußland gibt, lohnt es sich nicht, darüber zu spekulieren. Jedenfalls wird eine solche Beurteilung normalerweise für Menschen herangezogen, die weniger gravierende Straftaten begangen haben.

Mord ist gesellschaftlich ein sehr schwerwiegendes Vergehen. Es sind also erhebliche Schäden der psychischen Funktion nötig, um vollkommen zu vergessen, was man tut. Man muß schon sehr tief gestört sein, um unbewußt und völlig außer Kontrolle einen Mord zu begehen – und das war Tschikatilo nicht.«

Die Diagnose geistiger Gesundheit wurde von einigen Experten bestritten, unter anderem auch von Alexander Buchanowskij, dem Rostower Psychiater, der nach Tschikatilos Verhaftung einige Zeit mit ihm arbeitete. Doch in anderer Hinsicht war Tkatschenkos Analyse weniger umstritten und, was dazu kommt, sie stimmte mit einer Forschungsarbeit überein, die von einer speziellen FBI-Einheit in den USA verfaßt wurde, die Dutzende, wenn nicht Hunderte von Massenmördern aus der ganzen Welt untersucht hatte. Zur Entstehungszeit dieses Buches hatte diese Einheit mit Sitz in Quantico, Virginia, noch keine offizielle Analyse Tschikatilos erstellt. Dennoch brachten erste Untersuchungen von Gregg McCrary, einem ihrer führenden Experten, den russischen Mörder in einen bestimmten Zusammenhang. Er stimmte mit Tkatschenko überein, der Tschikatilo geistige Gesundheit bescheinigte, wenngleich er seiner Meinung nach unter etwas litt, was er als schwerwiegende antisoziale Persönlichkeitsstörung bezeichnete.

McCrary zufolge paßte Tschikatilo in das Bild eines, wie es seine Einheit nennt, ›organisierten‹ – im Gegensatz zum ›unorganisierten‹ – Straftäter, sowohl in der Art, wie er seine Opfer aussuchte, als auch nach der Vorgehensweise, mit der er sie tötete und sich der Leichen entledigte. »Ein charakteristisches Merkmal des organisierten Kriminellen ist die Verwendung irgendeines Betrugs, einer List, eines Tricks oder Vorwands, um seine Opfer an einen abgeschiedenen Ort zu locken«, legte McCrary dar. »Überlebende Opfer beschreiben es häufig so, als ob sie es mit zwei verschiedenen Personen zu tun gehabt hätten – zuerst ein recht charmanter, fürsorglicher Mensch, jemand, der offensichtlich bereit war, ihnen zu helfen oder der zu ihnen kam und um ihre Hilfe bat. Befand der Täter sich dann jedoch an einem entlegenen Ort, an einem Platz, wo er sich sicher fühlte, verwandelte er sich ohne Vorwarnung in eine wilde, angriffslustige Bestie.«

Das FBI hielt Tschikatilos Methode, die Tatwaffe zum Ort des Verbrechens mitzubringen, sie zu benutzen und dann wieder einzustecken, für typisch. Das gleiche gilt für die Sorgfalt, mit der er die Leichen versteckte, von denen einige auch Monate später noch nicht gefunden worden waren. ›Unorganisierte‹ Mörder handelten im Gegensatz dazu eher spontan, wenn sie töteten und machten wenig bis gar keine Anstalten, die Tatwaffe oder die Leiche ihres Opfers zu verstecken. Im Gegenteil, die Leiche wurde oft absichtlich an einem Ort zurückgelassen, wo Passanten sie mit Sicherheit fanden und in Schrecken versetzt wurden.

Auch einige andere Aktivitäten Tschikatilos kamen den Experten in Quantico bekannt vor: Zum Beispiel die seltsamen Rituale, die er mit den Körpern seiner Opfer durchführte, und die Methode, mit der er Lust aus ihrer Qual zog: »Das Erregende für den Täter ist nicht, Schmerzen zuzufügen, sondern ihn erregt und befriedigt vielmehr die Reaktion des Opfers darauf, daß er ihm Schmerzen bereitet oder es foltert«, führte McCrary aus. »Diese Mörder zwingen ihre Opfer, während sie sterben, dazu, zu schreien, um Gnade zu bitten und um ihr Leben zu flehen und so weiter. Deshalb erstach er sie auf eine Weise, die einen langsamen und qualvollen Tod verursachte. Dieses Vorgehen verschaffte ihm eine weit größere Genugtuung.«

Dennoch widersprachen sich McCrary und Tkatschenko in einem Punkt, nämlich was die Frage anging, weshalb Tschikatilo immer mehr zu männlichen Opfern überging. McCrary war der Meinung, daß das eher an den Opfern selbst lag. Weil Tschikatilos Fähigkeit abnahm, mit anderen Menschen Verbindung aufzunehmen, wurde er mehr und mehr von Kindern angezogen und zu den Randständigen der Gesellschaft getrieben. »Es war leichter für ihn, acht bis fünfzehn Jahre alte Kinder dazu zu verführen, mit ihm zu gehen, außerdem fiel es ihm gleichermaßen leichter, die körperliche Kontrolle über diese jüngeren Opfer zu behalten«, stellte McCrary dar. »Das ausschlaggebende Kriterium zur Auswahl seiner Opfer war ihre Verletzlichkeit. Penner, Betrunkene, Prostituierte und Kinder sind alle einfacher zu beeinflussen und zu kontrollieren als ›normale‹ Erwachsene.«

KAPITEL ZWANZIG

Es handelte sich um eine ungehaltene und übellaunige Menschenmenge. Mehr als hundertfünfzig Frauen und Männer sammelten sich vor dem Gerichtssaal Nummer eins des Rostower Bezirksgerichts, doch niemand wurde von dem jungen Milizbeamten vor der Tür eingelassen. Der lautstarke Schreihals aus ihrer Mitte war ein kleiner Mann, wahrscheinlich um die sechzig Jahre, mit Schiebermütze und in zerknitterter Arbeitskleidung.

»Bitte Söhnchen, mach eine Ausnahme bei mir«, bettelte er. »Ich bin Held sozialistischer Arbeit. Schau, hier ist meine Karte als Beweis. Meine Frau wollte nicht, daß ich herkomme. Sie hat gesagt, es sei schlecht für mein Herz. Aber ich will diese Bestie sehen. Ich möchte ihr in die Augen blicken.«

Für die Menschen, die sich in der Eingangshalle drängten und schoben, war Tschikatilos Gerichtsverhandlung vor allem eine Sensation. Viele Jahre hatten sie mit der Schreckensvision eines ›Wahnsinnigen‹ leben müssen, zunächst als Gerücht, später dann bestätigt durch die Mitteilungen in Presse und Regionalfernsehen. Am schlimmsten war es für jene gewesen, die selbst Kinder hatten. Die vielen Ermahnungen, sich bloß nicht von Fremden ansprechen zu lassen, und jedesmal diese Angst, wenn sich eines von ihnen um wenige Minuten verspätete. Dann war es endlich vorbei gewesen. Nachdem die Miliz Tschikatilo im November 1990 verhaftet hatte, verkündete man schon bald in einer Pressekonferenz die frohe Kunde.

Die russischen Medien sorgten für eine schillernde Berichterstattung über die Art und Weise, mit der der Mörder das Land terrorisiert hatte, wobei sie sich in den blutrünstigen Einzelheiten der grausigen Morde ergingen. Doch man erfuhr kaum etwas über den Täter selbst. Wer war dieses Monster, das die ganze Zeit mitten unter ihnen gelebt hatte? Wie hieß er? Wie sah er aus? War er verheiratet? Hatte er Kinder? Bis dahin wußte niemand eine Antwort auf diese Fragen. Wie es in Rußland seit jeher Sitte war, nannten die Zeitungen nicht einmal den Namen des Angeklagten, sondern sprachen nur vom ›Bürger T.‹. Das einzige Bild, das der Öffentlichkeit je von ihm gezeigt wurde, war eine ungenaue Phantomzeichnung, die man nach der Ermordung von Dima Ptaschnikow im März 1984 angefertigt hatte. Doch genau am 14. April 1992, pünktlich um zehn Uhr morgens, sollte sich das alles ändern.

Die Stimmung im getäfelten Gerichtssaal war zum Zerreißen gespannt. Man hatte die Teilnahme auf die Angehörigen der Opfer, die Experten und die Medienvertreter beschränkt, doch selbst diese fanden kaum Platz. Die ersten Journalisten trafen eine halbe Stunde vorher ein. Die Fernsehteams und Fotografen kämpften um die besten Plätze. Die Angehörigen der Opfer, viele von ihnen in Schwarz, ließen sich mehr Zeit. Einige Frauen waren schon jetzt in Tränen aufgelöst. Sie zwängten sich auf den Holzbänken zusammen, und das einzige, was sie miteinander verband, war ihre gemeinsame Trauer. Ansonsten waren sie so verschiedenartig wie Tschikatilos Opfer selbst: Einfache Bauern vom Land, die aussahen, als kämen sie geradewegs von der Feldarbeit; etwas kultiviertere Städter in Anzug und Krawatte, und die Babuschkas (Großmütterchen) mit ihren Kopftüchern. Alle saßen auf den Vorderkanten ihrer Bänke und hielten die Augen gebannt auf den leeren Metallkäfig rechts im Saal gerichtet. Jeder war bestrebt, zum ersten Mal einen Blick auf den Mann zu werfen, der Sohn oder Tochter, Bruder oder Schwester, Enkel oder Enkelin ermordet hatte.

Eine Minute nach der anderen verstrich, und der Saal war nun bis zum Bersten gefüllt. Viele Angehörige drängten sich mit den Journalisten vor dem leeren Käfig, um so nahe wie möglich heranzukommen. Vier stämmige junge Soldaten versperrten ihnen den Weg. Ihre Aufgabe bestand weniger darin, eine Flucht Tschikatilos zu vereiteln, als vielmehr darin, die Menge daran zu hindern, Hand an ihn zu legen und ihn in Stücke zu reißen. Schon zu diesem Zeitpunkt war die Aufregung für manche mehr, als sie ertragen konnten: Einige Ärzte in weißen Kitteln, die in der ersten Reihe Platz genommen hatten, behandelten jene, die einer Ohnmacht nahe standen.

Dann, kurz vor zehn, drang von unten aus dem Keller das Geräusch einer sich öffnenden, schweren Tür, und man hörte das Stampfen von Armeestiefeln, die die Treppe bis zur Käfigtür hinaufmarschierten. Als erstes erschien ein Soldat, ihm folgten zwei weitere, Schulter an Schulter. Zuletzt kam der Mann, auf den alle gewartet hatten. Die Menge brandete nach vorn und drückte die Soldaten gegen die Gitterstäbe.

Der große, fast schlaksige Tschikatilo wirkte viel älter als sechsundfünfzig. Er trug ein verblichenes Hemd mit den fünf Ringen der Olympischen Spiele von Moskau 1980 und eine schlichte graue Hose. Sein Schädel war kahlgeschoren, anscheinend auf eigenen Wunsch. An den lieben Onkel oder Großvater, der die Kinder in den Tod gelockt hatte, erinnerte kaum noch etwas. Den Zuschauern im Saal erschien er fremdartig und böse wie ein Außerirdischer von einem fernen Planeten. Mit auf den Rücken gefesselten Händen wurde er in den Käfig geführt, woraufhin man die Tür krachend zuschlug.

Im Gerichtssaal brach die Hölle los. Männer schrien, Frauen heulten und kreischten, eine aufgebrachte Menschenmenge versuchte, den Kordon der Wachen vor dem Käfig zu durchbrechen. Von seinem Podium an der Stirnseite des Gerichtssaals aus bemühte sich der Vorsitzende Richter Leonid Akubschanow, ein gelassener Mann mit dem Habitus eines Schulmeisters, vergeblich, Ordnung herzustellen. Die Presse und das Publikum weigerten sich, ihre Plätze wieder einzunehmen. Die Ärzte hasteten durch die Menge, um den Zuschauern beizustehen. Dennoch gelang es dem Richter schließlich nach etwa zehn Minuten, die Menge zu beruhigen. Er blickte durch seine Brille hinunter in den Gerichtssaal und begann zu sprechen.

Von Anfang an zeichnete sich ab, daß es ein langer und emotionsgeladener Prozeß werden sollte. Schon die bloße Vielzahl der Mordfälle sowie ihre Grausamkeit sorgten dafür. Obwohl man täglich drei Verhandlungsstunden absolvierte, brauchte der Vorsitzende Richter Akubschanow allein drei Tage, um die Anklageschrift zu verlesen, die, angefangen bei den verschiedenen Vergehen der Kindesbelästigung aus den siebziger Jahren, bis zu dem Mord an Sweta Korostik am 6. November 1990, zwei Wochen vor Tschikatilos Verhaftung, reichte. Während

Akubschanow die entsetzlichen Einzelheiten der Tötungen mit monotoner Stimme aufzählte, stöhnte die Menge immer wieder auf. Die Angehörigen der Opfer waren nicht die einzigen, die der Hilfe der Ärzte bedurften. Selbst einige der jungen Soldaten fielen um, als der Richter zu einer besonders grauenerregenden Textpassage kam.

Als man Tschikatilo im einzelnen zu den Morden befragte, offenbarte er seine schreckenerregende Gleichgültigkeit gegenüber den Qualen seiner Opfer und wie leicht er sie all die Jahre über hatte ausfindig machen und töten können. »Ich mußte nicht lange nach ihnen suchen«, berichtete er. »Überall, wo ich hinkam, fand ich sie.« Seine Zeugenaussage bekräftigte weitgehend, was er schon der Staatsanwaltschaft mitgeteilt hatte, ein weiterer Beweis seiner unglaublichen Erinnerungsfähigkeit für Einzelheiten, die schon jenen aufgefallen war, die ihn gefangengenommen hatten. Aber selbst er war manchmal gezwungen, sich geschlagen zu geben. »Ich kann mich nicht erinnern, es waren so viel«, sagte er verzweifelt, als man ihn wegen einiger Details zu einem bestimmten Mordfall bedrängte.

Trotz aller Schrecken trugen viele der Zeugen ihre Aussage gefaßt vor, darunter auch die Eltern von Opfern. In einigen Fällen waren mindestens sieben oder acht Jahre seit der Tat vergangen, und die Jahre hatten die Angehörigen der Opfer gegen den Schmerz gewappnet. Für jene, die ihre Kinder erst kürzlich durch den Massenmörder verloren hatten, war die Verlesung der Anklage oft mehr, als sie ertragen konnten. Der Vater von Wanja Fomin, dem elfjährigen Jungen, der im August 1990 getötet worden war, brach zusammen und war außerstande, seine Aussage zu machen.

Manche Zeugen wirkten wiederum von der ganzen Verhandlung wie gelähmt. Als das Gericht mit der Erörterung zum Mordfall im Jahre 1989 an Tatjana Ryschowa begann, wurde Anastasia Kalschnikowa aufgefordert zu bezeugen, wie Tschikatilo mutmaßlich einen Schlitten vor ihrer Wohnungstür gestohlen habe, um den Körper des toten Mädchens fortzuschaffen. Die Frau, eine behäbige, schlecht gekleidete Arbeiterin, brach zusammen und flehte den Richter an, sie nicht einzusperren. »Ich weiß von nichts. Laßt mich gehen«, stieß sie unter Tränen hervor.

Vereinzelt stellten Zeugen den Prozeß als Ganzes in Frage und sprachen damit die Meinung vieler Anwesender im Saal aus. Tschikatilo hätte doch schon längst gestanden, meinten sie, warum müsse man die ganzen Schrecken immer wieder von neuem aufrollen? Als das Gericht die Befragung zum Fall von Schenja Muratow eröffnete, dem Fünfzehnjährigen, der im Juli 1988 in der Nähe der Bahnstation Donleschos ermordet worden war, unterbrach seine Tante die Verhandlung. »Dieser Prozeß ist wie Salz, das man in die Wunden der Angehörigen der Opfer streut«, schrie sie aufgebracht. »Wir sollten damit aufhören und den Verbrecher einfach liquidieren. Es hat schon viel zuviel Geld gekostet, ihn bis jetzt am Leben zu erhalten.«

Besonders auffällig war die Abwesenheit von Tschikatilos Ehefrau Faina im Gerichtssaal. Sie hatte, seit sie von Jandijew, dem Vertreter der Staatsanwaltschaft, die Wahrheit erfahren hatte, eine schwere Zeit durchgemacht. Ihren Mann sah sie nach seiner Verhaftung nur ein einziges Mal wieder und wollte nichts mehr von ihm wissen. Sie behauptete, es interessiere sie nicht, wo er sei oder wie es ihm gehe.

»Ich habe ihn einfach aus meinem Leben gestrichen, als wäre er nie dagewesen«, meinte sie später. »Wir waren nie wirklich ineinander verliebt, nicht einmal bei unserer Hochzeit. Seine Schwester hat uns einander vorgestellt, und ich habe ihn nur geheiratet, weil er schüchtern und bescheiden war. Er hat weder geraucht noch getrunken.«

Es war schwierig für sie, sich nach all den Jahren ihren eigenen Gefühlen zu stellen. Doch noch schwerer wurde sie mit dem Verhalten der Nachbarn, Arbeitskollegen und sogar der Familienangehörigen ihr gegenüber fertig. Nachdem sich Tschikatilos Verbrechen herumgesprochen hatten, brach man jeden Kontakt zu ihr ab. Niemand wollte noch etwas mit der Frau und den Kindern des Massenmörders zu tun haben. Niemand schenkte ihren Beteuerungen Glauben, sie habe nichts von den schrecklichen Taten ihres Mannes geahnt.

»Wir finden immer häufiger Schreiben im Briefkasten«, erzählte sie, »in denen die Leute drohen, uns umzubringen und unser Haus niederzubrennen.«

Zweifellos lief Faina Gefahr, Zielscheibe von Vergeltungsaktionen zu werden. In Anbetracht von Tschikatilos unzähligen Opfern gab es auch keinen Mangel an potentiellen Rächern. Aus diesem Grund verhinderte die Staatsanwaltschaft eine Freigabe der Fotografien an die Presse, auf denen sie abgebildet war, und räumte ein, daß ein Erscheinen vor Gericht, selbst unter Ausschluß der Öffentlichkeit, für sie gefährlich werden könnte. Es bestand auch kaum eine Notwendigkeit dafür. Sie hatte seit der Verhaftung ihres Mannes Monate mit Jandijew zusammengearbeitet, und sämtliche Informationen, die von Interesse waren, an die Behörden weitergeleitet.

Noch vor der Gerichtsverhandlung änderte sie ihren Namen und zog mit ihrer Tochter Ljudmila nach Charkow, um dort ein neues Leben zu beginnen. Jandijew war ihnen dabei behilflich.

Trotz Tschikatilos Geständnis sah sich die Staatsanwaltschaft schon bald mit ersten Komplikationen konfrontiert. Während der Befragung leugnete der Angeklagte gänzlich unerwartet seine Verantwortung für den Mord an Lena Sakotnowa, dem kleinen Mädchen, das im Dezember 1978 in Schachty sterben mußte und für dessen Tod man Alexander Krawtschenko bereits 1984 hingerichtet hatte.

»Sie können darüber denken, was Sie wollen«, erklärte Tschikatilo dem Gericht. »Aber ich habe sie nicht getötet.« Niemand konnte seinen plötzlichen Meinungswechsel erklären, am wenigsten die Staatsanwaltschaft, die davon überzeugt war, daß er sich freiwillig und wahrheitsgemäß zu seiner Schuld bekannt hatte. Wie sie es darstellte, war der Mordfall Sakotnowa zu der Zeit, als Tschikatilo geständig wurde, für sie schon abgeschlossen gewesen. Wenn er den Mord nicht selbst zur Sprache gebracht hätte, wäre es den Beamten nicht einmal im Traum eingefallen, ihn damit in Verbindung zu bringen. Darüber hinaus stimmte seine letzte Beschreibung, wie er das Mädchen umgebracht und sich ihres Leichnams entledigt hatte, genau mit den Indizien überein. Deshalb waren sie über seinen plötzlichen Umschwung sehr erstaunt. Man mutmaßte sogar, die Miliz hätte Druck auf ihn ausgeübt, damit er sein Geständnis widerrief, um die sich daraus ergebenen Unannehmlichkeiten von den Verantwortlichen abzuwenden, die an den früheren Ermittlungen gegen Krawtschenko beteiligt gewesen waren.

Doch das war noch nicht alles. Tschikatilo leugnete weitere fünf Morde: den an Larissa Tkatschenko im Jahre 1981, an Olja Stalmatschenok im Jahre 1982, an Natalja Schalapinina und an Sweta Tschana im Jahre 1984 sowie den an Iwan Bilowetskij im Jahre 1987. Für die Staatsanwaltschaft waren diese fünf Fälle – und erst recht der Fall Sakotnowa – ebenso klar bewiesen wie die übrigen siebenundvierzig Tötungsdelikte. Sie behaupteten, Tschikatilo versuche nur, Zeit zu gewinnen und Verwirrung zu stiften. Aber es verkomplizierte den Fall für sie naturgemäß.

In gewissem Sinne wäre es einfacher gewesen, hätte Tschikatilo statt dessen alle dreiundfünfzig Morde, für die er angeklagt war, plötzlich abgestritten und sich für ›nicht schuldig‹ erklärt. Das hätte man als völlig verständlichen Wunsch, sich vor der Hinrichtung zu retten, abtun können. Fünf Morde mehr oder weniger änderten jedoch nichts an seinem voraussichtlichen Schicksal. Und genau dieser Punkt ließ seine Behauptungen glaubwürdiger erscheinen und verwirrte die ganze Angelegenheit. Waren den Staatsanwälten Fehler unterlaufen? Oder hatten sie gar die Gelegenheit ergreifen wollen, mit Hilfe von Tschikatilos Geständnisbereitschaft noch einige weitere ungeklärte Verbrechen aus ihren Akten zu streichen?

Während die Wochen und Monate vorübergingen, änderte sich die Stimmung im Gerichtssaal. Die Zahl der Angehörigen im Zuschauerraum schrumpfte bis auf einen harten Kern zusammen: Tatjana Ryschowas Mutter fehlte nie, ebensowenig der Bruder von Ljuda Aleksejewa, der Siebzehnjährigen, die am Ufer des Don in Rostow im August 1984 umgebracht worden war. Nach dem anfänglichen Pressewirbel verloren die russischen und westlichen Medien immer mehr das Interesse und überließen die Pressebank einigen unermüdlichen Lokalreportern. Da die wichtigsten Zeugen bereits ausgesagt hatten, blieben nur noch die unbedeutenderen und weniger interessanten Vernehmungen übrig. Das Aufwallen der Gefühle und die große Tragödie der ersten Verhandlungtage verkam immer mehr zur Farce.

Das hatte viel mit Tschikatilos Auftreten zu tun. Am ersten Verhandlungstag entzückte er die Fotografen und Fernsehteams, indem er ein Pornomagazin aus der Tasche zog und durch die Luft schwenkte, bis es ihm von seinen Aufsehern abgenommen wurde. Später gebärdete er sich noch hemmungsloser, indem er die Antwort auf Fragen, die der Richter ihm stellte, einfach verweigerte oder die Verhandlung durch laute Zwischenrufe störte. Das Motiv war klar: Ob nun bewußt oder unbewußt, er versuchte, das Verfahren, und mit ihm sein eigenes Leben, zu verlängern. Doch damit hatte er keinen Erfolg und mußte statt dessen, wie man gelegentlich sehen konnte, von den Bewachern Schläge einstecken.

»Tschikatilo, ich fordere Sie auf, sich ruhig zu verhalten«, wiederholte der Richter immer wieder, als die Unterbrechungen zunahmen.

Tschikatilo beachtete ihn jedoch nicht und fuhr mit den Zwischenrufen und dem Geschrei fort, bis die Wachen herbeieilten. So manches Mal zerrten sie ihn aus dem Käfig und schlugen auf dem Rückweg zur Zelle mit Gummiknüppeln auf ihn ein.

Als nächstes verlangte Tschikatilo, sich auf seine ukrainische Herkunft berufend, daß man ihm einen Dolmetscher zur Verfügung stelle. Dieser solle die Verhandlung aus dem Russischen ins Ukrainische übersetzen – was reiner Unsinn war, wenn man bedachte, daß er sein Leben lang russisch gesprochen und sogar einen akademischen Grad in dieser Sprache erworben hatte. Darüber hinaus verlangte er die Entlassung seines Verteidigers und als Ersatz ein Mitglied der ukrainischen Unabhängigkeitsbewegung Ruch, von dem er immer nur als einem gewissen Schewtschenko sprach. Es konnte nicht geklärt werden, ob dieser Mann wirklich existierte, geschweige denn, ob er bereit wäre, Tschikatilo zu verteidigen. Trotz wiederholter Befragung durch den Richter war der Angeklagte nicht in der Lage, nähere Angaben zu diesem Anwalt zu machen, so daß seine Forderung schließlich zurückgewiesen wurde. Bei einem seiner phantastischeren Einfälle behauptete er, daß das Verfahren politisch sei, und verglich sein Schicksal mit dem des ehemaligen sowjetischen Parlaments-Vorsitzenden Anatolij Lukjanow und dem der anderen führenden Kommunisten, die wegen ihrer Beteiligung an dem mißlungenen Putsch von 1991 noch immer im Gefängnis auf ihre Verhandlung warteten.

Im Juli erreichte die Farce ihren Höhepunkt. Nach einem

besonders lautstarken Wortwechsel mit dem Richter entledigte sich Tschikatilo seiner Kleidung und zeigte dem Gericht seinen Penis.

»Seht euch dieses nutzlose Ding an«, rief er aus. »Was, glaubt ihr, konnte ich damit anfangen?« Er wurde aus dem Gerichtssaal entfernt und zur Strafe mehrere Tage lang von der Verhandlung ausgeschlossen. Es sah so aus, als ob sein Benehmen ihm wieder einmal eine Tracht Prügel eingebracht hatte. Als er den Gerichtssaal schließlich wieder betreten durfte, war seine Bewegungsfreiheit noch stärker eingeschränkt als zuvor. Seine Hände, die man ihm in den vorangegangenen Wochen nicht gefesselt hatte, lagen jetzt wieder hinter dem Rücken in Handschellen. Das konnte ihn jedoch nicht davon abhalten, noch einen weiteren Versuch zu unternehmen. Am letzten Tag des Verfahrens gelang es ihm erneut, die Hose herunterzulassen und sein nacktes Hinterteil zu enthüllen.

Tschikatilo war nicht der einzige, der zu dieser Farce beitrug. Während des Sommers mußte aufgrund eines anderen merkwürdigen Zwischenfalls die Verhandlung für mehrere Tage unterbrochen und der Gerichtssaal geräumt werden. Es war eine Meldung eingegangen, derzufolge mehr als ein Kilogramm hochgiftigen Quecksilbers im Gerichtsgebäude ausgeschüttet worden war. Die nächsten Stunden verbrachten die Beamten damit, alles gründlich zu säubern. Schließlich wurde gemeldet, daß die Gefahr gebannt sei. Für diesen Vorfall wurde niemals eine ausreichende Erklärung gegeben.

Daß das Gerichtsverfahren in Rostow abgehalten wurde, war von Anfang an eine umstrittene Entscheidung gewesen. Einige Leute, die mit dem Fall zu tun hatten, hielten die Anklage für so schwerwiegend, daß das Verfahren ihrer Meinung nach eher vor den Moskauer Gerichtshof gehörte als vor ein kleines Provinzgericht. Obwohl die meisten Morde in der nächsten Umgebung von Rostow geschehen waren, wurden doch einige von ihnen auch außerhalb dieses Bezirks begangen; daher besaß der Fall nicht nur regionalen Stellenwert. Nicht ohne guten Grund behauptete man ferner, daß sowohl die Richter als auch die Staatsanwaltschaft und die Verteidigung in der Hauptstadt weitaus qualifizierter gewesen wären. Darüber hinaus lag eine gewisse Ironie darin, daß an einem Gericht, an dem viele Jahre zuvor bereits Alexander Krawtschenko für den Mord an Lena Sakotnowa verurteilt worden war, die gleiche Tat nun noch einmal – dieses Mal als einer von Tschikatilos dreiundfünfzig Morden – verhandelt werden sollte.

Das Verhalten des Richters Akubschanow war ebenfalls nicht gerade vorbildlich. Sein Vorgehen entsprach häufig eher dem eines Schulmeisters als dem eines Richters. Er schüchterte nervöse Zeugen ein, einmal unterbrach er sogar die Verhandlung, nur um einen Journalisten im Publikum wegen eines Kaugummis zurechtzuweisen. Manchmal wirkte er völlig überfordert. Die Verteidigung war besonders beunruhigt über die Art, wie er Tschikatilo behandelte.

In dem Rechtssystem, das das unabhängige Rußland von der Sowjetunion übernahm, wurde jedes Verfahren zwangsläufig durch die dominierende Rolle des Richters bestimmt. Flankiert von zwei Laienbeisitzern, die häufig eher die Funktion von Statisten übernahmen, verhörte er sowohl die Zeugen als auch die Angeklagten. Erst wenn er mit der Vernehmung fertig war, bekamen Verteidigung und Staatsanwaltschaft das Wort erteilt. Da es kein Geschworenengericht gab, gehörte es letztendlich auch noch zu seinen Aufgaben, das Urteil zu fällen und das Strafmaß festzulegen. Man könnte sagen, daß es sich im großen und ganzen um eine Ein-Mann-Show handelte.

Selbst an russischen Maßstäben gemessen, versuchte Akubschanow über Gebühr den Verlauf der Verhandlung zu beeinflussen, und nach einem besonders argen Vorfall im Mai setzte sich der Verteidiger Marat Chabibulin zur Wehr. Als Pflichtverteidiger, dem man diesen Fall zugeteilt hatte, war er in der nicht gerade beneidenswerten Lage, die Interessenvertretung eines Mannes übernehmen zu müssen, den beinahe jeder im Gerichtssaal – wahrscheinlich sogar er selbst – für schuldig hielt. Bis zu diesem Zeitpunkt hatte er sich eher zurückgehalten und nur wenig Gebrauch von seinem Recht gemacht, die Zeugen ins Kreuzverhör zu nehmen. Als der zweite Monat des Verfahrens begann, machte er jedoch deutlich, daß er von Akubschanows parteiischer Vorgehensweise genug hatte, und legte eine formelle Beschwerde ein. Während der Verhandlung beschuldigte er den Richter, die Rechte seines Mandanten zu verletzen. Er verlangte, daß er durch jemanden ersetzt werde, der eine ausgewogene Linie verfolgte.

Akubschanow war von der Kritik wie betäubt und wandte sich hilfesuchend an den Staatsanwalt Nikolaj Gerasimjenko. Doch in diesem Fall waren sich – was sonst eher selten vorkam – Verteidigung und Anklage einmal einig. Gerasimjenko unterstützte seinen Gegenspieler. Auch er vertrat die Meinung, daß das Verhalten des Richters unangemessen wäre. In die ungewöhnliche Lage versetzt, über sein eigenes Schicksal entscheiden zu müssen, unterbrach Akubschanow die Verhandlung und zog sich mit seinen zwei Beisitzern für kurze Zeit zurück, um über das weitere Vorgehen zu beraten. Aber der Richter war offensichtlich nicht gewillt, Selbstkritik zu üben. Als er seinen Platz wieder einnahm, lehnte er Chabibulins Antrag ab und setzte die Verhandlung fort.

Schon bald mußte Gerasimjenko den Preis für seine Herausforderung bezahlen. Denn wenige Tage später bekam Akubschanow Gelegenheit, sich zu revanchieren. Völlig unerwartet stand der Vater eines Opfers auf und beschuldigte die Staatsanwaltschaft, den Fall nicht energisch genug voranzutreiben. Noch einmal zog sich Akubschanow für einige Minuten zurück. Doch als er diesmal wiederkam, war er zu einem anderen Ergebnis gelangt. Er hatte sich entschlossen, das Unglaubliche zu tun: er unterstützte den Antrag und forderte den Staatsanwalt Gerasimjenko auf, den Gerichtssaal zu verlassen.

Eine Woche später wurde der unglückliche Staatsanwalt dann durch zwei Männer ersetzt: Anatolij Sadoroschnij, den Leiter der regionalen Staatsanwaltschaft, und Alexander Kujumdschi, einer seiner Stellvertreter. In deutlicher Verletzung der üblichen Verfahrensweise war die Verhandlung in der Zwischenzeit ohne Staatsanwalt fortgesetzt worden. Zyniker behaupteten, daß der Richter selbst bereits so sehr als Ankläger auftrat, daß es gar keinen Bedarf mehr für einen Staatsanwalt gab.

Auch außerhalb des Gerichtssaals kam es zu heftigen Reaktionen, als die unterschwelligen Spannungen, die sich während der Fahndungsjahre aufgestaut hatten, an die Oberfläche drangen. Die Kontroverse schien sich in erster Linie um den Rostower Alexander Buchanowskij und die Bedeutung seiner ›psychischen Porträts‹ für die Festnahme Tschikatilos zu drehen. Buchanowskij fühlte sich bereits dadurch gekränkt, daß das Gericht entschieden hatte, ihn als normalen Zeugen vorzuladen und nicht als Gutachter. Denn damit schlossen sie ihn rechtswirksam vom größten Teil der laufenden Verhandlungen aus. Als eine noch größere Beleidigung empfand er es jedoch, in der Presse von den Staatsanwälten, mit denen er den Fall zusammen bearbeitet hatte, angegriffen zu werden.

In einem Interview, das im Mai 1992 in der Zeitschrift Moskowskaja Prawda veröffentlicht wurde, machte sich der Leiter des Operationsstabs Kostojew über die angebliche Mitwirkung Buchanowskijs an der Ermittlung lustig und behauptete, sein ›Porträt‹ sei ungenau und voller Fehler gewesen. Er unterstellte ihm, das öffentliche Aufsehen dieses Falles für seine Karriere ausnutzen zu wollen. Buchanowskij verschwendete keine Zeit, um zum Gegenschlag auszuholen. Er gab Journalisten, die ihn aufsuchten, Auszüge seiner verschiedenen Vorhersagen zu lesen, in der Absicht, damit Kostojews Kritik zu wiederlegen und im nachhinein zu zeigen, wie präzise er gearbeitet hatte. Dennoch lehnte er es ab, dem Autor dieses Buches Einsicht in eine vollständige Kopie des Porträts zu gewähren und behauptete, es selbst veröffentlichen zu wollen. Mittlerweile schlugen sich auch andere Staatsanwälte auf Kostojews Seite.

Zwischen Staatsanwaltschaft und Miliz gab es ebenfalls Anzeichen von Rivalität. Als die Frage auftauchte, warum es so lange gedauert habe, den Serienmörder zu fassen, kam es, nachdem man sich gegenseitig eine kurze Zeit lang zu Tschikatilos Festnahme gratuliert hatte, zu der unvermeidlichen Hexenjagd. Bei näherer Betrachtung gab es auch wirklich wenig Grund zum Feiern: Fast zwölf Jahre waren seit Tschikatilos erstem Mord vergangen, bis er endlich überführt werden konnte. Während dieser Zeit hatte er noch mindestens zweiundfünfzig weitere Morde verübt. Noch peinlicher war allerdings, daß er Ende 1984, nachdem er bereits mehr als drei Monate hinter Gittern saß, freigelassen wurde, und man ihn danach nicht mehr verdächtigte, den Mord an Ptaschnikow begangen zu haben.

Bei den Interviews für dieses Buch kam es immer wieder vor, daß Kostojews Männer ihre Kollegen von der Miliz und die Art, wie diese ihren Teil der Operation durchgeführt hatten, kritisierten. Sie behaupteten, daß führende Milizbeamte zu viel Zeit mit Schreibtischarbeit in ihren Büros und zu wenig Zeit draußen auf den Straßen mit der tatsächlichen Suche nach dem Mörder verbracht hätten. Einer der Staatsanwälte bezeichnete sogar viele der gewöhnlichen Milizbeamten, die man zu der Operation hinzugezogen hatte, als inkompetente Männer, die ihren Posten in entscheidenden Momenten verließen oder betrunken zur Arbeit erschienen. Außerdem gab es Unmut über den Orden, der Rybakow überreicht worden war, jenem Milizbeamten, der Tschikatilo am 6. November 1990 überprüft hatte, als dieser nach dem Mord an seinem letzten Opfer bei Donleschos aus dem Wald kam. Es tauchte die Frage auf, ob er nicht eher einen Verweis dafür verdiente, daß er den Mörder hatte laufen lassen.

Fetisow und Burakow, die beiden hauptverantwortlichen Milizbeamten, die von Anfang an eine führende Rolle bei den Ermittlungen gespielt hatten, verärgerte diese Kritik sehr.

»Jeder dieser Morde und jede gefundene Leiche bedeutete für uns, daß wir die darauffolgende Woche rund um die Uhr arbeiten mußten«, erklärte Fetisow. »Keine Samstage, keine Sonntage. Es war eine schwere Zeit. Und um so härter ist es, wenn man dann noch unfair kritisiert wird.«

Die Rolle der Presse in dieser ganzen Angelegenheit war in der Tat umstritten. Jahrzehnte der Zensur und Selbstzensur unter kommunistischer Herrschaft machten den russischen Medien schwer zu schaffen. Journalisten wurden schlecht bezahlt und gingen häufig erschreckend unbekümmert mit Quellen und Fakten um, während viele Artikel eine ärgerliche Mischung aus Kommentar und Tatsache darstellten. Glasnost hatte nicht nur die vorhandene Presse aufgerüttelt, sondern auch eine Anzahl neuer Zeitungen entstehen lassen, die genauso verantwortungslos und sensationslüstern arbeiteten wie die westliche Boulevardpresse.

Es war eher der Tradition als der Befolgung der Gesetze zuzuschreiben, daß die Zeitungen sich in den Wochen vor dem Prozeß genötigt sahen, in ihren Artikeln vom Angeklagten als ›Bürger T.‹ und nicht von Tschikatilo zu sprechen. Doch das war so ziemlich die einzige Zurückhaltung, die sie übten. Als der Prozeß erst einmal begonnen hatte, nahmen sie kein Blatt mehr vor den Mund. Ihre Berichterstattung hätte viele Journalisten in den meisten westlichen Ländern neben den Angeklagten vor Gericht gebracht. Und es bestätigte die Auffassung einiger an der Untersuchung Beteiligter, daß es ein Fehler gewesen war, das Verfahren überhaupt öffentlich abzuhalten.

Ein dreistes Beispiel bot ein ganzseitiger Artikel, der in den öffentlichen Moskauer Nachrichten unter dem Titel ›Vampir zu verkaufen‹ veröffentlicht wurde und Tschikatilos Recht verspottete, bis zu seiner Verurteilung als unschuldig zu gelten. Der groteske Titel bezog sich auf ein Gerücht, von dem es im Text hieß, die Japaner wollten das Gehirn des Mörders kaufen, wenn er erst einmal hingerichtet worden war – und es hieß nicht etwa, *falls* er hingerichtet werden würde. Und das war nicht das einzige: Der Autor bemühte sich nicht einmal, das Wort ›mutmaßlich‹ vor die Beschreibung der verschiedenen Verbrechen und die abgewiesenen Klagen zu setzen, und vollzog damit eine Vorverurteilung Tschikatilos. An einer Stelle schrieb er: »Niemandem würde es um die Kugel leid tun, mit der man die Welt von dieser Bestie befreite.« Und das stand in einer der geachtetsten Zeitungen des Landes; andere, unbedeutendere Publikationen behandelten den Fall noch sensationsgieriger.

Im selben Interview der Moskauer Prawda, in dem er auch Buchanowskij heftig angriff, kritisierte Kostojew die Presse entsprechend heftig. Er behauptete, es sei ein Fehler gewesen, die Verhandlung nicht unter Ausschluß der Öffentlichkeit zu führen, denn so verwandele sich der Gerichtssaal in einen ›Zoo‹. Außerdem beschuldigte er die Journalisten, Geschichten zu erfinden, die auf Sensationen und Halbwahrheiten beruhten. »Ich bin schockiert von der Inkompetenz einiger Journalisten«, erklärte er in seinem Interview. Das hielt Kostojew jedoch nicht davon ab, in dieselbe Redeweise zu verfallen: An einer Stelle fragte er, ob Tschikatilo ›wieder töten‹ würde – so als ob seine Schuld bereits bewiesen wäre.

Mehr hatte Kostojew in dieser Angelegenheit nicht zu sagen. Als er gebeten wurde, für dieses Buch ein Interview zu geben, lehnte er mit der Begründung ab, er habe mit einem amerikanischen Autor, der ebenfalls ein Buch über diesen Fall schreibe, einen Exklusivvertrag abgeschlossen. Er müsse erst dessen Erlaubnis einholen, bevor er mit irgendeinem anderen Journalisten sprechen könne.

Im Sommer des Jahres 1992 ging der Prozeß seinem Ende entgegen, und Tschikatilo verhielt sich immer merkwürdiger. Manchmal gebärdete er sich nahezu ungestüm, ein anderes Mal schien er dem Prozeß so gut wie gar nicht zu folgen und saß regungslos mit aufgesperrtem Mund in seinem Gitterkäfig oder zog Grimassen. Stellte der Richter ihm eine Frage, antwortete er oft auf etwas völlig anderes. Wer Tschikatilo beobachtete, wußte nicht, ob er tatsächlich verrückt wurde oder nur eine Geisteskrankheit vortäuschte, um der drohenden Hinrichtung zu entgehen. Um zu erfahren, ob sich Tschikatilos Zustand irgendwie zum Schlechteren verändert hatte, zog Richter Akubschanow erneut jene Psychiater heran, die den Angeklagten zuvor für geistig gesund und zurechnungsfähig erklärt hatten.

Die Untersuchung wurde von folgenden Ärzten durchgeführt: Andrej Tkatschenko und Ina Uschakowa vom Serbskij-Institut, die beide bereits vom vergangenen August an zwei Monate lang in Moskau mit Tschikatilo gearbeitet hatten, sowie von Iwan Bakumjenko, einem namhaften Psychiater der Region Rostow und Vorsitzenden der örtlichen Kommission, die Tschikatilo im Mai kurz untersucht hatte. Die Ärzte studierten die Berichte über sein Verhalten in der Zelle, wie auch während der Verhandlung und kamen dann am 7. Juli, nachdem der Prozeß für diesen Tag unterbrochen worden war, in den Gerichtssaal, um den Angeklagten einige Stunden lang zu befragen und zu untersuchen.

Dieses zweite Mal verbrachten sie im ganzen nur ein paar Stunden mit Tschikatilo. Tkatschenko befand, daß das ausreichend sei. Da sie bereits soviel Zeit mit ihrem Patienten zugebracht hatten, bestand keine Notwendigkeit für eine längere Untersuchung, um eine Veränderung seines Zustandes nachzuweisen.

Der Befund, den sie anderntags bei Gericht vortrugen, war unzweideutig: Tschikatilo war genauso gesund, wie er es zum Zeitpunkt der ersten Untersuchung gewesen war. Obwohl sie davon überzeugt waren, daß sein Verhalten im Gerichtssaal nicht nur gespielt war, blieben sie dabei, daß es ihn nicht im geringsten daran hinderte, dem Verfahren zu folgen und an ihm teilzunehmen. Die Anhörung der Zeugen war abgeschlossen, und die Verhandlung konnte am 10. August in ihre letzte und entscheidende Phase treten, in der beide Seiten ihr Resümee zu dem Fall zogen.

Aus Sicht der Staatsanwaltschaft, vertreten durch Sadoroschnij, verhielt sich der Fall eindeutig. Nachdem er die Anklagepunkte durchgegangen war, beantragte er wie erwartet die Todesstrafe. Der Verteidigung zufolge lag der Fall komplizierter. In seiner Rede führte Chabibulin einen Angriff in zwei Richtungen gegen die Anklage, indem er zum einen Einwände gegen den Wert des Beweismaterials erhob und sich dabei auf die von Tschikatilo im Verlauf des Prozesses geleugneten Verbrechen bezog und zum anderen die Zurechnungsfähigkeit seines Mandanten in Frage stellte.

Für beide Punkte hatte er offensichtlich eine gute Begründung in der Hand: Trotz der zweihundertundzweiundzwanzig Bände an Beweismaterial verfügte die Anklage nicht über einen einzigen Zeugen, der Tschikatilo wirklich beim Töten gesehen hatte. Vieles beruhte auf bloßen Indizien. Einige Experten, insbesondere Buchanowkij, zweifelten die Behauptung, daß Tschikatilo gesund sei, ebenfalls an. Aber da der Richter offensichtlich von Anfang an zu einem Schuldspruch tendierte, sah sich Chabibulin einer schweren Aufgabe gegenübergestellt.

Von seinem Mandanten erhielt er keine große Unterstützung. Als Sadoroschnij sein Schlußplädoyer hielt, fing Tschikatilo mit lauter, mißtönender Stimme an, die kommunistische Hymne ›Die Internationale‹ zu singen. Er grölte und sang so lange weiter, bis der Richter ihn wieder aus dem Gerichtssaal entfernen ließ. Er hörte noch nicht einmal das Plädoyer seines eigenen Verteidigers. Als ihm später erlaubt wurde zurückzukehren, um eine letzte Stellungnahme zu seiner Verteidigung abzugeben, weigerte er sich, irgend etwas zu sagen, und blieb statt dessen mit hängendem Kopf im Käfig sitzen.

»Der Angeklagte sagt nichts«, diktierte Akubschanow dem Gerichtsstenographen. »Halten Sie das im Protokoll fest.« Damit ordnete der Richter an, den Fall zu vertagen und zog sich mit seinen beiden Laienbeisitzern in einen anderen Raum zurück, um sich zu beraten und das Urteil zu verfassen.

Um ein Haar hätten sie keinen Angeklagten mehr gehabt; denn als der Gerichtssaal sich zu leeren begann, erhob sich Wolodja Aleksejew, dessen siebzehnjährige Schwester 1984 von Tschikatilo ermordet worden war, von den Zuschauerbänken. Seine Hand glitt in die Tasche, und er zog eine kleine, schwere Metallkugel hervor, die er in den Käfig schleuderte. Er zielte gut, aber nicht gut genug – die Kugel zischte ungefähr zwei Zentimeter an Tschikatilos Ohr vorbei und schlug hinter ihm gegen die Wand.

Tschikatilos Wachen stürmten auf Aleksejew zu. Gleichzeitig taten das aber auch einige Zuschauer, die den traurigen, ruhigen Mann während der vier Verhandlungsmonate kennengelernt hatten. Sie hielten die Wachen davon ab, ihm zu nahe zu kommen, indem sie einen festen Ring um ihn bildeten.

Der Kommandant der Wache wartete einen Moment lang. Aleksejews Gesicht war bleich, und seine Hände zitterten. Nachdem der Kommandant sich umgesehen und festgestellt hatte, daß der Richter den Zwischenfall nicht bemerkt hatte, bedeutete er Aleksejew durch Handzeichen, sich zu entfernen. Tschikatilo, durch die Nervenprobe offensichtlich erschüttert, wurde in die Zelle zurückgebracht.

Die Urteilsverkündung wurde auf den 15. September festgesetzt und dann auf den 14. Oktober vertagt. Es lag kaum daran, daß der Richter noch Zeit benötigte, um über Tschikatilos Schuld zu befinden, von der er offensichtlich von Anfang überzeugt gewesen war. Die russische Gerichtspraxis erforderte vielmehr, daß das endgültige Urteil einen ebenso langen und detaillierten Bericht aller Verbrechen enthielt wie die ursprüngliche Anklageschrift. Und infolge des technologischen Rückstandes mußte alles mit der Hand geschrieben werden.

KAPITEL EINUNDZWANZIG

Am Morgen des 14. Oktobers herrschte die übliche Konfusion und Desorganisation. Journalisten, die im Gerichtsgebäude eintrafen, um über die Verhandlung zu berichten, wurden von einer Stelle zur anderen geschickt, um einen Passierschein zu erhalten, bis sie schließlich bei Akubschanow selbst landeten. Der Richter, der bis in die frühen Morgenstunden an der Fertigstellung seines Urteils gearbeitet hatte, war entsprechend müde und gereizt; und jetzt mußte er auch noch draußen vor seinem Bürozimmer im Gang stehen, kleine Papierabschnitte verteilen und Namen auf einer Liste ausstreichen. Schließlich bekam jeder seinen Passierschein. Die Journalisten beruhigten sich etwas und begannen miteinander zu plaudern. Auch ein Reporter des *Playboy* stand auf Akubschanows Akkreditierliste, schien aber doch nicht erschienen zu sein.

Unten füllte sich mittlerweile der Gerichtssaal Nummer fünf, und die Spannung wuchs. Als es auf zehn Uhr zuging, nahmen Verwandte der Opfer die ihnen zugewiesenen Plätze im Saal ein. Diesmal waren es weniger als zwanzig, nur ein Bruchteil des Andranges der frühen Verhandlungstage.

Für alle Fälle hatte man jedoch draußen vor dem Gebäude ein Ambulanzfahrzeug bereitgestellt. Der Rest des Saals dagegen war voll, Hunderte von Ortsansässigen waren gekommen. Zehn Soldaten der Elitetruppe des Innenministeriums umstanden den Käfig, weitere zwanzig Mann der regulären Miliz waren über den Saal verteilt. Alle Zuschauer reckten die Köpfe, um einen Blick auf Tschikatilo zu erheischen.

Ein Raunen ging durch den Saal, als die schweren Stiefelschritte draußen auf der Treppe zu hören waren, die ins Gericht führten. Tschikatilo wirkte viel älter und hagerer als noch vor zwei Monaten. Von den großen, kräftigen Händen abgesehen, hatte er nur wenig gemein mit dem zwei Zentner schweren

Mann, der er zu seiner Blütezeit gewesen sein sollte. Er trug wieder dasselbe alte Hemd von der Olympiade von Moskau aus dem Jahr 1980, das er so gut wie jeden Prozeßtag angehabt hatte, darüber eine alte, abgewetzte graue Jacke. Der Reißverschluß seiner Hose war gebrochen und trotz der Oktoberkälte trug er keine Socken.

Die auffälligste Veränderung aber war sein Haar, das inzwischen wieder nachzuwachsen begonnen hatte, was ihn weitgehend des dämonischen Aussehens beraubte, das ihm sein ehemals kahlrasierter Schädel verliehen hatte. Tschikatilo wirkte müde und schmutzig, möglicherweise stand er auch unter Drogen. Als man ihn auf die grüne Bank im Käfig schob, tat er wenig mehr als fahrig zu Boden zu schauen. Er ignorierte die Armee von Fernsehteams und Fotografen, die sich wie Zoobesucher vor ihm drängten. Keine Spur mehr von dem Ungeheuer, das einst über ein Jahrzehnt lang Rostow in Angst und Schrecken versetzt hatte. Hier saß ein trauriger, armseliger und vorzeitig gealteter Mann. Und er zitterte.

Kurz nach zehn Uhr fünfzehn kam Akubschanow in den Raum geeilt, gefolgt von seinen beiden Laienbeisitzern. Wer vom Publikum mit einem schnellen Urteil und einer knappen Begründung gerechnet hatte, wurde enttäuscht. Die Urteilsverkündung umfaßte fünf dicke Aktenbände. Und die begann der Richter nun vorzutragen, während alle außer den Angehörigen der Opfer sich erheben mußten.

Tschikatilo selbst sollte nicht mehr viel davon mitbekommen. Kaum hatte der Richter den Mund aufgemacht, als er ihn aus seinem Käfig auch schon anschrie: »Ich widerrufe mein Geständnis«, brüllte er. »Ich brauche einen Arzt. Ich brauche eine Spritze.« Und so weiter. Als Akubschanow die Stimme hob, um ihn zu übertönen, stieß Tschikatilo die absurde Behauptung aus, daß er eine Sonderbehandlung verdient hätte, weil er in Afghanistan gekämpft und bei der Beseitigung der Folgeschäden in Tschernobyl mitgeholfen habe. Und je mehr er brüllte, um so erregter wurden die Verwandten der Opfer.

Nina Bilowetskaja, deren zwölfjähriger Sohn Iwan im Jahre 1987 Tschikatilo zum Opfer gefallen war, stand auf und mußte von Milizbeamten zurückgehalten werden, als sie versuchte, sich ihren Weg zum Käfig zu bahnen. »Das kann ich ihm nicht verzeihen. Er hat mir einen Teil meines Lebens geraubt«, schrie sie. »Er hat keinen menschlichen Prozeß verdient.« Schon bald schlossen sich auch andere Angehörige der Opfer der Forderung der Bilowetskaja an, ihnen Tschikatilo auszuhändigen. Das Publikum verwandelte sich in einen Lynchmob. Akubschanow, der nun fürchten mußte, daß er mit seiner Urteilsverkündung nie zu Ende kommen würde, gab den Wachen ein Zeichen, und Tschikatilo wurde aus dem Gerichtssaal und draußen die Treppe hinuntergeführt. Dieses Spektakel wiederholte sich an diesem Tag noch ein weiteres Mal, ebenso am folgenden Morgen.

Akubschanow nahm der Situation auch die allerletzte Spannung, als er fast sofort verkündete, daß man Tschikatilo sämtlicher ihm zur Last gelegten dreiundfünfzig Morde für schuldig befunden habe, mit Ausnahme des Mordes an Laura Sarkisjan, dem fünfzehnjährigen Mädchen, das Tschikatilo der Anklage zufolge in der zweiten Junihälfte des Jahres 1983 getötet haben sollte. Tschikatilo hatte zwar gestanden, zu dieser Zeit eine junge Armenierin ermordet zu haben, doch hatte man nie eine Leiche entdecken können, und so mußte Akubschanow, wiewohl augenscheinlich völlig von Tschikatilos Schuld überzeugt, einräumen, daß das Beweismaterial für einen Schuldspruch nicht ausreichte. Hinsichtlich der sechs anderen Opfer, deren Ermordung Tschikatilo später bestritten hatte, darunter die Tötung der Lena Sakotnowa im Jahre 1978, schien Akubschanow allerdings keine derartigen Zweifel zu hegen. Um die Sache abzurunden, sprach er ihn auch gleich noch einer ganzen Reihe weniger schwerwiegender Vergehen oder sexueller Nötigung in seiner Lehrzeit in den siebziger Jahren für schuldig.

In seiner weit ausholenden Urteilsverkündung, die sich bis zum nächsten Morgen fortsetzte, ging Akubschanow noch einmal auf die entsetzliche Art der Tötungen ein und schilderte das Paradoxon des langwierigen, schüchternen Familienvaters Tschikatilo und des kalten, berechnenden Killers selben Namens. Der Angeklagte sei von einer ›beschränkten, alltagsgrauen Persönlichkeit mit rudimentärem, primitivem Intellekt‹, teilte er dem Gerichtssaal mit. »Für ihn zählt vor allem die

Befriedigung seiner persönlichen kriminellen Bedürfnisse mit allen Mitteln.

An seinem Arbeitsplatz haben ihn seine Kollegen als einen ›menschlichen Roboter‹ beschrieben, der zwar Anweisungen ausführte, aber unfähig war, eigene Entscheidungen zu treffen«, fügte Akubschanow hinzu. »Doch bei der Durchführung seiner Verbrechen hat er eine außergewöhnliche Raffiniertheit und Heimtücke an den Tag gelegt ... Er schwelgte in der Vorstellung, daß er die Gewalt über Leben und Tod eines Kindes, eines Heranwachsenden oder einer Frau in seinen Händen hielte, und das machte ihn in seinen eigenen Augen größer. Er hat eine tierhafte Grausamkeit und Skrupellosigkeit unter Beweis gestellt, als er seine Opfer kaltblütig erstach und dabei Frauen und Kinder buchstäblich in Stücke riß.«

Akubschanow beschuldigte den Angeklagten, sowohl während seiner Verhöre als auch vor Gericht gezielt Geistesgestörtheit simuliert zu haben; damit verwarf der Richter auch Tschikatilos Behauptungen, daß er sich während des Tötens in einer Trance befunden habe. Zum Beweis zitierte er die Gelassenheit, mit der Tschikatilo reagiert hatte, als er am 6. November 1990 am Bahnhof von Sowleschos von dem Milizbeamten Rybakow angehalten wurde, nur wenige Minuten nachdem er Swetlana Korostik ermordet hatte.

Der Richter ging auch auf zwei weitere Punkte ein, die jedoch um einiges fragwürdiger erschienen. Zum einen behauptete er, daß Tschikatilo sich der Tatsache bewußt gewesen war, daß sein Blut und sein Sperma unterschiedlicher Gruppen angehörten, und daß er aus diesem Grunde absichtlich soviel Sperma wie nur möglich auf seinen Opfern zurückgelassen hatte, um die Ermittlungen auf eine falsche Fährte zu führen. Doch bot er dabei keine Erklärung dafür an, woher Tschikatilo von dieser Eigenart seiner selbst hätte erfahren sollen – zumal nicht einmal das Laborpersonal der Miliz vor Ende der achtziger Jahre von dieser Möglichkeit gehört hatte. Tschikatilo war sicherlich schlau, aber es fiel doch schwer zu glauben, daß er wirklich *so* schlau gewesen sein sollte. Da schien es viel wahrscheinlicher, daß er einfach nur Glück gehabt hatte.

Noch bizarrer aber war Akubschanows Behauptung, daß

Tschikatilo die Genitalien seiner Opfer nicht nur durchgekaut, sondern diese auch am Tatort gekocht, zubereitet und verzehrt habe. Auch diese Feststellung schien sehr zweifelhaft, und das nicht nur weil sie den Beobachtungen des Psychiaters Andrej Tkatschenko vom Serbskij-Institut widersprachen, der darauf bestanden hatte, daß der Kannibalismus nur einen belanglosen, beinahe beiläufigen Aspekt seiner Morde darstellte. Denn Akubschanow unterließ es zu erklären, wie Tschikatilo sie denn genau zubereitet haben sollte: Hatte er vielleicht einen Kocher mit in den Wald genommen, oder hatte er nur an Ort und Stelle ein Feuer gemacht? Beide Vorstellungen wirkten ziemlich absurd.

Aufschlußreicher war da schon die Anlyse, mit der der Richter die Ermittlungen und die Ursachen dafür beschrieb, weshalb es solange gedauert hatte, Tschikatilo dingfest zu machen und vor Gericht zu stellen. Er räumte ein, daß die Miliz vor gewaltigen Problemen gestanden hatte, vor allem wegen der Diskrepanz zwischen Blut- und Spermagruppe, und machte dafür sowohl den Mangel an Hinweisen wie auch die Schwierigkeiten verantwortlich, die sich daraus ergaben, daß Tschikatilo nicht die geringsten Verbindungen zur Verbrecherwelt hatte. Aber er attackierte sowohl die Miliz als auch die Staatsanwaltschaft und griff die Vertuschungsaktion seitens der Behörden an, durch die die Menschen in der Gegend von Rostow so lange im dunkeln getappt hatten. Was die Kritik von Einzelpersonen betraf, so waren seine Ausführungen zugleich eine deutliche Anklage des alten Sowjetsystems.

Akubschanow führte aus, daß die größten Fehler in den Anfangsjahren der Ermittlungsarbeit begangen worden seien, als man unschuldige Bürger verhaftet und die Eltern der Opfer schroff und herzlos behandelt habe. »Es wurden drei Jahre vergeudet, in denen Tschikatilo zehn Menschen ermordete«, sagte der Richter. »Es wurden keine effektiven, dringenden Maßnahmen in die Wege geleitet, und wenn die Eltern vermißter Kinder zur Miliz kamen, um Anzeige zu erstatten, schickte man sie einfach von einer Institution zur anderen.« In vielen Fällen hatten die Milizbeamten den Eltern gesagt, daß ihre Kinder einfach davongelaufen sein müßten – selbst wenn dies, wie es sehr häufig der Fall war, überhaupt nicht dem Charakter und der bisherigen Verhaltensweise der Kinder entsprach. Für manche Eltern war es gleich ein doppelter Schlag gewesen, daß man ihnen ihre Kinder als Streuner und Herumtreiber beschrieben hatte.

Im Fall Sergej Kusmin, eines fünfzehnjährigen Jungen, der am 15. September 1982 ermordet wurde, hatte sich die Miliz nicht einmal die Mühe gemacht, Ermittlungen aufzunehmen, berichtete Akubschanow. Und die Akten über die zwei Monate davor liegende Ermordung der vierzehnjährigen Ljuba Wolobujewa waren schlichtweg verschwunden.

Das Versagen der Behörden von Rostow, die die Öffentlichkeit jahrelang nicht darüber aufgeklärt hatten, was tatsächlich im Gange war, wertete der Richter als schwerwiegenden Fehler, der für zahlreiche der Tode verantwortlich zu machen sei. »Wenn man richtig und rechtzeitig darüber informiert hätte, wären Zeugen aufgetreten, die Tschikatilos kriminellen Aktivitäten wahrscheinlich Einhalt geboten hätten«, meinte er. »Dann hätten die Leute entsprechende Maßnahmen ergriffen, um sich selbst zu schützen und ihre Kinder zu warnen.«

Akubschanow ließ es nicht bei dieser Kritik bewenden. Er ging auch auf die erbitterte Fehde zwischen Kostojews Fahndungsmannschaft von der Oberstaatsanwaltschaft und den örtlichen Milizstellen ein, die praktisch seit Tschikatilos Festnahme getobt hatte. Der Richter wies Kostojews offene Behauptung zurück, daß die Miliz ihm gezielt Dokumente vorenthalten habe. »Das entspricht nicht den Tatsachen«, urteilte er. Und er wies die Schuld für Tschikatilos Entlassung aus seiner dreimonatigen Untersuchungshaft Ende 1984 nicht der Miliz, sondern dem Büro der Staatsanwaltschaft zu. Es sei unverständlich, weshalb man Tschikatilo lediglich aufgrund einer Blutanalyse wieder auf freien Fuß gesetzt habe – zumal angesichts der Art der Festnahme Tschikatilos durch den Milizbeamten Sanasowskij, nachdem er die ganze Nacht ganz offensichtlich mit der Suche nach potentiellen Opfern zugebracht hatte.

Eines der Hauptargumente, mit denen sowohl Miliz als auch Staatsanwaltschaft die Tatsache begründeten, daß Tschikatilo ihnen immer wieder durchs Fahndungsnetz geschlüpft war, war der Einwand, daß es sich bei ihm ja nur um einen unter Zehntausenden von Verdächtigen gehandelt habe. Auch diesem Mythos machte Akubschanow den Garaus. Er berichtete, er habe Beweise dafür vorgefunden, daß die Miliz von Rostow im Jahre 1987 einen internen Bericht vorbereitet hatte, in dem von ganzen zweiundzwanzig Hauptverdächtigen die Rede war. Tschikatilo hatte auf dieser Liste auf Platz neun gestanden. Dem Richter zufolge lagen Beweise dafür vor, daß sich eine Kopie dieses internen Berichts mit der Nummer 00059 in Kostojews Besitz befunden habe. Doch waren diese Beweismittel in einer Aktion, die förmlich nach Vertuschung roch, kurz nach Tschikatilos Festnahme aus den Fallakten entfernt worden!

»In Wirklichkeit war es die Nachlässigkeit der Strafverfolgungsbehörden, die eine entscheidende Rolle dabei spielte, daß es so lange dauerte, bis Tschikatilo dingfest gemacht wurde«, folgerte Akubschanow. Er deutete an, daß der 1984 eröffnete Fall in Sachen ›Strafvereitelung‹, der nach Tschikatilos Festnahme wieder eingestellt worden war, nun mit neuer Intensität wiederaufgenommen und weiterverfolgt werden würde. Er sicherte auch zu, eigene Schreiben an den Generalstaatsanwalt Rußlands und an das Innenministerium zu richten, um auf Maßnahmen zu drängen, die eine Wiederholung derartiger Nachlässigkeit und Inkompetenz in Zukunft verhindern sollten.

Am Nachmittag des 15. Oktober war Akubschanow mit der Verlesung seiner Urteilsbegründung schließlich fertig und beraumte eine letzte, kurze Verhandlungspause ein. Nun fehlte nur noch die eigentliche Urteilsverkündung. Als das Gericht die Verhandlung am frühen Nachmittag wieder aufnahm, war das Chaos fast komplett. Mehrere hundert Menschen drängten sich draußen vor dem Gerichtssaal, darunter viele Schüler im Teenageralter aus einer nahegelegenen Schule, die herbeigeeilt waren, um das Spektakel mitanzusehen. Anstatt wie bisher nur Zuschauer mit Passierschein durchzulassen, beschlossen die Milizbeamten an der Tür, jedermann den Zutritt zu erlauben. Als Akubschanow sich endlich seinen Weg in den vorderen Teil des Gerichtssaals freigekämpft hatte, brauchte er mehrere Minuten, um wieder Ruhe herzustellen. Die Menge verstummte erst, nachdem er die Türen schließen ließ und androhte, den gesamten Gerichtssaal räumen zu lassen.

Endlich gelangte das Drama zu seinem langerwarteten, unausweichlichen Schluß. Der Angeklagte wurde hereingeführt. »Ich hege zwar keinen Zweifel, daß Tschikatilo gleich wieder losschreien wird, aber das Gericht wird mit seiner Lesung fortfahren«, verkündete Akubschanow.

Tschikatilo enttäuschte sein Publikum nicht. Als man ihn rückwärts die Stufen zum Gerichtssaal hinaufzerrte, fing er fast sofort an zu brüllen. Akubschanow hob ungerührt die Stimme und machte weiter, bis er schließlich kurz darauf zu seinem Urteil kam: »Angesichts der schrecklichen Missetaten, derer er für schuldig befunden wurde, bleibt dem Gericht nichts anderes übrig, als ihn zu der einzigen Strafe zu verurteilen, die er verdient hat . . . Ich verurteile ihn zum Tode.«

Als der Richter diese Worte sprach, jubelte das Publikum lauthals. Tschikatilo, der inzwischen wie ein in die Enge getriebenes Tier fauchte, schrie noch ›Schwindler!‹, als ihn eine der Wachen auch schon an der Gurgel packte. Beim Versuch sich zu befreien, fand der Serienmörder irgendwie noch genügend Kraft, um seine Bank mit einem Tritt durch den Käfig zu schleudern, bis sie krachend gegen die Gitterstäbe schlug. Sekunden später zerrten ihn die Soldaten wieder hinaus und die Treppe hinunter. Bei vielen Beobachtern hinterließ dieses Spektakel einen üblen Nachgeschmack. Angesichts des speienden und beißenden Tiers in seinem Käfig und der wie bei einer öffentlichen Hinrichtung nach Blut johlenden Menge fiel es schwer, den eigenen Ekel zu unterdrücken.

Der Rest war kaum mehr als ein Antiklimax. Mit tonloser Stimme fuhr der Richter mit der Einzelbeschreibung der Anklage fort, dreiteilig nach den drei ehemaligen Sowjetrepubliken geordnet, in denen Tschikatilo seine Verbrechen begangen hatte: als erstes die Todesstrafe und insgesamt sechsundfünfzig Jahre Haft für die Morde und die ihm schon früher zur Last gelegten sexuellen Nötigungen in Rußland; dann die Todesstrafe und fünf Jahre Haft für die Ukraine; und schließlich die Todesstrafe zuzüglich fünfundzwanzig Jahre Haft für Usbekistan. Nach russischem Recht hatte er sieben Tage Frist, um beim Obersten Gerichtshof Revision gegen das Urteil einzulegen.

Wenige Minuten später wurde Tschikatilo ein letztes, weiteres Mal in den Gerichtssaal geführt. Er wirkte benommen und schien sich kaum aufrechthalten zu können, und zum ersten Mal trug er keine Brille; anscheinend war sie ihm beim Handgemenge abhanden gekommen.

»Tschikatilo, Sie sind zum Tode verurteilt worden«, sagte Akubschanow. »Begreifen Sie das Urteil des Gerichts?« Tschikatilo ignorierte ihn. Dann wurde der Verurteilte aus dem Gerichtssaal hinausgeführt, um in den Todestrakt des Gefängnisses von Nowotscherkassk verbracht zu werden – übrigens in dasselbe Gefängnis, in dem auch der Vater Wanja Fomins, eines seiner Opfer, arbeitete.

Wenngleich Tschikatilos Revisionsantrag einige Bearbeitungszeit in Anspruch nehmen würde, räumte ihm doch kaum jemand Erfolgsaussichten ein. Irgendwann im Laufe der nächsten Monate würden seine Aufseher ohne vorherige Ankündigung in seine Zelle kommen und ihm mitteilen, daß man ihn auf eine Reise mitnehmen werde. Von Nowotscherkassk würde man ihn wieder nach Rostow und dort in ein geheimgehaltenes Gebäude bringen. Akubschanow würde dort sein, ebenso der örtliche Milizvorsteher und der Chef der örtlichen Staatsanwaltschaft oder ihre jeweiligen Stellvertreter. Auch ein Arzt würde anwesend sein. Nachdem man ihm mitgeteilt hatte, daß seine letzten Gnadengesuche allesamt abgelehnt worden seien, würde man ihn in einen anderen Raum führen, in dem sich ein handverlesener Soldat der Truppen des Innenministeriums hinter ihm aufstellen würde. Und dort würde schließlich alles mit einem einzigen Genickschuß sein Ende finden.

Es war das tragische Ende eines tragischen Lebens. Wie Akubschanow erläutert hat, ist die Geschichte Tschikatilos nicht nur die der Pannen und der Inkompetenz der Miliz. Es ist auch die Geschichte des ungebremsten Abstiegs eines Menschen in den

Wahnsinn. Die Psychiater vom Serbskij-Institut, die Tschikatilo untersuchten, bestanden darauf, daß er nicht geistesgestört sei und daß er sich dessen, was er den Opfern im Augenblick des Mordes antat, ganz und gar bewußt war. Ebensowenig konnte man ihn als normal bezeichnen.

Als Tschikatilo nach seiner Verhaftung mit seiner Frau Faina zusammenkam, bedauerte er ihr gegenüber, nie ihren Rat befolgt zu haben, eine fachmännische Behandlung seiner sexuellen Probleme in Anspruch zu nehmen. Hätte ihm das wirklich geholfen? Vielleicht nicht. Als Tschikatilo 1984 seinen einzigen und fruchtlosen Besuch bei einem Psychiater machte, scheint es schon zu spät gewesen zu sein. Er hatte bereits ein solches Verlangen nach Blut und Leid entwickelt, daß ihn wahrscheinlich nichts außer einer Inhaftierung noch aufgehalten hätte.

Zweifellos hat Rußland in den letzten Jahren eine erstaunlich große Zahl von Serientätern hervorgebracht. Nachdem das Problem jahrzehntelang ignoriert wurde, äußern sich nun Miliz und Psychiater offen darüber und räumen ein, daß es zugenommen hat. Zum Teil führt man das auf den Zusammenbruch der Gesellschaft und der traditionellen Werte zurück, die mit dem endgültigen Zusammenbruch des Kommunismus einhergingen.

Viele der am Tschikatilo-Prozeß Beteiligten sind seitdem sowohl in Rostow als auch in anderen Landesteilen dazu übergegangen, ihre Fachkenntnisse im Fall anderer Serientäter einzubringen. Andrej Tkatschenko vom Serbskij-Institut hat bereits Dutzende von Mördern in seinem kleinen Büro im Zentrum Moskaus untersucht; an dem Tag, als ich ihn interviewte, wolle Tkatschenko gerade einen anderen mutmaßlichen Mörder aufsuchen, von dem die Miliz befürchtete, daß er möglicherweise sogar noch mehr Menschen als Tschikatilo umgebracht hatte.

Die Untersuchungsbeamten in der Region Rostow fahnden im Augenblick nach einem grauenerregenden Mörder in der nahegelegenen Stadt Taganrog, der seine weiblichen Opfer mit Höschen erdrosselt.

Dennoch bleiben Fragen offen: Was wäre geschehen, wenn Tschikatilo eher behandelt worden wäre, vielleicht in den siebziger Jahren oder sogar schon in den sechzigern? Hätten seine

Minderwertigkeitskomplexe und Unzulänglichkeitsgefühle, die ihn fast von Geburt an begleiteten, wirksam genug behandelt werden können, um zu verhindern, daß sie in reiner Gewalt explodierten? Wäre er auch dann zu dieser Bestie geworden, wenn er in einer liberalen, westlichen Gesellschaft gelebt hätte, wo es möglich gewesen wäre, offen über solche sexuellen Probleme zu sprechen und eine entsprechende Behandlung zu erhalten?

Aber keine dieser Hypothesen wird die jungen Leben derjenigen zurückbringen, die Tschikatilo so brutal ermordet hat; noch werden sie das Leid der zurückgebliebenen Angehörigen lindern.

CHRONOLOGIE

20. Oktober 1936 – Andrej Romanowitsch Tschikatilo wird in Jablonjewka, einem Dorf in der ukrainischen Sumskaja-Region, geboren.

Tschikatilo fällt durch die Aufnahmeprüfung der Juristischen Fakultät der Moskauer Staatsuniversität und belegt einen Lehrgang für Fernmeldetechnik an einer örtlichen Technikerschule. Nach erfolgreichem Abschluß wird er vom Kommunistischen Jugendverband nach Nischni-Tagil im Ural geschickt, um Berufserfahrungen zu sammeln.

1957 bis 1960 – Tschikatilo leistet seinen Militärdienst ab.

1960 – Tschikatilo nimmt seine Arbeit als Fernmeldetechniker auf und läßt sich in der kleinen Stadt Radionowo-Neswetajewskoje, fünfunddreißig Kilometer nördlich von Rostow, nieder. Kurz darauf lädt er Eltern und Schwester ein, zu ihm zu ziehen.

1963 – Tschikatilo heiratet Faina in einer schlichten Zeremonie.

1965 – Ihr erstes Kind, Ljudmila, wird geboren.

1969 – Geburt seines Sohnes Juri.

1971 – Tschikatilo erwirbt einen Abschluß in Russischer Sprach- und Literaturwissenschaft an der Rostower Universität. Kurz darauf nimmt er seine Arbeit als Lehrer in Nowoschachtinsk auf.

Mai 1973 – Tschikatilo belästigt eine seiner Schülerinnen, die fünfzehnjährige Ljuba Terentajewa, während eines Schulausflugs. Es ist der erste einer eskalierenden Folge sexueller Angriffe auf Minderjährige.

Januar 1974 – Nach einer Reihe von Vergehen wird Tschikatilo vor den Direktor der Schule zitiert. Man legt ihm nahe zu kündigen – sonst würde man ihn hinauswerfen. Er findet eine neue Stellung am Polytechnikum Nummer 39 in Nowoschachtinsk.

September 1978 – Tschikatikilo verliert seinen Arbeitsplatz, diesmal aufgrund einer Reduzierung der Belegschaft. Er zieht in die benachbarte Stadt Schachty und beginnt am Polytechnikum Nummer 33 zu unterrichten.

22. Dezember 1978 – Tschikatilo tötet die neunjährige Lena Sakotnowa in seinem Häuschen in der Meschewoj Pereulok in Schachty. Ihre Leiche wird zwei Tage später im Fluß Gruschewka aufgefunden. Tschikatilo wird mehrere Male vernommen, aber nicht unter Anklage gestellt. Statt dessen werden die Morde Alexander Krawtschenko zur Last gelegt, und er wird schuldig gesprochen. 1984 wird er hingerichtet.

März 1981 – Nach einer Reihe von Vergehen wird Tschikatilo gezwungen, die Schule zu verlassen. Er bekommt eine Arbeit als Angestellter der Versorgungsabteilung im Verwaltungsgebäude von Rostownerud, einer Fabrik in Schachty.

3. September 1981 – Tschikatilo tötet die siebzehnjährige Larisa Tkatschenko. Ihre Leiche wird am nächsten Tag am Ufer des Don aufgefunden.

6. Juni 1982 – Tschikatilo tötet die dreizehnjährige Ljuba Birjuk auf einem Waldweg nahe dem Dorf Donskoj. Sie ist das erste von sieben Opfern, die er in diesem Jahr ermorden wird. Ihre Leiche wird am 27. Juni entdeckt.

25. Juli 1982 – Tschikatilo tötet die vierzehnjährige Ljuba Wolobujewa während einer Reise in die südlich gelegene Region Krasnodar. Ihre Leiche wird am 7. August entdeckt.

13. August 1982 – Tschikatilo tötet den neunjährigen Oleg Poschidajew. Seine Leiche wird nie gefunden. Drei Tage später tötet er die sechzehnjährige Olga Kuprina. Ihre Leiche wird am 27. Oktober in der Nähe des Dorfes Kamenolomni entdeckt.

8. September 1982 – Tschikatilo tötet die neunzehnjährige Ira Karabelnikowa. Die Leiche wird am 20. September auf dem Lande außerhalb der Stadt Schachty gefunden. Genau eine Woche später tötet er in der Nähe den fünfzehnjährigen Sergej Kusmin. Die Leiche des Jungen wird erst am 12. Januar 1983 entdeckt.

11. Dezember 1982 – Tschikatilo tötet die zehnjährige Olja Stalmatschenok in Nowoscherkassk. Ihre Leiche wird am 11. April 1983 gefunden.

Juni 1983 – Tschikatilo tötet die fünfzehnjährige Laura Sarkisjan kurz nach dem 18. dieses Monats. Sie ist der erste von acht Menschen, die noch in diesem Jahr umgebracht werden. Ihre Leiche wird niemals entdeckt.

Juli 1983 – Tschikatilo tötet die dreizehnjährige Ira Dunenkowa. Ihre ältere Schwester war für kurze Zeit seine Geliebte. Die Leiche wird am 8. August im Park des Fliegers in der Nähe des Rostower Flughafens gefunden. Irgendwann im Laufe desselben Monats tötet er die vierundzwanzigjährige Ljuda Kutsjuba. Ihre Leiche wird erst am 12. März 1984 auf dem Lande, außerhalb von Schachty entdeckt.

8. August 1983 – Tschikatilo tötet den siebenjährigen Igor Gudkow. Seine Leiche wird am 28. August ebenfalls im Park des Fliegers in der Nähe des Rostower Flughafens aufgefunden.

6. September 1983 – Boris Namestnikow, der stellvertretende Oberstaatsanwalt der Republik Rußland, unterschreibt eine Entschließung, mit der die sechs Morde Tschikatilos formal zu einem Fall zusammengefaßt werden.

September 1983 – Kurz nach dem 19. tötet Tschikatilo die zweiundzwanzigjährige Walja Tschutschulina. Ihre Leiche wird am 27. November auf dem Lande außerhalb von Schachty gefunden. Irgendwann im Laufe dieses Sommers tötet Tschikatilo auch noch eine weitere Frau, deren Alter auf achtzehn bis fünfundzwanzig Jahre alt geschätzt wird. Ihre Leiche wird am 8. Oktober in der Nähe von Nowoschachtinsk entdeckt, doch wird ihre Identität nie eindeutig festgestellt.

27. Oktober 1983 – Tschikatilo tötet die neunzehnjährige Vera Schewkun. Ihre Leiche wird drei Tage später in der Industriestadt XBK in der Nähe von Schachty gefunden.

27. Dezember 1983 – Tschikatilo tötet den vierzehnjährigen Sergej Markow. Seine Leiche wird am 1. April am Rande von Nowotscherkassk gefunden.

9. Januar 1984 – Tschikatilo tötet die siebzehnjährige Natalja Schalapinina. Ihre Leiche wird am folgenden Tag im Park des Fliegers gefunden. Sie ist die erste von fünfzehn Opfern, die Tschikatilo in diesem Jahr, auf dem Höhepunkt der Mordserie, töten wird.

21. Februar 1984 – Tschikatilo tötet Marta Rjabjenko im Park des Fliegers in Schachty.

22. Februar 1984 – Im Leninskij-Bezirk von Schachty wird ein Verfahren gegen Tschikatilo wegen Diebstahls von Staatseigentum eröffnet. Am selben Abend findet die Miliz Marta Rjabjenkos Leiche im Park des Fliegers.

24. März 1984 – Tschikatilo tötet den zehnjährigen Dima Ptaschnikow in der Stadt ATX außerhalb von Nowoschachtinsk.

Drei Tage später entdeckt man seine Leiche. Zum ersten Mal findet die Miliz einen Anhaltspunkt: einen Fußabdruck des Mörders.

Mai 1984 – Tschikatilo tötet eine seiner früheren Geliebten, die zweiunddreißigjährige Tanja Petrosjan, und ihre elfjährige Tochter Sweta in den Wäldern außerhalb von Schachty. Zunächst findet man Swetas Leiche am 5. Juni, die Überreste ihrer Mutter werden erst am 27. Juni entdeckt.

Juni/Juli 1984 – Tschikatilo tötet vier weitere Menschen, wodurch sich die Zahl seiner Opfer auf sechsundzwanzig erhöht. Die zweiundzwanzigjährige Jelena Bakulina ist die erste, die in diesem Zeitraum umkommt, auch wenn das genaue Datum ihres Todes nicht feststeht. Ihre Leiche wird am 27. August im Bagasenskij-Bezirk der Region Rostow gefunden.

10. Juli 1984 – Tschikatilo tötet den dreizehnjährigen Dima Illarionow in Rostow. Seine Leiche wird am 12. August gefunden. Neun Tage später tötet er die neunzehnjährige Anna Lemeschewa. Ihre Leiche wird am 25. Juli außerhalb von Schachty aufgefunden.

Ende Juli 1984 – Tschikatilo tötet die zwanzigjährige Sweta Tschana. Ihre Leiche wird am 9. September 1984 im Park des Fliegers in Rostow entdeckt.

1. August 1984 – Tschikatilo tritt seine Arbeitsstelle bei Sewkawenergoawtomatika in Rostow an. Am nächsten Tag tötet er die sechzehnjährige Natascha Golosowskaja im nahegelegenen Park des Fliegers.

7. August 1984 – Tschikatilo tötet die siebzehnjährige Ljuda Aleksejewa am Ufer des Dons in Rostow. Ihre Leiche wird drei Tage später gefunden.

8. bis 15. August 1984 – Tschikatilo fliegt auf einer Geschäftsreise nach Taschkent in Usbekistan. Am 13. tötet er die zwölf-

jährige Akmarala Seidaliewa. Ein paar Tage vorher hat er bereits eine weitere, unbekannte Frau umgebracht.

28. August 1984 – Tschikatilo tötet den elfjährigen Sascha Tschepel. Die Leiche des Jungen wird am 2. September am linken Ufer des Don gefunden.

6. September 1984 – Tschikatilo tötet die vierzehnjährige Ira Lutschinskaja im Park des Fliegers in Rostow. Ihre Leiche wird am nächsten Tag entdeckt.

14. September 1984 – In den frühen Morgenstunden wird Tschikatilo am Rostower Zentralmarkt von Inspektor Alexander Sanasowskij verhaftet, nachdem dieser ihm die ganze Nacht quer durch die Stadt gefolgt ist. Im Zusammenhang mit dem Mord an Ptaschnikow beginnen Miliz und Vertreter der Anklage mit dem Verhör des Verdächtigen.

8. Oktober 1984 – Juri Welikanow, Leiter der Kriminalabteilung bei der Staatsanwaltschaft der Republik Rußland, unterschreibt eine Anweisung, dreiundzwanzig Morde (die später Tschikatilo nachgewiesen werden) zu einem Ermittlungsverfahren zusammenzufassen. (Tatsächlich hat Tschikatilo bereits zweiunddreißig Menschen umgebracht.) Außerdem läßt er die Anklage gegen alle bisherigen Verdächtigen fallen und ordnet eine Untersuchung an, die die Gesetzesübertretungen bei der Bearbeitung der Mordfälle zum Gegenstand hat. Doch erkennt niemand der Beteiligten, daß sich der Mörder in Wirklichkeit bereits in Haft befindet.

12. Dezember 1984 – Tschikatilo erscheint vor dem Volksgerichtshof in Schachty und wird des Diebstahls angeklagt. Man befindet ihn für schuldig und verurteilt ihn zu einem Jahr Zwangsarbeit. Doch in Anrechnung der Zeit, die er bereits hinter Gittern verbracht hat, wird er sofort freigelassen. Kurze Zeit danach findet er eine Anstellung als Techniker in einem Betrieb in Nowotscherkassk.

1. August 1985 – Auf einer Geschäftsreise nach Moskau tötet Tschikatilo die achtzehnjährige Natalja Pochlistowa in der Nähe des Domodedowo-Flughafens. Als man zwei Tage später ihre Leiche findet, wird ersichtlich, daß die Tat mit der ›Rostower Mordserie‹ in Verbindung steht.

27. August 1985 – Tschikatilo tötet die achtzehnjährige Irina Gulajewa in Schachty. Ihre Leiche wird am nächsten Tag gefunden.

1986 – Den Akten der Anklage zufolge begeht Tschikatilo im Verlauf dieses Jahres keine Morde. Dennoch wird die Suche nach dem Mörder unvermindert fortgesetzt.

16. Mai 1987 – Tschikatilo tötet den dreizehnjährigen Oleg Makarenkow an der sibirischen Grenze in dem Dorf Rewda in der Nähe von Jekaterinburg, dem damaligen Swerdlowsk. Tschikatilo führt die Miliz später nach seiner Verhaftung zu den Überresten der Leiche.

29. Juli 1987 – Tschikatilo tötet den zwölfjährigen Iwan Bilowetskij in Saporoschje in der Ukraine. Seine Leiche wird zwei Tage später aufgefunden.

15. September 1987 – Tschikatilo tötet die sechzehnjährige Jura Tereschonok irgendwo in der Nähe von St. Petersburg (dem damaligen Leningrad). Ihre Leiche wird nie entdeckt.

April 1988 – Eine unbekannte Frau wird in der Gegend von Krasny Sulin ermordet. Ihre Leiche wird am 4. April entdeckt.

14. Mai 1988 – Tschikatilo tötet die neunjährige Ljoscha Woronko in der Nähe der Bahnstation von Ilowaisk in der Ukraine. Noch am selben Tag wird ihre Leiche aufgefunden.

14. Juli 1988 – Tschikatilo tötet den fünfzehnjährigen Schenja Muratow in der Nähe der kleinen ländlichen Bahnstation von Sowleschos. Seine Leiche wird am 11. April 1989 aufgefunden.

März 1989 – Tschikatilo tötet die sechzehnjährige Tanja Ryschowa in der Wohnung seiner Tochter in Schachty. Ihre Leiche wird am 9. März entdeckt, der Kopf und die Beine sind abgetrennt. Sie ist das erste von fünf Opfern in diesem Jahr.

11. Mai 1989 – Tschikatilo tötet Sascha Dschakonow in Rostow am Tag nach dessen achtem Geburtstag. Seine Leiche wird am 14. Juli aufgefunden.

20. Juni 1989 – Tschikatilo tötet den zehnjährigen Ljoscha Moisejew in der Gegend von Wladimir, östlich von Moskau. Seine Leiche wird am 6. September aufgefunden.

19. August 1989 – Tschikatilo tötet die neunzehnjährige Jelena Warga in der Gegend von Rodionowo-Neswetajewskoje. Ihre Leiche wird am 1. September gefunden. Neun Tage später tötet er den zehn Jahre alten Aljoscha Chobotow auf einem Friefhof in Schachty und verscharrt ihn in einem Grab, das er früher einmal für sich selbst vorgesehen hatte. Tschikatilo führt die Miliz am 12. Dezember 1990 kurz nach seiner Verhaftung zu den Überresten des Jungen.

14. Januar 1990 – Tschikatilo tötet den elfjährigen Andrej Krawtschenko in Schachty. Seine Leiche wird am 19. Februar entdeckt.

7. März 1990 – Tschikatilo tötet den zehnjährigen Jaroslaw Makarow im Botanischen Garten von Rostow. Seine Leiche wird am nächsten Tag gefunden.

April 1990 – Tschikatilo tötet die einunddreißigjährige Ljubow Sujewa in der Nähe der Bahnstation von Donleschos. Ihre Leiche wird erst am 24. August aufgefunden.

28. Juli 1990 – Tschikatilo tötet den dreizehnjährigen Witja Petrow im Botanischen Garten von Rostow. Seine Leiche wird genau zwei Monate später entdeckt.

14. August 1990 – Tschikatilo tötet den elfjährigen Wanja Fomin im Flußufer in Nowotscherkassk. Drei Tage danach wird seine Leiche aufgefunden.

17. Oktober 1990 – Tschikatilo tötet den sechzehnjährigen Wadim Gromow in der Nähe der Bahnstation von Donleschos. Vier Tage später stößt man auf seine Leiche. Kurz darauf, am 30. Oktober, tötet er den sechzehnjährigen Witja Titschenko in Schachty. Seine Leiche wird drei Tage später gefunden.

6. November 1990 – Tschikatilo tötet die zweiundzwanzigjährige Sweta Korostik in der Nähe der Bahnstation von Donleschos. Inspektor Igor Rybakow beobachtet Tschikatilo kurze Zeit später an der Bahnstation, überprüft seine Ausweispapiere, läßt ihn aber wieder laufen.

13. November 1990 – Die Leiche der Korostik wird entdeckt. Als der Kommandeur der Miliz, Michail Fetisow, am Tatort erscheint und Rybakows Bericht anhört, erinnerte er sich an Tschikatilos Namen aus dem Jahre 1984. Nach einer gründlichen Überprüfung seiner Person halten Miliz und Anklagebehörde ihn für den wahrscheinlichen Mörder. Von nun an wird Tschikatilo rund um die Uhr überwacht.

20. November 1990 (15.40 Uhr) – Tschikatilo wird, ohne Widerstand zu leisten, vor einem Café in Nowotscherkassk verhaftet und zur Befragung ins Milizhauptquartier von Rostow gebracht.

30. November 1990 – Gegen Tschikatilo wird formal Anklage in sechsunddreißig Fällen wegen des vorsätzlichen Mordes an Frauen und Kindern in der Zeit zwischen 1982 und 1990 erhoben. Während der nächsten Wochen gesteht er weitere neunzehn Morde, einschließlich jenes an Lena Sakotnowa, die im Dezember 1978 getötet wurde. Schließlich wird er, nachdem es der Staatsanwaltschaft nicht gelingt, zwei seiner Mordgeständnisse mit Beweisen zu untermauern, wegen dreiundfünfzig Morden sowie einer Vielzahl sexueller Delikte aus den siebziger Jahren angeklagt.

20. August 1991 – Trotz des am Vortag begonnenen Staatsstreiches der kommunistischen Hardliner wird Tschikatilo zur psychiatrischen Untersuchung ins Serbskij-Institut nach Moskau verbracht. Am 18. Oktober wird das Untersuchungsergebnis bekanntgegeben. Tschikatilo wird für geistig gesund und voll verantwortlich für seine Taten erklärt.

13. April 1992 – Tschikatilos Prozeß wird im Rostower Obersten Gericht unter Tumult eröffnet. Während der ersten Wochen müssen im überfüllten Gerichtssaal ständig Ärzte in Bereitschaft bleiben, um die in Ohnmacht fallenden Angehörigen der Opfer zu versorgen.

14. Oktober 1992 – Der Richter Akubschanow verliest das Urteil.

Band 13 457
Donald Frankos
Ich, der Mörder

›Der Leser sollte gewarnt sein: Frankos erzählt normalerweise in der Sprache des intelligenten, belesenen Zeitgenossen, der er tatsächlich auch ist. Dann aber wieder, wenn er ein Verbrechen beschreibt oder ein besonders schreckliches Gefängnis-Erlebnis . . . verwandelt er sich im Handumdrehen vom freundlichen Nachbarn von nebenan in den Mann, der gemordet hat, sehr oft gemordet hat, und dem es Spaß macht, sich daran zu erinnern.‹

(Aus der Einleitung)

Die sensationellsten Bekenntnisse, die je ein Insider des organisierten Verbrechens gemacht hat. Dabei sind es nicht einmal die exklusiven Enthüllungen (Wie verschwand Gewerkschaftsboß Hoffa wirklich? Wer ermordete den Paten Joey Gallo?), die dieses Buch so schockierend und faszinierend zugleich machen. Es ist die Haltung des Killers, der vermeint, sein eigenes Heldenepos zu erzählen, und darum kein Blatt vor den Mund nimmt. Ein einzigartiger Einblick in die Psyche eines der gefährlichsten professionellen Mörder aller Zeiten.

Band 13 441

Mike Echols

Ich weiß nur, mein Name ist Steven

Als der siebenjährige Steven Stayner auf dem Schulweg von ›Reverend‹ Parnell ins Auto gelockt wird, beginnt für ihn eine unglaubliche, sieben Jahre währende Gefangenschaft voller Qualen, Mißbrauch und Gehirnwäsche. Denn der als Sittentäter vorbestrafte Parnell nimmt ihm seinen Namen, seinen Seelenfrieden, seine Kindheit. Nur eines kann er ihm nicht rauben: einen letzten Rest Erinnerung an glücklichere Tage.

Als Parnell erneut einen kleinen Jungen entführt, kommen dem nun vierzehnjährigen Steven Bruchstücke dieser Erinnerung zurück, und er findet die Kraft, mit dem kleinen Timmy seinem Peiniger zu entfliehen. Nun gilt es, mit der liebevollen Hilfe seiner Familie das Unvorstellbare zu verarbeiten und den Weg zurück in ein normales Leben zu suchen.

BASTEI LÜBBE

Sie erhalten diesen Band im Buchhandel, bei Ihrem Zeitschriftenhändler sowie im Bahnhofsbuchhandel.